"国家社会科学研究基金项目成果"和
"重庆师范大学学术专著出版基金资助"

中国现代诗坛的日本因素

JAPANESE ELEMENT IN MODERN CHINESE POETRY

刘　静　等◎著

中国社会科学出版社

图书在版编目(CIP)数据

中国现代诗坛的日本因素 /刘静等著. —北京：中国社会
科学出版社，2012.10
ISBN 978 - 7 - 5161 - 0954 - 0

Ⅰ.①中… Ⅱ.①刘… Ⅲ.①日本—影响—诗歌史—
中国—近现代 Ⅳ.①I207.209

中国版本图书馆 CIP 数据核字(2012)第 114703 号

出 版 人	赵剑英	
选题策划	郭晓鸿	
责任编辑	门小微	
责任校对	周 昊	
责任印制	戴 宽	

出 版	中国社会科学出版社	
社 址	北京鼓楼西大街甲 158 号 (邮编 100720)	
网 址	http://www.csspw.cn	
	中文域名:中国社科网 010 - 64070619	
发 行 部	010 - 84083685	
门 市 部	010 - 84029450	
经 销	新华书店及其他书店	

印 刷	北京市君升印刷有限公司	
装 订	廊坊市广阳区广增装订厂	
版 次	2012 年 10 月第 1 版	
印 次	2012 年 10 月第 1 次印刷	

开 本	710×1000 1/16	
印 张	19.5	
插 页	2	
字 数	278 千字	
定 价	50.00 元	

导　论

贾植芳曾说过：

> "五四"发端的我国现代文学，与我国传统文学最大不同之处，就在
> 于它是在当时的历史社会条件之下，在中外文化接触、撞击中，汲取和借
> 鉴了外国文学，从而在我国文学史上开辟了一个新纪元的文学实体。因
> 此，研究中国现代文学，如果不从中外文学关系入手，往往是极其片面和
> 肤浅的，许多文学现象，更无从理解。①

在这诸多外来因素中，由于与日本特殊的政治文化联系，以及 20 世纪初的
留日潮等原因，中国现代文学与日本的关系显得尤为直接。日本文学和文化
乃至其政治畸变与军事扩张都在诸多层面上对中国现代文学产生了巨大的
影响。

郭沫若在《桌子的跳舞》中说："中国文坛大半是日本留学生建筑成的。
创造社的主要作家是日本留学生，语丝派的也是一样。……中国的新文艺是深

---

① 贾植芳：《屠格涅夫与中国·序》，载孙乃修《屠格涅夫与中国》，学林出版社 1988 年版，第 1 页。

受了日本的洗礼的。"① 这话虽有几分夸张，但纵观中国现代文坛，许多骨干人物都曾留学、流亡或长期滞留日本。他们走上文坛与在日本所受的教育和日本文化的濡染有着密切的关系。在新诗诞生初期，无论是情感内涵还是艺术革新方面都深受明治维新后的日本文学和文化的影响，这是一个不争的事实。活跃于当时的姿态激进的新诗现代化的推进先锋，大多是 20 世纪初赴日留学生。他们处在东西方文化剧烈冲突和融合的日本社会，处在因国弱民穷而遭受歧视和欺辱的环境中，形成了愤懑、焦虑、忧国忧民的情绪特征，而诗歌正是抒发这种情绪的最好途径。他们中甚至有人最后果断放弃原修专业而改行从事诗歌创作，以郭沫若最为典型。中国留日诗人对于日本文学的接受和选择大致表现为两种方式。其一是通过日本桥沐浴欧风美雨，更多地接受西方文学的影响。但由于日本中介本身具有强大的文化功能，所以他们吸收的是经过日本过滤后的西方文学，同时别无选择地在接受西方文学的过程中，也接受了日本文学和文化潜移默化的浸渍。其二，直接从日本文学中摄取艺术营养。其创作无论是风格上还是审美趣味上，都显现出与日本无法割断的血肉联系。不过，由于母体文化在他们的精神结构中起着重要的作用，加上自身性格特征、教育背景等差异，他们也常常按照自己的行为习惯、思维方式、独特的兴奋点去解读和切割客体文化。如面对日本文化、日本文学，黄遵宪、梁启超、郭沫若、穆木天、冯乃超等都进行着各自不同的选择和重构。而有时这种误读、变形和抵抗竟也成为中国现代诗坛某些新的因子生长的契机。

　　无论他们以什么样的接受方式吸收外来因子，有一个事实是不容否定的，那就是，日本近代社会特有的文学和文化参与了 20 世纪初期中国诗坛的一大批中坚的熔铸过程。他们或从日本文化中吸取创作灵感和创作题材；或由于受日本近代文学思潮的影响创作风格发生变化；或归国后发起与日本

---

　　① 郭沫若：《桌子的跳舞》，载《郭沫若全集》文学编第 16 卷，人民文学出版社 1989 年版，第 53—54 页。

相似的文学运动、组织相应的文学社团。可以说，他们既是接受和传播日本文学的主体，又是联系中日文坛的桥梁。他们自觉或不自觉地将接收到的异域文化揉进自己的知识结构中，并通过文学活动输入母国，给中国现代诗坛增添了新的活力，促进了新诗艺术的转型与变革。也许由于这样的原因，从新诗诞生到 1937 年抗战全面爆发之时风起云涌的诗歌运动大多能寻出日本文学和文化的面影。靳明全在《中国现代文学兴起发展中的日本影响因素》一书中指出：

> 任何一项历史性的运动都是由当时的杰出人物发起和指导的。这些杰出人物自身的文化素质（即他们接受并确立的人生观和文化知识结构等），是他们发起指导的历史运动发展的重要因素。在运动的某阶段还左右着运动发展的方向，起着决定性的作用。①

因此，钩稽和梳理这些骨干人物与日本文化的事实联系，让这些个案在最为深刻的意义上表现 20 世纪中国新诗流变过程中的国际文化背景因素显得尤为重要。可以说，没有对中日文学与文化联系的审视，没有对现代诗坛对外来影响的接受和超越机制的深入研究，就无法厘清其许多新质的来龙去脉，无法准确把握新诗的本质特征。

进入抗战时期，由于"救亡"成为时代最强音，中国诗坛对于日本的直接刻画与想象成为一种重要的存在。诗人们不约而同地把目光聚焦于日本，塑造了形形色色的侵华日本形象，勾画了独特的战时日本社会面貌。诗坛上从"夷"到"盗贼"，到"鬼子"，到"他者"的形象变迁，其实也是中华文化对日本文化的对抗、阐释与自我调适的过程。而在伪满洲和台湾等地，日本文化则是以另一种暴力形式粗暴地植入了中国诗坛，阻挠了新诗的现代化进程，使

---

① 靳明全：《中国现代文学兴起发展中的日本影响因素》，中国社会科学出版社 2004 年版，第 5 页。

其发生了一系列变异。

笔者曾受重庆市教委日元贷款项目资助，到日本国立九州大学作访问研究员，阅读搜集了大量与中国诗坛相关联的日文资料，由此对中国诗坛的日本因素研究产生了浓厚而持久的兴趣。在梳理和挖掘历史史料的过程中，笔者也逐渐形成了自己的几点思考，并深感一些历史的迷雾需要澄清。如学界关于"诗界革命"的论述一般没有关注到维新诗人从日本引进的"欧洲意境"与他们自己努力创造的"新意境"的联系与区别。其实"新意境"才是梁启超们对"诗"的具体规划和孜孜追求的实现目标，既反映了他们革新传统诗词的渴望，又包含着他们共同的创作倾向和文艺观点。结合其具体创作看，所谓的"新意境"是丧失了部分真正原产地内涵的"欧洲意境"，融入日本色彩，嵌合中国文化传统与时代精神的产物。在这种"新意境"中，西方式的自我意识与个性主义精神被放逐，寄托的主要是民族复兴的梦想，诗人的自我完全附着于民族利益与群体意识之中。

又如，传统定论一般把创造社称为浪漫主义文学流派，但对照厨川白村的理论著作和日本大正时期的文学思潮，可以清晰地看到，创造社与其说师法于西方浪漫主义，不如说与日本文坛鼓吹的"新浪漫主义"联系更为紧密，其中厨川白村的理论具有决定性的影响。在诗坛上，创造社所引领的，准确地说，是一场与五四启蒙思潮相契合的反主智、重情绪，反描写、重主观的主情诗潮。同时，对大正五年和大正六年的《朝日新闻》等报刊的查阅，和对《女神》创作时期日本学者出版的有关泰戈尔和惠特曼的论著、评论文章以及作品翻译的情况的考察，可以得出这样的认定，泰戈尔和惠特曼是对留学时期的郭沫若艺术形式和风格形成影响最大的两位外国诗人，而他们与郭沫若结缘得益于日本先后掀起的"泰戈尔热"和"惠特曼热"。

关于"纯诗"，学术界一般多论及与瓦雷里的联系。但日本馆藏的辰野隆的著作《法兰西文学》却揭示了这样一个事实，最早将"纯诗"引入中国的穆木天关于法国文学的许多观点都与当时担任其毕业论文指导教师的辰野隆接近。辰野隆将"纯粹诗歌"与心灵的愉悦相联系，强调"自然的并非是纯粹的"这样的让诗回到心灵，回到艺术殿堂的观念正是穆木天所倡导的"纯粹诗歌"的最本质的含义。将穆木天和冯乃超留日时期创作的诗歌还原到当时的日本文化背景之中加以辨析，惊讶地发现，《旅心》和《红纱灯》更多"物哀"情调。他们同日本诗人一样，与象征主义中的感伤、颓废情绪产生强烈的共鸣，细腻悲哀而意志缺席。而且审美趣味上的微观取向也与中国文学表现的宏观性特征形成了鲜明的对比。此外，在朦胧幽玄的境界，对于自然界声色的高度敏感，对诗歌音乐美的探索以及其象征主义中带着浓厚的唯美色彩等方面，也清晰地表现出对于日本文化的广泛吸收与交融。

关于左翼文学，一般多认为中国与日本是一种师承关系。但通过对史料的深入发掘，笔者清理出这样一条路径，就诗坛而言，中国由对日本师生般的亦步亦趋，到"阶级兄弟"式的对话交流，最后走向反帝"大合奏"。另外，对日本诗坛的"大众化"问题国内鲜有论述，这也许是由于其大众化走向与中国左翼很不相同的原因吧。笔者饶有兴趣地对日本诗坛的大众化情况及中日差异产生的原因进行了考察和分析，以求更准确地辨认和理解中日民族特性及其对诗歌的渗透。同时笔者也注意到这样一个问题，学界论述左翼诗歌的文章除提及其思想内容上的先锋性之外，对其艺术成就或一带而过，或一味批评指责的偏颇。其实他们的诗歌在艺术方面并非一无可取，他们重新点燃了民间歌谣的艺术智慧，激活了诗歌的歌咏性特征，在一定程度上推进了新诗现代化。

关于抗战诗歌，学界较少涉及少数民族和伪满、台湾诗坛。在阅读中我们发现，少数民族诗人笔下常出现的"鬼"，其实与阿尔泰语系各族民间文学中的"蟒古斯"形象更相近。此外，伪满和台湾诗坛在妥协和抗争的交织中，在羁绊和挣脱的同时运作下，呈现出特殊的文学实践经验，值得我们珍视与研究。

本书的论述正是以上述几点思考为起点展开的，因此也相应地分为"启蒙序幕"、"主情诗潮"、"纯粹诗歌"、"左翼风暴"、"抗日呐喊"等板块，通过实证性考察，对中日诗歌交流史料进行较系统的钩稽和整理，坚实新诗研究的学术基础。同时采用影响研究与平行研究相结合的方式，打量和审视中日诗坛之间的碰撞、融汇与抗争的历史事实，深化新诗流变历程的外来文化背景研究。

目　录

第一章　革故鼎新的启蒙序幕

　　1898 年的戊戌变法虽然仅历时 103 天便遭失败，但其所传播的西方启蒙思想并未因此中断。戊戌变法失败后，梁启超等人逃亡日本，主要从事文化宣传，推进文学改良，早在戊戌变法之前就萌芽的"诗界革命"成为他们着力推动的一项重要运动。梁启超在《清议报》、《新民丛报》、《新小说》等刊物上开辟专栏，发表谭嗣同、唐才常、康有为、黄遵宪、蒋智由、丘逢甲、夏曾佑等人的作品，又自撰《饮冰室诗话》，阐发理论观点，大力推介黄遵宪等新派诗人，使诗界革命形成了一定规模和声势。

　　"诗界革命"的产生既是中国近代诗歌自然演进的结果，遵循着政治改良运动和传统诗歌的内在流变规律，同时又明显地受到了日本启蒙诗歌的外来影响。黄遵宪、梁启超、康有为等晚清诗界革命的主要成员，大都有过旅居日本的经历，对日本诗坛有或深或浅的了解，也都主张通过日本学习西方。诗界革命的先驱者们关于诗歌革新主张及诗歌创作大都受到了日本启蒙诗歌的启迪。

　　日本启蒙诗歌兴起于 1882 年，它以启蒙理想为前提，以自由民权运动为背景，以反映时代精神为内容，以异于古体诗的新诗体为形式，实现了诗歌的形神变革。1882 年，《新体诗抄》问世。《新体诗抄》的作者外山正一、试田部良吉和井上哲次郎都曾经留学欧美，他们从 15 到 19 世纪的英、美、法诗作中选译了十四首诗及戏剧独白，并模仿这些诗歌创作了五首日文诗，共十九首编为一册，题为《新体诗抄》。《新体诗抄》拉开了日本启蒙诗歌的序幕。日本启蒙诗歌既反对旧汉诗，也反对旧和歌，而以西方诗歌为楷模。

在《新体诗抄》中，井上哲次郎这样说道："夫明治之歌，必为明治之歌，不必为古代之歌也。日本之诗必为日本之诗，不必为汉诗也。此即新体之诗创作之所以也。"① 由此可见，创作区别于汉诗而具有明治特色的新诗歌是井上哲次郎诗歌革新的实践原则。然而，对新体诗形式的探索，确实是一个曲折而渐进的过程。《新体诗抄》序文写道："夫泰西之诗，随世而变。故今之诗，用今之语。"② 对这种"今之语"的追求过程，正是获得新体诗区别于古体诗的形式的过程。

在井上哲次郎看来，汉诗文和和歌都不是新体诗理想的形式。井上哲次郎在《新体诗论》中对汉诗文表示出明显的排斥和露骨的厌恶：

> 如日清战争中证明的那样，我国的文化远非中国之所及。也就是说我国人种已经成了优等人，而中国人则沦为劣等人。优等的我国去舔劣等的中国的唾液之行为实非大丈夫之所为。写作汉诗的习惯，一旦形成之后就很难摆脱，我们日本人在已经学到了中国的优秀文化之后，如果依然沉湎于中国文化的糟粕的话，无异于自己表明自己欠缺独立心和进步力。③

这显然是受到了中日战争前后日本社会形势影响而作出的中日两国优劣的判

---

① 转引自山東功［言文一致と井上哲次郎］，黎力、陶凤译，http：//www.lc.osakafu‐u.ac.jp/Lng_Clt/2008LC/08_santo.pdf。
② 同上。
③ 同上。

断。不过，井上哲次郎不仅排斥汉诗文，他还认为："和歌还处在旧态依然的状态，未见发展进化的性质。和歌乃拟古的作品，缺乏面向将来之进步之精神，宁可视作太古之物。"① 由此可见，在井上哲次郎眼里，和歌因循守旧，也是应该激烈批判的。

为了打破那些固若磐石桎梏诗歌思想的格法，构筑出能够创新地、自由地叙述诗歌思想的格法，对于新体诗，井上哲次郎将其特点归纳为八点："第一，格法须自由；第二，规模须宏大；第三，语言须丰富；第四，语法须现代；第五，字句须强劲；第六，旨意须明晰；第七，须有进步之倾向；第八，须有新奇之色彩。"② 这八点就是新体诗在"形"和"神"上的特点。在"神"上，新体诗所承载的实际上就是启蒙时代的精神与理想。而为了表达这样的时代精神与理想，就要在"形"上脱离对和歌、汉诗的依赖，脱离对汉字以及汉语的依赖。这种偏激的在各种文体中都力图排斥汉文传统的做法，贯穿于明治二十年代新文体摸索的整个过程中，这种错误的尝试在后来受到了批判。在明治三十年代，随着言文一致运动高涨，形成了在当时日本启蒙诗歌创作者眼中较为成熟的新诗体。

中国诗界革命成员对日本启蒙诗歌的接触和了解，更加激发了他们内心的改良意识，使他们确信，改变当时国内诗歌的拟古意趣，将具有时代气息的情感和事件注入诗歌中，使其承担起开发民智、启蒙民思的责任，是中国诗歌的出路。

由此，晚清诗界革命在"神"和"形"上都自觉接受了日本启蒙诗歌的影响。在"神"上，诗界革命走日本启蒙诗歌学习西方的道路，通过"日本桥"引入"欧洲意境"。不过，由于诗人在接受域外文学资源时所固有的民族文化心理，以及国内具体的时局所孕育的时代精神和思想，使得诗界革命与日本的

---

① 转引自山東功［言文一致と井上哲次郎］，黎力、陶凤译，http://www.lc.osakafu-u.ac.jp/Lng_Clt/2008LC/08_santo.pdf。

② 同上。

启蒙诗歌相比，风格和质地都不完全相同。在学习引进日本"欧洲意境"的基础上，诗界革命创造了独具民族特色的"新意境"。在这种"新意境"中，西方式的自我意识与个性主义精神被放逐，寄托的主要是诗人们民族复兴的梦想，诗人的自我完全附着于民族利益与群体意识，由此我们很难从他们的诗中发现现代知识者真正独立的批判人格。不管是黄遵宪的诗论还是梁启超的诗论，显露出的都是旨在文学革命与政治革新的双重特性，从某种角度上来说，正是因为如此，他们成为"五四"文学革命的先导。

在"形"上，影响了日本启蒙诗歌的言文一致运动也影响了诗界革命的形式革新，产生了"新词语"、"新语体"和"新诗体"，引入了大量日本翻译的西文词语；让大量白话、方言入诗；诗歌创作散文化、自由化，动摇了中国传统旧体诗严密的文体体系。

第一节 "新意境"的营造

西方诗歌是日本启蒙诗歌生成、发展的主要文本资源，日本启蒙诗歌走的是学习西方诗歌的道路。中国诗界革命提倡在诗歌创作中追求"新意境"，提出向西方学习，在很大程度上就是受到日本诗坛的这种影响。梁启超在1899年撰写的《夏威夷游记》中谈道：

> 欲为诗界之哥仑布、玛赛郎，不可不备三长。第一要新意境，第二要新语句，而又须以古人风格入之，然后成其为诗……其所谓欧洲意境语句，多物质上琐碎粗疏者，于精神思想上未之有也。虽然，即以学界论之，欧洲之真精神真思想尚未输入中国，况于诗界乎？此固不足怪也。吾虽不能诗，惟将竭力输欧洲之精神思想，以供来者之诗料，可乎？要之，

支那非有诗界革命，则诗运殆将绝。①

这里，梁启超同时提及"新意境"与"欧洲意境"。这两个词汇在以后诗界革命同人的论述中也以不同的方式重复着。从表面看二者并无明显疏异，但仔细辨别，则可发现二者之间有着微妙的差异和关系。大致上说，"新意境"是梁启超对诗界革命之"诗"的具体规划，也是诗界同人孜孜追求的实现目标，既反映了他们对传统的古典诗词革新的渴望，又包含着他们共同的完整的创作倾向和文艺观点。而"欧洲意境"则是诗界革命的一种向往，一种神驰的仰望。因此正确地理解这两个词汇，对于认识诗界革命有着极其重要的意义。虽然诗界革命同人有时自己也混用这两个词汇，但结合他们的具体创作情况来看，中国从日本引入的"欧洲意境"是丧失了部分真正原产地内涵，并携带着明显的日本色彩的变异的"意境"，它与中国本土的文化文学传统以及时代精神相融合，便形成了诗界革命独具民族特色的"新意境"。由此可见，"新意境"是"切割的欧洲意境"＋"日本色彩"＋"中国文化文学传统"＋"中国时代精神"，确与欧洲原产的"欧洲意境"和日本的"欧洲意境"都有区别。

一 东瀛诗变革的标杆效应

黄遵宪离开日本的 1882 年，日本《新体诗抄》出版。《新体诗抄》的问世不同于偶尔出现的新体诗的意义就在于它明确地提出了新体诗应当具有的特征，即区别于古歌的时代特色。关于新体诗的写法，井上哲次郎强调用"今之语"表达"今之人"的情感方能引发现代人的共鸣。"生活在新日本巨大潮流中的国民，要抒发其情意，就不能不采取以当代日语写作的欧化诗型"②。《新

---

① 梁启超：《诗话》，载《饮冰室合集》文集之 45（上），中华书局 1989 年版，第 41 页。
② ［日］西乡信纲等：《日本文学史》，佩珊译，人民文学出版社 1978 年版，第 234 页。

体诗抄》既有别于汉诗，又区别于传统的"和歌"、"俳句"，这种新诗体在形式上不拘长短，多为 50 行以上的小叙事诗；在韵律上诗人保留了传统的"七五"调式；在语言上"古今雅俗之语不分，日汉欧美之词并用"；在题材上，面向广阔的社会生活。《新体诗抄》的问世，是排斥传统从自发状态摆脱出来，走上自觉阶段的标志，为日本诗歌注入了来自欧洲诗坛的新鲜活力，这样一种欧化诗型体现出前所未有的"欧洲意境"，追求自由平等、张扬个性，虽然在自我意识方面较之西方诗歌仍有一定距离，但确已获得了一种现代的自我意识。此后，充斥着"欧洲意境"的新体诗在日本大量涌现。1885 年，留美神学家汤浅半月根据《圣经》创作了日本第一本新体长诗《十二石冢》；1886年，山田美妙的《新体词选》面世；1889 年，森欧外主编的英、德浪漫主义诗人的译诗集《于母影》问世，这是日本国内第一次系统介绍欧洲近代抒情诗，为日本的新体诗发展注入了浪漫主义的清新气息，对明治诗坛的浪漫主义诗歌产生了深远的影响；而充满浓烈的现世情欲气息的岛崎腾村早期的诗作，以及北村透谷的以自我意识为基础，充满哀伤情调的《蓬莱曲》，对新体诗地位的确立起到了重要作用。

《蓬莱曲》发表于明治二十四年（1891 年），它是日本近代戏剧史上的第一部长篇诗剧。《蓬莱曲》表达了所谓的"神性"与"人性"的冲突。这与 18世纪末德国诗人歌德和 19 世纪英国诗人拜伦的呼喊是一样的。歌德在《浮士德》中呼喊："有两个灵魂住在我的胸中，它们总想分道扬镳；一个怀着一种强烈的情欲，以它的卷须紧紧攀附着现世；另一个却拼命地要脱离尘俗，高飞到崇高的先辈的居地。"[①] 19 世纪 20 年代，英国诗人拜伦在《曼弗雷德》中与此发出共鸣。这个声音在欧洲大陆回荡了半个多世纪之后，到了 19 世纪末叶，北村透谷《蓬莱曲》中的主人公也发出了"神性与人性在内部不停争斗"的声音。北村透谷对"神性"的信仰是诚笃的，这"神性"就是以卢梭为代表的

---

① 歌德：《浮士德》，郭沫若译，人民文学出版社 1978 年版，第 156 页。

"天赋人权"的思想，是和平、自由与民主的理想。"神性"与"人性"的矛盾被人们真正自觉而强烈地意识到，并在文学作品中竭尽全力地表现，还是近代的事情。而在《蓬莱曲》中，在明治文学的起点上，这个主题就以鲜明而激烈的文字得到了强调。现今日本评论家认为：北村透谷的思想性斗争决定了日本后来的思想、文学的方向与性格。①

明治三十年（1897年），岛崎腾村的《嫩菜集》打碎了固有形式的桎梏，巧妙地把西方浪漫主义诗歌的表现手法和日本民族的传统抒情方式有机地结合在一起，标志着新体诗的成熟。《嫩菜集》的内容摆脱了封建思想道德的束缚，着重抒发个性和思想感情的自由、解放，用语雅俗兼蓄，细腻深沉，引起了广大青年心灵上的共鸣。两年后，土井晚翠出版《天地有情》。土井晚翠在大学期间除其英文专业之外，又涉猎了德、法、意等国外语，博览东西方名著，他的诗一贯气宇轩昂、格调雄浑，同时又具有某种冥想式的宗教情绪。高山樗牛在对《天地有情》的评论中写道："其诗为其哲学、思想、宗教。非游戏之歌乃祈祷之响也，非即兴之感触乃永远之思索也"，称土井晚翠之作有但丁、雨果的神韵。土井晚翠的诗，与日本明治初期蓬勃向上的民族进取精神、高昂的国民士气相吻合，是顺应社会呼唤高尚思想道义和刚健精神的产物。《嫩菜集》与《天地有情》奠定了日本现代浪漫主义诗歌的基础。

日本诗坛在欧洲诗歌影响下的变迁，是日本诗人对古典诗歌逐渐扬弃的过程，反映出日本人的现代意识从萌生到成熟的变化轨迹，和日益发展的资本主义的经济基础相适应，对社会的发展起到了良好的促进作用。这对服务于穷途末路的封建制度、早已糜烂的晚清诗坛的变革，具有先行者的意义。熟悉日本文学的维新诗人在后期的诗界革命中对"欧洲意境"的呼唤之所以那样急切，可以说和借鉴日本诗人学习欧诗的成功经验有着很大关系。

---

① 北村透谷：《蓬莱曲·译者序》，上海译文出版社1985年版。

二 "更搜欧亚造新声"

梁启超到达日本时，浪漫主义诗歌已经在日本诗坛上蓬勃发展起来。梁启超对戊戌以前与夏曾佑等倡导的"新学之诗"作了深刻的检讨，他参照日本诗歌的发展道路，大力提倡中国诗歌向欧洲学习，"今欲易之，不可不求之于欧洲，欧洲之意境语句，甚繁富而玮异，得之可陵轹千古，涵盖一切"①。于是，诗界革命的发展方式与方向便是"欧洲之意境语句"。郑藻常的诗《奉题星洲寓公风月琴尊图》曾受到梁启超的称赞："全首皆用日本译西书之语句，如共和、代表、自由、平权、团体、归纳、无机诸语。"② 梁启超通过"日本译西书之语句"与欧洲意境结合看到了中国传统诗歌变革的现实可能性与实现途径。不仅如此，他还进行了大量实践，创作了众多颇有"欧洲意境"的诗，大量运用了"日本译西书之语句"。如其《壮别26首》中的诗句："自由成具体，以太感重洋"；"天骄长政国，蛮长阁龙洲"。梁启超专门在"阁龙"一句的下面作了注释："哥伦布，日本人译之为阁龙。"在梁启超看来，利用"欧洲之真精神真思想"来改革古典诗歌的思想内涵就是诗界革命发展的方向。然而，如前所述，诗界革命从日本引入的"欧洲意境"是丧失了部分真正原产地内涵且携带着日本色彩的"欧洲意境"，而这样一种变异的"欧洲意境"与中国本土的文化文学传统以及时代精神相融合，形成了诗界革命独具民族特色的"新意境"。

黄遵宪对欧洲诗人是推崇备至的。这位可以"举革命之实"的人物虽然被群推为中国诗界之哥伦布，但他自己却犹有未酬之志，他晚年在《与丘菽园书》中说："诗虽小道，然欧洲诗人，出其鼓吹文明之笔，竟有左右世界之力，

---

① 梁启超：《夏威夷游记》，《饮冰室合集》专集之22，中华书局1989年版，第191页。
② 同上。

仆老且病，无能为役矣，执事其有意乎?"① 诗界革命的成员蒋智由之所以能和黄遵宪、夏曾佑并称诗界三杰，恐怕主要是因为他有梁启超在《广诗中八贤歌》中所说的"驱役教典庖丁歌，何况欧学皮与毛"的气概。蒋智由早年积极参与维新运动，鼓吹新学，大力译介西方政治学说和文化思想，是文学界革命的重要支持者和鼓吹者，也是诗界革命的主将之一。他以自己充满激情的诗歌创作，奏响了诗界革命的主旋律，成为诗歌创作风气转换的信号，也成为 20 世纪初时代思潮转换的信号。蒋智由的诗有着丰富的思想内涵，部分诗作表达了对民族危机日益加深的忧虑、山河破碎的悲愤及国家、民族意识的觉醒，流露了一种拯时救世的急切心情和炽烈的爱国主义情感；尤为引人注目的是，他的部分诗作用新事、新典、新名词直接宣传了西方资产阶级的民主、平等、自由的新思想，引领了时代潮流，也代表了一种新的诗歌风格。如他的《有感》："落落何人报大仇？沉沉往事泪长流；凄凉读尽支那史，几个男儿非马牛。"② 诗中描写祖国山河破碎，被列强宰割，国无宁日的状况，反映了作者拯救时世的急切心情。另有一首《卢骚》："世人皆欲杀，法国一卢骚。民约倡新义，君威扫旧骄。力填平等路，血灌自由苗。文字收功日，全球革命潮。"③ 这首诗将卢骚、《民约论》、平等、自由的新名词直接运用于诗，自如洒脱，铿锵有力，表达了诗人对西方资产阶级自由、民主、平等思想的向往和追求，是呼唤革命的号角。邹容在《革命军》中便将此诗最后两句加以引用，流传很广，影响甚大。他还写过一首《奴才好》，这首诗是对厚颜无耻的奴才的冷嘲热讽，成为切中时弊的一柄短匕。邹容在《革命军》中全诗加以引用。

如前所述，诗界革命的得力响应者康有为在《与菽园论诗兼寄任公、孺博、曼宜》一诗中也积极主张"更搜欧亚造新声"。诗界革命推崇欧洲诗歌意

---

① 陈铮编：《黄遵宪全集》，中华书局 2005 年版，第 440 页。
② 《清议报》第 81 册，1901 年 6 月 17 日。
③ 《新民丛报》第 3 号，1902 年 3 月。

境，体现出晚清文人对于欧洲文明的向往，归根结底，是因为他们从在欧洲诗风的吹袭下日益变迁的日本诗坛受到了启发。在某种意义上可以说，是日本启蒙的诗歌将中国晚清的诗界革命领上学习西方诗歌的道路，假使没有日本诗坛的启迪，诗界革命绝不是现在这种样子。

　　将理论和主张落实在具体的诗歌创作上，诗界革命成员对新意境的追求，也和日本的新体诗有相似之处。以黄遵宪的诗歌为例，无论是梁启超用以与西诗媲美的《锡兰岛卧佛》，还是被梁启超誉为"皆纯以欧洲意境行之"的《今别离》和《以莲菊桃杂供一瓶作歌》，在内容上都偏重思想和学理。《锡兰岛卧佛》"述佛教之兴起传播，卒亦不能庇国，以至衰灭"。梁启超读之，"欲题为印度近史，欲题为佛教小史，欲题为地球宗教论，欲题为宗教政治关系说"。[①]除了偏重思想和学理之外，这些创作改革了诗歌的传统意趣，引入了日本和欧洲的题材，比如自然风物、民俗风情、政治制度、科技进步等等。《今别离》把咏歌离愁别绪的传统题材和近代的轮船、火车、无线电、照片相联系，诗的最末一段农业社会的意象与现代文明精神交相辉映，"妾睡君或醒，君睡妾岂知"以东西两半球昼夜相反的时差刻画思妇的内心活动，与其说诗歌的主旨是表现思妇的怀人念远之情，倒不如说是在歌颂近代科学技术，思妇的感受性时间观与近代科学的时间观相遇，典型地体现了晚清改良诗歌中中西诗对接的时代特征。《以莲菊桃杂供一瓶作歌》半取佛理，又参以西人植物学、化学、生理学诸说，这和日本《新体诗抄》内容上偏重思想学理的写法是一脉相承的。与新的内容相适应，在形式上黄遵宪的诗歌有不少篇幅较长，特别是他的《锡兰岛卧佛》长达三千两百多言，思想容量大，结构宏伟，不仅在古代文人的诗歌中比较少见，而且像《孔雀东南飞》、《木兰辞》那样的民间叙事诗也难以匹敌，从这里也可以看出模仿欧洲诗篇幅较长的日本新体诗的影响。

---

　　①　梁启超：《诗话》，载《饮冰室合集》文集之45（上），中华书局1989年版，第3页。

三 欧洲"真精神"的文化变异

如前所述，诗界革命成员是从日本引入了丧失了部分原产地内涵且携带着日本色彩的"欧洲意境"。出现这样一种间接引进的情况，缘由主要在三方面。

首先，当时中国学西学的人很少，加之特殊的历史时代原因，文学上的"西学"具有相当的难度。正如梁启超在《论学日本文之益》中所说，当时"吾中国治西学者固微也"，而又正值国难，在侵略者的坚船利炮面前，很多人认识到技术、军事的重要性，由此，这些少数学西学的人所引进翻译的书文多偏重于兵学、政治和科技，对欧洲文学的翻译、介绍可以说是微乎其微。欧洲文学译著的稀少使得直接从欧洲引入"欧洲意境"对于当时的中国来说具有相当的难度。诗界革命口号提出之前，有案可查的中译西诗仅有王韬与张宗良于1871年合译《普法战纪》中记载的德国、法国国歌各一篇，后者即是举世闻名的《马赛曲》，但令人遗憾的是在当时这首译诗并未引起人们足够的重视。诗界革命的口号提出之后，虽然欧洲的翻译小说风靡中国文坛，但介绍到中国的欧诗却还是凤毛麟角。到了1905年，革命民主派诗人马君武才有意识地翻译了拜伦、歌德、雨果等人的作品。然而，维新派的诗界革命作为一次文学运动，其潮流已基本消歇，零零落落地出现于报端的新派诗不过像暮鼓一样，给人的只是寂寥的感觉。因此，诗界革命同人要想从译介到中国的欧诗中汲取营养是极其困难的，这大概也是黄遵宪慨叹"仆老且病，无能为役"的原因之一。

其次，甲午战争日本的胜利让"东学"兴起。甲午战争之后，历来以天朝上国自居的清帝国居然败给了蕞尔三岛的小国日本，举国震惊。在割地赔款的奇耻大辱面前，中国知识界不得不把注意力投向东洋。随着对日本关注的深入，国内兴起了效法日本明治维新变法图存的思想，不仅康有为、梁启超等维新志士如此主张，连张之洞等清政府的一些高级官僚也是如此观点，希望借途日本向西洋学习。正如梁启超在《论学日本文之益》中说的那样，日本与我们"同文同种"，而且学西学又学得那样好，以至于到了"无大异"的程度。在他们看来，日本之所以强盛，就在于其成功地学习了西方。由于中国与日本同文同种，容易效仿，加之维新派的代表人物大多通晓日语，由此中国要学习西方，不如直接效法日本，如此可以收到事半功倍的效果，通过日本诗坛学习"欧洲意境"，改变中国诗坛的面貌确实是切实可行的途径。在这些人的倡导下，中国吸收外国文化思想的取向产生了一个划时代的变化，一种以日本中介来摄取西洋文化的所谓的"东学"应运而生。

再次，受西方启蒙思想影响的日本本土启蒙思想家的思想确实契合了旅居日本的中国知识分子的想法和愿望，使这些知识分子的思想带上了日本色彩。比如梁启超对西学比较深入的了解是在逃亡日本之后，他阅读了大量有关西方科学、哲学与历史的书，他通过孟德斯鸠、卢梭等人的作品了解了三权分立、天赋人权、社会契约等观念，通过历史书籍了解了希腊、罗马、地理大发现以及启蒙时代的许多英雄人物。除此之外，梁启超经历了当时日本明治后半期的政治和社会，接触了幕末维新志士如吉田松阴，以及明治时期一些重要的思想家如加藤弘之、中村正直、福泽谕吉等人的著作，这些人对他的思想产生了极大影响。梁启超早在康有为办的万木草堂就已读过吉田松阴的著作，流亡日本后更因崇拜吉田松阴和高杉晋作改名为吉田晋，称吉田松阴为"新日本之创造者"。他专门收集吉田松阴的著作，并抄录、出版了《松阴文钞》，从中不难看出他和吉田松阴在变法维新和救国图存等政治抱负上是相知、相通的。梁启超生活的清末和吉田松阴生活的幕末，同样面临着外来的压迫。在民族危机面前，吉田松阴提出了"尊王攘夷"、变法图强之政策，他意识到要想制驭外夷必先了解夷情，必须学习西方制造坚船利炮；而梁启超认为中国晚清的情形与日本幕末的情形相类，希望清政府也能"拥王变政"、"攘夷御外"、"维新图强"。除开"尊王攘夷"，梁启超还在"矢志报国"、"治国策略"等思想上与吉田松阴形成了共鸣。

正是基于以上三个主要原因，诗界革命成员以日本为媒介间接引入"欧洲意境"。而这种带有日本色彩的"欧洲意境"进入中国后，又因为中国本土文化文学的传统和特殊的时代精神而发生了变异。

总的说来，日本的"欧洲意境"更好地继承了西方诗歌的现代自我意识和个人主义精神。而晚清诗界革命诗歌中的"新意境"主要寄托的是诗人们民族复兴的梦想，他们的自我完全附着于民族利益与群体意识，那种西方式的自我意识与个性主义精神在他们的诗歌中则被远远放逐了。这样一种差异，追根溯源，一方面在于中日迥异的传统文学观，另一方面在于特殊的历史时代因素。

中国最早的文学观是理想的文学观，具有一种强烈的积极干预政治的倾向。中国人把政治问题放在个人生活的范畴里来加以领会的是"风"，把人类社会问题同政治联系起来加以理解的是"雅"。中国的"风雅"首先是考虑政治观念，并且具有一种社会批判精神。这种社会批判精神叫做"讽刺"、"讽喻"或者"讽谏"。在文学中要尊重讽刺，换言之，就是主张把文学作为可纠正封建社会弊端的一种智慧。中国文学的讽刺，是以更多的直言作为宗旨的，因而往往过于认真，缺乏笑的因素。文学观直接影响文学的嗜好倾向。中国文学具有代表性的嗜好倾向，包孕于"风骨"一词中。在中国，只表现情绪而不接触意志的文学，不能视为优秀的文学，这种传统根深蒂固。由此，中国诗也更具有说明性、逻辑性和思想性。

而日本的文学观则认为"物哀"的情趣才是重要的，如果把政治纠缠于文学之中，那就会流于庸俗。日本人所说的"风雅"也是顺从造化、埋头于自然，这从中国文学传统的角度来说，这种"风雅"完全去掉了中国人在"风雅"中认为最为重要的东西，而套上一层风趣的外衣。但日本人认为，这种"风雅"才是真正的"风雅"。日本对"讽刺"的理解也不像中国那样严格，常常蕴涵着游戏精神。而日本文学具有代表性的嗜好倾向，则包孕于"物哀"一词中，"物哀"就是凝视无限定的对象而引起的某种感触。爱情与无常是传统日本文学的两大主题。作者的意志表现得暧昧亦无妨，唯有情绪，唯有"物哀"之心才最为重要。日本文学传统就是一种超政治的倾向。虽然日本启蒙诗歌较之日本传统诗歌已有很大改变，但依然印有传统文化的烙印。

对于"风骨"和"物哀"的各自偏爱，确能把中国文学与日本文学的本质差异完全地、典型地显示出来。[①] 这样两种截然不同的文学观不仅在表层造就了两国不同的文学心态，也在深层造就了两国不同的文化心态以及文化身份的建构和认同。中国的传统文学观使得个体文人和国家紧密相连，几千年的封建帝制不仅造就了一个国家的"大国姿态"，也造就了个体文人心中的"大国姿态"，这实际上是一种文化身份的建构和认同；而日本"从小"就学习中国，向他者学习对于日本来说是一种非常自然的习惯和常态，加之日本独特的岛屿文化，造就出来的是一种"小国心理"，一方面追求逍遥自在，另一方面又愿意虚怀若谷地积极接受和学习他者。由此，日本启蒙诗人在面对西方诗歌的时候，没有中国文人隐藏在内心深处的"大国姿态"，很少有被同化甚至于被淹没自我的那样一种焦虑，由此他们对西方诗歌的态度则是进行全面的积极的摄取。这正如依田熹家所说："日本在摄取他国的文化时，不只是技术，包括文学艺术在内，都加以全面吸收。而且不是分散的，经常要成套地吸收。"[②] 河田悌一也曾说过："以明治维新为起点的日本近代化，设定以西欧为模式，全力以赴如何去接近西欧之道。"[③] 而与日本启蒙诗人不同，中国晚清的启蒙诗人虽然也自觉地走上了日本式的学习西方诗歌的道路，然而在学习过程中却存在着一种本能的恐惧与焦虑——被他者同化。由此，晚清的启蒙诗人在面对西方诗歌的时候，他们所采取的自然就是一种消极的摄取方式，一方面想要积极地学习，而另一方面又时刻保持着警惕、拒斥的态度。江上波夫在《文明转移》一书中谈到中国学习他国文化时的情形说："中国接受的时候，总是想作

---

① 参见［日］铃木修次《中国文学与日本文学》，吉林大学日本研究所文学研究室译，海峡文艺出版社 1989 年版。

② ［日］依田熹家：《日中两国现代化比较研究》，卞立强等译，北京大学出版社 1997 年版，第189 页。

③ ［日］河田悌一：《中国近代思想与现代》，日本研文 1987 年版，第 112 页。

为自己过去传统的中国文化的一部分来理解，所以文化的本质丝毫不会变化。"① 这样一种接受的态度，导致了中国诗人与西方诗歌的精髓失之交臂。如此一来，黄遵宪等人的诗虽有如梁启超说的"欧洲意境"，然而这种意境却是缺失了某种原有内涵的"欧洲意境"，更多的只是继承了"日本译西书之语句"，自然也就与更多地继承了西方诗歌现代精神的日本启蒙诗歌相去甚远。

中国传统的文学观、文化心态，遭遇特殊的历史时代，就生产出了诗界革命独具特色的"新意境"。众所周知，戊戌政变前后是列强瓜分中国、民族危机迫在眉睫的时代，也是先进的中国人起而为救亡图存奔走呼号的年代，在这种时代激流中掀起的诗界革命的浪潮也是利用文学救国的一种尝试。强烈的救亡意识使诗界革命同人无暇顾及个人的悲观和个人的需要，而更多地注意有利于民族的群体意识，在资产阶级民主自由的旗帜下他们看到的也不是个人，而是将个体生命与国家利益联系在一起的国民。然而，在那大动荡的年代，先进的个人与先进的群体决没有本质的矛盾，而是有机地融为一体的，国家的利益压倒了个人利益，民族的忧患压倒一己的悲欢，在这种情况下，讴歌个人的声音是低微的、无力的，因而，也是不值得学习和借鉴的。这就是诗界革命成员对外来影响取舍的现实依据。

综上所述，正是中日文学传统的差异和特殊的历史时代因素造就了近代中日启蒙诗歌的不同。中国诗界革命的"新意境"比起日本启蒙诗歌的"欧洲意境"更具有政治色彩，而日本启蒙诗歌的"欧洲意境"则更多的传承了西方自我意识等现代精神。

晚清的诗界革命走日本式的西方诗歌道路，虽然没有能够孕育出真正的中国现代新诗，但却打破了传统诗坛封闭的格局，改革了诗歌的传统意趣，引入

---

① ［日］依田熹家：《日中两国现代化比较研究》，卞立强等译，北京大学出版社 1997 年版，第 189 页。

了日本和欧洲题材，为中国诗歌的现代化积累了经验，预示了某种新的可能性。

第二节　新体诗之新形式

不仅在"神"上晚清诗界革命把日本启蒙诗歌作为了学习"泰西之诗"的媒介和模仿的标杆，在"形"上也汲取了日本启蒙诗歌的营养。影响了日本启蒙诗歌的"言文一致"运动也影响了诗界革命的形式革新，不仅大量日本翻译的西文词汇进入了维新诗人的诗歌创作，而且借鉴日本言文一致运动经验，为使诗歌语言大众化、通俗化，维新诗人还让白话、方言入诗。随着新词语、新语体的出现，加之日本诗体革新的示范，诗界革命的诗歌创作倾向于散文化、自由化，从而动摇了中国传统旧体诗词严密的文体体系。

一　"言文一致"的成功范例

前岛密于庆应二年（公元 1866 年）向幕府将军德川庆喜进言《汉字御废止之议》，试图通过废除汉字表记法来摆脱日文中根深蒂固的汉文学的影响，可视作日本"言文一致"运动最早的渊源。日本"言文一致"运动的核心主张就是要用接近于日常会话的口语体来写文章，将书面语口语化。在历史上，日本随着生产力的发展和社会文化的丰富，从进入镰仓时代起，书面语和口语就开始分离，在随后的时间里，口语在不断发展变化，而书面语却一直趋于保守的形态，几乎固定不变。到了江户时代，书面语与口语的距离已经变得大相径庭了。

到了幕府统治末期，西方列强已将炮舰开到日本国门，日本随时有可能步中国的后尘被列强瓜分。待到明治维新成功之后，日本建立了新的政体，富国强兵自然成为举国上下的目标。众多有识之士意识到国民教育是国家的根本，而其根本目的就是要以大众化的、通俗化的文字和文体来传播知识和学问，如若不然则无法很好地普及知识、教化国民，国家的现代化也就无从谈起。言文一致运动的目的就是要制造出一种新的文章标准，这种标准是非知识分子阶层也能够理解的，写作平易文章的标准。继前岛密 1866 年以美国传教士所谓"难解多谬的汉字"不适合教育的解说为契机，向德川庆喜进言《汉字御废止之议》后，日本先后经历了汉字废除论、限制论、全面采用假名或罗马字书写论等极端意见，然而由于汉字在日语中的存在是根深蒂固的，具有压倒性的核心地位，因此日语改革随后便从文字使用上的争论转移到了如何对文体进行改革。可见，日本的言文一致运动是和时代、历史紧密相连的，时代的诉求造就了言文一致运动的洪流。

言文一致运动在诗歌方面的主要体现就是新体诗。为了肩负起开通民智这一维新使命，日本启蒙诗人将诗歌形式的大众化、通俗化作为一种理想境界来追求。井上哲次郎在倡导新体诗的时候就号召："栖息于新日本的文学潮流里的国民，欲借此发挥情志，则应该用现时的国语所作的欧化的诗形；应该选择用平常的语言作成的诗形。"[①] 井上哲次郎提倡用"现时的国语"、"平常的语言"作诗，就是为了追求诗歌形式的大众化、通俗性，做到言文一致，而其《新体诗抄》中的诗便是言文一致的通俗之作。井上哲次郎深受进化论思想的影响，首先将流行的进化论社会学应用于诗歌改良。他注意到日本传统的俳句、短歌形式短小，虽然适于表现人的瞬间感觉和感情，却不适合表现新时代的思想和事物，而西方诗歌的长处就在于其形式可以容纳丰富的内容。于是，井上哲次郎从进化论的观点出发，认为时代和环境不同了，人的真善美意识也

---

① 转引自山東功［言文一致と井上哲次郎］，黎力、陶凤译，http：//www.lc.osakafu‐u.ac.jp/Lng_Clt/2008LC/08_santo.pdf。

会随之发生变化，因而必须让诗歌具备新的素材，表现对社会和人生的新认识，即表达近代人复杂的思想感情。其《新体诗抄》在绪言部分即标榜诗歌应平实易懂，不必区分新古雅俗、拘泥和汉西洋，尽可表达无碍；高声宣告其从事的创作既不是传统的汉诗，亦不是短歌或者俳句，而是至今为止日本文学中还没有的"诗"，一种和新时代相对应的全新的诗。井上哲次郎的这一改革，打破了俳句、短歌的传统，为日本近代新体诗的确立开辟了道路。其《新体诗抄》的诞生标志着言文一致运动在诗歌领域闪亮登场，具有里程碑式的意义。"言文一致"在诗歌上的对应就是新体诗从文语自由诗开始，直至口语自由诗的确立的发展过程。北村透谷、森欧外、岛崎藤村等诗人在这一过程中发挥了重要作用。

北村透谷 1889 年的《楚囚之诗》表达了近代自我意识的萌芽及其苦恼，风格上具有早期口语自由诗的特点，是文语自由诗向口语自由诗的过渡，对近代诗歌的形成起了重要的推动作用。同年，森欧外的诗集《于母影》通过翻译证明了新体诗的艺术性。而落合直文的《孝女白菊之歌》本源于井上哲次郎所作的汉诗，落合直文将其改写为文语新体诗并创作了歌曲，在全世界都颇为有名。1897 年，岛崎藤村的《嫩菜集》无论在内容还是形式上，都以更加完整的浪漫主义手法，为日本近代诗歌写下了光辉的一页。岛崎藤村的诗以平实易读的七五调为主，继承"言文一致"精神，多用平假名，用新体诗的新形式充分证明了新体诗的艺术性。到了 1907 年，川路柳虹发表了诗歌《垃圾堆》，成为日本近代诗坛最初的口语自由诗作品。当时正值七五调的全盛时期，川路所创口语自由诗的出现是对千篇一律的文语自由诗的挑战，具有重大的更新意义。口语自由诗秉承言文一致运动传统，被认为是时代精神的体现，产生了强烈的反响和影响。

新体诗从文语自由诗到口语自由诗，是一个不断现代化与平民化的过程。新体诗作为言文一致运动在诗歌上的体现，它的出现一改过去日本没有真正意义上的现代诗歌的局面，谱写了日本近代诗歌的新篇章，为后来的现代文学、左翼文学等打下了语言基础，也定下了风格基调，不仅为日本现代文学的繁荣和多样化作出了巨大的贡献，也为中国维新诗人对语言问题的探索提供了范例。

二　"我手写我口"的新开拓

诗界革命在萌芽之初便对语言问题尤为关注。1895 年秋冬之际，梁启超、夏曾佑、谭嗣同在北京讨论诗歌语言层面的革新。关于这一问题，诗界革命成员大致分为两路，一路以谭嗣同、夏曾佑为代表，另一路以黄遵宪为代表。

夏曾佑、谭嗣同在这一时期创作的诗歌被称为"新学诗"，"新学诗"的特点则是梁启超所说的"颇喜捃扯新名词以表自异"。这里的新名词主要是指孔、佛、耶三教中的经典词语，如不加注释则无从索解。新学诗中对于新名词的重视体现出诗界革命在诞生之日起即表现出对新词汇的关注。①

不过，这些新名词虽然反映了新旧交替时期人们刷新自己的陈旧观点，校正自己思维的强烈渴望，对当时的陈腐寂寞的形式主义诗坛也不失为一种冲击，但毕竟是背弃启蒙初衷的失败尝试，在诗界革命的指导者梁启超在理论上对其进行批判和否定之后，诗界革命同人很快便放弃了这种矫枉过正且幼稚的探索，因为"新学之诗"的形式显然与内容不和谐。到日本后，梁启超受日本启蒙诗歌通俗化特征影响，开始反省、告别昔日那种"苟非当时同学者，断无从索解"② 的"新学之诗"，进而将改革传统诗歌的基础设定为"欧洲之意境、语句"。虽然他对新名词依然充满了激情，但已经不再使用普通人所无法读懂的生僻之词了，而是有节制地选用使用频率相当高的"日本译西书之语句"③。

真正对诗歌语言改革作出突出贡献的是诗界革命健将黄遵宪。以黄遵宪为

---

① 梁启超：《饮冰室诗话》，人民文学出版社 1982 年版，第 49 页。
② 同上书，第 52 页。
③ 梁启超：《夏威夷游记》，《饮冰室合集》专集之 22，中华书局 1989 年版，第 191 页。

代表的诗界革命成员，追求语句的通俗化。戊戌变法失败后，流亡日本的康有为等人痛定思痛，致力于国民启蒙，诗界革命就是轰轰烈烈的启蒙运动的有机组成部分。为了使文学从文言文的束缚下解脱出来，发挥改革社会的作用，以黄遵宪为代表的诗界革命成员继承了古代文学家反对言文分离，提倡"口舌代心者也，文章又代口舌者也"的传统，同时又以欧洲及日本言文一致运动成功的事实相号召，把言文合一提高到改革社会的高度来认识，为五四时期的白话运动作了必不可少的舆论准备，以黄遵宪为代表的诗界革命成员对语言通俗化的追求是符合历史要求的。

语言通俗化的提出，最初源于黄遵宪在 1868 年创作《杂感》一诗时对文言文提出的批评："少小诵诗书，开卷动龃龉。古文与今言，旷若设疆圉。竟如置重译，象胥通蛮语。"他提出用俗语写作："我手写我口，古岂能拘牵？即今流俗语，我若登简编，五千年后人，惊为古斑斓。"① 这种批判更多的是来源于阅读写作过程中的直感。后来他又在《日本国志·学术志》中提出了言文复合的主张。后者不仅是在前者基础上的进一步发展，而且还含有对日本言文一致运动的成功经验的借鉴。

关于对日本言文一致运动的经验借鉴这一点，联系黄遵宪提出"言文复合"的背景会看得十分清楚。从 1877 年起，黄遵宪在日本度过了四年多。这时候明治维新刚刚开始十来年，他亲眼看到，日本的言文分离现象较之中国有过之而无不及。假名文字为幼儿妇女所专有，知识分子通行的书面语，和群众日常使用的口头语相距甚远。江户时期官方学界流行的文体，其繁杂难学的程度，令人望而生畏。许多文章，汉语词汇接踵相从、联袂而至，简直就像是按照日本文法而以汉语排列起来的。西方思想的涌入又给文体带来了新的变化，那就是多如牛毛细雨的欧洲词汇挤在原来的汉字和假名中，使本来便繁乱的文体变得更加令人眼花缭乱。作为《东京日日新闻》主笔的福地樱痴曾在 1875

---

① 钱仲联主编：《中国近代文学大系诗词集》，上海书店 1991 年版，第 486 页。

年 8 月发表文章，说当时翻译西洋书籍的人使用的是"全文的结构——英；使用的词语——汉；接续的语法——日"这样一种三不像文体。福地樱痴把这叫做"和汉洋之鸩文"，当时，主张言文一致的日本人，注意到欧洲文艺复兴时代各国发展民族文学的经验，认为文体革命势在必行。

在《日本杂事诗》第六十六首中，黄遵宪谈到了日本言文相离的现状，并专门介绍了日本言文一致运动的背景和过程。黄遵宪离开日本后历游欧美，对于各国语言文字有所了解，他在《日本国志·学术志二·文学》中记述了日本文学的发展演变后，再一次谈到日本言文相离的状况，"余观天下万国，文字言语之不相和者莫如日本"。这是因为"其国本无文字，强借言语不通之汉文而用之"。这就决定了它要做到"言文一致"，不仅面临着言文存在的古与今的矛盾——言今而文古（这在中国同样存在），而且内与外——民族语言与外来文字的矛盾也很尖锐，然而日本人由于创造了一字一音的假名文字，为解决这些矛盾准备了利器。这种假名，"音不过四十七，字点画又简，极易习识，而其用遂广"。这一事实使黄遵宪深为感慨：假名文字有利于表达情感，扩大交往："其用之书札者，则自闾里小民、贾竖小工，逮于妇姑慰问、男女赠答，人人优为之。"假名文字有利于因声为乐，直抒胸臆："其被歌之曲者，则自朝廷典礼、士官宴会，逮于优人上场、妓女卖艺，一一皆可卜之声诗，传之管弦。"假名文字有利于绘事纪闻，穷形极相……① 作为一位文学家，黄遵宪看到了假名文字对于发展日本民族的抒情文学与叙事文学的特殊功绩。他看到了假名文字的最大长处在于"语言与文字合"。

黄遵宪正是在这种背景下受到了日本言文一致运动的启发、冲击和洗礼，对言文关系进行了较为深入细致的思考。他真正深切地感到中国文言诗变革的必要性与紧迫性。

---

① 王晓平：《近代中日文学交流史稿》，湖南文艺出版社 1987 年版，第 279 页。

盖语言与文字离，则通文者少；语言与文字合，则通文者多，其势然也。然则日本之假名有裨于东方文教者多矣，庸可废乎！泰西论者谓五部洲以中国文字为最古，学中国文字为最难，亦谓语言文字之不相合也⋯⋯自欲令天下之农工商贾妇女幼稚能通文字之用，其不得不于此求一简易之法哉！①

在这段话中，黄遵宪明确主张中国应改革语言与文字不相合的状况，用"适用于今，通行于俗"的语言使"天下之农工商贾妇女幼稚皆能通文字之用"，实现言文相合，改变语言与文字分离"通文者少"的现状。

黄遵宪的这一主张受到了诗界革命领袖梁启超的高度重视。梁启超在1896年出版的《沈氏音书序》中讨论中国言文相离的弊端时，引用了黄遵宪的上述主张，并进一步指出："国恶乎强，民智，斯国强矣。德美两国，其民百人中识字者殆九十六七人，欧西诸国称是。日本百人中识字者亦八十人。"②可见，明治维新后语言改革的成就让诗界革命的领袖黄遵宪与梁启超深受启发。黄遵宪"语言与文字合"的主张比胡适《文学改良刍议》、《建设的文学革命论》等同类论述早了近三十年，由此也可见诗界革命对于此后白话文运动的影响。

三 模仿与创造的先导意义

为了实现言文合一的主张，实现诗歌语言的大众化与通俗化，诗界革命的诗歌创作中关于诗体革新的主张与日本明治诗坛也表现出诸多相似之处。

其一，提倡扩大诗歌的题材范围和表现领域，大量西文词汇进入诗歌创作

---

① 陈铮编：《黄遵宪全集》下卷，中华书局 2005 年版，第 1420 页。
② 梁启超：《沈氏音书序》，《饮冰室合集》文集之 2，中华书局 1989 年版，第 1 页。

中。黄遵宪曾说：

> 报（《新小说》）中有韵之文自不可少，然吾以为不必仿白香山之《新
> 乐府》、尤西堂之《明史乐府》，当斟酌于弹词、粤讴之间，句或三或九，
> 或七或五，或长或短，或壮如《陇上陈安》，或丽如《河中莫愁》，或浓如
> 《焦仲卿妻》，或古如《成相篇》，或俳如俳伎辞，易乐府之名而曰"杂歌
> 谣"，弃史籍而采近事。至于题目，如梁园客之得官，京兆尹之禁报，大
> 宰相之求婚，奄人子之纳职，候选道之贡物，皆绝好题目也。此固非仆之
> 所能为，公试与能者商之。吾意海内名流，必有迭起而投稿者矣。①

黄遵宪先后写作了《军歌》二十四章、《幼稚园上学歌》十章、《小学校学生相
和歌》十九章。《军歌》二十四章分三部分，每一部分又分八章，每章的末一
字意义相联，合为"鼓勇同行，敢战必胜，死战向前，纵横莫抗。旋师定约，
张我国权"二十四字。在国难当头的时刻，黄遵宪的诗是鼓舞人们斗志的宏大
激越的强音。《军歌》这组诗在黄遵宪的《人境庐诗草》中并未收入，而梁启
超则全文录在自己的《诗话》里。梁启超读此组诗后说："大有'含笑看吴钩'
之乐。""其精神之雄壮活泼沉浑深远不必论，即文藻亦二千年所未有也，诗界
革命之能事至斯而极矣。吾为一言以蔽之曰：读此诗而不起舞者，必非男
子。"② 梁启超不仅在《新小说》上刊登了黄遵宪这类诗作，而且自己也创作
了《爱国歌》四章。

其二，大量白话、方言入诗，追求语言大众化、通俗化。黄遵宪在日本居
住期间曾十分欣赏日本民间文学，他对《都踊歌》的译录就是最好的例证。这
首诗歌是日本西京七月十五男女通宵达旦都踊之时，相互之间表达纯洁健康的

---

① 黄遵宪：《壬寅八月二十二日与梁任公书》，转引自钱仲联《人境庐诗草笺注》，上海古籍出版
社 1981 年版，第 1245—1246 页。
② 梁启超：《饮冰室诗话》，人民文学出版社 1959 年版，第 42—43 页。

爱情的口头创作，每句结尾都有"荷荷"的喊声，表现了鲜明的口头语特征。它的语言生动活泼，音调铿锵，朗朗上口，易传易唱，基本上是通俗易懂的日常用语。梁启超曾说："《人境庐集》中，性情之作，纪事之作，说理之作，沈博绝丽，体殆备矣。惟绮语绝少概见。吾以为公度守佛家第七戒（不歌舞观听）也。烦见其《都踊歌》一篇，不禁抚掌大笑曰：此老亦狡狯乃尔！"[①] 全诗如下："黄昏月上时，彩绳牵引，明灯高悬，青年男女载歌载舞，眉目传情，清歌答意，充满欢乐气氛。他们来自民间，在寻求意中人作终身伴侣。"黄遵宪的这首诗写法独创，他将古代民间歌谣的某些特点吸取过来加以创新，使作品既有中华古风传统，又带点异国情调；他还将俚俗与典雅糅合起来，庄谐杂陈，雅俗共赏。

黄遵宪此后创作的《山歌》以及梁启超的《台湾竹枝词》，且不说在内容上宋元以后让位于词曲的爱情题材在他们的诗中重新出现与借鉴外国爱情诗歌（包括日本民歌）有关，仅就语言方面而言，这些诗歌"盖以语体为诗"，也和《都踊歌》有异曲同工之妙。《竹枝词》本是巴渝民歌，一首七言四句，多吟唱民间疾苦，所谓"竹枝苦怨怨何人"、"怪来调苦缘词苦"（白居易《竹枝》）。唐贞元中，被贬谪在沅湘的刘禹锡以俚歌鄙陋，乃依骚人《九歌》作《竹枝》新辞九章，教里中儿歌之，由是盛于贞元、元和之间，影响全国，自后历宋、元、明、清，长江南北《竹枝》盛行，成为中国民歌之大宗。当年梁启超到台湾，听到当地居民亦"相从而歌"《竹枝》，心有所感，于是将它们翻译出来，加工改编成十首《台湾竹枝词》。其小序及部分词文如下：

晚凉步墟落，辄闻男女相从而歌。译其词意，恻恻然若不胜谷风小弁之怨者。乃掇拾成什，为遗黎写哀云尔。

---

① 梁启超：《饮冰室诗话》，人民文学出版社 1959 年版，第 34 页。

　　郎家住在三重浦，妾家住在白石湖。路头相望无几步，郎试回头见妾无？

　　韭菜花开心一枝，花正黄时叶正肥。愿郎摘花连叶摘，到死心头不肯离。

　　相思树底说相思，思郎恨郎郎不知。树头结得相思子，可是郎行思妾时？

　　此外，黄遵宪的《拜曾祖母李太夫人墓》也汲取了客家歌谣的养分。客家民谣、山歌是客家人抒发自己感情的一种最重要的文艺形式。黄的家庭是书香门第，曾祖母李氏和母亲吴氏都出身于官僚知识分子家庭。尤其曾祖母李氏是民间文学爱好者。在黄遵宪牙牙学语时，李氏就对他口授民谣："月光光，秀才郎。骑白马，过莲塘。莲塘背，种韭菜。韭菜花，结亲家。亲家门口一口塘。放个鲤鱼八尺长。"[①] 而《拜曾祖母李太夫人墓》中就有"牙牙初学语，教诵月光光，一读一背诵，清如新炙簧"这样的诗句。再比如："上树不停脚，偷芋信手爬。昨日探鹊巢，一跌败两牙。喋血喷满壁，盘礴画龙蛇。"诗句语皆本色，清空似话，通俗俚语，一一活现。钱仲联曾在《梦苕盦诗话》中说道：

　　黄公度（遵宪）《人境庐诗》，以旧格律运新理想，诚不愧诗世界之哥伦布。然传诵一时之《今别离》四章、《以莲菊桃杂供一瓶作歌》诸首，笔路粗疏，大似张船山一流，并不见佳，余最爱其《拜曾祖母李太夫人墓》长五古，曲折详尽，语皆本色，真公度所谓"我手写我口"者。运用古乐府之神理，而全变其面貌，不足与皮相者道也。[②]

---

①　杨天石：《黄遵宪》，上海人民出版社1966年版，第213页。
②　钱仲联：《梦苕庵诗话》，齐鲁书社1986年版，第8页。

而《人境庐诗》集外的《军歌》二十四章、《小学校学生相和歌》亦语言朴素，毫无雕琢的痕迹。这些像是夏晨荷叶上的露珠一样晶莹可爱的诗歌，固然是来自中华民族的生活土壤，但诗人在创作中注重语言通俗化的追求无疑与日本口语文学的启发有关，对他本人提出的言文复合的主张也是一种有说服力的实践。黄遵宪的这些作品成为后来五四白话文学革命的先导。可以这样说，日本启蒙诗歌通俗化大众化倾向，不仅强化了黄遵宪原有的现实主义精神，而且启迪他提出了更实在的诗界革命主张，并使其诗向通俗化迈出了坚实的步子。

其三，摆脱格律束缚，扩展诗歌的文体自由。梁启超倡导恢复诗歌的广义概念，他认为：

> 中国有广义的诗，有狭义的诗。狭义的诗，"三百篇"和后来所谓"古近体"的便是；广义的诗，则凡有韵的皆是。所以赋亦称"古诗之流"，词亦称"诗余"。讲到广义的诗，那么从前的"骚"咧，"七"咧，"赋"咧，"谣"咧，"乐府"咧，后来的"词"咧，"曲本"咧，"山歌"咧，"弹词"咧，都应该纳入诗的范围……如今我们提倡诗学，第一件是要把"诗"字广义的观念恢复转来，那么自然不受格律的束缚。①

此外，白话入诗使得诗歌散文化。"诗界潮音集"中发表了铁血头陀的《勤王军歌》（二首）、《危哉行》，突飞少年《可惜歌》、《励志歌》，梁启超《志未酬》、《举国皆我敌》，秀水董寿《爱国自强歌》，蒋智由《奴才好》、《哀乐众生歌》、《呜呜呜呜歌》、《闻蟋蟀有感》等。我们观蒋智由《奴才好》的部分诗文，就可发现诗歌散文化的倾向。

---

① 梁启超：《晚清两大家诗钞题辞》，载《饮冰室合集》文集之43，中华书局1989年版，第70页。

奴才好

奴才好，奴才好，勿管内政与外交，大家鼓里且睡觉。

古人有句常言道：臣当忠、子当孝，大家切勿胡乱闹。

满洲入关二百年，我的奴才做惯了；他的江山他的财，他要分人听他好。

不过，从总体上说，诗界革命同人孜孜追求的"欧诗意境"与黄遵宪为代表的语言通俗化的主张，在他们的创作中并没有得到完全的体现。就"欧洲意境"而言，如前所述，由于种种客观条件的限制以及他们个人思想上的局限，他们并不了解欧洲诗歌的基本面貌，从代表诗界革命实绩的黄遵宪夸大诗歌的社会作用，认为欧洲诗歌有"左右世界之力"这一点来讲，他们对欧诗的理解是肤浅、片面而带有主观臆想成分的，他们所真正获得的并非"欧洲意境"，而是"新意境"。这对他们真正地学习和借鉴欧诗意境不能不带来某些消极的影响。就语言通俗化而言，由于谭嗣同、夏曾佑"颇喜捃扯新名词以表自异"，诗界革命的理论家梁启超主张"又须以古人之风格入之"，结果，从不同的角度干扰了黄遵宪对语言通俗化的追求。这种干扰表现在创作上，康有为、梁启超、谭嗣同、夏曾佑的诗歌姑且不论，就是黄遵宪的诗作，除少数诗篇外也大多未能摆脱古诗的束缚，语言上基本是采用古人的语言。因此，严格地说来，诗界革命的任务并没有真正地完成。

可以这样说，诗界革命的最大成绩是它构成了中国启蒙文学的有机组成部分，在内容上，它提倡通过日本诗坛学习"欧洲意境"，开创"新意境"，鼓吹"文明自由"，致力解决用什么启蒙的问题；在形式上受日本口语化文学的启发提出"言文复合"的主张，缩短了诗歌与群众的距离，努力实践怎样启蒙的问题。如此一来，在某种程度上可以说日本的启蒙诗歌推动了晚清的诗界革命运动，有利于晚清诗界开启通俗化、大众化的序幕，从而获得言说新思想的启蒙形式。虽然由于种种原因，晚清时期这种通俗化、大众化的启蒙形式不够彻底，也不够成熟，启蒙文学的分支诗歌比小说更加脆弱，但它毕竟是新生力量的代表，因而具有无穷的生命力，对当时的中国诗坛上内容上载道、形式上拟古的以同光体为代表的古典诗歌具有强大的冲击力，自此以后，古典诗歌的地位每况愈下，而且再也无力按照原来的步伐走下去了，这就为五四白话诗拓清了道路，对于五四文学革命具有启示性意义。正如陈子展所说，黄遵宪等人的诗界革命"成为后来胡陈钱周一班人提倡白话文学的先导"，[①] 这也就意味着日本的启蒙诗歌对中国文学新旧转型的萌动与早期现代化的开始起到了某种推动作用。

---

① 陈子展：《中国近代文学之变迁》，中华书局 1929 年版，第 27 页。

第二章　昂扬澎湃的主情诗潮

　　晚清的"诗界革命"虽然因社会历史诸多因素的干扰未能彻底扭转诗坛僵化守旧的情状，但它拉开的启蒙序幕和所进行的"新体诗"实践为其后的白话文学运动提供了珍贵的借鉴经验。"胡陈钱周一班人"的白话文学运动在创作实践上便是从白话诗的写作开始的。1917 年 2 月《新青年》率先发表了胡适的白话诗。"新诗"这一概念也在 1917 年被确立。胡适《文学改良刍议》中的"八事"相当一部分是针对诗歌而言的，如反对用典对仗、反对旧诗词的无病呻吟、滥用套语，主张废骈等。其后的长篇论文《谈新诗》更是具体地列举了一系列构建新诗的措施。刘半农在《我之文学改良观》中也积极呼吁诗歌变革，提出"于有韵诗之外别增无韵之诗"等主张。周作人、沈尹默、康白情等也都积极投身于白话诗创作之中。《新潮》、《星期评论》、《少年中国》及《晨报副刊》等也奉出版面，助阵白话诗创作。一场颇有声势的白话诗运动蓬勃开展起来。但真正让新诗告别草创时代，从"白话"走向"诗"，并让自由诗成为诗坛主导力量的则是创造社掀起的以《女神》为代表的主情诗潮。

第一节　邂逅厨川白村

随着白话诗运动的深入发展，五四时期，伴随着个性主义思潮的兴起，创造社以《女神》为代表的主情诗潮得以迅速壮大，席卷整个诗坛，被称为浪漫主义文学。不过，正如郑伯奇所说："创造社的浪漫主义从开始就接触到'世纪末'的种种流派。"① 陶晶孙也认为，"把所有创造同人的群像合成一个，那么这要一个完全的新罗曼主义"②。这就是说，导源于西方的浪漫主义思潮，途经日本终于在中国诗坛以主情诗潮的方式形成巨大回响的时候，已经不能与随近代欧洲工业革命的兴起而发展起来的西方浪漫主义画等号了。创造社的创作与其说师法于西方，不如说同日本的碰撞与交流更为直接，而且与当时日本文坛竭力鼓吹的"新浪漫主义"表现出千丝万缕的联系。

一　"新浪漫主义"的接收

伊藤虎丸在《鲁迅、创造社与日本文学》中说过这样一段话：

创造社文学是"大正时代"日本留学生的文学。这是说，结集在创造社周围的一群"早熟"的"文学青年"，他们的文学观、艺术观、社

---

① 郑伯奇：《中国新文学大系·小说三集·导言》，载《郑伯奇文集》，陕西人民出版社1988年版，第242页。

② 陶晶孙：《创造社还有几个人》，载丁景唐编选《陶晶孙文集》，人民文学出版社1995年版，第252页。

会观以及"自我意识",是和日本近代文学史上"大正时代"的作家们所具有的文学观、艺术观、社会观以及"自我意识",结成了很深的近亲关系。[①]

郭沫若、成仿吾、郁达夫、田汉、陶晶孙等留学的日本大正时期,现代主义文艺思想的重要代表厨川白村正名重一时。日本新潮社 1988 年出版的《新潮日本文学辞典》记载他当时与有岛武郎齐名。1912 年 3 月,厨川白村的《近代文学十讲》出版,这是日本第一部系统梳理欧洲 19 世纪中叶到 20 世纪初文艺思潮的著作,一版再版,各种报纸杂志如《日本新闻》、《读卖新闻》、《每日新闻》、《朝日新闻》、《帝国文学》、《三田文学》、《中央公论》、《东洋哲学》等纷纷转载并刊登相关评论,轰动一时。《近代文学十讲》对自然主义向新浪漫主义的过渡,以及新浪漫主义产生的原因、特质等作了精辟而独到的论述。"新浪漫主义"一词本是日本对"Neo - romanticism"的翻译,但经过一系列阐释和过滤之后,日本文坛的"新浪漫主义"与欧洲的"Neo - romanticism"的含义已经有了较大的差别。"新浪漫主义"在欧洲,其概念含义比较模糊和笼统,主要用于描述某些作家的创作具有浪漫主义的余绪,并非是对一种文学思潮或文学运动的科学界定。而大正年间日本文坛的误读与重构却赋予了这个词新的生命。日本较早运用这个词汇的生田长江在 1907 年的《象征主义》和 1908 年的《从自然主义到象征主义》等文章中,把象征主义划归"新浪漫主义",又在《最新文艺讲话》中,把王尔德为代表的唯美主义划归"新浪漫主义"。评论家本间久雄在《最近欧洲文艺思潮史》中,把"神秘主义"和"唯美主义"作为"新浪漫主义"的两种基本倾向。而厨川白村在《近代文学十讲》等著作中,将"新浪漫主义"看做"欧洲最近的文艺界的主要的倾向",并概括这一

---

① ［日］伊藤虎丸:《鲁迅、创造社与日本文学——中日近现代比较文学初探》,孙猛、徐江、李冬木译,北京大学出版社 2005 年版,第 144 页。

倾向的基本特色是，"发挥天赋的个性和独创性，强烈的清新的主观，摄取真和美的努力"。虽然日本学界认为"新浪漫主义"涵括了以"神秘"、"主情"、"唯美"、"颓废"为标榜的唯美主义、颓废主义、象征主义等文艺思潮，但厨川白村是这样阐释的：

> 虽说是神秘梦幻的文学，但决不是如前世纪初的浪漫派那样的，一味迷惑在梦幻空想的境地，理想憧憬时代的文学。这新的文学是经过一次现实的苦的经验，又被科学的精神陶冶后的文学，是经过自然主义怀疑思潮这种痛烈的人生经验和修炼之后表现出来的文学。所以虽同样被目为神秘，但它却不是从旧时梦幻空想里出来的神秘。新浪漫派诞生于比近代的怀疑更深一层的思想里。①

由此可见，尽管厨川白村的"新浪漫主义"也与唯美主义、颓废主义、象征主义等联袂，但他刻意挖掘其中积极、乐观的一面，从而认定它是传统的浪漫主义文学的进步和发展，是在自然主义陷入虚无和绝望的时代出现的，具有新的积极的生之意义的文艺思潮。厨川白村还以人的成长阶段作比方，将"新浪漫主义"置于文学发展的最新、最高阶段。认为浪漫主义好比二十来岁的"不懂世故的热情时代"，自然主义好比三十岁左右的"现实感渐趋强烈，美丽的幻梦宣告破灭的时代"，而"新浪漫主义"则好像"四十岁前后的事业巅峰期"，因此也是文学进化发展中处于最完美阶段的文学。

厨川白村对于"新浪漫主义"的阐释不仅逐渐在大正文坛形成了共识，而且对刚刚走向文学的创造社成员的早期文学取向产生了深刻的影响。创造社成立前，陶晶孙曾问郭沫若今后的文学方针，郭沫若回答"新罗曼主义"。② 可以

---

① ［日］厨川白村：「近代文学十講」（『厨川白村全集』第一卷，改造社，昭和四年，第345頁）。
② 陶晶孙：《记创造社》，载丁景唐编选《陶晶孙文集》，人民文学出版社1995年版，第240页。

说，创造社对"新浪漫主义"的认识和界定是通过日本完成的，其中厨川白村的理论最具决定性意义。

　　其实，在欧洲，早期现代主义即日本文坛所谓的"新浪漫主义"萌芽之初，其代表作家，如王尔德、波德莱尔、韩波等均被斥责行为背德，艺术怪诞，文学堕落，广受指责和歧视。但这种新的文学倾向传到日本，则立即被捧为整个欧洲文学的新发展，得到了热烈的拥抱和赞美。这也与日本特殊的社会文化有关。早在 1905 年，上田敏就在译诗集《海潮音》中满腔热情地将波德莱尔、魏尔伦、马拉美等诗人的作品介绍到日本。该译诗集囊括 19 世纪浪漫主义、高蹈派和象征主义三大思潮，收录了 29 位诗人的 57 首诗作，其中意大利 3 人、英国 4 人、德国 7 人、普罗旺斯 1 人及法国 14 人。译诗集明显流露出对法国文学和象征主义的偏爱，因为其创作倾向与日本文学传统具有很大的一致性。三木露风曾说："象征诗是法兰西诗派的影响及于日本之后而传来的，但如前所述，其精神古昔就存在于日本。……当时蕴藏在芭蕉心中的，正是这种精神。其诗的幽玄体，即今日所称的象征体。"①如此文化语境下，自然象征主义一登陆日本就广受青睐。1907 年 1 月，上田敏创办《昴星》杂志，集结了吉井勇、木下杢太郎、北原白秋、蒲原有明、与谢野铁干、与谢野晶子等青年作家和诗人，尝试新的艺术风格的创造。接着永井荷风主持的《三田文学》创刊，谷崎润一郎的《新思潮》创刊，小山内熏创立"自由剧场"，木下杢太郎、北原白秋发起成立"牧羊神会"，出版《屋顶花园》杂志。随着这些刊物和艺术团体的涌现，一大批象征主义、唯美主义诗人登上诗坛，在日本刮起了一股以"新浪漫主义"为标榜的现代主义旋风。他们以纠正自然主义偏重客观描写的偏颇为号召，强调艺术至上和感性直觉，否定艺术的社会功能。当然，这股创作潮流风行文坛也与当时的社会环境有关。1910 年日本发生了著名的"大逆事件"，又称

---

① 叶渭渠：《20 世纪日本文学史》，青岛出版社 1998 年版，第 120 页。

"幸德事件"①，整个社会笼罩在一片白色恐怖之中，客观上迫使一大批作家退回到象牙塔之中，更加追求艺术上的唯美和感官享乐。日本文学史家吉田精一在谈到这段时间的文坛状况时指出："唯美主义之所以能成为文艺的主潮，一方面是由于自然主义的个人主义精神的发展所致，但社会和政府对新思想的压制也是原因之一。总之，对思想的钳制，打击了探索新的人生理想的热情，迫使人们将目光转向过去和传统，转向官能享乐。"② 厨川白村正是在这样的时代语境中展开了对"新浪漫主义"的阐释，而他的梳理和肯定又随《近代文学十讲》等著作的流传，在一定程度上促进了大正时期的文化界对于"新浪漫主义"的推崇，对 1915 年前后日本新浪漫主义文学走向极盛也起到了推波助澜的作用。

留学日本的创造社作家对"新浪漫主义"的理解从芜杂渐渐沉淀至清澄正是通过日本，尤其通过厨川白村而完成的。他们都读过厨川白村的著作和文章，对他十分仰慕。厨川白村文章最早的中译者田汉在赶往福冈会郭沫若的途中，曾与郑伯奇一起到京都拜访厨川白村，讨论文学问题，收益颇多。郑伯奇曾连续多日读厨川白村的《文艺思潮论》和《近代文学十讲》。每天都在日记里写下"神经颇兴奋"③。他还在《我的文学经历》中称，1918 年到日本留学，"才读到有系统的介绍文学的书籍，如厨川白村的《文艺思潮论》、《近代文学十讲》等书"④。郭沫若在《创造十年》中也提及厨川白村称赞他的《死的诱惑》一诗，认为表现出中国的诗已有近代的情趣，很是难得。田汉后来在《少年中国》上发表《白梅之园的内外》，两次提及厨川白村，说日本现代西洋文艺批评界中，使他感动最多的人物之一就是厨川白村。田汉在《诗人与劳动问

① 1910 年 5 月下旬，日本长野县一工人携带炸弹到厂被查出。政府即以此为借口镇压社会主义运动，对全国的社会主义者进行大肆逮捕，并封闭了所有的工会，禁止出版一切有关社会主义的书刊。诬陷幸德秋水等"大逆不道，图谋暗杀天皇，制造暴乱，犯了暗杀天皇未遂罪"。1911 年 1 月 24 日幸德秋水等 12 人被处以绞刑。
② ［日］吉田精一：「明治大正文学史」，東京同興社 1948 年版，第 222 頁。
③ 《郑伯奇日记选载：1921 年 6 月 1 日—6 月 30 日》，《新文学史料》1995 年第 3 期。
④ 郑伯奇：《我的文学经历》，《新文学史料》1995 年第 3 期。

题》中将《近代文学十讲》约 200 多页的内容以表格的形式整理成 6 页，并在
1920 年撰写的《新罗曼主义及其他》一文中，回顾自己对"新浪漫主义"的
认识过程。在阐释概念时他主要参考和直接引用了《近代文学十讲》中的有关
内容，认为"新罗曼主义 Neo - Romaticism……其言神秘，不酿于漠然的梦幻
之中而发自痛切的怀疑思想，因之对于现实，不徒在举示他的外状，而在以直
觉 intuition，暗示 suggestion，象征 symbol 的妙用，探出潜在于现实背后的
something（可以谓之真生命，或根本义）而表现之"①。在田汉心目中，"新浪
漫主义"是想要从眼睛看得到的物质世界，去窥破眼睛看不到的灵的世界，由
感觉所能接触的世界，去探知超感觉的世界的一种努力，所追求的是灵肉一致
的世界。正如靳明全在《中国现代文学兴起发展中的日本影响因素》中所说：
"田汉所张扬的'新浪漫主义'基本上是对厨川白村之说的阐述。"② 与厨川白
村描述的"新浪漫主义"对照，成仿吾对传统的西方浪漫主义取材与表现的非
现实性表示不满：

　　　　从前的浪漫的 Romantic 文学，在取材与表现上，都以由我们的生活
　　与经验远离为他的妙诀，所以它的取材多是非现实的，而它的表现则极端
　　利于我们的幻想。这种非现实的取材与幻想的表现，对于表现一种不可捕
　　捉的东西是有特别的效力的；然而不论它们的效果如何，除了为它们的效
　　果与技巧称赞而外，它们是不能使我们兴起热烈的同情来的。③

成仿吾的观点与厨川白村的说法十分一致。在取材方面，厨川白村的《近代文
学十讲》是这样界说西方传统浪漫主义的：

---

① 田汉：《新罗曼主义及其他——复黄日葵兄一封长信》，《少年中国》1920 年 6 月第 1 卷第 12 期。
② 靳明全：《中国现代文学兴起发展中的日本影响因素》，中国社会科学出版社 2004 年版，第
100 页。
③ 成仿吾：《写实主义与庸俗主义》，载《成仿吾文集》，山东大学出版社 1985 年版，第 99 页。

他们的取材并不着眼于现在的世相，而以古代神话传说或古史野乘之类为重点，尤其，真正 Romance 时代的中世，集空灵缥缈的传奇、封建武士的侠勇、对神的虔诚信仰、对女性具有一种神秘意义的恋爱等而形成的中世武士时代——是他们取材的焦点。①

总之，在厨川白村眼中，与传统的浪漫主义、自然主义比较而言，"新浪漫主义"更重主观、重心智、重情绪，是"情绪主观"的本流文学，是最为完美的文学。它在 20 世纪初风靡欧美，并不是偶然的、突发的，而是由其重情绪主观的基本特征决定的。由于厨川白村和日本文坛的重构，创造社理解的等同于世纪末文艺思潮的"新浪漫主义"与以唯美、神秘、颓废为基本特征的西方世纪末文艺思潮已经有了很大的差别。他们眼中的"新浪漫主义"是欧洲最新的文艺思潮，代表着光明。田汉在《新罗曼主义及其他》中就宣称要向着这"光明的方向飞去"。不过，与五四启蒙精神的耦合，使创造社在接受厨川白村阐释的基础上，还将现实主义精神融入其中。郭沫若饱含激情地将"新浪漫主义"视为一种脚踏大地，面对现实的理想主义，是现实主义与浪漫主义二者互补缺陷的结果，认为它将"浪漫主义跟现实主义有机结合起来，侧重于主观的创造与激情、幻想的表现，带有新鲜生动的进步内容"②。郁达夫还将自己个性解放的文学理想寄托于"新浪漫主义"之中。在他看来，"新浪漫派极力的主张个性的尊严，环境的破坏，这一种倾向，确与自然主义未兴以前发达过的浪漫运动相一致"③。郁达夫曾这样对比说："自然主义者以肉眼来看的地方，新浪漫派的作家却以心灵来看。自然主义者欲以科学的实验方法来解决的地方，新浪漫派的作家却以直观

① ［日］厨川白村：「近代文学十講」（『厨川白村全集』第一卷，改造社，昭和四年，第196頁）。
② 黄淳浩：《郭沫若书信集》（下），中国社会科学出版社1992年版，第103页。
③ 郁达夫：《文学概说》，载《郁达夫文集》第5卷，花城出版社、三联书店香港分店1982年版，第94页。

来参悟。"① 陶晶孙曾说，"的确创造社的新罗曼主义是产生在日本，移植到中国"。② 厨川白村的阐释不仅对于创造社选择"新浪漫主义"产生了很大影响，还漂洋过海，对整个中国五四文坛认识"新浪漫主义"起着很大的参考作用。如昔尘在《现代文学上底新浪漫主义》中援引厨川白村的观点，把 新浪漫主义"定为圆熟阶段的文学。夏炎德在《文艺通论》中也接受厨川白村的说法，认为浪漫主义是幼年，而新浪漫主义则是壮年。茅盾也说，五四时期，"我主张先要大力地介绍写实主义自然主义，但又坚决地反对提倡它们"，"我认为中国的新文学要提倡新浪漫主义"③。

二　推崇"情绪主观"

由于创造社主要是通过厨川白村的论述窥见西方世纪末文艺思潮的内容以及与"新浪漫主义"的等同关系，所以他们早期奉行的文艺观深受厨川白村的影响。厨川白村尤其赞赏"新浪漫主义"的"情绪主观"的特征。在《近代文学十讲》中，他是这样梳理西方文学的发展轨迹的：

> 我们若追溯自荷马以来至今的几千年的欧洲文艺潮流，稍加思考便可了解其主流显然是"情绪主观"的文艺。但有时为顺应时代的需要，也会有一股与"情绪主观"性质完全不同的东西插入其中。文艺之所以发生变迁或进化，正是因为外物的介入。这里所谓的"外物"，就是指时代精神。举例来说，在 18 世纪，因冷峻的重理性、尚形式的时代倾向的渗透，因

---

① 郁达夫：《戏剧论》，载《郁达夫文集》第 5 卷，花城出版社、三联书店香港分店 1982 年版，第 59 页。

② 陶晶孙：《创造社还有几个人》，载丁景唐编选《陶晶孙文集》，人民文学出版社 1995 年版，第 253 页。

③ 茅盾：《商务印书馆编译所》，载《茅盾全集》第 34 卷，人民文学出版社 1997 年版，第 151—152 页。

而产生了古典主义文艺。不久又复归情绪主观的主流，于 19 世纪初兴起了浪漫主义。进入世纪中叶，科学万能说突然从旁贯入，文艺于是变为看重直接经验的现实主义。由此观之，最近的新浪漫派倾向，实际就是文艺再度复归主流罢了。要言之，"情绪主观"是文艺的 Alpha 和 Omega，再者，被理智或科学或经验所支配的文艺，应视为暂时的变态现象，终究不能持续太久，最终将归于主流。新浪漫派取代衰弱的自然主义，正是这样的自然趋势。①

厨川白村对于"情绪主观"的强调对创造社的诗观的形成具有十分重要的启发意义。重视情绪抒写，立足于主观，把文艺视为艺术家内心世界的产物，提倡表现自我，创造自我成为创造社诗学体系的核心和基础。

在厨川白村看来，

> 文艺的本义，本来就是"感觉"，而非"思索"。过去自然派常以"使人思考的文学"自诩，实则那只是科学万能之梦尚未觉醒时的谬误见解罢了，"使人思考"并不管用，也不够彻底，试想，这不可思议的人生，岂是诉诸智力所能领会得了的？自然派唯因只有思考，所以越令人陷入怀疑的苦闷。②

他提出，在文艺上，那种"唯理的主智倾向，在一般思想上，嫌忌狂妄，力避感情之奔放，结果使一切都照着行中庸之道。这是背道而行"③。他认为一个作家如果没有情感在内心燃烧，就不会有艺术的敏感，也就更谈不上艺术激情

---

① ［日］厨川白村：「近代文学十講」（「厨川白村全集」第一卷，改造社，昭和四年，第 357—358 頁）。

② 同上书，第 348 页。

③ ［日］厨川白村：《文艺思潮论》，樊仲云译，《文学周报》1923 年 12 月 24 日。

的喷薄了。艺术家只有具备了丰富的艺术情感，才能在纷纭复杂的现实生活中敏锐地发现周围世界令人感动的事物，感觉到这感人的事物在心灵上所产生的强烈震动，才能拿起笔，让感情的潮水奔流在自己的笔尖上。也正是在这个意义上厨川白村推崇"新浪漫主义"。而厨川白村的这种将"理智"与"情感"对立，进而在文学中独取"情感"而排斥"理智"的观念正是大正时期日本文坛普遍认同的文学观念的典型代表。也许正因为如此，创造社不但表达了类似的看法，并认定这是没有"反复申明的必要"的"浅近的原理"①。

成仿吾在《诗之防御战》中开门见山：

> 文学是直诉与我们的感情，而不是刺激我们的理智创造；文艺的玩赏是感情与感情的融洽，而不是理智与理智的折冲。……文学始终是以情感为生命的，情感便是它的终始。至少对于诗歌我们可以这样说。不仅诗的全体要以它所传达的情绪之深浅决定它的优劣，而且一句一字亦必以情感的贫富为选择的标准。②。

他提出，我们虽然不主张感伤主义的文学，但情感在诗歌创作中却有着重要的效果。

> 诗的作用只在由不可捕捉的创出可捕捉的东西，于抽象的东西加以具体化，而它的方法只在运用我们的想象，表现我们的情感。一切因果的理论与分析的说明是打坏诗之效果的。固然，真的智慧是直观的，是诗的，而且是我们所希求的；然而凡智的欢喜只是一时的，变迁的，只有真情的愉悦是永远的，不变的。像吃了智慧之果，人类便堕落了一般，中了理智

---

① 成仿吾：《诗之防御战》，载《成仿吾文集》，山东大学出版社 1985 年版，第 75 页。
② 同上。

的毒,诗歌便也要堕落了。我们要发挥感情的效果,要严防理智的叛逆![1]

郭沫若也强调"文学的本质是有节奏的情绪的世界","诗是情绪的直写"。[2]郁达夫提出:"艺术中间美的要素是外延的,情的要素是内在的。"[3] 他甚至直接宣称,"诗的实质,全在感情",认为"诗是有感于中而发于外的,所以无论如何,总离不了人的情感的脉动。所以诗的旋律韵调,并不是从外面发生的机械的规则,而是内部的真情直接的流露"[4]。当郭沫若的《瓶》受到指责时,郁达夫却坚决支持他发表,并说:"把你真正的感情,无掩饰的吐露出来,把你的同火山似的热情喷发出来,使读你诗的人,也一样的可以和你悲啼喜笑,才是诗人的天职。"[5] 强调感情抒写在五四诗坛得到了普遍认同。康白情说:"诗是主情的文学。没有情绪不能作诗;有而不丰也不能作好。"[6] 俞平伯也说:"我只愿随随便便的,活活泼泼的,借当代的语言,去表现出自我,在人类中间的我,为爱而活着的我。"[7] 郑振铎强调诗要表现自己"'真率'的情绪","把我们心里所感到的坦白无饰地表现出来"。[8] 不过,只有创造社从1920年的《三叶集》到1925年郭沫若的《文学的本质》及《论节奏》等,整个早期诗论都是以情绪为诗歌原点,并以张扬个性与抒写生命的苦闷的现代非理性哲学为底蕴,成为五四主情诗潮的典型代表。

---

① 成仿吾:《诗之防御战》,载《成仿吾文集》,山东大学出版社1985年版,第75—76页。

② 郭沫若:《文学的本质》,载《郭沫若全集》文学编第15卷,人民文学出版社1990年版,第352页。

③ 郁达夫:《艺术与国家》,载《郁达夫文集》第5卷,花城出版社、三联书店香港分店1982年版,第152页。

④ 郁达夫:《诗论》,载《郁达夫文集》第5卷,花城出版社、三联书店香港分店1982年版,第203页。

⑤ 郁达夫:《〈瓶〉附记》,载《郁达夫文集》第5卷,花城出版社、三联书店香港分店1982年版,第237页。

⑥ 康白情:《新诗短论》,载诸孝正、陈卓团《康白情新诗全编》,花城出版社1990年版,第222页。

⑦ 俞平伯:《〈冬夜〉自序》,载《中国现代作家选集:俞平伯》,人民文学出版社1992年版,第281页。

⑧ 郑振铎:《〈雪朝〉短序》,载陆荣椿《郑振铎选集》上册,福建人民出版社1984年版,第43页。

在厨川白村的理念中，艺术不但是内心情感的燃烧，而且应该表现自我，忠实于主观。厨川白村在《苦闷的象征》中写道：

> 艺术到底是表现，是创造，不是自然的再现，也不是摹写。
>
> 浅薄的浮面的描写，纵使巧妙的伎俩怎样秀出，也不能如真的生命的艺术似的动人。所谓深入的描写者，并非将败坏风俗的事象之类，详细地，单是外面底细细写出之谓；乃是作家将自己的心底的深处，深深地而且更深深地穿掘下去，到了自己的内容的底的底里，从那里生出艺术来的意思。①

创造社也信奉这种崇尚自我表现的主观主义文艺观，认定表现自我、创造自我的艺术才是真正的艺术，并将"创造"视为最高的创作原则。郁达夫在他的较系统阐释其文学观念的《文学概说》中论述道，"纯文学是创造的文学，系创造从来没有的东西的"，而"真正的艺术家，是非忠实于艺术冲动的人不可的"。② 由此郁达夫尤其强调"作家要尊重自己一己的体验"。③ 郑伯奇在《国民文学论》中也曾经明确地宣布："艺术只是自我的表现"，而且"是自我的最完全，最统一，最纯正的表现"。郭沫若早在 1920 年就提出，"诗底主要成分总要算是'自我表现'了"。以后他又多次在文章中表明，真正的艺术"不当是反射的"，而"应当是创造的"，"真正的艺术作品应当是充实了的主观的产品"，是艺术家的"一种内在冲动的不得不尔的表现"。在郭沫若看来，"文学的原始细胞"是"纯粹的情绪的世界"，"文学的本质是有节奏的情绪的世界"。"音乐诗歌舞蹈都是情绪的翻译"，音乐是翻译于声音，诗歌是翻译于文字，舞

---

① ［日］厨川白村：《苦闷的象征》，鲁迅译，江苏文艺出版社 2008 年版，第 25—26 页。

② 郁达夫：《文学概说》，载《郁达夫文集》第 5 卷，花城出版社、三联书店香港分店 1982 年版，第 69—99 页。

③ 郁达夫：《五六年来创作生活的回顾》，载《郁达夫文集》第 7 卷，花城出版社、三联书店香港分店 1983 年版，第 181 页。

蹈是翻译于表情运动。因此，"文艺的本质是主观的，表现的，而不是没我的，摹仿的"。① 成仿吾也力主表现自我。1923 年 6 月，成仿吾在《创造周刊》第 2 号上发表《新文学之使命》一文，提出"文学既是我们的内心的活动之一种，所以我们最好是把内心的自然的要求作它的原动力"。新文学运动的目的"在使我们表现自我的能力充实起来，把一切心灵与心灵的障碍消灭了"②。他大力鼓吹"表现"和"创造"，认为，"真实主义与庸俗主义的不同，只是一是表现 Expression，而一是再现 Representation。再现没有创造的地步，惟表现乃如海阔天空，一任天才驰骋"。③ 在他看来，文学并非单纯事实的表面描写，而是运用象征主义的表现手法，充分表现处于怀疑、苦闷中的近代人的自我。成仿吾尤其强调要表现作者的个性，将之视为艺术的"特创"："文学的真价在有特创（Originality），象他们（指《礼拜六》派——引者注）这等思想上手腕（Technique）上都是千篇一律，没有特创的东西，当然是没有价值的。新的文学作品，纵令如何不好，作者的个性总会看得出来"。④ 成仿吾曾在《创造季刊》上连续三期发表了对冰心的《超人》、王统照的《一叶》、许地山的《命命鸟》和鲁迅的《呐喊》的评论，他以此为标准否定了《呐喊》中的绝大部分小说，认为它们只是"描写"的，或"再现"的，或是"记叙"的，不具备成仿吾文学观念中的自我表现性。而对鲁迅的《端午节》这篇小说，成仿吾则欣赏不已，因为他从中看到了作者"想表现自我的努力"。五四时期，创造社提出在文学中表现自我，创造自我，强烈要求建设一种既有人性又有个性的生命的文学，这对于封建旧文学无疑是一种挑战，是充满着叛逆精神的。

创造社崛起于"五四"面向世界的开放的文化背景下，而留学期间日本大正时期西学东渐的社会环境和文化主义风潮也为创造社诗人与西方文学的接触

① 郭沫若：《文学的本质》，载《郭沫若全集》文学编第 15 卷，人民文学出版社 1990 年版，第 350 页。
② 成仿吾：《新文学之使命》，载《成仿吾文集》，山东大学出版社 1985 年版，第 89—90 页。
③ 成仿吾：《写实主义与庸俗主义》，载《成仿吾文集》，山东大学出版社 1985 年版，第 101 页。
④ 成仿吾：《歧路》，载《成仿吾文集》，山东大学出版社 1985 年版，第 23 页。

和选择提供了广阔的空间和平台。因此创造社走向诗坛之初，倡导兼收并蓄。在《创造》第 1 卷第 2 期上，谈及创造社的艺术宗旨时，郭沫若强调创造社"没有划一的主义"，"我们所同的，只是本着我们内心的要求，从事于文艺的活动罢了"。① 成仿吾对此公开表示支持。他一接手编《创造》就表态：

　　关于我们这个小社，沫若在第二期中，已经说得很明显，我们是没有何等的限制的……我们最初发起的同人之中，就含有医科、法科、理科、工科各方面的人在里面，所以我们的趣味是多方面的。我们希望把我们真挚的努力，贡献于我们全国各界的同胞，我们也欢迎各界同胞有益的批评与优秀的作品。②

1923 年郭沫若在为拟议中的中华全国艺术协会起草的《一个宣言》中明确提出，"我们应该把窗户打开，收纳些温暖的阳光进来"。"我们的急图"是"输入欧西先觉诸邦的艺术"，对它们"要宏加研究、介绍、收集，宣传，借石他山，以资我们的攻错"。③ 他批评某些批评家"受以死板的主义规范活体的人心"，说："我们可以各人自己表张一种主义，我们还可以批评某某作家的态度是属于何种主义，但是不能以某种主义来绳人，这太蔑视作者的个性，简直是专擅君主的态度了。"④ 郑伯奇也不赞成把文艺家分为什么"人生派"和"艺术派"，甚至不主张把作家分为什么浪漫主义、写实主义、表现主义，认为这些"艺术上的主义之争，就忠于艺术的人看来，是不该容许的"。他主张，"为尊重作家的特性和好尚，我们不愿以一主义强责他人；为使后进的中国文坛发达，我们宜兼收并蓄，更不能去做一主义的运动来自画"。⑤

---

① 郭沫若：《编辑余谈》，《创造》1922 年第 1 卷第 2 期。
② 成仿吾：《编辑余谈》，载《成仿吾文集》，山东大学出版社 1985 年版，第 18 页。
③ 郭沫若：《一个宣言》，载《郭沫若全集》文学编第 15 卷，人民文学出版社 1990 年版，第 222 页。
④ 郭沫若：《海外归鸿》，载《创造季刊》第 4 卷第 1 期，1922 年 5 月。
⑤ 郑伯奇：《国民文学》，载《郑伯奇文集》，陕西人民出版社 1988 年版，第 54 页。

但是，这并不意味着创造社诗歌创作没有形成自己的倾向和艺术特色。留日时期他们在兼收并蓄的文学方针下，广泛地接触到了西方启蒙主义、浪漫主义、现实主义、自然主义、象征主义、唯美主义等文学思潮，而对于厨川白村鼓吹的"情绪主观"的接受和推崇又使创造社对这些文学思潮表现出明显的好恶和取舍。如郭沫若对象征派、未来派和印象派持反对态度，认为"象征派和印象派是顾影自怜的公子"，"都是摹仿的文艺"，未来派只是"彻底的自然主义"，只叙事，不抒情，不可能有长久的生命。[①] 但对同属现代主义的表现派、立体派则持肯定的态度。郭沫若 1920 年 3 月 30 日在致宗白华的信中，谈到他和田汉在福冈同游太宰府归来，在火车上朗诵美国立体派画家兼诗人麦克斯·韦伯的《瞬间》时，边念诗边说"最妙，最妙，不可译，不可译"，表现出一种五体投地的欣赏神情。对表现派，郭沫若赞叹道："德意志的新兴艺术表现派哟！我对于你们的将来寄以无穷的希望。"[②] 个中原因就在于表现派主张表现外部世界在人的内心世界引起的自我感受和主观情绪，所以郭沫若与之产生共鸣。

与此同时，日本"新浪漫派"的创作特征也给予创造社很好的艺术启迪。当时日本新浪漫主义文学的主要成员都是年轻人。"牧羊神会"就是以二十四五岁的年轻人为中心。如吉井勇和谷崎润一郎 24 岁，木下杢太郎、北原白秋、长田秀雄和平野万里 25 岁，高村光太郎 27 岁，这些作家主张青春的权利，提倡艺术至上，以主情、崇美和个性化为基本创作特征，表现出浓厚的唯美主义特色。以至于甚至有论者认为，日本的新浪漫主义主要就是指唯美主义。这在一定程度上启示了创造社，使这群文学青年在"新浪漫主义"所囊括的诸多欧洲文艺思潮中，对唯美主义表现出浓厚的兴趣，陶晶孙曾自诩说"一直到底写

[①] 郭沫若：《未来派的诗约及其批评》，载《郭沫若全集》文学编第 15 卷，人民文学出版社 1990 年版，第 242 页。

[②] 郭沫若：《自然与艺术》，载《郭沫若全集》文学编第 15 卷，人民文学出版社 1990 年版，第 215 页。

新罗曼主义作品者为晶孙"。① 这其实是指他有较重的唯美主义倾向。这方面郁达夫也十分突出，他说："艺术所追求的是形式和精神上的美，我虽不同唯美主义者那么持论的偏激，但我却承认美的追求是艺术的核心。"郭沫若也曾公开宣称："就创作方面主张时，当持唯美主义。"② 而田汉与日本唯美主义作家谷崎润一郎曾有过较密切的交往，创作上受其影响颇深。田汉自称，在他的艺术历程中，有过一个唯美主义的阶段，即强调艺术的独立性和永久性的为艺术而艺术的阶段。周作人对创造社作家的评价是，"谷崎有如郭沫若，永井仿佛郁达夫"。③ 自然，对唯美主义的青睐使他们更自觉地在创作中强化主情倾向，将自我表现推向极致。

　　创造社对西方浪漫主义也表现出了十分的神往，其原因在于欧美已经偃旗息鼓的浪漫主义文学在 19 世纪末成为日本文学的主潮，而创造社成员留学的20 世纪初，日本虽浪漫主义高潮已过，但眷念尚存。对西方浪漫主义作家作品的译介热潮非但没有停顿，反而由于"新浪漫主义"的兴起和追捧热潮出现而呈现出方兴未艾之势。据资料显示："日本当时译介的作品大多属于浪漫主义作品，虽然当时西方批判现实主义、自然主义作品很发达，但是并没有作为重点来译介。"④ 这在一定程度上也使创造社作家得以在直接接受厨川白村和日本新浪漫派影响的基础上，又综合了在日本广为传播的尼采、柏格森、斯宾诺莎等与浪漫主义有着千丝万缕联系的哲学家的理论，从而激发了他们对于生命现象和个体生存状态的深层思考。他们从尼采和斯宾诺莎那里获得了自我探求的动因，并应和时代潮流，焕发出了空前的以文学张扬自我和抒写生命活力与苦闷的主体性热情。从柏格森那里获得了著名的"生命哲学"，把艺术的根底归结为生命力的展现，又融汇弗洛伊德关于艺术创造的能源来自生命冲动的

---

① 陶晶孙：《创造三年》，载丁景唐编选《陶晶孙文集》，人民文学出版社 1995 年版，第 258 页。

② 郭沫若：《儿童文学之管见》，载《郭沫若全集》文学编第 15 卷，人民文学出版社 1990 年版，第 276 页。

③ 周作人：《冬天的蝇》，载《苦竹杂记》，河北教育出版社 2002 年版，第 3 页。

④ 孟庆枢主编：《日本近代文艺思潮与中国现代文学》，时代文艺出版社 1992 年版，第 36 页。

本能力和性驱动力的理论，构建起了"生命的文学"的文学理念。日本留学期间，他们还直接接触、阅读、翻译了大量西方浪漫主义文学，进而培养起了对于浪漫主义文学挥之不去的情结。创造社诗人大多是通过日本文坛而接受西方浪漫主义熏陶的，因此日本文坛对于浪漫主义作家、作品的筛选和过滤，必然影响到他们对浪漫主义的理解。例如，厨川白村坚决反对席勒"那种'在你的唇上，恋爱的接吻也是冷的，在最喜欢的时候，你就变为化石了'的那种枯淡而学究的态度"。[①] 而满腔热情地描绘雪莱的抒情诗："浪漫派文艺是极端主观的文艺，排斥冷静的理智和形式，着重热情及情绪。幻想的羽翼，有如雪莱诗歌中的云雀一般：'仿佛火红的云彩，离地上升，越飞越高，在碧云中，且歌且升，且升且歌。'"[②] 创造社在西方浪漫主义作家中同样对雪莱情有独钟：1923 年《创造季刊》第 1 卷第 4 期推出了《雪莱纪念号》，刊发了徐祖正的论文《英国浪漫派三诗人拜伦、雪莱、箕茨》，郭沫若翻译的《雪莱的诗》、编纂的《雪莱年谱》等，这是《创造季刊》唯一的诗人专号。在译诗小序中郭沫若说，"雪莱是我最敬爱的诗人中之一个。他是自然的宠子，泛神论的信者，革命思想的健儿。他的诗便是他的生命。他的生命便是一首绝妙的好诗"。"男女结婚要先有恋爱，先有共鸣，先有心声的交感。我爱雪莱，我能感听到他的心声，我能和他共鸣，我和他结婚了。我和他合而为一了。他的诗便如像我自己的诗。我译他的诗，便如像我自己在创作的一样。"[③] 可见郭沫若翻译雪莱的诗绝非因为学术的需要，而是出自内心的契合。其他如创造社诗人崇拜和喜欢的歌德、卢梭、惠特曼等，也都是因为在日本广受追捧，从而获得接触的机会。但是，由于日本浪漫主义兴起的时间晚于西方近一个世纪，所以无论是其浪漫主义文学潮流还是对西方浪漫主义的介绍，都表现出一种庞杂和丰富。这里既有属于西方浪漫主义的因子，也夹杂着现实主义、自然主义文学的浸润；

---

① ［日］厨川白村：《文艺思潮论》，樊仲云译，《文学周报》1923 年 12 月 24 日。
② ［日］厨川白村：「近代文学十講」（『厨川白村全集』第一卷，改造社，昭和四年，第 196 頁）。
③ 郭沫若：《雪莱的诗》，载《创造社资料》（上），福建人民出版社 1985 年版，第 293 页。

既有西方现代主义文学的渗透，也有日本传统文化和社会风气的干扰。而且，其中非浪漫主义，特别是现代主义文学的因子较多。日本浪漫主义文学的奠基人森鸥外同时又是日本现代主义文学的开拓者便是例证。这自然影响了创造社对浪漫主义的理解和吸收。

可以说，创造社正是在各种外来理论和思潮流派的交叉融合和选择中，以排山倒海之势，引领了一场既不完全等同于日本"新浪漫主义"，也不完全等同于西方浪漫主义的反主智、重情绪，反描写、重主观的主情诗潮。它挟裹着"五四"个性解放的风雷，重拾中国文学传统中"诗缘情而绮靡"一脉长期被遮蔽的活力，对中国新诗的发展产生了深远的影响。

那么，创造社为什么后来被称为浪漫主义文学社团呢？创造社被正式称为浪漫主义文学流派是在 20 世纪 30 年代。其实在此前的"革命文学"论争中，创造社成员曾严厉批判过浪漫主义，如郭沫若说："浪漫主义的文学早已成为反革命的文学。"① 在苏联"拉普"派主导文坛时期，浪漫主义被判定为唯心主义，所以创造社断然不愿将自己套在浪漫主义之中。在苏联"社会主义现实主义"确立后，浪漫主义被区分为"消极的浪漫主义"和"积极的浪漫主义"，并且承认"社会主义浪漫主义"包容了"积极的浪漫主义"。于是，已经成为左翼战士的创造社成员也对浪漫主义转变了态度，而且，比起他们早期文艺论文中提及的，后来被左翼文坛判定为有"反动倾向"的新浪漫主义、表现主义、唯美主义等来说，他们似乎更愿意认同浪漫主义了。于是 1935 年郑伯奇在所撰写的《中国新文学大系·小说三集》"导言"中，解释说创造社成员在日本"感受到两重失望，两重痛苦"，而"对于祖国便常生起一种怀乡病"，使他们在文学上"走上了反理智主义的浪漫主义的道路上去"。② 之后，创造社

---

① 郭沫若：《革命与文学》，载《郭沫若全集》文学编第 16 卷，人民文学出版社 1989 年版，第 41 页。

② 郑伯奇：《中国新文学大系·小说三集·导言》，载《郑伯奇文集》，陕西人民出版社 1988 年版，第 241 页。

属于浪漫主义就成为定论。

其实，综观创造社的创作，他们与西方浪漫主义是有很大区别的。西方浪漫主义思潮是文学对现代性的第一次反叛。它讴歌田园生活，回归自然，甚至缅怀中世纪，反抗城市文明；以想象、激情甚至神秘主义和病态的颓废情绪来对抗理性的现实；以理想和诗意来对抗世俗的生活。欧洲中世纪的希伯来文化传统和贵族精神成为浪漫主义文学的思想资源。这正如浪漫主义思想家马丁·亨克尔对浪漫主义的说明："浪漫派那一代人实在无法忍受不断加剧的整个世界对神的亵渎，无法忍受越来越多的机械式的说明，无法忍受生活的诗的丧失……所以，我们可以把浪漫主义概括为'现代性'（modernity）的第一次自我批判。"[1] 而在五四时期，在启蒙主义的视野下，西方浪漫主义思潮被解释为理想主义和主情主义。陈独秀就把浪漫主义称为理想主义："欧洲文艺思想之变迁，由古典主义（Classicalism）一变而为理想主义（Rommanticism），此在十八、十九世纪之交。"[2] 1922年茅盾也说："我终觉得我们的时代已经充满了科学的精神，人人都带点先天的科学迷，对于纯任情感的旧浪漫主义，终竟不能满意；而况事实上中国现代小说的弱点，旧浪漫主义未必是对症下药呢。"[3] 梁实秋也这样读解浪漫主义："浪漫主义就是不守纪律的情感主义。"上述说法其实仅仅是显示了浪漫主义的美学风格特征的一个方面，而取消了浪漫主义的思想倾向性——对现代性（工具理性和工业文明）的反叛。也许正是这样的背景下，创造社得以被命名为浪漫主义流派并在文坛达成共识。这从一个方面也证明了创造社诗歌创作中的主情主义特征。

最早将创造社划归浪漫主义的郑伯奇其实也是看中了两者在主情方面的共同点，在此之前的1927年他曾非常清醒地指出：

---

① 刘小枫：《诗化哲学》，华东师范大学出版社2007年版，第8页。

② 陈独秀：《现代欧洲文艺史谭》，载任建树等编《陈独秀著作选》第1卷，上海人民出版社1984年版，第156页。

③ 茅盾：《自然主义与中国现代小说》，载《茅盾全集》第18卷，人民文学出版社1989年版，第242页。

　　实际说，十九世纪浪漫主义的底流，仍然是抒情主义，不过因为他们有卢梭的思想，中世纪文化的憧憬，资本主义初期的气势，因而形成了浪漫主义而已。在现代的中国，我们既没有和他们同样的思想和社会的背景，而我们另外有我们独有的境遇，和现代的思潮，所以便成了我们现代自己的抒情主义。①

也许正因为如此，郑伯奇为创造社贴上浪漫主义标签后立即补充说："创造社的浪漫主义从开始就接触到'世纪末'的种种流派。"这从一个侧面表明，创造社的创作以情绪主观为突出特征，属于启蒙思潮下的主情主义。郭沫若曾说到歌德思想与他的"种种共鸣之点"，其中首要的一点"是他的主情主义"。②正如郑伯奇所言："抒情主义这是现在文坛的特色的一个最适切的名词。这个名词用来说明现代文坛的特色比浪漫主义一语更为确切而有内容。"③

三　"生命的文学"的构建

　　创造社主情诗学的哲学基础是现代生命哲学。现代生命哲学的传播使新浪漫主义对创造社的影响远不止于技巧层面，同时也触及了对生命现象和个体生存的哲学思考。柏格森认为构成客观世界基础和本质的"唯一实在的东西是那活生生的、在发展中的自我"④。这个"自我"就是生命、生命冲动，它是宇宙万物共有的属性，是创造世界万物的宇宙意志。郭沫若曾读过柏格森的《创化论》，说"我看柏格森的思想，很有些是从歌德脱胎来的。凡为艺术家的人，

---

　　①　郑伯奇：《〈寒灰集〉批评》，载《郑伯奇文集》，陕西人民出版社 1988 年版，第 96 页。
　　②　郭沫若：《〈少年维特之烦恼〉序引》，载《郭沫若全集》文学编第 15 卷，人民文学出版社 1990 年版，第 310 页。
　　③　郑伯奇：《〈寒灰集〉批评》，载《郑伯奇文集》，陕西人民出版社 1988 年版，第 95 页。
　　④　柏格森：《时间与自由意志》，吴士栋译，商务印书馆 1958 年版，第 120 页。

我看最容易倾向到他那'生之哲学'上去"①。这里郭沫若将柏格森与歌德并列是因为他是从"泛神论"角度去理解生命哲学的。他还由此将泛神思想解释为"泛神便是无神。一切的自然只是神的表现，自我也只是神的表现。我即是神，一切自然都是自我的表现"②，将"神"赋予一切自然万物与人类自我，实际上这是对生命本体的触摸。可以说，在郭沫若眼里，泛神论与生命哲学最现实的价值指向在于突现文学表现中主体生命的自由与个性，因此"生命与文学不是判然两物，生命是文学的本质，文学是生命的反映"。1920 年郭沫若发表《生命底文学》一文专论"生命的文学"："Energy 底发散在物如声、光、电热，在人如感情、冲动、思想、意识。感情、冲动、思想、意识底纯真的表现便是狭义的生命底文学。"③ 郭沫若这一观点显然有他倾心的柏格森"生命哲学"的影响，也与弗洛伊德关于艺术创造的能源来自生命冲动的本能力和性驱动力的理论有关。从郭沫若的"创造生命的文学的人只有乐观：一切逆己的境遇乃是储集 Energy 的好机会"④ 这一逻辑看，他早期生命诗观与厨川白村用柏格森的"生命哲学"修改弗洛伊德学说而得出的"生命力受了压抑而生的苦闷懊恼乃是文艺的根柢"的文学观念是一致的。而这一观念是得到创造社普遍认同的。田汉在回答"何谓诗歌"的问题时也这样写道，诗歌"就是说诗人把他心中歌天地泣鬼神的情感，创造为歌天地泣鬼神的诗歌"，"诗歌者是托外形表现于音律的一种情感文学!! 是自己内部生命与宇宙意志接触时一种音乐的表现!"⑤

现代生命哲学的核心就是对生命冲动、个性舒展和个体存在的意义与价值的强烈关注。受柏格森的生命哲学和弗洛伊德的精神分析学说的启发，并与日

---

① 郭沫若：《三叶集·致宗白华》，载《郭沫若全集》文学编第 15 卷，人民文学出版社 1990 年版，第 55 页。
② 郭沫若：《〈少年维特之烦恼〉序引》，载《郭沫若全集》文学编第 15 卷，人民文学出版社 1990 年版，第 311 页。
③ 郭沫若：《生命底文学》，载《郭沫若论创作》，上海文艺出版社 1983 年版，第 3—4 页。
④ 同上。
⑤ 田汉：《诗人与劳动问题》，载《田汉全集》第 14 卷，花山文艺出版社 2000 年版，第 85 页。

本大正知识界引领的主张以提高和发展精神文化为人类生活最高目的的文化主义风潮相契合，厨川白村将文艺的根源归于人内心的苦闷，把文艺看成将心底的强制压抑解放出来的方式，提出了"苦闷的象征"这一著名的文艺命题。这一命题通过留日学生的译介远播中国，以至于在中国现代文学中形成了一个"苦闷的话语空间"。这个话语空间不仅成为五四文学时期的主流话语，其余绪一直延续到新时期文学。

而"苦闷的象征"正是前期创造社成员十分信奉的文艺观念。郭沫若1922年在《论国内的评坛及我对于创作的态度》一文中明确定义："文艺是苦闷的象征"。1923年又再次强调："我郭沫若所信奉的文学定义是'文学是苦闷的象征。'"[①] 他还以《蜜桑索罗普之夜歌》为例来阐释这一命题："我那首《蜜桑索罗普之夜歌》便是在那惺忪的夜里做出的。那是在痛苦的人生的负担之下所榨出来的一种幻想。由葡萄中榨出的葡萄酒，有人会讴歌它是忘忧之剂，有人又会诅咒它是腐性之媒，但只有葡萄自己才晓得那是它自己的惨淡的血液。"[②] 郁达夫也和厨川白村一样，认为人生的悲哀和苦闷是他写作的直接原因，文艺是为了宣泄这种苦闷的，他在介绍《还乡记》的写作心境及动机时说："我只求世人能够了解我内心的苦闷就对了。"[③] 伊藤虎丸曾分析说："郁达夫所描写的'现代人的苦闷'和厨川白村共有的那种'忧郁症''病态的青年心理'，自始至终是感伤的自我感情。"[④] 成仿吾提出，"艺术是人类反抗'死'的最高的努力。不问它怎样拙劣，诚虔的艺术家的作品，是一个微弱的人子之泪的凝集"[⑤]。他的早期诗歌创作常常表达一种"说不出"所以然的苦

---

①　郭沫若：《暗无天日的世界》，载《郭沫若全集》文学编第 16 卷，人民文学出版社 1989 年版，第 152 页。

②　郭沫若：《创造十年》，载《郭沫若全集》文学编第 12 卷，人民文学出版社 1992 年版，第 69—70 页。

③　郁达夫：《郁达夫文集》第 7 卷，花城出版社 1983 年版，第 156 页。

④　［日］伊藤虎丸：《鲁迅、创造社与日本文学——中日近现代比较文学初探》，孙猛、徐江、李冬木译，北京大学出版社 2005 年版，第 161 页。

⑤　成仿吾：《批评与同情》，载《成仿吾文集》，山东大学出版社 1985 年版，第 117 页。

闷，难以言传的莫名的感伤，捉摸不透的生之烦恼。受厨川白村"苦闷的象征"说的启示，创造社普遍认定生命的压抑是艺术最重要的内容和最终源泉，从而在诗歌创作上形成了两种主要的抒情方式，一是郭沫若《女神》为代表的昂扬奋发式激情，如火山爆发，在"喊叫"式的抒写中宣泄个人的郁积、民族的郁积或倾吐理想。一种是如成仿吾、王独清以凄冷的笔调，深入内心，展示赤裸裸的心灵深处的"生的苦闷"。

厨川白村的"苦闷象征说"既强调人的肉体要求，又强调人在肉体的支配下的精神冲动，认为这就是生命力的发展。鲁迅在译介《苦闷的象征》的"引言"中写道："作者据伯格森一流的哲学，以进行不息的生命力为人类的生活的根本，又从弗罗特一流的科学，寻出生命力的根柢来，即用以解释文艺，——尤其是文学。"① 柏格森的生命哲学观在 20 世纪初期产生过深刻而广泛的影响，出现了世界范围的"柏格森热"。受此影响，厨川白村在论述文学产生时，十分关注人的生命力在文学产生中的巨大作用，呼唤一种真正意义的生命文学："文艺是纯然生命的表现；是能够全然离了外界的压抑和强制，站在绝对自由的心境上，表现出个性来的唯一的世界。"② 厨川白村认为，"对于人生，有着极强的爱慕和执著，至于虽然负了重伤，流着血，苦闷着，悲哀着然而放不下，忘不掉的时候，在这时候，人类所发出来的诅咒、愤激、赞叹、企慕、欢呼的声音，不就是文艺么？"③ 厨川白村在《出了象牙之塔》中论及现代文学的主潮时称文艺是"精神的冒险"、"心灵的解放"和"文化的前驱者"，认为艺术家的使命便是将这种苦闷以最具个性特征的表现方式忠实地、深深地挖掘出来，因为这种表现具有生命力的普遍性，足以唤起生命的共振。创造社也与厨川白村一起高举"生命文学"的大旗。郁达夫也称："艺术家是

---

① 鲁迅：《苦闷的象征·引言》，载［日］厨川白村《苦闷的象征》，鲁迅译，江苏文艺出版社 2008 年版，第 2 页。

② ［日］厨川白村：《苦闷的象征》，鲁迅译，江苏文艺出版社 2008 年版，第 9 页。

③ 同上书，第 17 页。

灵魂的冒险者，是偶像的破坏者，是开路的前驱者"，认为"我们在表面上虽则好像是个个独立生活在这儿，但实际上我们不过是一种假象，我们的背后，有这一种'生'的力量隐存在这儿。所以，'生'是如此的具象的表现在我们身上，而表现就是创造。讲到艺术哩，却又除表现（即创造）外，另外是什么也没有的。""艺术既是人生内部深藏着的艺术冲动，即创造欲的产物。"① 郭沫若所追求的艺术精神便在于创造，在于淋漓尽致地抒发生命的苦闷与激情："我对于艺术上的见解，终觉不当是反射的（Reflective），应当是创造的（Creative）。"② 他还强调说："我郭沫若反对过那些空吹血与泪以外无文学的人，我郭沫若却不曾反对过血和泪的文学。"③

　　"生命的文学"的提出也许与他们的文学理想有关。"生活的艺术化"和艺术创造表里如一正是创造社和厨川白村共同的理想。在厨川白村看来，"创造的生活就是艺术"。他充分肯定由苦闷而产生的精神痛苦的审美价值，认为"在我们的生活的一切别的活动上，即社会生活、政治生活、经济生活、家族生活上，我们能从常常受着的内底和外底的强制压抑解放，以绝对的自由，作纯粹创造的唯一的生活就是艺术"。④ 而早年创造社成员同样信奉"生活的艺术化"。郭沫若提出"艺术之社会的使命"就是表现对美的追求或者创造美的生活，在他看来，"艺术的精神"就是"无我"，就是"生活的艺术化"。郭沫若专门撰写了《生活的艺术化》一文，引用《庄子》中"梓庆为镰"的故事来阐释其艺术理想。也许正是上述共同的文学理想在一定程度上，促使创造社擎起了"苦闷的象征"的大旗，与厨川白村一起倡导"生命的文学"。

　　厨川白村在关于"生命力"的论述中，表现出了对于弗洛伊德的浓厚兴趣。厨川白村是弗洛伊德学说在日本的主要介绍者和传播者，也是最早把弗洛

---

① 郁达夫：《文学概说》，载《郁达夫文集》第5卷，花城出版社1983年版，第66—69页。
② 郭沫若：《印象与表现》，《时事新报：艺术》1923年12月30日。
③ 郭沫若：《暗无天日的世界》，载《郭沫若全集》文学编第16卷，人民文学出版社1989年版，第152页。
④ ［日］厨川白村：《苦闷的象征》，鲁迅译，江苏文艺出版社2008年版，第24页。

伊德学说运用于文学理论批评的日本学者之一。《苦闷的象征》专辟一节阐释精神分析学说。他用弗洛伊德的"无意识"理论来阐述文艺创作的过程，认为创作源自作家的无意识，再凭了想象作用，成为一个心象，又经感觉和理知的构成作用，从而具有了象征的外形而表现出来的，就是文艺作品。但厨川白村同时也对弗洛伊德学说提出了质疑："新的学说也难于无条件地接受。精神分析学要成为学界的定说，大约总得经过许多的修正，此后还须不少的年月罢。……尤其是应用在文艺作品的说明解释的时候，更显出最甚的牵强附会的痕迹来。"① 他不赞同弗洛伊德将苦闷的产生完全归结为性压抑："我所觉得不满意的是他那将一切都归在'性底渴望'里的偏见，部分底单从一面来看事物的科学家癖。……但在我自己，则有如这文章的冒头上就说过一般，以为将这看作在最广的意义上的生命力的突进跳跃，是妥当的。"② 厨川白村强调"人间苦"，认为"人间苦"主要来源于生命力的创造性和"方向正相反的机械底法则，因袭道德，法律底拘束，社会底生活难，此外各样的力之间所生的冲突"③。也许出于共同的东方文化背景，也许是接受了厨川白村著作的直接影响，郭沫若也表达了类似的看法。在《〈西厢记〉艺术上的批判与其作者的性格》中，郭沫若说："精神分析派学者以性欲生活之缺陷为一切文艺之源，或许有过当之处。"④

但是，由于教育背景、文化传统和社会环境等差异，创造社与厨川白村在对于"生命的文学"的具体内涵的理解以及吸收运用弗洛伊德学说等方面都表现出了明显的差别。

将弗洛伊德的"利比多"（Libido）概念转化为突进不息的生命力，把压在潜意识底层不能满足的性欲，抽换成更具普遍意义的生之苦闷，是厨川白村

① ［日］厨川白村：《苦闷的象征》，鲁迅译，江苏文艺出版社2008年版，第11页。
② 同上书，第16—17页。
③ 同上书，第17页。
④ 郭沫若：《〈西厢记〉艺术上的批判与其作者的性格》，载《郭沫若全集》文学编第15卷，人民文学出版社1990年版，第326页。

文学理论的出发点之一。厨川白村接受了弗洛伊德学说的思维逻辑，尤其是"压抑—升华"的理论模式，但他在精神分析基础上，又吸收柏格森的生命哲学的观点，把本能解释为生命力，认为生命力是潜藏于人的潜意识之中，不断寻求自由和解放的一种动力：

> 将那闪电似的，奔流似的，蓦地，而且几乎是胡乱地突进不息的生命力，看为人间生命的根本者，是许多近代的思想家所一致的。那以为变化流动即是现实，而说"创造的进化"的柏格森（H. Bergson）的哲学不待言，就在勖本华尔（A. Schopenhauer）意志说里，尼采（F. Nietzsche）的本能论超人说里……岂不是统可以窥见"生命的力"的意义么？①

在厨川白村理论中，被压迫的不完全是得不到社会承认的性欲，而更多的是自我伸展的欲望，而且，压抑个人自由的力更多地来自现代机械文明。在《近代文学十讲》中，厨川白村把现代文明称作"世纪末的文明"，并且把现代文明看成近代人种种病态的元凶。他甚至感叹说，要恢复"不为规则和法则所系缚，也不被'生活难'所催促，也不受资本主义和机器万能主义的压迫，而各人可以各做自由的发挥个性的创造生活的劳动"，就只有回到资本主义以前的世界，或者寄希望于社会主义者所幻想的"乌托邦"。② 可见厨川白村学说更多地在于控诉现代工业文明对个体自由生命的压抑。他正是在这个意义上把文学视为"苦闷的象征"，并热情呼唤"朝着真善美的理想，追赶向上的一路的生命的进行曲，也是进军的喇叭"这样的"生命的文学"。③

当时作为文学青年的创造社成员虽然身在日本，却更多地流淌着中国文

---

① ［日］厨川白村：《苦闷的象征》，鲁迅译，江苏文艺出版社 2008 年版，第 2 页。
② 同上书，第 5 页。
③ 同上书，第 17—18 页。

化的血液。在工业极端落后，城市发展进程缓慢的农业文化背景中成长起来的他们，自然缺乏厨川白村对于现代机械文明压抑人的自由生命的深刻体验，及其所具有的文明批判的睿智。对于日本工业的突飞猛进，他们不仅无暇也无机缘去作审视和思索，郭沫若甚至还满腔热情地歌颂日本的工业污染："一枝枝的烟筒都开着了朵黑色的牡丹呀！/哦哦，二十世纪的名花，近代文明的严母呀！"（《笔立山头展望》）因此虽然在《生命底文学》中郭沫若提出"生命底文学是不朽的文学，因为 Energy 是永恒不灭的"，"生命底文学是必真、必善、必美的文学"，但不可否认，将"生命＝Energy"并进一步演化为"文学"，更多的是出于一种青春的情绪。到 1921 年，郭沫若的"生命的文学"才有了较具体的内涵，他说："文学是反抗精神的象征，是生命穷促时叫出来的一种革命。"在这个意义上他高度评价："《西厢记》是超过时空的艺术品，有永恒而且普遍的生命。《西厢记》是有生命的人性战胜了无生命的礼教的凯旋歌、纪念塔"，是"最完美，最绝世"之作。在这篇文章中，郭沫若把不能满足的情欲归咎于封建礼教："数千年来以礼教自豪的堂堂中华，实不过是变态性欲者一个庞大的病院。"[①] 可以这样说，同样提倡"生命的文学"，厨川白村以此为武器着重批判了资本主义和机械万能主义对鲜活生命的压抑和制驭，从而认定"真的生命的表现的创作于是成功"；而创造社却是侧重于从绵延几千年的封建文化和封建势力对于生命力的压抑的角度来体会"文学是苦闷的象征"，表现出与五四运动相契合的鲜明的启蒙主义的精神特征。

虽然在生命文学观上创造社缺乏厨川白村那样博大精深的系统理论建构，但对于弗洛伊德学说，总体上说创造社比厨川白村更虔诚。如学医出身的郭沫若的不少文学创作和文学批评都涉及了弗洛伊德文艺美学中的无意识

---

① 郭沫若：《〈西厢记〉艺术上的批判与其作者的性格》，载《郭沫若全集》文学编第15卷，人民文学出版社 1990 年版，第 323 页。

论、性欲论、梦论等具体内容。在《王昭君》、《湘累》、《女神之再生》和《卓文君》等诗歌中郭沫若还塑造了形形色色的精神变态者形象，丰富了现代文学殿堂。发表于 1921 年 5 月的《〈西厢记〉艺术上的批判与其作者的性格》是国内最早将弗洛伊德学说运用于文学批评中的论文。1923 年，郭沫若又运用弗洛伊德美学理论，结合民族历史文化和自己的创作实践及医学知识发表《批评与梦》。以后的《创造十年续编》一开头就写道，直到 1924 年，心理分析理论的影响还作为"一个很执拗的记忆留在我的脑里"。三十年代中期，弗洛伊德学说在左翼文坛受到批判和否定，但已成为普罗作家的郭沫若不但写了《司马迁发愤》等小说，并从精神分析角度肯定《雷雨》："作者于精神病理学、精神分析术等，似乎也有相当的造诣。"[1] 他从《西厢记》中对三寸金莲的欣赏，推断出王实甫是个变态性欲者；认定"屈原好像是个独身生活者，他的精神确是有些变态"；又判断"蔡文姬和苏蕙是歇司迭里性的女人，更不消说了"。同时他还强调："如此说时，似乎减轻了作者的身价和作品的尊严性，其实不然，唯其有此精神上的种种苦闷才生出向上的冲动，以此冲动以表现于文艺，而文艺之尊严性才得以确立，才能不为豪贵家儿的玩弄品。"[2]

无论是厨川白村直接影响了创造社，还是共同的文学理想使他们殊途同归，抑或是柏格森、弗洛伊德以及日本大正文化主义风潮，将创造社与厨川白村引向了相同的"生命的文学"轨道，但有一点是明显的，那就是提倡"生命的文学"是觉醒了的个性意识在文学上的反映。创造社的生命文学观的形成既与厨川白村的文艺思想有着密切的联系，也与五四启蒙思潮合拍。郁达夫指出："五四运动的最大的成功，第一要算'个人'的发现，

---

①　郭沫若：《关于曹禺的〈雷雨〉》，载《郭沫若全集》文学编第 16 卷，人民文学出版社 1989 年版，第 183 页。

②　郭沫若：《〈西厢记〉艺术上的批判与其作者的性格》，载《郭沫若全集》文学编第 15 卷，人民文学出版社 1990 年版，第 326 页。

以前的人，是为君而存在，为道而存在，为父母而存在，现在的人才晓得为自我而存在了。"① 郭沫若"借文学来鸣我的存在"，并主张"诗的主要成分即在于自我表现"。"我们的目的要以生命的炸弹来打破这毒龙的魔宫"。② 创造社个性意识的觉醒虽然比欧美晚了半个多世纪，但由于它从一开始就受西方现代哲学和现代主义文艺思潮的洗礼，因而其文艺观更重视"自我"内在情绪世界的个性化表达，注重解剖"自我"的内心欲望和灵肉冲突，追求艺术上的独创性，也因此具有更强的主观色彩，成为五四时期主情主义诗潮的典型代表。

第二节　与白桦派的碰撞与交融

对前期创造社文艺观形成产生深刻影响的除了厨川白村外，还有白桦派。当然创造社对白桦派的认同和接受是有着特定的思想文化基础的，是特殊文化语境下的交流碰撞。一方面，由于白桦派尤其热衷于向日本的译介和传播西方文学，他们也充当了创造社成员了解西方近现代思想文化的中介，他们译介的托尔斯泰、惠特曼、王尔德、尼采、康德、柏格森、弗洛伊德等对创造社产生了深刻影响；另一方面，白桦派自身的思想观念也深刻地影响了创造社的思想及其创作，这其中最重要的就是白桦派的无政府主义思想对创造社个体独立价值发现和叛逆精神张扬的意义，以及白桦派对文学的情感特性的强调对创造社确立主情文艺观的推动作用。

---

① 郁达夫：《中国新文学大系·散文二集·导言》，载《郁达夫文集》第 6 卷，花城出版社 1983 年版，第 261 页。

② 郭沫若：《我们的文学新运动》，载《郭沫若全集》文学编第 16 卷，人民文学出版社 1989 年版，第 5 页。

一　无政府主义的浸染

白桦派认为人的主体价值高于一切，强调尊重人性和充分发挥人的创造力。其思想领袖武者小路实笃在《白桦运动》一文中指出："白桦运动是尊重自然的意志、人类的意志、探讨个人应如何发挥自己的运动""不以个人为基础，则将一事无成"，所以"人类的发展，首先必须是个人的发展"。[①] 有岛武郎的主张与此一致且表述得更明确。他在《不惜夺爱》中就说："人的生活的极致要求，就是自我的完成。完成社会，也就是自我完成。自我完成终究是社会的完成。"[②] 这正是白桦派在文学领域标举表现自我和"为人生"的思想基础。因而可以说"白桦派的艺术观始终是彻头彻尾地建设自己和构造自己"。[③] 而这正契合郭沫若等创造社同人彼时思想探寻的需要，也与中国呼唤变革的时代要求正相协调。正如有学者所说：

> 对现行所有规范的拒绝，对"自我要求"的强烈追求体现了历史时代的思想要求，切合了当时人对真正的自由表达与创造的精神渴望。创造社的同人们都曾经不同程度地强调文艺就是自我的表见，是对立于现实的。他们通过自我审视来判断一切、打破一切、对现实的批判就是要在不同的层面上树立自己的框范。[④]

包括新诗在内的新文学创作离不开现代意义上个体的全面觉醒和独特自我的发现。郁达夫说："五四运动，在文学上促生的新意义，是自我的发见。……自我

---

① 转引自叶渭渠《日本文学思潮史》，经济日报出版社 1997 年版，第 411 页。
② 转引自吉田精一《明治大正文学史》，同兴社 1984 年版，第 303 页。
③ 赤木桁平：《白桦派的倾向、特质、使命》，载《近代文学大系》第 58 卷《近代评论集》（2），角川书店 1975 年版，第 134 页。
④ 方习文：《五四文学思想论稿》，合肥工业大学出版社 2008 年版，第 158 页。

发现之后，文学的范围就扩大，文学的内容和思想，自然也就丰富起来了。"①
此言甚是。而作为五四文学中坚的创造社成员的创作正鲜明地体现出对生命个
体价值的肯定、对主体创造力量的张扬。创造社的思想来源虽然博杂，但无政
府主义在他们确立个体本位的思想观念、发现个体独立价值的过程中发挥了重
要作用。因为正是无政府主义思想强化了创造社作家经由日本接受的浪漫主义
和新浪漫主义文学思潮中"自我"、"个性"等现代人的价值观，进一步促成了
其个体意识的觉醒，从而为其张扬主情文学观奠定了思想基础。同时，无政府
主义思想也深深地影响了他们的诗歌创作。

　　汉语的"无政府主义"一词系由日文转译而来。无政府主义思想最早起
源于欧洲，德国学者麦克斯·施蒂纳是其首倡者，后经由蒲鲁东、巴枯宁、
克鲁泡特金等人发展完善。无政府主义的政治理论核心是"个人绝对自由"；
主张废除国家，建立无政府社会；反对一切组织纪律，倡导自由组合；反对
"按劳分配"，主张"各取所需"。白桦派大多受过无政府主义的影响，其中
最典型的是有岛武郎。有岛武郎早期思想中即包蕴着无政府主义的因子。他
早年结束留美生活途经英国时拜访了克鲁泡特金。后经由克鲁泡特金介绍，
有岛武郎在1907年回国后认识了无政府主义的社会主义者幸德秋水，并接
触到早期日本社会主义者河上肇。到晚年"他那种以强烈的个人主义为基础
的无政府主义的色彩却越来越浓厚了"②。在短篇小说《除锈工》中，有岛武
郎大胆地书写了底层民众对压迫的反抗，将他们视作抱有无政府主义思想的
"革命的自由人"。在《草之叶——关于惠特曼的考察》中，有岛武郎极力
推崇惠特曼的自我意识，而这种自我意识即带有无政府主义的色彩。为
此，他大段摘译了惠特曼的长诗《自己之歌》。诗中追求自由、渴望摆脱
一切束缚的观念"构成了有岛共鸣于克鲁泡特金无政府主义政治立场的一

　　① 郁达夫：《五四文学运动之历史的意义》，载《郁达夫文集》第6卷，花城出版社、三联书店香
港分店1983年版，第171页。
　　② 吉田精一：《现代日本文学史》，上海人民出版社1976年版，第88页。

种引力"①。正是有岛武郎文中的这种无政府主义思想直接影响了郭沫若。或者说，有岛武郎是郭沫若早年接受无政府主义思想的中介。

郭沫若曾翻译过施蒂纳的《〈唯一人及其所有物〉序》（郭沫若译为《我的分内事不放在什么上面》，载《创造周报》1923 年 6 月 16 日），1923 年 10 月 18 日，日本著名无政府主义思想家、社会活动家大杉荣被害，郭沫若有感而发写了《国家的与超国家的》一文。他痛感："在国家的历史渐渐演进以后，国家竟成为人类的监狱，人类的观念竟瘐死在这种制度之下了"，因而憧憬一种超越国家的世界主义，并认为中国的传统精神就是世界主义的。② 这种"世界主义"正导源于无政府主义。正是秉持着"世界主义"的文化观念，1925 年 11 月 17 日他写了《马克思进文庙》。不过那时他的思想已经开始发生变化，渐渐疏离无政府主义而倾向共产主义了，尽管对共产主义的认识还很模糊。以至于他在回复陶其情关于《马克思进文庙》的质疑时这样说："王道与无政府主义与无抵抗主义不同，这一点是要认清楚的。王道的国家主义也就是大同主义，也就是共产主义……孔子是王道的国家主义者，也就是共产主义者，大同主义者。"③ 总之，郭沫若关于国家民族命运的思考是与他对人类理想社会的探寻一体的。他的视野由日本无政府主义思想而扩展到西方政治理论，并注意紧密结合中国传统与现实。他的这种以无政府主义思想为基础的社会理想鲜明地体现在他的早期文学创作中。

在《棠棣之花》中，他借聂嫈之口说："侬欲均贫富，侬欲茹强权，愿为施瘟使，除彼害群遍！"他自言："在《棠棣之花》里面我表示过一些歌颂流血的意思，那也不外是诛锄恶人的思想，很浓重地带着一种无政府主义的色彩。"④ 在《孤竹君之二子》中歌颂伯夷、叔齐，追慕唐虞以前的理想社会。

① 浅沼茂树等编：《有岛武郎研究》，右文书院 1971 年版。转引自刘立善《日本白桦派与中国作家》，辽宁大学出版社 1995 年版，第 422 页。
② 王锦厚等编：《郭沫若佚文集》上册，四川大学出版社 1988 年版，第 139—140 页。
③ 同上书，第 153 页。
④ 郭沫若：《创造十年》，载《郭沫若全集》文学编第 12 卷，人民文学出版社 1992 年版，第 147 页。

其创作出发点，郭沫若在该诗剧《幕前序话》中已说得很明确了："我们考察他们的言论，综核他们的行为，他们的确是他们古代的非战主义者，无治主义者。他们的精神和我们近代人是深相契合的。我把他们拿来做题材，也犹如把Kropotkin，Bakunin（克鲁泡特金，巴枯宁）拿来做题材一样。"①

当然，无政府主义思想对郭沫若的影响更直接地体现为《女神》中横绝太空、睥睨一切、无限扩张的抒情主体——"自我"的确立。"我"的大量直接出现成为郭沫若所代表的现代新诗的标记。这集中见于《天狗》（"我把全宇宙来吞了。/我便是我了！"）、《我是个偶像崇拜者》（"我崇拜偶像破坏者，崇拜我！"）、《金字塔》（"不信请看我，看我这雄伟的巨制吧！/便是天上的太阳也在向我低头呀！"）其中，"天狗"是个性最为张扬、最具气势的，是"我"的化身，是青年郭沫若乃至所有追求个体自由独立的现代新青年的喻象。

与郭沫若一样，郁达夫也对无政府主义表现出明显的认同。他在《自我狂者须的儿纳》（最初发表时题名《MAX STIRNER 的生涯及其哲学》）中就极力称颂施蒂纳的学说："'自我就是一切，一切都是自我，'个性强烈的我们现代的青年，那一个没有这种自我扩张 Erweiterung des Ichs 的信念？Max Stirner 的哲学，实是近代彻底的'唯我主义'的源泉，便是尼采的超人主义的师傅。"② 在《艺术与国家》（1923 年 6 月 17 日）中，他写道："我们生来个个都是自由的，国家偏要造出监狱来幽囚我们"，"国家主义与艺术的理想取两极端的地位"，"现代的国家是和艺术势不能两立的"，"地球上的国家倒毁得干干净净，大同世界成立的时候，便是艺术的理想实现的日子"。③ 可见，郁达

---

① 郭沫若：《孤竹君之二子·幕前序话》，载《郭沫若全集》文学编第 1 卷，人民文学出版社 1982 年版，第 239 页。

② 郁达夫：《自我狂者须的儿纳》，载《郁达夫文集》第 5 卷，花城出版社、三联书店香港分店 1982 年版，第 141 页。

③ 郁达夫：《艺术与国家》，载《郁达夫文集》第 5 卷，花城出版社、三联书店香港分店 1982 年版，第 149—154 页。

夫早年也是向往绝对自由和无约束的自我的。自我和个性是其早期文学观的关键词。他甚至将个性提升到艺术本体论的高度："伟大的个性是不能受环境的支配的。改造环境，刷新时代的工作，都是由个人的艺术冲动演出来的。"①他的这一思想同样见于其以《沉沦》为代表的文学创作中。只是，他的诗作基本上都是古体诗，新诗绝少，故而我们难以在其诗歌中见到他的此种思想。尽管如此，他的文论主张和小说创作还是对现代主情文学的发展起到了不能忽视的推助作用。

无政府主义思想也催生了创造社同人的叛逆精神。郭沫若就对有岛武郎张扬的叛逆精神表现出极大认同，并将此种精神熔铸于其新诗中。勃发的叛逆精神成为《女神》时期郭沫若诗歌创作的底色。

在《叛逆者——关于罗丹的考察》中，他极力推崇的是罗丹敢于颠覆古典艺术的清规戒律、努力探索富于个性的新艺术的开拓精神。正是这种精神给予郭沫若极大鼓舞，激励其在诗歌创作中抛却传统规范的束缚，尝试采用新的诗体形式，融入个性化的自我精神。而经有岛武郎译介的惠特曼作品正可称为他新诗创作的追摹对象。

在郭沫若的思想意识里，对传统的反叛包含着破坏和创造两个层面，即破坏旧世界和创造新世界。像《匪徒颂》这样饱含反叛激情的诗歌在《女神》中是多见的。《女神之再生》、《湘累》、《天狗》、《浴海》、《立在地球边上放号》、《我是个偶像崇拜者》、《胜利的死》等都彰显着同样的精神，只是不同作品的抒情强度不一，抒情方式不同，但诗歌背后都有一个鲜活的富于反叛精神的"自我"在。《浴海》作于1919年10月14日，在郭沫若接触有岛武郎的《叛逆者》之后不久，可以说，正是有岛武郎所宣讲的叛逆精神给予郭沫若以强大的精神支撑。佚诗《解剖室中》由解剖尸体联想到破坏后的新生，呼唤"新生

---

① 郁达夫：《文学概说》，载《郁达夫文集》第5卷，花城出版社、三联书店香港分店1982年版，第85页。

命"、"新少年"、"新中华"。该诗洋溢着破坏的激情和重生的期盼，颇有点《凤凰涅槃》中凤凰浴火重生的意味。而诗中提及的罗当（即罗丹）、弥尔弈（即米勒）正是有岛武郎在《叛逆者》中论及的人物。另外，《解剖室中》写作时间虽早于《凤凰涅槃》，但发表时间与后者前后相续（前诗发表于 1920 年 1 月 22 日，后诗发表于 1920 年 1 月 30 日），因而与郭沫若于其中确立的关于破坏基础上的重建设想是一致的。如果是这样的话，那么有岛武郎对郭沫若早期思想及创作的启悟就愈发明显了。

众所周知，早年郭沫若是主情主义者，他曾反复申述诗歌的抒情本质。如果联系他接触有岛武郎《叛逆者》的时间，我们会发现，他的这一观点正是集中见于其后的一段时间，尤其是他和宗白华、田汉的通信中。如他在 1920 年 2 月给宗白华的信中说："我也是最厌恶形式的人，素来也不十分讲究他"，而"情绪的律吕，情绪的色彩便是诗。诗的文字便是情绪自身的表现（不是用人力去表示情绪的）"。① 在 1923 年上海美专的演讲中他也指出：

　　艺术家总要先打破一切客观的束缚，在自己的内心中找寻出一个纯粹的自我来，再由这一点出发出去，如象一株大木从种子的胚芽发现出来以至于摩天，如象一场大火由一点星火燃烧起来以至于燎原，要这样才能成个伟大的艺术家，要这样才能有真正的艺术出现。②

以上观点显露出他对艺术创作成规的反叛心理和对抒发主体情感的强烈吁求。他这种观念的形成固然不是完全导源于有岛武郎和惠特曼，但此二人是重要的影响源这一点是肯定的。有岛武郎在《叛逆者——关于罗丹的考察》中就说道："个性是艺术创作的核心。……重要的是要建立起强大的个性，为萎靡

① 《三叶集》，载《郭沫若全集》文学编第 15 卷，人民文学出版社 1990 年版，第 46—48 页。
② 王锦厚等编：《郭沫若佚文集》（上），四川大学出版社 1988 年版，第 123—124 页。

不振的人民开拓新的世界。罗丹就是以这种态度来适应新的要求的。"① 有岛武郎是将确立主体价值作为创造新文化的重要途径的，深具文化忧患意识的郭沫若则通过包括新诗在内的一系列文艺创作践行了他的这一观念。

同时应该明确一点，正如有岛武郎在肯定罗丹艺术的反叛品格的同时并没有忽略罗丹所受到的米开朗琪罗等先贤的深刻影响一样，郭沫若的新诗创作也不是与传统全然隔绝的。在郭沫若反传统的外衣下掩藏的是他对传统的深层认同，是挥之不去的传统文化情结。在这一点上，他与诸多"五四"学人遭遇了同样的尴尬。他的一些诗歌就明显受到了他所崇拜的陶渊明、王维等古代诗人的影响，他的早期诗论也融汇了传统诗学的部分内容。② 因而，我们才会看到《女神》和《星空》中有不少传统意味非常浓厚的诗歌。这是我们在强调郭沫若早期诗歌的现代品格时不能忽视的。

二　共鸣：主情文学观

郭沫若在谈到与歌德的思想共鸣时首先提及的就是歌德的"主情主义"。③ 综观早期创造社成员的文学观点可以发现，这"主情主义"正是他们的共通处，可以视作其文学观最精练、最准确的概括。

创造社的文学创作固然深受西方文学的影响，但白桦派的影响或许是更直接的。郑伯奇在谈及创造社倾向主情的浪漫主义的原因时特别提到："因为他们在外国住得长久，当时外国流行的思想自然会影响到他们。哲学上，理智主义的破产，文学上，自然主义的失败，这也使他们走上了反理智主义的浪漫主义的道路上去。"④ 他肯定了当时日本的哲学和文学思潮对创造社

---

① 有岛武郎：《叛逆者——关于罗丹的考察》，《郭沫若学刊》1988 年第 2 期。

② 参见王海涛《郭沫若"文艺本质"思想探源》，《郭沫若学刊》2004 年第 2 期。

③ 郭沫若：《〈少年维特之烦恼〉序引》，载《郭沫若全集》文学编第 15 卷，人民文学出版社 1990 年版，第 310 页。

④ 郑伯奇：《中国新文学大系·小说三集·导言》，上海良友图书印刷公司 1935 年版。

的影响。其中虽然没有直接点明具体是哪些哲学或文学流派，但显然是包括白桦派的。因为创造社成员留日时正值日本广泛吸收融会西方文化的大正时期，而且白桦派正是继自然主义而起的。因此可以说，郑伯奇实际上是肯定了包括白桦派在内的大正文艺思潮对创造社选择主情主义道路的推动作用。

前文已经提及，郭沫若就是经有岛武郎的介绍接触到对其诗歌创作影响甚巨的惠特曼的。这是一个直接的证据。另外，郭沫若在冈山六高时的德语老师藤森成吉就是白桦派成员。藤森成吉与有岛武郎过从甚密，曾以有岛武郎情死事件为原型创作戏剧《牺牲》（沈端先译），[①] 现在虽然没有可靠资料证明郭沫若在六高读书期间与藤森成吉有过直接交往，但郭沫若对这位老师的创作是熟悉的。他曾翻译过藤森成吉的小说《阳伞》（1920 年 11 月译）和《一位体操教员之死》（1922 年 6 月译）。这两篇小说后收入他流亡日本时编选的《日本短篇小说集》中。这两篇小说连同收入《日本短篇小说集》的其他几篇小说所采用的"私小说"的自我表现的手法对郭沫若的早期小说创作产生了明显影响，也很可能对他的新诗创作偏重表现的倾向产生了影响。加之藤森成吉本人确是强调文学的情感特性的，甚至在他转向无产阶级文学之后仍是这样。其所著《文艺新论》着重论述了文艺的本质特征和对无产阶级文学的认识。在该书中，他申明无产阶级文学不排斥宣传，但不能将其作为宣传的工具，因为文学的特点在于以情感人，"最大纯粹的艺术即是最大煽动的艺术"。[②] 据此我们就更有理由相信藤森成吉对郭沫若主情文学观的形成是产生了影响的。这一影响实质上也就是白桦派的影响。

但仅仅如此描述白桦派对创造社主情文学观之形成的影响还远不够。下面我们通过简要梳理他们的相关论述，可以于比较中发现其更多关联。

---

① 《夏衍剧作集·附录》，中国戏剧出版社 1986 年版，第 253 页。
② 藤森成吉：《文艺新论》，张资平译，上海联合书店 1929 年版，第 94 页。

　　白桦派的文学主张深受西方人道主义思想影响，极力张扬个性的人道主义推尊个性、强调发展自我，对底层民众充满同情。武者小路实笃说："白桦的特色，可以认为是在于发挥自己。自己期望，别人也期望忠实地最大限度地发挥自己。这是白桦的方向，即不以人的生命视作手段，也不想随自己所欲来改变它，而期望所有的人都忠实地发挥自己，可以说这就是白桦。"① 他在《六号杂感》中将白桦派的理论主张概括为：①只有通过发挥个性，自己才有存在的价值；②从事不能发挥个性的工作，是侮辱自己的；③不发挥个性的人，本身就是侮辱一切；④自己喜欢的人，都是发挥个性的人；⑤去掉个性，个人就没有尊严。② 有岛武郎在其名作《不惜夺爱》中说："人的生活必然的终极要求，就是自我的完成。如同完成社会也就是自我的完成，自我的完成终将成为社会的完成这句话，不是停留在说明现象的轮回相来表达要求本身。"③ 由此可见，在白桦派的文学观中"个性"、"自我"占据着中心地位，他们提倡充分发挥个性，设想由自我的完善达至整个人类社会的完善。他们虽然亦深受自然主义影响，但不满于自然主义对现实生活的呆板呈现，主张"舍弃自然主义那种物质性的世界观，把离开了客观世界的目光转向于主观的世界，使向外而分散的心转为向内而统一集中起来，给人类生活求得新的精神的光明和力量。他们要在深信创造力的理想主义这一基础上来发现伦理和道德的新的美"。④ 因而可以说，白桦派文学是个体本位的，具有强烈的主观抒情色彩，为推动日本文学的现代转型发挥了不可替代的作用。而他们对个体独立价值的肯定也通过留日作家对中国现代文学的转型产生了深刻的影响。整体上看，这种影响表现为"白桦派提出的关于个人与'人类'互动、统一的观点，强调了个人相对于'人类'的独立性与重要性。这种观点为五四作家所接受，促使他们自觉背离

---

① 转引自叶渭渠、唐月梅《20世纪日本文学史》，青岛出版社1998年版，第92页。
② 转引自叶渭渠、唐月梅《日本文学史·近代卷》，经济日报出版社2000年版，第526页。
③ 同上书，第543页。
④ ［日］吉田精一：《现代日本文学史》，齐干译，上海人民出版社1976年版，第78页。

近代'国家'文学模式，将叙事重心与目的由'国家'话语转向'人'的话语"。① 具体而言，这种影响表现为尊重创作主体的独立性和对文学抒情性特征的强调，乃至将抒情界定为文学的本质。

一个直接的比照就是白桦派和创造社对各自团体特征的概括。武者小路实笃在《白桦运动》（1910 年）中说：

> 社会上虽然将我们称作白桦派，但我们不是由于有同一的主义、主张和立场走到一起的。各人有各自的立场。我们只是朋友，有互相同化之处互相同化了。但是，不同之处始终都是不同的。不过，别人看来，白桦的人们有白桦人的色彩。但我们无论在什么地方都要求忠实于自己。我们也互相议论、互相批评，但互相尊重彼此的立场，不想成为清一色。②

郭沫若则这样看待创造社："我们这个小社，并没有固定的组织，我们没有章程，没有机关，也没有划一的主义，我们是由几个朋友随意合拢来的。我们的主义，我们的思想并不相同，也并不必强求相同。我们所同的，只是本着我们内心的要求，从事与文艺的活动罢了。"③ 可见，"忠实于自己"、"本着我们内心的要求"是其共通处，即给予创作个体以充分的自由，尊重个体的主观欲求，决不强求统一。

类似的关联也见于郁达夫对自己文学创作的总结中。他虽然极少创作新诗，但对文学创作的理性认识与白桦派，尤其是志贺直哉是相通的。1936年 12 月 18 日，郁达夫曾拜会过志贺直哉，对志贺的文学成就十分推崇："他的作品很少，但文字精练绝伦；在日本文坛上所占的地位，大可以比得

---

① 方长安：《近现代文学话语转型与日本白桦派的关系》，载《人文杂志》2003 年第 1 期。
② 转引自叶渭渠、唐月梅《日本文学史·近代卷》，经济日报出版社 2000 年版，第 514—515 页。
③ 《创造季刊》第一卷第二期《编辑余谈》1922 年。

中国的鲁迅。"① 将志贺直哉与鲁迅相比，可见其在郁达夫心目中的地位，也可见他对志贺直哉文学创作观念的认同之深。志贺直哉的创作被称为"个人主义艺术的典型"②，其私小说创作对郁达夫影响尤大。郁达夫的名言"文学作品，都是作家的自叙传"就与志贺有着直接的联系。他在总结自己的创作经历时更是旗帜鲜明地倡扬"主观"、"个性"："客观的态度，客观的描写，无论你客观到怎么样一个地步，若真的纯客观的态度，纯客观的描写是可能的话，那艺术家的才气可以不要，艺术家存在的理由，也就消灭了。……作家的个性，是无论如何，总须在他的作品里头保留着的。"③ 他的这段论述可以说是创造社关于文学创作个体独立性的最具代表性的看法。相比之下，郭沫若虽没有与志贺的直接接触，但同样认同其文学作品所表现出的个体解放思想。在郭沫若编译的《日本短篇小说集》中就收录了志贺直哉的《正义派》、《真鹤》和另一位白桦派作家里见弴的《雪的夜话》。

此外，郁达夫对有岛武郎也较为熟悉，且对其创作颇为认同。在其创作于1921 年的小说《南迁》中，郁达夫写到主人公"在洋服包里拿出了一侧当时新出版的日本的小说《一妇人》（Aru Onna）来看了"。《一妇人》即有岛武郎的代表作《一个女人》。可见，郁达夫对有岛武郎的作品早有接触。到他后来写作《文学概说》时更是大量借用了有岛武郎的名著《生活与艺术》中的观点。他在该书附言中明确说："此稿所依据的，是有岛武郎的《生活与文学》的头上的几章。"其实尚不止此，《文学概说》的整个结构都借鉴了《生活与文学》。除"头上的几章"，其他章节中的观点也与有岛武郎的观点相近或者是直接借用。只是在前几章中这种借用更显集中。比如《文学概说》第 2 章关于艺

---

① 郁达夫：《从鹿圃传来的消息》，载《郁达夫文集》第 4 卷，花城出版社、三联书店香港分店 1982 年版，第 165 页。

② 井上良雄：《芥川龙之介与志贺直哉》，1923 年 3 月《磁场》，转引自刘立善《日本白桦派与中国作家》，辽宁大学出版社 1995 年版，第 449 页。

③ 郁达夫：《五六年来创作生活的回顾——〈过去集〉代序》，载《郁达夫文集》第 7 卷，花城出版社、三联书店香港分店 1983 年版，第 180 页。

术分类问题的看法就是借用的有岛武郎的二分法——具象艺术和印象艺术。郁达夫说：

> 现在想取日本有岛武郎之法，分艺术为具象艺术与印象艺术两种。前者将创造者的内部生活具象化在象征之上，鉴赏者先与具象化的物体相接触，然后得与潜藏在此物体中之作家的内部生活起感应，例如雕刻、绘画、建筑等类是。后者将创造者的内部生活非具象的表现出来，鉴赏者因之得直接与作家的内部生活相接触，由此印象再徐徐在心中造出具体的形象来。……文学当然是印象艺术，印象艺术之特色，即在先向鉴赏者的感情方面起作用，然后再起具象化作用，而移入感觉方面。[①]

再对照有岛武郎在《生活与文学》第 2 章中的观点，我们就可以清晰地看出郁达夫接受了有岛武郎对于文学的情感性的看法。有岛武郎说："艺术，是在人的最内部活动着的艺术的冲动，即创作欲的产品。而且是尽量的整个的产品。愈能整个地，确实地表现他，他的艺术的价值就愈高了。"[②]

白桦派认为文学是内在情感的表现，是富于个性的创作。武者小路实笃说："没有内心的要求，文学也是不可能产生的。"（《白桦运动》）有岛武郎认为："艺术是个性的表现，并且以表象为媒介。"[③] 而从总体上看，创造社成员对文学本质的认识与白桦派极为相近，同属主情主义的。其中以郭沫若的论述最多也最充分："诗的本职专在抒情"（《致宗白华》，1920 年 2 月 16 日）、"诗一定是我们内心的诗境诗意底纯真的表现"（《致宗白华》，1920 年 1 月 18

---

① 郁达夫：《文学概说》，载《郁达夫文集》第 5 卷，花城出版社、三联书店香港分店 1982 年版，第 73 页。

② 有岛武郎：《生活与文学》，张我军译，北新书局 1929 年版，第 18—19 页。

③ 有岛武郎：《关于艺术的一个考察》，转引自刘立善《有岛武郎文艺思想中的自我》，载《日语学习与研究》1997 年第 1 期。

日）、"诗底主要成分总要算是'自我表现'了"（《致宗白华》，1920 年 3 月 3 日）、"文艺是迫于内心的要求之所表现"（《批评意门湖译本及其他》）、"艺术是我们自我的表现"（《印象与表现》）等等。其中尤其值得注意的是《论诗三札》（1921 年）中的观点。郭沫若说："诗是人格创造的表现，是人格创造冲动的表现。这种冲动接触到我们，对于我们的人格不能不发生影响。人是追求个性的完全发展的。个性发展得比较完全的诗人，表示他的个性愈彻底，便愈能满足读者的要求。"[①] 此段论述之所以值得注意在于，郭沫若将文学的表现与创作者人格完善并论，强调文学对人格完善所发挥的作用，这与前述白桦派的主张是一致的。因为白桦派就是极为重视自我人格完善的，将其作为文学创作的深层价值诉求之一。

创造社成员对自我表现的张扬固然有力，但他们不能如白桦派般耽于纯粹的主观理想之建构，因为他们都有深沉的家国情怀，对故国现状及前途命运的关注与思虑使他们不能无所顾虑地沿着白桦派的道路走下去。正如伊藤虎丸所说：

　　创造社的艺术主义、浪漫主义，以及存在于这种艺术主义的根底的"自我"的性质，一方面具有和这样的人道主义（按，指《白桦》和《三田文学》所张扬的人道主义）发生共鸣的"条件"；另一方面还有中国人的特殊的"条件"，那就是无法"心安理得地写着人道主义的作品"。这两个方面，就规定了他们的文学上"自我"的性质。[②]

这就是创造社在接受白桦派影响的同时又不为其所囿的深层原因。

---

① 郭沫若：《论诗三札》，载《郭沫若全集》文学编第 15 卷，人民文学出版社 1990 年版，第 338 页。

② 伊藤虎丸：《鲁迅、创造社与日本文学——中日近现代比较文学初探》，北京大学出版社 2005 年版，第 178 页。

第三节 《女神》:别求新声于异邦

创造社主情文艺观在诗歌创作上的实践,或者说其精心建构的"生命的文学"的具体体现便是《女神》。《女神》诞生于日本,但她对于青春激情与创造力的讴歌、对于个性的张扬、对于自由民主的热烈呼唤,恰与五四启蒙思潮产生强烈的共振,而且其汪洋恣肆的诗句、挥洒自如的语言风格和强烈的情绪节奏,也与"五四"诗体解放的想象相契合,成为创造社诗歌创作的代表,更是五四诗坛反主智、重情绪,反描写、重主观的主情诗潮的典范,被誉为新诗真正的起点。当时正在日本留学的郭沫若向国内投寄他的诗作,新诗坛以异乎寻常的热情接纳了这位年轻诗人。前有《学灯》编辑鼓励:"一有新作,就请寄来。"后有闻一多"生平服膺《女神》几乎五体投地"。《女神》被一版再版,不少诗人就是因崇拜《女神》而开始新诗创作的。《女神》在诗坛上的巨大影响来自其自我生命力的舒展和与之相呼应的特色鲜明的抒情范式,而这又与留学时期的日本文化有着密切的联系。

一 "诗之精神在其内在的韵律"

郭沫若在留日期间高扬"生命的文学"的旗帜,表现出强烈的主情主义倾向,他提出"我想我们的诗只要是我们心中的诗意诗境底纯真的表现,命泉中流出来的 Strain,心琴上弹出来的 Melody,生底颤动,灵底喊叫;那便是真诗,好诗"[①]。与之相呼应,郭沫若主张诗应该是纯粹的内在律:"诗之精神在

---

① 郭沫若:《三叶集·致宗白华》,载《郭沫若全集》文学编第 15 卷,人民文学出版社 1990 年版,第 13 页。

其内在的韵律（Intrinsic Rhythm），内在的韵律（或曰无形律）并不是甚么平上去入，高下抑扬，强弱长短，宫商徵羽；也并不是甚么双声叠韵，什么押在句中的韵文！"[1] 所谓内在律在郭沫若看来就是情绪的消长："抒情诗是情绪的直写。情绪的进行自有它的一种波状的形式，或者先抑后扬，或者先扬后抑，或者抑扬相间，这发现出来便成了诗的节奏。"[2] 而《女神》在艺术形式上最值得称道的地方正是它的"内在韵律"即情绪节奏建设。《天狗》以回环复迭的方式，重复的句式，反反复复渲染、叠加感情，把情绪推向巅峰，形成强烈的情绪节奏。整首诗全部以"我"字领起。第一诗节便着力一层一层推动情绪之波，推到一个小高峰时以惊叹号斩断，以分节的方式造成一个较大的时间间歇，让高涨的情绪自然跌落下来。第二诗节也是如此，通过有规律的情绪波动，形成节奏。第三诗节前六句先造成一个小的由低向高的情绪段落。后十句用排比的句式叠加感情，如大海的波涛，一浪高过一浪，快到高潮时突然分节，形成一个大的音顿，如暴风雨前的沉默，最后情绪总爆发："我便是我呀！/我的我要爆了！"这是全诗的高潮，在高潮处戛然而止，将这股火山一般的热情永远定格在巅峰状态，大起大落。《立在地球边上放号》也具有鲜明的"内在韵律"。全诗一气呵成，不讲对仗，不拘韵脚，通过短语的排比，关键词的重复，和情绪的张弛形成节奏。前四句为一个有张有弛的情绪段落，后面三句又为一个情绪段落。后面三句情绪都很饱满，但并不是直线型的，而是有振幅的，第五句和第七句本来情绪十分强烈，但诗人运用了长句子将饱满的情绪舒展开来，从而形成了有张有弛的节奏。

郭沫若的"内在韵律"的创作理论与生命文学观和泛神论思想相结合，使《女神》全神贯注于来自心底的喜悦，其诗常常具有一种见景起兴，随物婉转的自然节奏。《女神》中歌咏大自然的诗篇绝大部分取材于日本福冈的博多湾。

---

[1]　郭沫若：《论诗三札》，载《郭沫若全集》文学编第 15 卷，人民文学出版社 1990 年版，第 337 页。
[2]　郭沫若：《论节奏》，载《郭沫若全集》文学编第 15 卷，人民文学出版社 1990 年版，第 353 页。

博多湾的自然风光和当年元军覆没在沿海一带留下的历史遗迹，使诗人常常在这里流连忘返，给了《女神》许多艺术的源泉和历史的喟叹。《女神》直接再现博多湾风光的有 21 首之多。仅写"十里松原"就有《夜步十里松原》、《晚步》、《晨兴》、《十里松原》、《静夜》、《暗夜》、《春潮》等。博多湾是诗人灵感的源泉，谈到弃医从文时，郭沫若说："所以至此的原因，我的听觉不敏固然是一个，但博多湾的风光富有诗味，怕是更重要的一个吧。"① 在《泪浪》一诗中诗人深情地写道：

> 这是我许多思索的摇篮，
>
> 这是我许多诗歌的产床。
>
> 我忘不了那净朗的楼头，
>
> 我忘不了那楼头的眺望。
>
> 我忘不了博多湾里的明波，
>
> 我忘不了志贺岛上的夕阳。
>
> 我忘不了十里松原的幽闲，
>
> 我忘不了网屋汀上的鱼网。

《女神》中歌咏大自然的诗篇，不仅倾心于大自然的伟大和美丽，而且追求"我的血和海浪同潮"的生命体验。《晴朝》把自然视为朋友，从与自然的交融中觅取心灵的安谧和灵魂的欢悦。《晨兴》描写了黎明时博多湾，初升的太阳照在松树、海滩上的海日图，"我的心琴也微微地起了共鸣"：显然诗人在追求一种人情物情共鸣，人神一体的境界。在诗人心目中，自然就是神的化身，与人一般有鲜活灵动的生命，因此在诗人笔下大自然的表情丰富多彩。黎

---

① 郭沫若：《追忆博多湾》，载《郭沫若全集》文学编第 19 卷，人民文学出版社 1992 年版，第 335 页。

明时博多湾"松林外海水清澄，/远远的海中岛影昏昏，/好象是，还在恋着他昨宵的梦境"（《晨兴》）。日暮的博多湾是多情的："汪洋的海水在我脚下舞蹈，/高伸出无数的臂腕待把太阳拥抱"（《新阳关三叠》）。他与太阳举行《日暮的婚筵》："嫩绿的绢衣却遮不过他心中的激动。"初春的博多湾"海碧天青，浮云灿烂，衰草金黄"，让诗人听到了"潮里的声音"："快向光明处伸长！"（《心灯》）诗人"独坐北窗下举目向楼外四望：/春在大自然的怀中胎动着在了！"（《春之胎动》）《女神》与海同游，与海共思，因此不少诗感应博多湾的自然节奏而呈现出多姿多彩的情感特征。博多湾西接东海和日本海，与太平洋相通。平日水波不兴，郭沫若甚至认为"比太湖的湖水还要平稳"。但每到九、十月间大风一起，排山倒海。公元 1281 年元世祖的庞大舰队即因此在博多湾全军覆没。《立在地球边上放号》尾注："1919 年 9、10 月间作"，这时的博多湾惊涛拍岸，浊浪排空，诗人于是惊呼："啊啊！我眼前来了的滚滚的洪涛哟！"郭沫若说"没有看过海的人或者是没有看过大海的人，读了我这首诗的，或者会嫌它过于狂爆。但是与我有同样经验的人，立在那样的海边上的时候，恐怕都要和我这样的狂叫罢。这是海涛的节奏鼓舞了我，不能不这样叫的。"[①]而面对"雪的波涛！/一个银白的宇宙"诗人也"同那海涛相和，松涛相和，雪涛相和"创作了独特的诗歌节奏。在《创造十年》中，郭沫若说：

> 那首诗是应着实感写的。那是在落着雪又刮着大风的一个早晨，风声和博多湾的海涛，十里松原的松涛，一阵一阵地卷来，把银白的雪团吹得弥天乱舞。但在一阵与一阵之间却因为对照的关系，有一个差不多和死一样沉寂的间隔。在那间隔期中便连檐霤的滴落都可以听见。那正是一起一伏的律吕，我是感应到那种律吕而做成了那三节的《雪朝》。[②]

---

① 郭沫若：《论节奏》，载《郭沫若全集》文学编第 15 卷，人民文学出版社 1990 年版，第 357 页。
② 郭沫若：《创造十年》，载《郭沫若全集》文学编第 12 卷，人民文学出版社 1992 年版，第 83 页。

可以说，郭沫若是以生命去倾听博多湾弹奏的自然音律，从而得以恣情舒展的节奏和狂放不羁的诗行，冲破传统诗词的形式束缚，开拓出新诗真正自由的生命。

　　博多湾给了郭沫若艺术创造的源泉，而日本文坛对于《女神》情感内涵和审美范式的形成也起了重要的作用。早在 1923 年闻一多就指出，"日本底环境固应对《女神》的内容负一分责任"①。《女神》某些诗篇从艺术构思到思想意识都明显地表现出与日本文学的关联。郭沫若在《郭沫若诗作谈》中曾叙述："当时日本的新思潮已非常浓厚，左倾杂志（如当时的《播种人》、《改造》等）已经抬头。在我个人，自然也很受了影响，表现在作品上的，如《匪徒颂》、《巨炮的教训》及《棠棣之花》里的一部分……"② 日本文化既给予《女神》情感内涵方面的诸多启示，也深深地影响了《女神》的情感表达方式。《女神》在借鉴欧美诗歌、打破格律形式、口语化以及将诗与戏剧相结合等方面都与日本文坛合拍。《女神》创作的 1916 年至 1920 年正值日本"新体诗"运动和口语诗运动此起彼伏之时。当时的日本诗人热衷于借鉴欧美诗歌，创作欧化自由诗即"新体诗"。而川路柳虹的《垃圾堆》的出版又将口语诗运动推向了高潮。随后民众诗派、人道主义诗人群相继登上诗坛，他们以惠特曼为宗师，刻意追求浅显易懂的口语风格。1917 年还诞生了被称作口语自由诗巅峰之作的荻原朔太郎的《吠月》。甚至和歌领域也出现了打破俳谐和歌格调而采取自由律的诗体解放趋势。在诗体形式方面，《女神》对于和歌和俳句也多有借鉴。郭沫若十分欣赏芭蕉的俳句，尤其看重和歌和俳句在情绪表达方面的优势，他说："日本有一位俳人叫芭蕉的，很有名，留下很多脍炙人口的俳句……他也确实做过一些很有味道的俳句，在那样简单的形式当中，能够含蓄着相当深刻的情

---

　　① 闻一多：《〈女神〉之地方色彩》，载朱自清等编《闻一多全集》第 3 卷：丁集，上海开明书店 1948 年版，第 198 页。

　　② 蒲风：《郭沫若诗作谈》，载王训昭等编《郭沫若研究资料》（上），中国社会科学出版社 1986 年版，第 266 页。

绪世界。"① 和歌、俳句这种日本独特的诗歌形式，非常长于表现刹那间的情感，捕捉瞬息间的思想火花，也因此成为《女神》中一些诗篇的直接参照。而且日本诗歌历来不尚对偶声律而重节奏，五行和歌和三行俳句由"五、七、五"音的交叉使用，比我国的律诗绝句更富于抑扬顿挫的节奏感。这为郭沫若的诗歌创作提供了丰富的启示。《鸣蝉》就颇有俳句的韵味和物哀的审美趣味。《晨兴》描写日本自然风光，共三节，每一节均为三句，这种单句不对称的诗形明显不同于中国传统诗歌双句对偶的形式，其淡雅的风格，悠长余味，更接近于日本诗歌的风格。郭沫若另外一首写于 1921 年但未收入《女神》的《雨后》不仅大体都取俳句的"五七五"格式，而且最后一句用的是名词结尾，更是明显地表现出对于和歌、俳句的模仿。

由于《女神》的创作具有深厚的日本文化背景，1919 年 9 月 10 日，当郭沫若首次以"沫若"为笔名在上海《时事新报》的《学灯》上发表《鹭鸶》和《抱和儿在博多湾海浴》，即被译成日文发表在 1919 年 10 月日本人小仓章宏发行于天津的《日华公论》第 6 卷 3 号上。1919 年 9 月 29 日发表于《学灯》上的《死的诱惑》，只隔了几个月便被译成日文在大阪《每日新闻》上以"支那新体诗"为标题发表，成为日本最早介绍翻译的中国新诗之一，并且《死的诱惑》还得到了日本著名文艺批评家厨川白村的赞扬。这从一个侧面也证明了郭沫若的早期创作与日本诗坛的某种共鸣关系。

《女神》"别求新声于异邦"，与中国传统诗歌美学形成了巨大的反差。在郭沫若向国内寄发诗作之初，"沫若诗，颇有些人不大了解"②。郑伯奇当年也因为"作者诗形太非我所想的，所以便再没有多读了"③。这其中最重要的一点就是与重视情绪内在节奏形成鲜明对比的，《女神》在外在形式上所采用的

---

① 郭沫若：《诗歌底创作》，《文学》1944 年第 2 卷第 3 期。
② 谢康：《读了〈女神〉以后》，载王训昭等编《郭沫若研究资料》（中），中国社会科学出版社 1986 年版，第 202 页。
③ 郑伯奇：《批评郭沫若底处女诗集〈女神〉》，载《郑伯奇文集》，陕西人民出版社 1988 年版，第 8 页。

自由奔放的策略。的确在外在形式创造方面，《女神》并不特别用心。不过也有一些可圈可点的地方。朱湘就曾这样说过："郭君在一般的时候，对于文艺是很忽略的，诚然免不了'粗'字之讥。但有时候他的诗在形式上、音节上，都极其完美。"① 如《上海印象》用圆圈式抒情结构，造成一唱三叹的韵味和铿锵有力的音乐效果。《炉中煤》采用一种复沓变奏的方式，从一个意象出发、展开，又回归起点，造出既繁复又单纯的综合美感。不过总体上说，《女神》除了在打破旧格律方面值得称道外，在新诗形式建设方面没有太多的创新与突破。闻一多在《〈女神〉之地方色彩》中就认为，这"也许就是太不'做'的结果"。在他眼中，"郭君是个不相信'做'诗的人"。捧着《女神》走上诗坛的闻一多深知忽略外在形式建设对于新诗艺术的危害，在批评郭沫若"我们不能不埋怨他太不认真把事当事做"的同时，他在新诗外在形式节奏建设方面十分用力。他关于诗歌音尺的划分、韵脚的设定和诗行诗节的整体安排等理论与实践，都依据语言的韵律及其可能出现的节奏效果，一方面暗含着对现代汉语节奏感及其可能的探索，另一方面也体现了对新诗文体规范建设和诗与散文严格分界的诉求。如针对现代汉语双音词多于单音词的现象，闻一多提出了"音尺"理论，强调让"二字尺"和"三字尺"差参排列，则诗句节奏显得活泼，自然流畅。此后的卞之琳在闻一多理论的基础上提出了"顿"的概念，并把它视为新诗节奏的核心，将这一问题的探讨进一步引向深入。此外，闻一多还从文字符号的造型性来考虑诗歌在视觉方面的节奏美感，认为由于汉字是象形文字，较之于西方的拼音文字，更多了一些在视觉形式方面的造型力和感染力，也因此具有了诉诸视觉的节奏美。闻一多的外在形式建设还表现为一系列韵式的大胆尝试。从《红烛》可以看到由无韵到有意识押韵的变化。他曾向友人宣称："现在我极善用韵。本来中国韵极宽；用韵不是难事，并不

---

① 朱湘：《郭沫若的诗》，载肖斌如等编《中国当代文学研究资料：郭沫若专集（一）》，四川人民出版社1984年版，第390页。

足以妨害词意。既然是这样，能多用韵的时候，我们何必不用呢？用韵能帮助音节，完成艺术。"① 可以说，正是《女神》在外在形式建设方面的疏漏启示了闻一多的格律诗理论，而闻一多的格律诗理论则在一定程度上照亮了《女神》的美学盲点。

诗歌是语言的艺术，自白话诗诞生的第一天起，诗人们就自觉地开始新的诗歌语言的寻找。汉民族虽然有悠久的文化传统和丰富的诗歌宝藏，但那些约定俗成的语言组合经千百年的重复沿用，必然导致新鲜感的丧失和美感的减弱，不能适应纷繁复杂的现代生活的需要。因此从大众中、从生活中获取活的语言，成为共识。《女神》娴熟地运用生活口语，显出亲切如话的艺术风范："平和之乡哟！/我的父母之邦！/岸草那么青翠！/流水这般嫩黄！"（《黄浦江口》）不过，问题的另一方面是，新诗以短短的历程，要对抗古典诗歌在几千年历史中积淀下来的深厚而纯净的文化结晶，显然有些力不从心。因此适当地运用、合理地改造古典文学辞藻，用以表达现代感情，也应该是新诗的一种语言策略。《女神》偶尔也采用古诗词汇，适当地将文言遣词融入诗中，使之具有丰富的暗示性，从而营造出一片耐人寻味的艺术天地："海语终难解，/空见白云飞"（《春愁》）、"上有星汉湛波，/下有融晶泛流"（《蜜桑索罗普之夜歌》）。《女神》提供的这种艺术可能，三十年代的卞之琳走得更远。卞之琳认为，在诗中"化古"是为了力求以尽可能少的言词，为读者提供尽可能多的信息，创造尽可能大的审美空间。《尺八》一诗反复插入"归去也，归去也，归去也——"的句子，文白变动，仿佛一股从古流到今的思乡情绪，默默注入诗中，既具有古典余韵，又不失现代精神。可见，新诗回味深长的品格有时也来源于传统诗学中含蓄蕴藉一脉的丰厚滋养。但是由于现代汉语以双音词为主，强调的是音节的美感效果，一般地说不宜机械地照搬古典诗词的"炼字"法。

---

① 闻一多：《致吴景超信》，载朱自清等编《闻一多全集》第 3 卷：庚集，上海开明书店 1948 年版，第 18 页。

当然在保持节奏自然流畅和语言亲切的前提下，诗美世界的创造仍然需要从标题到一字一词乃至标点符号都贯穿精品意识，力求一字一标点都顾盼有神。《女神》中就有不少这样的精品："淡淡地，幽光/浸洗着海上的森林。/森林中寥寂深深，/还滴着黄昏时分的新雨。"（《雾月》）"声声不息的鸣蝉呀！秋哟！时浪的波音哟！/一声声长此逝了⋯⋯"（《鸣蝉》）"菜花黄，/湖草平，/杨柳毵毵，/湖中生倒影。//朝日曛，/鸟声温，/远景昏昏，梦中的幻境。"（《雷峰塔下·其二》）正是由于精心打磨，这些诗句祛除了日常口语的零乱芜杂，音韵完美，珠圆玉润。

总的说来，语言表达的生动、贴切、灵活多变，是《女神》成功所在，但由于诗人自身的性格气质，以及所奉行的诗是情绪的自然流露的理念，年轻的郭沫若成为写诗"最厌恶形式的人，素来也不十分讲究他"。因此《女神》在语言诗性建构方面是比较随意的。如"一个高，一个低，一个最低"（《金字塔》）、"阿和要我登，/我们登上了"（《光海》）这样的句子不在少数，而且，似乎随手拈来的"因为"、"但是"、"所以"、"或许"等连词，更使诗的语言与非诗的语言之间的界限变得模糊起来。诗应如集成电路一样在短小的篇幅内蕴涵丰富的情致。如何将松散的日常语言提升为诗句？这是每一位诗人都必须直面的问题。正如袁可嘉所说：

> 现代诗人极端重视日常语言及说话节奏的应用，目的显在二者内蓄的丰富，只有变化多，弹性大，新鲜、生动的文字与节奏才能适当地，有效地，表达现代诗人感觉的奇异敏锐，思想的急遽变化，作为创造最大量意识活动的工具；一度以解放自居的散文化及自由诗更不是鼓励无政府状态的诗篇结构或不负责任，逃避工作的借口。①

---

① 袁可嘉：《新诗现代化——新传统的寻求》，载袁可嘉《新诗现代化》，生活·读书·新知三联书店 1988 年版，第 6—7 页。

大凡成功的作品都是建立在对语言与艺术思维矛盾的超越之上。诗的创作过程在某种意义上说也是诗人的内在情思与语言形式的搏斗史。新诗尤其需要极富个性的奇思妙想，词与词之间富于现代情绪的瞬间撞击与黏合。只有独具洞察力的慧眼灵心才能给现代读者一个美的惊喜，而《女神》在这方面应该说是很不到位的。

在《女神》创作期间，日本先后掀起了"泰戈尔热"和"惠特曼热"，《女神》重视内在韵律而在外在形式方面"绝端的自由，绝端的自主"的创作原则也来源于泰戈尔和惠特曼诗歌给予的美学启示。由此泰戈尔和惠特曼也成为对《女神》艺术形式和风格形成影响最大的两位外国诗人。

二　泰戈尔文名风行一时

泰戈尔是对《女神》精神内核、表现形态和审美范式产生深远影响的第一位外国诗人。郭沫若曾在《我的作诗的经过》中自叙《新月与白云》、《死的诱惑》、《别离》等早期诗歌，"在过细研究过太戈尔的人，他可以知道那儿所表示着的太戈尔的影响是怎样地深刻"。他将自己的创作划为泰戈尔阶段和惠特曼阶段，说："在我自己的作诗的经验上，是先受了太戈尔诸人的影响力主冲淡，后来又受了惠特曼的影响才奔放起来的。"[1]　其实，即使在郭沫若自己划分的所谓"惠特曼阶段"，泰戈尔的思想和艺术启迪仍十分明显。如写于1919年初的《新月与晴海》与泰戈尔的《云与波》在结构安排和表现儿童富于幻想特性方面的共同之处显而易见。在《死》一诗中，他赞美死亡，将"死"比作情人。这种浪漫情调和奇特的构思，同泰戈尔《园丁集》第81首颇为近似。《岸上》一诗还直接引用《吉檀迦利》中的诗句。在《晨安》中郭沫若高呼

---

[1]　郭沫若：《我的作诗的经过》，载《郭沫若全集》文学编第16卷，人民文学出版社1989年版，第220页。

"晨安！Bengal 的泰戈尔翁呀！"在《匪徒颂》中讴歌："不受约束的亡国奴，私建自然学园的泰戈尔呀！"在《儿童文学之管见》一文中，郭沫若将泰戈尔的《婴儿的世界》推为儿童文学创作的摹本和典范。那么，郭沫若是如何走近泰戈尔的呢？他自叙："我知道太戈儿的名字是在民国三年。那年正月我初到日本，太戈儿的文名在日本正是风行一时的时候。"① 泰戈尔的文名在日本风行一时正是中国这位留日学生得以与泰戈尔结缘的前提条件。

1913 年，泰戈尔诗集《吉檀迦利》获得诺贝尔文学奖，世界刮起泰戈尔旋风。印度人把他奉为"诗祖"，许多国家尊他为"诗圣"或"诗哲"。日本也不例外，对泰戈尔作品的阅读和研究几乎遍及日本有一定规模的大学。调查显示，日本一桥大学、横滨国立大学、关西外国语大学、大阪大学、东京大学、同志社大学、九州大学等 20 所大学以及大阪府立中央图书馆均有 1913—1916 年英文版《吉檀伽利》的馆藏记录。1913—1916 年英文版《新月集》在日本京都市立艺术大学、昭和女子大学、大阪女子大学、琉球大学、丽泽大学等 9 所大学有珍藏记录。馆藏 1913 年—1916 年英文版《园丁集》的则有日本金泽大学、神户市外国语大学、筑波大学、福岛大学等 9 所大学以及大阪府立中央图书馆。其他如 1913—1916 年英文版《生命之实现》、1913—1916 年英文版《伽毗尔诗一百首》、1913—1916 年英文版《来自潘洁泊和克什米尔的三十首歌》、1914 年英文版《暗室王》、1914 年英文版《邮局》、1915 年英文版《采果集》、1916 年英文版《饿石及其他》等均在日本各大学和国立、市立图书馆有馆藏记录。可见当时日本的确掀起了阅读、研究泰戈尔作品的热潮。

郭沫若阅读泰戈尔的作品并被深深吸引，正是在日本社会普遍推崇泰戈尔背景下的一个偶然机遇。在《创造十年》中他是这样叙述的：

---

① 郭沫若：《太戈儿来华的我见》，载《郭沫若全集》文学编第 15 卷，人民文学出版社 1990 年版，第 142 页。

但不料我在一高预科时无心之间和印度诗人太戈尔的作品接近。同住的一位本科生，有一次他从学校里拿了几章英文的油印录回来，是从太戈儿的《新月集》中选出来的几首诗，是《岸上》、《睡眠的偷儿》、《婴儿的世界》等篇。我把来展读时，分外感受着清新而恬淡的风味，和向来所读过的英诗不同，和中国的旧诗之崇尚格律雕琢的也大有区别。从此我便成为了太戈尔的崇拜者。凡是他早期的诗集和戏剧我差不多都是读过的。[①]

也就是说，1915 年上半年已进入日本东京第一高等学校预科的郭沫若成为了泰戈尔的崇拜者。那么泰戈尔最早对《女神》创作产生影响的是哪些作品呢？换句话说，在郭沫若开始新诗创作之际，具体读过泰戈尔的哪些作品？在《郭沫若诗作谈》中他回忆说："当民国四年左右即已看过他的东西，而且什么作品都看：如象 *CresKent Moon*（新月），*Gardener*（园丁集，恋歌），*Gitan-jali*（颂歌），*The Gifts of love*（爱人的赠品），*One Hundred Poems of Kabir*（伽彼诗一百首），*The King of Black Chamber*（暗室王一剧本）都已读过，但以后即隔绝了。"[②] 这一自叙是否符合事实呢？从日本馆藏泰戈尔英文作品的调查情况看，郭沫若提到的作品除《爱人的赠品》外，均有丰富的馆藏，《爱人的赠品》很可能是在以后读到而误记了。

在《我的作诗的经过》中，郭沫若说："当时日本正是太戈尔热流行着的时候，因此我便和太戈尔的诗结了不解之缘。"[③] 日本"泰戈尔热"在学术界表现为对泰戈尔学习和研究的极大热情。1915 年日本在一年内推出泰戈尔作品翻译、泰戈尔传记以及对泰戈尔哲学和文艺思想的介绍、论述等方面的著作

---

① 郭沫若：《创造十年》，载《郭沫若全集》文学编第 12 卷，人民文学出版社 1992 年版，第 65 页。

② 蒲风：《郭沫若诗作谈》，载王训昭等编《郭沫若研究资料》（上），中国社会科学出版社 1986 年版，第 265 页。

③ 郭沫若：《我的作诗的经过》，载《郭沫若全集》文学编第 16 卷，人民文学出版社 1989 年版，第 212 页。

达 17 部。围绕一个外国作家一年内出版如此多的著述，这在日本是罕见的。其中翻译有三浦关造译《生命之实现：森林哲学》和《献给伽陀的礼物：泰戈尔诗集》、增野三良译《吉檀伽利：印度新诗集》和《新月：儿童诗集》、加藤朝鸟译《罗宾德拉纳特·泰戈尔圣想录：园丁和新月》、花园绿人译并详注的《泰戈尔的诗和文》、秋田实和宫岛真他合译的《泰戈尔杰作全集》等。有代表性的论著有吉田弦二郎著《泰戈尔的哲学和文艺》、中泽临川著《泰戈尔和生命之实现》、齐木仙醉著《泰戈尔的歌》和《卡宾特和泰戈尔》以及《泰戈尔的哲学》、吉田弦二郎著《泰戈尔圣者的生活》、苏武绿郎著《泰戈尔详传》、清泽严编《名士泰戈尔观》。

这股泰戈尔旋风的高潮是 1916 年泰戈尔首次访日。日本像接待国宾一样厚待这位旷世奇才。在大正出版股份公司昭和五十三年六月出版的《新闻集录大正史第四卷》中，大正五年（1916 年）新闻集录"文化"类的第一栏便是"泰戈尔访日"专栏，收相关报道八篇，其次才是"教育、宗教、美术和音乐、出版和报道、艺能和娱乐"的常规分类。可见泰戈尔访日是当时轰动一时的文化大事件。郭沫若在《太戈儿来华的我见》中也提到，"他在民国五年渡日讲演的时候，我虽然不曾躬聆他的梵音，但是我在印刷物上看见过他《从印度带去的使命》"。① 从 1916 年《东京朝日新闻》的报道可以追寻当年日本对于泰戈尔的热情。这一过程经历了五个阶段。5 月 5 日到 5 月 24 日可以称为序幕：欢呼"泰戈尔终于来日本"。5 日《东京朝日新闻》以《泰戈尔终于来日本——已乘邮船土佐丸从印度出发》为题报道印度加尔各答总领事给日本外务省和日印协会的"泰戈尔正往日本进发"的消息。同日东京《日日新闻》也作了类似的报道，题目是《泰戈尔氏来了》。仅这些标题就透露出日本对于泰戈尔终于走向日本的兴奋之情。为了表达对诗圣的欢迎，《东京朝日新闻》同日

---

① 郭沫若：《太戈儿来华的我见》，载《郭沫若全集》文学编第 15 卷，人民文学出版社 1990 年版，第 271 页。

刊载曾住在泰戈尔山庄的家庭教师佐野甚之助对其日常生活情况的介绍。18 日该报又以《与泰戈尔交谈——风度翩翩的长髯白衣诗人》为题，从衣着到外貌详细描绘了泰戈尔"古代圣哲"的风采，并着重报道泰戈尔自己对于此次行程的安排，以后的种种活动都非常尊重泰戈尔的愿望，可见日本人对于泰戈尔的崇拜与尊敬。第二阶段大约从 5 月 23 日到 29 日，是周密准备、慎重行事阶段。从《欢迎印度诗圣的准备工作启动——旅馆是高轮东禅寺　欢迎会也许在宽永寺》、《泰氏的欢迎仪式为纯日本式——下月六日举行　以素餐招待》等报道可知，日本为欢迎泰戈尔专门成立了"欢迎准备委员会"。"欢迎准备委员会"积极工作，周密安排自不待言，关键是他们的一举一动如此受媒体聚焦，这便是一大社会现象了。东京这家大型报刊不厌其烦的专版详细报道"欢迎准备委员会"的活动，折射出日本民众对此事件的高度关注，和泰戈尔在日本人心中的崇高地位。从 5 月 29 日到 6 月 4 日，《东京朝日新闻》开始专版对泰戈尔在大阪、神户的活动进行全面跟踪报道：《印度诗圣到达神户——多年的憧憬终于来到日本　泰戈尔喜悦之情溢于言表》、《泰翁须磨、舞子观光游览——在须磨寺的卒塔婆用相机拍照　在濑户内海面对彩虹诗兴大发》、《大阪朝日新闻主办泰戈尔演讲会》、《泰戈尔诅咒现代文明　优美的声音令人感动——大阪演讲会盛况》。泰戈尔的演讲稿《印度和日本》也被迅速翻译成日语，以飨读者。

6 月 5 日泰戈尔到达东京，到 6 月 13 日出席上野公园的欢迎仪式，是高潮阶段。6 月 6 日《泰翁到达东京——在盛大的欢迎场面中入住横山府》。当泰戈尔搭乘的特快列车到达东京车站时，以高楠博士为首的欢迎委员以及在京的印度僧侣、学生 200 余人热烈欢呼，记者的相机的闪光灯不断地闪烁。在狂热的欢迎气氛中横山大观将泰戈尔接到了府中。6 月 14 日《东京朝日新闻》推出重点报道《在上野公园宴请泰戈尔——首相将英语与孟加拉语弄错　农相因为翻译不在场十分慌乱》。为了迎接来自原始森林的圣者泰戈尔，13 日下午日本选择在上野茂密森林深处的宽永寺举行盛大的欢迎仪式。政治界、宗教界、教育界、实业和文艺界等名士 250 人出席。大隈首相、河野高川两相、山川帝大总长等都来到了会场。该报道还生动描绘了泰戈尔出席欢迎会的神采和大隈首相以及各部长们在欢迎会上的趣事。在一系列欢迎致辞后，泰戈尔开始演说，他先用英语说了开场白，然后用孟加拉语演讲，声音优美柔和，极富感染力。站在讲坛前的首相错把孟加拉语当成了英语。到 7 点左右，人们才陆续离去。日置师将银制品和曼陀罗送给泰戈尔做纪念。如此会聚社会名流，首相和各部长亲自出席的高档次的欢迎会，足见日本朝野将泰戈尔奉为国宾。这自然也为日本社会的泰戈尔热推波助澜，使之达到了炽热化的程度。6 月 15 日以后，泰戈尔在上野台东区池之端的横山大观府和横滨的原富太郎府三溪园等地滞留了三个月，广泛接触日本各界人士。这场从 1914 年就开始躁动的"泰戈尔热"才走向尾声。

为纪念泰戈尔首次访日，1916 年东京帝国大学出版《从印度传到日本的信息：一次演讲》，东京印度—日本协会出版《日本精神：一次演讲》，东京同文馆杂志部出版注记为："大正五年六月来朝纪念刊行"的教育学术研究会编辑的《圣者泰戈尔》，东京英语精习社出版，该社编辑部译注及解说的泰戈尔著《泰戈尔的神秘剧》。算是为泰戈尔首次访日画上一个圆满的句号。

郭沫若曾自豪地说："最先对太戈尔接近的，在中国恐怕我是第一个。"[①] 这种说法成立吗？这里有兴趣将国内泰戈尔热作一简单叙述。1913 年《东方杂志》第 10 卷第 4 号刊登钱智修的文章《台莪尔之人生观》，是最早向国内介绍泰戈尔生平和思想的文章。两年后的 1915 年 10 月陈独秀在《青年杂志》第 1 卷第 2 期上发表用五言古体形式翻译的选自英文版《吉檀枷利》的《赞歌》四首，并对泰戈尔作了简要介绍，这应该是国内对泰戈尔作品最早的介绍。以后虽然有零星的翻译、介绍和评述泰戈尔的文章出现，但由于文学革命采用的

---

① 蒲风：《郭沫若诗作谈》，载王训昭等编《郭沫若研究资料》（上），中国社会科学出版社 1986 年版，第 264 页。

是较偏激的改革方式，加之泰戈尔的改良思想并不适合"五四"前期激进的政治气候等原因，1920 年前泰戈尔并没有受到想全盘西化的改革家们的重视。正是在这样的背景下，郭沫若在《太戈儿来华的我见》中叙述民国六年（1917 年）年底他选译了一部《泰戈尔诗选》，"但是那时的太戈儿在我们中国还不吃香，我写信去问商务印书馆，商务不要。我又写信去问中华书局，中华也不要"①。使他"遭了打击"，抱怨"当时我在中国没有人知道固不用说，就连太戈尔也是没有被人知道的"②。

　　1920 年以后，由于激进的文学革命运动及五四新文化运动渐趋平缓，以及受来自日本的"泰戈尔热"影响。泰戈尔开始升温并迅速成为当时译介最多的外国诗人之一。第一部泰戈尔诗集中译本出版于 1922 年，是西蒂（郑振铎）译的《飞鸟集》。1922 年 1 月 1 日起，冰心开始在北京《晨报》上发表明显受到泰戈尔影响的短诗《繁星》，3 月 21 日又在《晨报》上发表《春水》，以后《繁星》、《春水》于 1923 年相继结集出版。宗白华也积极创作，1922 年《流云》小诗开始在《学灯》上刊出，1923 年诗集《流云》出版。这期间模仿《飞鸟集》，表现随感的短诗流行起来。以冰心带哲理韵味的、晶莹清丽的小诗为代表，造成"小诗流行的时代"。1923 年泰戈尔访华前夕，各报刊竞相登载泰戈尔的作品翻译及有关他的生平、思想介绍的文章。仅文学研究会丛书就在一年内翻译出版了泰戈尔的多种诗集和剧本。《小说月报》第 14 卷第 9 号、第 10 号连续两期为"泰戈尔号"，发布泰戈尔访华的消息，发表泰戈尔传、关于泰戈尔的评论以及泰戈尔作品的中文译本。1924 年 4 月 8 日，泰戈尔乘船抵达香港，孙中山派专使带去欢迎信。12 日船抵上海，泰戈尔受到文学研究会、上海青年会、江苏省教育会、《时事新报》社等机关团体和知名人士的欢迎。《小说

---

① 郭沫若：《太戈儿来华的我见》，载《郭沫若全集》文学编第 15 卷，人民文学出版社 1990 年版，第 270 页。

② 郭沫若：《我的作诗的经过》，载《郭沫若全集》文学编第 16 卷，人民文学出版社 1989 年版，第 214 页。

月报》专辟《欢迎泰戈尔临时增刊》。在泰戈尔访华的 50 天中，几乎天天有关于他行踪的报道。各大报都以重要版面刊登他的演讲和照片。这期间泰戈尔的作品风靡一时，甚至连一般的中学生都以能背诵几首诗人写的英文诗为荣。

由上述可见国内"泰戈尔热"出现于 1924 年前后，《女神》是受日本泰戈尔热激发与感召的第一部新诗集。那么泰戈尔最吸引年轻的郭沫若的是什么呢？郭沫若阅读泰戈尔作品正值他人生的低点，泰戈尔诗作中普遍存在的宗教意识使被寄居异国的孤寂、个人婚事不幸和弱国子民的屈辱感折磨着的郭沫若获得了极大的精神慰藉：

> 我真好像探得了我"生命的生命"，探得了我"生命的生命"一样。每天学校一下课后，便跑到一间很幽暗的阅书室去，坐在室隅，面壁捧书而默诵，时而流着感谢的眼泪而暗记，一种恬静的悲调荡漾在我的身之内外。我享受着涅槃的快乐。①

同时泰戈尔诗歌特有的形式魅力也深深吸引着郭沫若：

> 第一是诗的容易懂；第二是诗的散文式；第三是诗的清新隽永。从此太戈儿的名字便深深印在我的脑里。②
>
> 那是没有韵脚的，而多是两节，或三节对仗的诗，那清新和平易径直使我吃惊，使我一跃便年青了二十年！③

《女神》中的"泛神论"思想明显来源于泰戈尔的影响。泰戈尔的宗教意

---

① 郭沫若：《太戈儿来华的我见》，载《郭沫若全集》文学编第 15 卷，人民文学出版社 1990 年版，第 269 页。

② 同上书，第 270 页。

③ 郭沫若：《我的作诗的经过》，载《郭沫若全集》文学编第 16 卷，人民文学出版社 1989 年版，第 212 页。

识是对泛神论思想的一种新发展。他呼唤神，实际上是渴求人与人、人与自然、人与世界的和谐。郭沫若总结道："他的思想我觉得是一种泛神论的思想，他只是把印度的传统精神另外穿了一件西式的衣服。'梵'的现实，'我'的尊严，'爱'的福音，这可以说是太戈儿的思想的全部，也便是印度人从古代以来，在婆罗门的经典《优婆泥塞图》（Upanisad）与吠檀陀派（Vedanta）的哲学中流贯着的全部。"① 他自叙："因为喜欢太戈尔，又因为喜欢歌德，便和哲学上的泛神论（Pantheism）的思想接近了。——或者可以说我本来是有些泛神论的倾向，所以才特别喜欢有那些倾向的诗人的。"② 泛神论成为《女神》艺术想象和形象体系建立的哲学基础。《女神》不仅面对整个大自然抒情，而且大自然不再是诗歌的一种背景，成了诗歌的主体。泰戈尔认为人与自然的结合不仅是感官的结合，而且是心灵的结合。人与自然之间的和谐之美是人的主观心灵不断努力的结果。《女神》也在"无限的大自然"里感受到"生命的光波"和"新鲜的情调"。朱自清在评论《女神》时指出："他的诗有两样新东西，都是我们传统里没有的：——不但诗里没有——泛神论，与二十世纪的动的和反抗的精神。"③

　　1912 年泰戈尔英译《吉檀迦利》采用散文诗形式，抛弃了印度传统诗歌的外在格律，强调内在韵律和自然节奏，获得巨大成功，使他欣喜地意识到："汲取无拘无束的散文特色，可以扩大韵文的权限。"以后的《新月集》、《飞鸟集》等也是采用类似的形式。他在《散文诗与自由体诗》中说："散文和诗，对于我来说，是亲姊妹，而不是婆婆和媳妇。"④ 郭沫若十分欣赏这种极具内在韵律的英译诗歌，这样的诗体给了郭沫若丰富的艺术启示："我在冈山时便

---

① 郭沫若：《太戈儿来华的我见》，载《郭沫若全集》文学编第 15 卷，人民文学出版社 1990 年版，第 271 页。

② 郭沫若：《创造十年》，载《郭沫若全集》文学编第 12 卷，人民文学出版社 1992 年版，第 66 页。

③ 朱自清：《论郭沫若的诗》，载王训昭等编《郭沫若研究资料》（中），中国社会科学出版社 1986 年版，第 116 页。

④ 泰戈尔：《散文诗与自由体诗》，载倪培耕等译《泰戈尔论文学》，上海译文出版社 1983 年版，第 142 页。

也学过他，用英文来做过些无韵律的诗。"① 贯穿《女神》创作的重视内在韵律而在外在形式方面"绝端的自由，绝端的自主"的诗歌原则正是从泰戈尔的散文诗中萌芽的。与此相联系，郭沫若重视情绪内节奏，认为"情绪的世界便是一个波动的世界，节奏的世界"②，"情绪的吕律，情绪的色彩便是诗。诗的文字便是情绪自身的表现（不是用人力去表示情绪的）"③。《女神》实践了诗人的主张，冲破旧格律诗的种种清规戒律，任情绪消长，恣意舒展，使诗的外在形式得到了完全的解放。

三　有岛武郎：惠特曼激荡郭沫若

《女神》诞生于郭沫若留学日本期间，正值西学东渐，西方文艺思潮大量涌入日本之时。对西方文明的顶礼膜拜弥漫于日本社会，自然也影响到了郭沫若。1920 年 3 月 30 日他在致宗白华信中就表述了这一层意思："我们在日本留学，读的是西洋书，受的是东洋气。我真背时，真倒霉！我近来很想奋飞，很想逃到西洋去，可惜我没钱，我不自由，唉！"④ 日本学术界和文学界在 20 世纪初曾掀起过学习研究美国"诗歌之父"华尔特·惠特曼的热潮。惠特曼走进日本的时间很早。1882 年夏目漱石便在《哲学杂志》上发表论文《文坛上平等主义的代表者〈华尔特·惠特曼〉》，高度评价惠特曼及其诗作。1881 年和 1882 年出版的惠特曼英文诗集就出现在日本大学馆藏图书中，说明在 1882 年前后，就有研究者对惠特曼给予关注。以后关于惠特曼的论述和翻译作品越来越多地出现在日本的报纸杂志和学者论著中。在论著中涉及惠特曼的，最早

---

① 郭沫若：《创造十年》，载《郭沫若全集》文学编第 12 卷，人民文学出版社 1992 年版，第 65 页。

② 郭沫若：《文学的本质》，载《郭沫若全集》文学编第 15 卷，人民文学出版社 1990 年版，第 348 页。

③ 郭沫若：《三叶集·致宗白华》，载《郭沫若全集》文学编第 15 卷，人民文学出版社 1990 年版，第 47 页。

④ 同上书，第 140 页。

是 1899 年 1 月博文馆出版的高山樗牛的《时代管见》，中有《论华尔特·惠特曼》和《再论惠特曼》。随后高山樗牛又在《月夜的美感》一书中发表《论华尔特·惠特曼》。内村鉴三的《栎林集》、石川三四郎的《哲人卡宾特》、内村鉴三和畔上圣造著《平民诗人》等都有论述惠特曼的章节。惠特曼作品日译最早是 1908 年 10 月岩野泡鸣译的《在永远晃动着的摇篮之外》发表于《文章世界》杂志上。留美归国的有岛武郎更是惠特曼的忠实崇拜者，他先后写作了《草之叶——关于惠特曼的考察》、《华尔特·惠特曼的一个断面》、《女性憧憬的美国诗圣——纪念惠特曼诞生一百周年》等论文，并大量翻译惠特曼的诗歌，向日本社会宣传介绍惠特曼的思想和作品。1918 年 5 月 20 日本专事惠特曼研究的"草叶会"成立。1919 年 5 月 31 日，惠特曼诞辰一百周年纪念日，加藤一夫、川路柳虹、富田碎花、白鸟省吾发起"惠特曼纪念会"。《白桦》、《抒情文学》、《劳动文学》等杂志同时推出"惠特曼号"，发表惠特曼评论以及作品翻译。大钉阁、新潮社等也出版日译本《惠特曼诗集》和《草叶集》以及《惠特曼著作书目、传记和参考书目》等，为日本惠特曼热推波助澜。

　　正是在这样的文化境遇中，1919 年 9、10 月间郭沫若买到了有岛武郎的《叛逆者》一书。在《创造十年》中他自叙道：

　　　　在大学二年，正当我开始向《学灯》投稿的时候，我无心地买了一本有岛武郎的《叛逆者》。所介绍的三位艺术家，是法国的雕刻家罗丹（Rodin）、画家米勒（Millet）、美国诗人惠特曼（Whitman）。因此又使我和惠特曼的《草叶集》接近了。①

《叛逆者》大正七年（1918 年）四月十八日由新潮社出版，收有《叛逆者——关于罗丹的考察》、《草之叶——关于惠特曼的考察》和《米勒礼赞》三篇论

---

① 郭沫若：《创造十年》，载《郭沫若全集》文学编第 12 卷，人民文学出版社 1992 年版，第 67 页。

文。这样，日本的有岛武郎成为美国的惠特曼震荡中国的郭沫若的桥梁。这一现象看似"无心"而成，其实有着内在的必然性。首先，郭沫若之所以购买和阅读有岛武郎的著作（在《三叶集》等著述中郭沫若还有关于购买和阅读有岛武郎的书籍的叙述），有一个重要的因素是由于他们文学观念上的接近。作为日本白桦派的代表作家，有岛武郎在文学审美取向上也同样表现出崇尚情感性和主观性的特征。他们都同样主张艺术是自我的表现，不仅是口号相同，对它的具体解释也相似。如有岛武郎提出"艺术家有好多以社会做对象而完成他的创作工作的例子。但若是仔细查考一下，如果那个创作是有价值的，那个对象是断乎没有不与作者的本身有密切关系的，——那个对象一定是那个艺术家所收入自己里面的环境的复现——即他自身的表现"①。而郭沫若也表达了类似的看法："艺术是从内部发生，它的受精是内部与外部的结合，是灵魂与自然的结合。它的营养也是仰诸外界，但是它不是外界原样的素材。"② 有岛武郎不仅把惠特曼介绍给了郭沫若，他自身的思想和艺术也对郭沫若产生了深远的影响。如《女神之再生》对有岛武郎的《Samson 与 Delilah》在艺术构思、象征手法、人物设计等方面都有借鉴之处。《匪徒颂》的诗歌风格是受惠特曼的影响，而其构思则来自有岛武郎的《叛逆者》。有岛武郎在 1910 年 11 月《白桦·罗丹纪念号》上发表的随笔《叛逆者——关于罗丹的考察》的结尾处写道：

　　我们面前，有两种可供选择的态度：是为文艺复兴时期的精神所鼓舞，还是为哥特全盛时期的精神而讴歌。所有的人，都必须立即从中作出选择。选择前者，则将成为时代的宠儿；选择后者，则必勇当时代的叛逆者。而且，我深信这位温顺而谦和的罗丹，必将同易卜生、托尔斯泰、马奈、塞

---

① 有岛武郎：《有岛武郎散文集》，任白涛译，龙虎书店 1936 年版，第 147 页。
② 郭沫若：《文学的生产过程》，载《郭沫若全集》文学编第 15 卷，人民文学出版社 1990 年版，第 217—218 页。

尚纳、惠特曼等现代文学艺术界的巨匠一起，甘愿充当叛逆者的首领。①

《匪徒颂》中除去两位画家外，几乎原样地引用："反抗古典三昧的艺风，丑恶万千的罗丹呀！/反抗王道堂皇的诗风，饕餮粗笨的惠特曼呀！/反抗贵族神圣的文风，不得善终的托尔斯泰呀！/东西南北去来今，一切文艺革命的匪徒们呀！/万岁！万岁！万岁！"可见郭沫若眼中的"匪徒"即有岛武郎的"叛逆者"。

有岛武郎认为惠特曼在艺术上主张主观表现和创造，而非客观再现和模仿。他尤其赞赏惠特曼的"Loafer"（自由人、自然人）形象，他主要是从蔑视一切权威，追求生命绝对自由的完全燃烧的角度来解释"Loafer"形象的。在他看来，惠特曼的《草叶集》正是"Loafer"生命的燃烧。在《〈惠特曼诗集〉第 2 辑广告文》中，有岛武郎写道："他实实在在地灼热在我们的前头，我不敢自负地认为自己能把这篇重要的生命史诗完美无缺地翻译过来，可我确是尽了我所能尽的力量。"也许正因为如此，当惠特曼携带着"这不是一本书，接触这本书，就是接触一个人"这样的用生命铸就的《草叶集》，由有岛武郎的引导出现在郭沫若的期待视野中时，崇尚生命文学的郭沫若很自然地从中找到一种契合与满足。他说：

当我接近惠特曼的《草叶集》的时候，正是五四运动发动的那一年，个人的郁积，民族的郁积，在这时找出了喷火口，也找出了喷火的方式，我在那时差不多是狂了。②

我的短短的做诗的经过，本有三四段的变化。第一段是太戈尔式，第一段时期在"五四"以前，做的诗是崇尚清淡、简短，所留下的成绩极少。第二段是惠特曼式，这一段时期正在"五四"的高潮中，做的诗是崇

---

① 有岛武郎：《叛逆者——关于罗丹的考察》，《郭沫若学刊》1988 年第 2 期。
② 郭沫若：《序我的诗》，载《郭沫若全集》文学编第 19 卷，人民文学出版社 1992 年版，第 408 页。

尚豪放、粗暴，要算是我最可纪念的一段时期。①

郭沫若论及和歌颂惠特曼其人其诗的言论颇多。他不但在《匪徒颂》中将惠特曼与罗丹和托尔斯泰并称而三呼万岁，而且在《晨安》中将惠特曼与华盛顿、林肯并列，欢呼"太平洋一样的惠特曼呀！"他在致宗白华的信中写道："海涅底诗丽而不雄。惠特曼底诗雄而不丽。两者我都喜欢。"② 1936 年在论述长诗时，他对惠特曼的创作予以高度评价，认为拜伦、歌德的长诗都值得一读，"而尤其不能不读的是惠特曼，他的东西充满'德谟克拉西加上印度思想'的思想，和我们时代虽有距离，但他的气魄的雄浑，自由，爽直，是我们所宜学的长诗"③。郭沫若还成为中译惠特曼诗歌的第一人。新文化运动的第一个十年有一个值得注意的现象，翻译家们对美国文学似乎处于一种视而不见的状态，甚至抱着鄙视的态度，很少有美国文学作品的中译。《新青年》从 1915 年创刊到 1921 年第 9 卷止仅发表美国作家的作品翻译仅两篇，一篇是陈独秀译斯密斯的《美国之歌——亚美丽加》，一篇是沈雁冰译哈德曼的《罗素论苏维埃俄罗斯》。而以"研究介绍世界文学"为宗旨的文学研究会，其翻译对象也倾向于俄国、东欧和南美洲的现实主义作品，美国文学作品的翻译可以说是寥若晨星。首次介绍惠特曼的是正留学日本的田汉 1919 年 7 月发表于上海《少年中国》创刊号上的《平民诗人惠特曼的百年祭》。这篇长达一万余字的文章对惠特曼的思想和诗歌作出了很高的评价，并引用了《自己之歌》、《我歌唱带电的肉体》的一些片段和《久了，太久了，美国》全篇。而 1919 年 12 月 3 日《时事新报·学灯》刊登的郭沫若翻译的《从那滚滚大洋的群众里》，是目前所能找到的除田汉引用式的翻译之外最早的惠特曼诗作中译。

---

① 郭沫若：《创造十年》，载《郭沫若全集》文学编第 12 卷，人民文学出版社 1992 年版，第 76—77 页。

② 郭沫若：《三叶集·致宗白华》，载《郭沫若全集》文学编第 15 卷，人民文学出版社 1990 年版，第 125 页。

③ 郭沫若：《郭沫若诗作谈·关于长诗》，《现世界》（创刊号）1936 年 8 月。

有岛武郎的《草之叶——关于惠特曼的考察》最初发表于 1913 年 7 月《白桦》杂志，后收入《叛逆者》一书。这篇论文出示了惠特曼许多诗篇，如《我胸脯上的香草》、《自己之歌》、《泪滴》、《想想时间》、《你们在法庭受审的重犯》、《我歌唱带电的肉体》、《从巴门诺克开始》、《大路之歌》、《常性之歌》、《点点滴滴地淌吧》、《从滚滚的人海中》、《欢乐之歌》、《近代的岁月》和《阔斧之歌》等等。这些精美的诗篇的展示自然为郭沫若带来了新的艺术生机。惠特曼对于"自我"的歌颂在崇尚自我表现的郭沫若这里得到了充分的响应和弘扬。惠特曼不是歌颂一个觉醒中的自我，而是歌颂一个觉醒后的自我，因而这个自我乐观、健康、强悍、雄浑。如《大路之歌》一开始就写道："我轻松愉快地走上大路，/我健康，我自由，整个世界展开在我面前。/漫长的黄土道路可引到我想去的地方。"这样的"自我"形象在《女神》的许多诗篇中都得到了充分的展现与放大。而且在"自我"形象塑造中郭沫若和惠特曼一样不但有意将"自我"作为时代和国家、民族的代表来抒写，而且带有明显的泛神论色彩，将自我与宇宙万物融合起来，充分发挥了浪漫主义想象的魅力。当然由于文化背景等差异和对泛神论的理解不完全一致，《女神》和《草叶集》在讴歌生命，表现自我方面也有差别。如果说《草叶集》努力表现的是凡人，那么《女神》则努力表现巨人。《女神》中的"巨人"有着对躯体的极度夸张，但没有《草叶集》那样对肉体的如实描写和赞美，而只是着力突出其灵魂的崇高和伟大的创造力。换句话说，《草叶集》强调灵肉统一，《女神》突出精神崇高。但《女神》和《草叶集》都一样表现出昂扬的气概。积极进取的人生哲学是《草叶集》的主要思想之一。有岛武郎深受这一人生哲学的鼓舞，对它重点阐发成了他考察惠特曼的长篇论文的主要内容。郭沫若通过《叛逆者》而接近《草叶集》，同样热烈地拥抱了这一积极的人生哲学。因此与《草叶集》同调，乐观向上的人生哲学成为《女神》的突出特征。

《女神》与《草叶集》中"我与万物同一"的思想是相契合的。《草叶集》以乐观的笔触描写大自然。在惠特曼笔下，大自然不是人的对立物，也不是人发泄痛苦的消极承受者，而是活跃向上的，是使人感受到自豪和满足的。如《大路之歌》、《自己之歌》等，都讴歌了美国的壮丽河山，描绘了森林、草原、田野和大海，给人奋发向上的激情。惠特曼对大海情有独钟："我和你合为一体，我也是既简单又多样。"大海是《草叶集》最主要的审美意象。郭沫若也同样喜爱大海，渴望与大海合为一体："无限的太平洋鼓奏着男性的音调！/万象森罗，一个圆形舞蹈！/我在这舞蹈场中戏弄波涛！/我的血和海浪同潮……"（《浴海》）在《女神》中，海洋意象是很突出的，如《立在地球边上放号》、《光海》等诗。海洋意象在《女神》中频繁出现，使郭沫若的诗境界雄阔，气势飞动。而且，《女神》中的海洋意象又有多重象征意味，如《立在地球边上放号》中的"太平洋"、"北冰洋"乃至滚滚的波涛便是一种"力"的象征；《黄浦江口》中的"海洋"又是一种"平和"的象征。然而，与《草叶集》不同的是，尽管海洋意象在《女神》中地位显赫，但较之太阳意象则不免退居陪衬、烘托的地位。尽管惠特曼的诗歌里多次涉及太阳意象，但太阳意象在惠特曼的诗里还只是零散的、偶然闪现的，尚未构成令人瞩目的核心意象。而郭沫若《女神》中的太阳意象，不仅突出、集中，且常常雄踞于其他意象之上。尤其是当太阳意象与海洋意象同在一首诗里出现时，海洋往往处于对太阳的期盼、等待的地位，主次之分非常明显。《女神之再生》、《浴海》等诗中都有这样的诗句。《太阳礼赞》中海洋期盼的姿态更加鲜明："青沈沈的大海，波涛汹涌着，潮向东方。/光芒万丈地，将要出现了哟——新生的太阳！"《新阳关三叠》中，"汪洋的海水在我脚下舞蹈，/高伸出无数的臂腕待把太阳拥抱"。与惠特曼相同的是，《女神》中雄伟宽广的海洋和光明壮美的太阳都具有一种热情奔放、乐观开朗的气质，富有青春美和无限的创造力。

胡适曾说："英美诗中，有了一个惠特曼，而诗体大解放。惠特曼的影响渐被于东方了。沫若是朝着这个方向走的。"[①] 惠特曼被称为现代抒情诗

① 曹伯言整理：《胡适日记全编》第4卷，安徽教育出版社2001年版，第84页。

最伟大的形式革新者之一，他提出"现在是打破散文与诗之间的形式壁垒的时候了"①，认为，"最好的歌唱家并不就是声音最柔润而洪亮的人……诗歌的愉悦也并不属于那些采用最漂亮的韵律、比喻和音响的作品"②。主张为了描述宇宙万物的规律以及它们的创造力和丰富性，必须避免传统的诗艺常规，即押韵、格律等。他创造了一种既无韵脚又无格律而充满抑扬节奏、类似演说的狂文体，这是一种绝无仅有的自由诗体。一句诗不一定以重音为单位，而以思想、语调、标点符号或停顿为单位；一节诗不一定按逻辑构成，而是由弱到强，由少到多，通过累积过程直到高潮。《草叶集》豪放粗犷，奔放不羁，完全不受传统诗法的限制，十分接近口语和散文诗的节奏，总是随着奔放的激情、恣肆的想象和纵横的议论而形成一种舒卷自如的旋律。郭沫若自叙："惠特曼的那种把一切的旧套摆脱干净了的诗风和五四时代的暴飙突进的精神十分合拍，我是彻底地为他那雄浑的豪放的宏朗的调子所动荡了。"③"他那豪放的自由诗使我开了闸的作诗欲又受了一阵暴风雨般的煽动。我的《凤凰涅槃》、《晨安》、《地球，我的母亲》、《匪徒颂》等，便是在他的影响之下做成的。"④《晨安》明显受《从巴门诺克开始》的影响，后者句首连用12个"看哪"赞美现代物质文明，前者则用27个"晨安"起头，向"祖国"及"同胞"致敬。《立在地球边上放号》也是惠特曼式自由体诗的奔放不羁。郭沫若说："是惠特曼解放了我"，"我愿打破一切诗的形式来写我自己能够够味的东西"⑤。感应和效法惠特曼那种摆脱一切旧套的博大诗风，郭沫若提出"诗应该是纯粹的内

---

① 李野光：《草叶集序》，载楚图南、李野光译《草叶集》上册，人民文学出版社 1987 年版，第 31 页。

② 惠特曼：《〈草叶集〉初版序言》，载楚图南、李野光译《草叶集》下册，人民文学出版社 1987 年版，第 1171 页。

③ 郭沫若：《我的作诗的经过》，载《郭沫若全集》文学编第 16 卷，人民文学出版社 1989 年版，第 216 页。

④ 郭沫若：《创造十年》，载《郭沫若全集》文学编第 12 卷，人民文学出版社 1992 年版，第 67 页。

⑤ 郭沫若：《序我的诗》，载《郭沫若全集》文学编第 19 卷，人民文学出版社 1992 年版，第 408—409 页。

在律",并举例说,"我们试读太戈儿的《新月》、《园丁》、《几丹伽里》诸集,和屠格涅夫与波多勒尔的散文诗,外在的韵律几乎没有。惠迭曼的《草叶集》也全不用外在律"①。《女神》以淋漓尽致地抒写心中的情绪和诗意为旨归,任凭感情驰骋,其中的自由诗更是诗无定节,节无定行,行无定字,韵脚也比较宽泛,由情绪的自然律动显示节奏和韵律,开一代诗风,成为了"五四"主情诗潮的领航先锋。

---

① 　郭沫若:《论诗三札》,载《郭沫若全集》文学编第 15 卷,人民文学出版社 1990 年版,第 338 页。

第三章　日本际遇与"纯粹诗歌"

穆木天、冯乃超和王独清被称为"创造社后期三诗人"。他们认同前期创造社的"新浪漫主义"倾向，但在艺术趣味上与前期创造社表现出了较大的差异。如果说郭沫若们是在广泛吸收当时日本吹拂的"新浪漫主义"的基础上，着重选择了与五四启蒙精神相契合的主张自我表现和个性解放的"生命的文学"，从而引领了一场反主智、重情绪，反描写、重主观的主情诗潮，那么穆木天们则是在对这种诗潮的反思中，在西方和日本象征主义诗潮的哺育下，对"纯粹诗歌"表现出令人感佩的痴迷与专注，从而将"五四"以后的诗坛推向了"纯诗化"的轨道。

第一节　穆木天的《谭诗》

穆木天对诗坛最有历史意义的理论贡献是引入西方象征主义的"纯诗"概念。《谭诗——寄郭沫若的一封信》被誉为中国象征主义的宣言书，成为理解现代诗坛"纯诗化"审美取向的第一把钥匙。孙玉石在《中国象征派诗歌理论的奠基者》一文中称穆木天"以自己充满活力的思考为中国象征派诗歌理论的建设尽了开辟航道的责任"①。《谭诗》致力于将"纯诗"理论中国化,较深地触及了文学革命倡导时期的一些症结,他提出的"纯诗"理论有助于新诗回归切合自身性质的发展轨道。尽管《谭诗》还存在着草创阶段的不完备性、套用西方概念而留下的语言错位,以及由书信体带来的一些阐释方面的飘忽和跳跃,但它是对当时诗坛过度"散文化"、"非诗化"走向的第一次公开反叛,是借他山之石而推动新诗文体建设,促进其获得独立品格的一次深刻的努力。

一 诗坛"散文化"与"纯诗"引入

新诗现代化是 20 世纪文学革命的目标之一。当胡适以敢为天下先的姿态开辟白话诗之路,力图拉近与世界诗歌的距离时,他也被穆木天批评为新诗运动"最大的罪人"。在白话诗诞生之初,胡适"作诗如作文"的说法成为当时最具势力的话语,他的类似于分行散文的"胡适之体"也随之广受追捧且影响深远,新诗被引上了一条"散文化"的不归路。郭沫若正是在阅读了康白情的"我们喊了出来,我们做得出去"这样的诗句后,唤起了胆量,向国内投寄他的诗作的。《女神》在远离五四文学革命阵地的情况下辉煌崛起,正是因为它暗合了当时白话诗坛所推崇的"散文化"之路。废名说得很明确:"我们写的是诗,我们用的文字是散文的文字,就是所谓自由诗。"② 也许正因为如此,当冰心那一段段散文文字被分行排列时,竟会造成"小诗流行的时代"。朱自清说:"新诗的初期重在旧形式的破坏,那些白话调都趋向散文化。"③ 这种走向到三十年代以后愈演愈烈,艾青称之为"散文美",并成为有力的倡导者和

---

① 孙玉石:《中国象征派诗歌理论的奠基者》,《吉林师范学院学报》1989 年第 3 期。

② 废名:《新诗应该是自由诗》,载杨匡汉、刘福春编《中国现代诗论》上册,花城出版社 1982 年版,第 422 页。

③ 朱自清:《诗的形式》,载《朱自清全集》第 2 卷,江苏教育出版社 1988 年版,第 399 页。

实践者。李广田《论新诗的内容与形式》一文指出："今日新诗的一种共同特色"就是"诗的散文化"。①

"诗的散文化"主要是指形式自由化和语言口语化，以及内容上对于现实情感的关注。形式自由化使新诗得以摆脱传统格律的束缚和形式的单调。朱自清曾为其合法性辩护说："现代是个散文的时代，即使是诗，也得调整自己，多少倾向散文化。"②臧克家认为如果诗歌的"形式固定了，就像两道长堤一样限制得河流不能壮阔地奔放"③，因此新诗必须在形式上争取自由化。而与形式自由相联系的是对内节奏的强调与重视，新诗的抒情本质也由此得到了进一步凸显和强化。关于新诗语言问题，也是"五四"以来讨论得最多的话题。艾青明确提出："最富于自然性的语言是口语。尽可能地用口语写"。④卞之琳在评戴望舒诗歌时说过这样一段话：

> 用惯了的意象和用滥了的词藻，却使这首诗（指《雨巷》——引者注）的成功显得浅易、浮泛。相反，较有分量，远较有新意的《断指》却在亲切的日常说话调子里舒卷自如，锐敏，精确，而又不失它的风姿，有节奏的潇洒和有工力的淳朴。日常语言的流动，精微化的现代感应性的艺术手段，得到充分发挥。⑤

从这些论述可以看出诗人们对新诗语言问题的独特见解。尽可能地从大众生活口语中获取活生生的语言是他们孜孜以求的目标。当然，与五四启蒙思潮相联系，这种散文化走向在诗歌的情感关注点上也理所当然地指向了与现实生活和

---

① 李广田：《论新诗的内容和形式》，载杨匡汉、刘福春编《中国现代诗论》上册，花城出版社1982年版，第425页。

② 朱自清：《朗诵与诗》，载《朱自清全集》第2卷，江苏教育出版社1988年版，第391页。

③ 臧克家：《论新诗》，载《臧克家全集》第9卷，时代文艺出版社2002年版，第5页。

④ 艾青：《诗论·语言》，载《艾青全集》第3卷，花山文艺出版社1991年版，第138页。

⑤ 卞之琳：《人与诗：忆旧说新》，生活·读书·新知三联书店1984年版，第65—66页。

时事政治的高度契合。

但是这种"散文化"走向从文体建设的角度来看，可以说，它既是初期白话诗浅俗无味的诗风形成的主要原因，也暴露了新诗诞生之初，注重的是白话而不是诗歌，致力的是如何摆脱旧诗的藩篱，传播科学民主思想，而非构建新诗艺术殿堂的问题，在很大程度上模糊了诗与其他文体的界限。它在一定程度上造成新诗未能形成规范的形式的局面，弱化了其文体上的独立意义，以至于新诗被嘲笑为只有"自由"没有"诗"。艾青1939年发表《诗的散文美》一文，举例说有位工人在墙上写了一个通知："安明！你记着那车子！"认为"这是美的，而写这个通知的也该是天才的诗人"。不过40年后，艾青出版《诗论》时却将这句话改为"这是美的，而写这通知的应是有着诗人的禀赋"。这一细节其实透露出老诗人对于文体规范问题、语言锤炼以及诗歌情感特征等问题的反思。

其实，这一反思在新诗诞生不久就开始了。如俞平伯曾说："白话诗的难处，不在白话上面，是在诗上面。"[①] "纯诗"作为象征主义诗学的一个重要范畴正是以对"散文化"反驳的姿态而被引入中国诗坛的。最早提倡"纯诗"理论的是创造社后期诗人穆木天和王独清。李金发虽是国内最早创作象征诗的诗人，但是李金发主要是以模仿为主，并非是基于一定的诗歌美学的自觉追求，换句话说，李金发在接受象征主义的影响过程中，相对而言，比较缺乏主体意识。不过他也有一些零星的论述被看做"纯诗"不自觉的萌芽。如他认为："诗是文字经过锻炼后的结晶体，又是个人精神与心灵的升华。多少是带着贵族气息的。故一个诗人的诗，不一定人人看了能懂，才是好诗，或者只有一部分人，或有相当训练的人才能领略其好处。"[②] 较早受象征主义影响，且在诗歌美学上带有自觉的理论建设意识，明确以"纯粹诗

---

① 俞平伯：《社会上对于新诗的各种心理观》，载《中国现代作家选集：俞平伯》，人民文学出版社1992年版，第254页。

② 李金发：《卢森著〈疗〉序》，诗时代出版社1941年版。

歌"追求相标榜的是穆木天和王独清。1926 年 1 月，正在日本留学的穆木天给郭沫若写了一封信。郭沫若将这封信转给刚从法国归国的创造社同人王独清，立即得到了王独清的响应。一个月后王独清给穆木天和郑伯奇也写了一封谈诗的信。这两封信以《谭诗》和《再谭诗》为题发表于 1926 年 2 月《创造月刊》创刊号上。

穆木天在《谭诗》中批评胡适"作诗如作文"的主张是"大错"，并首次向国内诗坛引入西方象征主义的"纯诗"概念。这篇文章中，穆木天将"纯诗"译为"纯粹诗歌（Ia Poesle Pure）"："我们的要求是'纯粹诗歌'。我们的要求是诗与散文的纯粹的分界。"① 有趣的是，面对因《女神》而风光无限的郭沫若，作为创造社同人的穆木天不仅对《女神》无一溢美之辞，甚至连其中的篇章都无一提及，可见《女神》并不符合穆木天"诗与散文的纯粹的分界"的"纯诗"理想。穆木天倡导"纯粹诗歌"，一方面寻找西方现代派与新诗艺术的契合点；一方面力图恢复和增强汉语诗歌的固有特质，为新诗重树规范，给"散漫化"、"平庸化"肆虐的诗坛注入了一股新鲜血液。

《谭诗》和《再谭诗》表达了穆木天和王独清在诗歌理论和创作上的共同倾向，在理论上相互印证，相互补充。王独清 1918 年东渡日本，结识了创造社同人。同时在日本迈出了他走向象征主义的第一步——外国文学启蒙，他说：

> 在日本的几年中，可以说是我和外国文学开始真正见面的时期。这时我才知道了外国文学的好处。在这时以前，我固然是读过一些外国文学作品的译本，但是那却没有使我感到一点什么。②

---

① 穆木天：《谭诗》，载蔡清富、穆立立《穆木天诗文集》，时代文艺出版社 1985 年版，第 258 页。
② 王独清：《我文学生活的回顾》，载《独清自选集》，上海乐华图书公司 1933 年版，第 3 页。

因此当他结束日本的学习生活前往法国时，首先选择的是法国诗歌，他说：
"法国的诗歌最先便成了我接触的对象。用一种饕餮的形势我去消化着拉马丁、
缪塞、包特莱尔、魏尔冷等的艺术。"[1] 正是这相似的经历与知识结构使他拿
到穆木天的《谭诗》立即产生共鸣，惊异道："何以你对于诗的观念竟这样和
我相似。"

在《再谭诗》这篇文章里，王独清说，

> 要是可以不管文学史上的年代与派别，只以个人的爱好而定过去诗
> 人的价值时，那我在法国所有一切的诗人中，最爱四位诗人底作品：法
> 国所有一切的诗人中，最爱的诗人的作品：第一是 Lamartine（拉马
> 丁），第二是 Verlaine（魏尔伦），第三是 Rimbaud（兰波），第四是
> Laforgue（拉佛格）。[2]

他认为拉马丁所表现的是"情"，魏尔伦所表现的是"音"，兰波所表现的是
"色"，拉佛格所表现的是"力"，这四者的融和浑一才是完美的诗。他的"理
想中最完美"的诗的公式是："（情＋力）＋（音＋色）＝诗"。这个公式中的
"情"指诗歌抒发的感情，"力"指诗歌抒情的力度，"音"指诗歌的音乐性，
"色"指诗歌词句的色彩。为了增强诗歌抒情的力度，王独清主张在诗中运用
叠字叠句、长短断续的写法。他与穆木天一样在这方面都推崇拉佛格。王独清
还提出由于汉语这种单音的语言与构造不细密的文字，是最难运用"音"与
"色"了。因此他倡导说："我觉得我们现在唯一的工作便是锻炼我们底语言。
我很想学法国象征主义诗人，把'色'（Couleur）与'音'（Musique）放在文
字中，使语言完全受我们底操纵。"[3] 他还将他第一本诗集《圣母像前》中的

---

[1] 王独清：《我曾经怎样创作诗歌》，载《如此》，上海新钟书局1936年版。
[2] 王独清：《再谭诗——寄给木天、伯奇》，《创造月刊》第1卷第1期，1926年3月16日。
[3] 同上。

《我从 Café 中出来》一诗作为"纯诗"的"觉得尚可满意"的作品列出。这首诗除了第一句与末二句两节相同外，其余第一节中二至六各行分别与第二节中二至六相对应的各行字数相同，并且两节都是第二行与第五行押韵，第三行与第六行押韵，第四行与第七行押韵。一、二两节相对应的各行字数相同而又押韵，既抒写了作者高低的心绪，又具有一贯的音调。《再谭诗》同时还列举了他创作的《玫瑰花》的第一节的诗句："在这水绿色的灯下，我痴看着她，/我痴看着她淡黄的头发，/她深蓝的眼睛，她苍白的面颊/啊，这迷人的水绿色的灯下！"王独清自评这几行诗构成了"'色'、'音'感觉的交错"。他将"色"、"音"感觉的交错称作"最高的艺术"。与穆木天一样，王独清也主张新诗形式复杂多样，他说，"诗的形式也很重要"，"主张诗底形式力求复杂，这话很对"，认为目前"诗坛底诗大部分还不成其为形式"。[①] 他还具体列出了自己实践过的三类诗歌形式。一类是散文式的——无韵，不分行。第二类是纯诗式的——有韵、分行，这之中又分为限制字数和不限制字数两种。第三类是散文式的与纯诗式的。关于这第三类，他解释说，如果创作长诗时，一种诗形不足用时就可以两种并用。上述这些都表明王独清在诗歌艺术方面保持着一种自觉的探索姿态。

与穆木天的观点相呼应，王独清也提出诗"最忌了解"，并说"求人了解的诗人，只是一种迎合妇孺的卖唱者，不能算是纯粹的诗人！"他进一步说明"一个诗人总应该有一种异于常人的 Goût"，"以异于常人的趣味制出来的诗。才是'纯粹的诗'"。王独清还主张在诗篇中加入外国文字，认为这也是一种艺术。"这不但是在本国文字中所不能表的可以表出，并且能增加一种 exotic 的美；更可以使诗中有变化及与人刺激诸趣味。"[②] 不过，在王独清的《再谈诗》发表不久，饶孟侃就对他在《吊罗马》中使用外国文字和引用洋典故提出了

---

① 王独清：《再谭诗——寄给木天、伯奇》，载《创造月刊》第 1 卷第 1 期，1926 年 3 月 16 日。
② 同上。

批评。

创造社标榜"纯粹诗歌"的诗人除穆木天和王独清外，还有冯乃超。与穆木天和王独清既有理论又有创作不同，冯乃超只是默默地专注于创作，他的《沉落的古伽蓝》被穆木天誉为"我以为堪有纯粹诗歌（Ia Poesle Pure）的价值"。朱自清曾对这三位"纯诗"诗人的创作作了这样的评价：

> 王独清氏所作，还是拜伦式的雨果式的为多；就是他自认为仿象征派的诗，也似乎豪胜于幽，显胜于晦。穆木天氏托情于幽微远渺之中，音节也颇求整齐，却不致力于表现色彩感。冯乃超氏利用铿锵的音节，得到催眠一般的力量，歌咏的是颓废，阴影，梦幻，仙乡。他诗中的色彩感是丰富的。[①]

穆木天在《平凡》一文中分析创造社同人的诗歌，认为"乃超的诗是宗教的陶静，独清的诗是精力的急振，我的诗是声色的纤动"[②]。从这些概括可以窥见他们在诗歌艺术性方面的执著与探索，并由此形成了鲜明的艺术个性。

1926 年 5 月，周作人为刘半农做《〈扬鞭集〉序》，明确表示了对于新诗如玻璃球，缺乏"余香与回味"的不满。既应和了穆木天等人"纯粹诗歌"的倡导，也进一步明确了中西融合的思想，从而推动了新诗踏上"纯诗"之路。不久，西方"纯诗"理论的译介掀起浪潮。前有朱维基译介的爱伦·坡《诗的原理》，介绍西方世界排除道德与真理的纯艺术观念。后有朱自清翻译布拉德雷（A - C. Bradley）《为诗而诗》和詹姆斯（R. D. Jameson）的《纯粹的诗》，进一步向诗坛展示这种自足的艺术观的具体内涵。总之，1926 年前后，新诗坛对西方"纯诗"的兴趣颇浓，不仅唯美诗人、象征诗

---

① 朱自清：《〈中国新文学大系〉诗集导言》，载《朱自清全集》第 4 卷，江苏教育出版社 1990 年版，第 375 页。

② 穆木天：《平凡》，《幻洲》第 1 期，1926 年 6 月 12 日。

人拼命鼓吹，连朱自清这样的"为人生"派诗人也积极向这境界靠拢。这其中梁宗岱的贡献最大。梁宗岱曾留学法国，并与瓦雷里结识，建立了深厚的友谊，他不但翻译了大量法国诗人和理论家的文字，还先后撰写了《谈诗》、《象征主义》、《论诗》、《李白与哥德》、《保罗·梵乐希先生》等文章，而其《论诗》中关于"纯诗"的一段文字被认为是中国"纯诗"的经典论述。他说：

> 所谓纯诗，便是摒除一切客观的写景，叙事，说理以至感伤的情调，而纯粹凭藉那构成它底形体的原素——音乐和色彩——产生一种符咒似的暗示力，以唤起我们感官与想象底感应，而超度我们底灵魂到一种神游物表的光明极乐的境域。像音乐一样，它自己成为一个绝对独立，绝对自由，比现世更纯粹，更不朽的宇宙；它本身底音韵和色彩底密切混合便是它固有的存在理由。①

在西方"纯诗"理论翻译领域，除梁宗岱、戴望舒等留法学生外，曹葆华也是非常勤奋的一位。1937 年他将自己先后翻译的现代西方诗论编辑成《现代诗论》一书，由商务印书馆出版，收梵乐希的《诗》和《前言》、雷达的《论纯诗》、墨雷的《纯诗》等诗歌理论文章 14 篇，为中国诗坛了解西方的"纯诗"理论作出了重大的贡献。此外，李健吾、何其芳、施蛰存等在中国"纯诗化"理论建构中也起了重要作用。

继穆木天们之后在创作方面高举"纯诗"大旗的是现代诗人群。1932 年 5 月上海创刊了由施蛰存、杜衡主编的《现代》杂志，到 1935 年 5 月终刊，共出 34 期。该刊集中刊发了一大批具有"纯诗"倾向的诗作。其中主力诗人戴望舒便在《望舒诗论》17 条中表述过"纯诗"的写作倾向。他的《雨巷》就

---

① 梁宗岱：《谈诗》，载《梁宗岱文集》第 2 卷，中央编译出版社 2003 年版，第 87 页。

是这种纯粹诗歌的成功实验，被叶圣陶誉为"替新诗的音节开了一个新的纪元"。围绕《现代》杂志一群执著于新诗艺术探索的年轻诗人崛起，大量标榜"纯艺术"的新诗刊物问世。计有：卞之琳在北平编辑的《水星》，1934 年 10 月到 1935 年 6 月共出版 9 期。南京的孙望、汪铭竹等的"土星笔会"主办的《诗帆》半月刊，于 1934 年 9 月到 1937 年 6 月共出版 6 期，主要撰稿人为程千帆、常任侠、李白凤等。1935 年 10 月戴望舒主持的《现代诗风》出版 1 期。戴望舒、卞之琳、梁宗岱、冯至主编的《新诗》月刊 1936 年 10 月到 1937 年 7 月出版 10 期。吴奔星、李伯章主编的《小雅》1936 年 6 月到 1937 年 6 月在北平出版 6 期。苏州路易士主编的《诗志》，1936 年 11 月到 1937 年 3 月出版 3 期。此外上海的《新诗》和《诗屋》、广东的《诗叶》和《诗之页》等也相继刊行，进一步扩大了新诗艺术形式探索的阵地，现代诗艺探索进入了极盛期。这群诗人一方面从瓦雷里、艾略特、庞德等西方现代主义诗人那里汲取"纯诗"的艺术精神；一方面依恋东方古典，同时在"纯诗"探索初期积累的艺术实践经验的基础上创造性地转化了波德莱尔、魏尔伦的象征主义诗艺，寻求着汉语诗歌的独特的表现力和诗境建构方式。他们对诗坛的贡献不在社会历史反映的深广上，而是对情感表现的细腻和开掘的深度上。他们努力将中国古典诗歌的含蓄与西方"纯诗"倡导的语言的亲切和暗示相沟通和融合，走上了一条古典诗词意象、意境与西方现代诗艺嫁接的新诗发展道路，取得了丰硕的成果。

总之，"纯诗"来到中国的最终目的是要解救当时诗坛的"非诗化"走向，因此中国"纯诗"论者常常将散文化作为"纯诗"的对立面。他们所要强调的是诗歌本体的独立，因而将西方象征主义在倡导"纯诗"时所涉及的艺术形式、音乐性等问题，放大到诗可以独立为诗的一种特质。而且，与西方"纯诗"的哲学色彩和宇宙境界相比，中国的"纯诗"虽然也充分注意到了诗歌的境界，但由于理论家们已经在古典传统诗学中找到了"纯诗"的影子，因而他们所提倡的"纯诗"没有了那份特有的神秘，更多的情况下所强调的只是诗歌的审美效果。从这个意义上说，走上"纯诗"之路其实意味着新诗由重视社会功能向重视审美功能的转移。因此，朱自清在四十年代初回顾从穆木天的《苍白的钟声》、王独清的《我从 Café 中出来》，到三十年代戴望舒、何其芳、卞之琳、冯至、废名、林庚等人的"纯诗化写作"倾向时总结道："抗战以前新诗的发展可以说是从散文化逐渐走向纯诗化的路。"①

二　《谭诗》诞生探源

作为首次引入"纯粹诗歌"概念的中国象征主义的一篇重要文献——《谭诗》的诞生与穆木天的日本留学经历有着十分密切的联系。而穆木天曲折的文学道路也在中国现代文学中具有"某种典型性"②。他因留学日本而改变工业救国初衷转向文学，借日本桥向中国现代文坛输入欧风美雨，遥望日本普罗运动的旗帜倡导左翼文学……可以说，穆木天的文学之路在中国现代作家中极具代表性。日本生活际遇在很大程度上促使穆木天重新定位了自己，重新选择了自己的事业。梳理穆木天这段人生经历的诸多细节，考察其诗情文才如何在异文化潜移默化的力量和耳濡目染的作用中孕育、生成，有助于我们更准确深入地理解穆木天的文学特性和 20 世纪初的留日潮在中国现代文学兴起发展中留下的生动面影。

在南开中学读书时，穆木天的志愿是学理工科，而且表现出非常出色的数学天赋。1918 年底穆木天抱着"科学救国"的理想来到日本。此时适逢周作人以宗教般的激情来到武者小路实笃为首的日本白桦派文人发起的"社会试验"——新村"朝圣"，穆木天也因此有幸结识了周作人。周作人对"人类之爱"的播扬和新村浪漫的诗意的思想与生活，开拓和刷新了穆木天的文化视

---

① 朱自清：《抗战与诗》，载《朱自清全集》第 2 卷，江苏教育出版社 1988 年版，第 345 页。
② 陈方竞：《文学史上的失踪者：穆木天》，北京大学出版社 2007 年版，第 3 页。

野，激活了他的文学潜质和灵性。穆木天在《我的文艺生活》中回忆说："到日本后，即被捉入浪漫主义的空气了。"① 这成为了穆木天文学转向的重要诱因。不久，在选择专业时他以视力受限为由毅然弃理从文，就读京都第三高等学校文科部。读书期间，他捧读希腊神话、北欧神话，热衷于安徒生、王尔德、格林的童话，如痴如醉。童话中体现出来的周作人所宣扬的那种"人类之爱"的"神人合一，物我无间"的泛神世界，成为"童心"未失的穆木天耽迷于文学的最初的奥秘。郭沫若在提到京都三高的穆木天时说："那时听说他参加了周作人的'新村'运动，我也觉得像他这种童话式的人也恰好和'新村'相配。"② 这样的情景也记录在穆木天的诗歌中。如《心欲》写道："我愿作一个小孩子/濯足江边的沙汀/用一片欢愉的高笑/消尽胸中的幽情。"他的散文诗《复活日》更是童趣盎然。

穆木天虽然从小就被誉为数学天才，但他的文学禀赋在找到了合适的土壤之后也迅速萌发。1920 年穆木天即在《新潮》第 3 卷第 1 期上发表《蔷薇花》；还参加了在东京帝大学习的郁达夫、张资平、成仿吾等创办 Green 的活动，不久作为发起人之一加入创造社。他翻译的《王尔德童话》作为"创造社丛书"由上海泰东图书局出版。京都的学府惯以文科享誉日本，在京都学习期间，著名文艺理论家厨川白村正执教于京都帝大和京都三高。穆木天也许是中国留日学生中不多的直接聆听过厨川白村课程的一位。厨川白村的《近代文学十讲》成为穆木天的文学启蒙书籍。穆木天曾这样叙述他放弃理工科而转学文学之初的情景："虽然转向于文学，而在当时，也只读了一些文学讲话的书籍，《近代文学十讲》，《文艺百科精讲》，《社会问题十二讲》，《近代思想六讲》等等。"③ 厨川白村"对于他的本国的缺点的猛烈的攻击"，以及他提出的"生命

---

① 穆木天：《我的文艺生活》，载蔡清富、穆立立《穆木天诗文集》，时代文艺出版社 1985 年版，第 199 页。

② 郭沫若：《创造十年》，载《郭沫若全集》文学编第 12 卷，人民文学出版社 1992 年版，第 110 页。

③ 穆木天：《我与文学》，载蔡清富、穆立立《穆木天诗文集》，时代文艺出版社 1985 年版，第 241 页。

力受了压抑而生的苦闷懊恼乃是文艺的根柢，而其表现法乃是广义的象征主义"之说，也对穆木天产生了一定的影响，为他渐渐超脱于"童话"的泛神世界而转向象征主义打下了基础。穆木天对"诗"的阐释，几乎就是从厨川白村的诗学观念中升华出来的。如厨川白村认为："诗人云者，是先接了灵感，豫言者似的歌唱的人；也就是传达神托，将常人所未感得的事，先行感得，而宣示于一代的民众的人。"他还进一步解释：

　　然而所谓神，所谓 inspiration（灵感）这些东西，人类以外是不存在的。其实，这无非就是民众的内部生命的欲求；是潜伏在无意识心理的阴影里的"生"的要求。是当在经济生活、劳动生活、政治生活等的时候，受着物质主义、利害关系、常识主义、道德主义、因袭法则等类的压抑束缚的那内部生命的要求。①

在穆木天看来，诗人"他是民族的代答/他是神圣的先知/他是发扬'民族魂'的天使"（《给郑伯奇的一封信》），在《谭诗》中他把诗看成"内生活的真实的象征"。因此，我们不能不说，穆木天的"纯粹诗歌"的观念最初萌芽于厨川白村的启示。

不过以后穆木天与厨川白村渐行渐远，这大概是因为厨川白村对象征主义的泛化以及他在《走向十字街头》中立足于对日本文化的认识明确表示不取法国文学中维尼"象牙之塔"之说，而且厨川白村结合社会批评和文明批评写的几组文章就冠以《出了象牙之塔》之名，这与穆木天以后的法国文学贵族化取向和由此建立起来的文学观念相左。1925 年，穆木天在《告青年》一诗中激愤地写道："不要看十字街头象牙的殿堂"，"不要看他们的武者小路，厨川白村"，"不要上了他们一知半解的欺骗"。

---

① ［日］厨川白村：《苦闷的象征》，鲁迅译，江苏文艺出版社 2008 年版，第 55—59 页。

穆木天曾说，自己不甘也不能在浪漫主义里讨生活，"于是盲目地，不顾社会地，步着法国文学的潮流往前走，结果，到了象征圈里了。Anatole France（阿纳托尔·法朗士——引者注）的嗜读，象征派的爱好，这是我在日本的两个时代。"[①] 而穆木天走向象征主义的契机则与他选择东京帝国大学有密切联系。1923 年 3 月 26 日，穆木天在京都第三高等学校文科丙类卒业，升入东京帝国大学的文科大学于 1889 年增设的法兰西文学科。此时正是该校法国文学专业的第一次黄金时代。日本学者丸山升说："如果看看在他（指穆木天——引者注）前后毕业的东大法文科的日本同学，着实可称绚烂多彩。"[②] 东京帝大法文专业在穆木天之前的 1925 年毕业的有伊吹武彦、渡边一夫，和穆木天同学的有市原丰太、川口笃、小松清、衫捷夫。而在这之后的 1928 年，被称为代表日本一个时期的法国文学翻译、研究的杰出人物三好达治、中岛健藏、小林秀雄、今日出海、田边贞之助等正是从这里走出来的。难怪丸山升称这时期"确实是东大法文科的第一个、或者也许可以说是至今为止最辉煌的黄金时代"[③]。可以说穆木天选择东大法文科"恰逢其时"，这几乎促成了他一生与法国文学的不解之缘。从东京帝大毕业的 1926 年，他以法国象征主义为参照，同时化合了其毕业论文指导教师辰野隆关于"自然的并非是纯粹的"，并将"纯粹诗歌"与心灵的愉悦相联系的艺术观念，发表了《谭诗》一文，较全面地阐释了自己对于诗的理解，并首次将西方象征主义的"纯粹诗歌"（Ia Poesle Pure）概念引入国内诗坛，最终激荡成一场颇具声势的"纯诗"写作浪潮。孙玉石在《穆木天：新诗先锋性的探索者》中说：五四时期，我国的许多知识分子都介绍过法国的象征主义，"但是，真正自己由专攻法国文学，对于法国象征派诗人做了深入研究，并以自身

---

① 穆木天：《我的文艺生活》，载蔡清富、穆立立《穆木天诗文集》，时代文艺出版社 1985 年版，第 199 页。

② ［日］丸山升：《鲁迅·革命·历史——丸山升现代中国文学论集》，王俊文译，北京大学出版社 2005 年版，第 395 页。

③ 同上。

的诗人素质和审美选择而走近象征主义，自觉地进行新诗理论先锋性探索的，应当是穆木天"①。

生活际遇的变迁往往会成为人生轨迹转换的重要契机。穆木天在日本留学八年，这八年间他完成了由立志工业救国到走向文学，沉溺象征，驰骋诗坛的成功转向。在 20 世纪初的留日潮中，如穆木天一样因留学日本而改变初衷，走向文学的中国作家不在少数，正如伊藤虎丸在《鲁迅、创造社与日本文学》中总结的："他们的文学不是从中国农村土壤中生出来的，而是在日本留学中，从大学生课堂的周围生出来的，这事实是好也罢，是坏也罢，总之是规定了他们文学的特性。"②

三 "纯粹诗歌"辨析

穆木天在《谭诗》中引入的"纯粹诗歌"，作为一个引起世界性反响的美学概念，通常的看法是由 1920 年瓦雷里在为柳西恩·法布尔的诗集《认识女神》所写的序言中提出的。这一概念经瓦雷里提出和阐释，并通过伯雷蒙主导的"纯诗"讨论后，产生了世界性影响。那么，这一概念是如何进入穆木天的视野的呢？穆木天在东大攻读的是法国文学，而在法国象征派诗人中，穆木天更喜欢萨曼、维尼和鲁丹巴哈，他在东京帝国大学法兰西文学科学习的毕业论文即是用法文写出的《阿尔贝·萨曼的诗歌》。该文所列"参考书目"几乎囊括了有关法国文学尤其是 19 世纪诗歌的法文论著以及萨曼的生平资料和作品。论文对萨曼的思想与创作所作的全面、深入、细致的分析，是迄今国内所仅见的一篇。穆木天从萨曼身上看到了自己，从自己出发深刻地理解了萨曼。冯乃超在《忆木天》中说："一九二六年，木天通过了毕业论文考试，论文是用法

---

① 孙玉石：《穆木天：新诗先锋性的探索者》，《文学评论》2006 年第 1 期。

② ［日］伊藤虎丸：《鲁迅、创造社与日本文学——中日近现代比较文学初探》，孙猛、徐江、李冬木译，北京大学出版社 2005 年版，第 157 页。

文写的，得到导师的好评，他颇以为荣耀。"① 这篇论文由导师推荐发表在日本大正十五年（1926 年）三月一日出版的《东亚之光》第 21 卷第 3 号上。该文重新被发现得益于日本学者丸山升。1992 年东京大学丸山升教授参加该校文学部的一次座谈会时，见到一篇题为《在东京大学文学部学习的中国文人和他们的去向》的文章。文中说，学法文的田村毅先生找到了在教研室保存的穆敬照（穆木天的原名）的毕业论文《阿尔贝·萨曼的诗歌》。于是他将其复印出来，寄给了穆木天的女儿穆立立。据穆立立说："从寄来的论文前面的'论文审查委员氏名'中可以看到担任导师的是辰野隆教授和阿鲁伯鲁科路特讲师。"②

辰野隆是日本法国文学学科的奠基人，从 1923 年 4 月起，辰野隆开讲"19 世纪法兰西文学思潮"，并于 1924 年发表论文《何谓法兰西文学》（佛蘭西文學とは）着重论述了 19 世纪的法国文学，其中特别提及浪漫诗人维尼的诗作所表现出的"世纪病"。而后来发表的《现代法兰西文学管见》（现代佛蘭西文學管見）一文推举瓦雷里是 19 世纪文学的杰出代表。由此可以窥见辰野隆的法国文学研究对于包括象征主义在内的法国现代主义文学思潮的重视。1924 年东大法文科另一位法国文学教师铃木信太郎到任，主讲课程是"象征诗派研究"，并于同年出版了学术著作《波特莱尔与 Jean Mor e as》。当时主持"法语法国文学讲座"的共有三名教授，都不约而同地对法国现代主义文学表现出浓厚的兴趣，而其中辰野和铃木更是从课堂教学到研究著述都以象征主义为重点关注对象。这为穆木天对象征主义的偏爱起了非常重要的作用，穆木天说："在象征主义的空气中住着，越发与现实相隔绝了，我确是相当地读了些法国象征诗人的作品"，"世纪末的象征诗人，是我的先生"。③

---

① 冯乃超：《忆木天》，载《冯乃超文集》上卷，中山大学出版社 1986 年版，第 403 页。
② 穆立立：《致黄湛的一封信》，《吉林师范学院学报》1994 年第 3 期。
③ 穆木天：《我与文学》，载蔡清富、穆立立《穆木天诗文集》，时代文艺出版社 1985 年版，第242 页。

不仅如此，日本导师的文学观念也深深地影响着穆木天。1938 年 8 月穆木天在为自己编译的《法国文学史》写的"卷头语"中提到："在学校读书时，辰野隆先生以法文学之本质为拉丁精神（L'esprit Latin）与高尔精神（L'esprit gaulois）之不调和见教。当时认为是无上的新的启发。"穆木天 1927 年在《法国文学的特质》一文中提出从"法国人的根本的气质"观察"法文学的特质"，认为"高尔气质和拉丁气质的不调和是法文学的本质，是法文学的特征"①，这明显来源于辰野隆的启示。而且与辰野隆的《何谓法兰西文学》一样，穆木天也从批判法国文学史家 Ferdinand Brunetiere 的文学史观入手，行文逻辑与辰野隆十分相似。辰野隆在《何谓法兰西文学》中特别提及的维尼也是穆木天喜爱的诗人之一。在伊东失恋的最痛苦的岁月，他是捧着维尼的诗集度过的。而他的论文《Alfred de Vigny 与其诗歌》论述法国 19 世纪浪漫诗人维尼"世纪病"般的孤独，也与辰野隆的观点表现出惊人的一致。不过，辰野隆给予穆木天最大的引导还在于"纯粹诗歌"理论的建构。

与穆木天写《谭诗》几乎同时的 1926 年秋，辰野隆发表了论文《关于"纯粹诗歌"的论争》（純粹詩歌に関する論争），介绍瓦雷里提出的"纯诗"概念在伯雷蒙那里引起论争的情况。据辰野隆介绍，这场论争的起因是 1925 年 10 月法国"翰林院"——法兰西学院里的神父阿里·伯雷蒙大力倡导"纯粹诗歌"。辰野隆在文章中将波德莱尔、马拉美、瓦雷里这些持纯艺术立场的诗人称为"近代诗坛的杰出人物"，认为由于向来这些"杰出人物"的观点都与坚持理性的法兰西学院的观点相左，所以本不足为奇，但现在作为"翰林院"院士的伯雷蒙也公然为"纯粹诗歌"摇旗呐喊，所以引人注目。辰野隆还介绍说，由于伯雷蒙的论述包含着渊博的知识和很深的造诣，且持论公允，所以"翰林院"的传统派也没有一个站出来反驳。但辰野隆接下来却带着强烈的

① 穆木天：《法国文学的特质》，载饶鸿兢、陈颂声等编《创造社资料》（上册），福建人民出版社 1985 年版，第 353 页。

倾向性叙述关于"纯诗"问题论争的开端，他是这样写的：

> 然而，本来不应该，有一位叫保尔·苏达的批评家——有点名气，不太高明却很高傲的人在《时间》文艺栏上提出了："惟有理性才是知识的光明……所谓美，即是理性的开发"等言论，批评纯粹诗歌，他的表现称得上十分勇敢。可是，伯雷蒙立即更加精密地阐述自己的观点，外强中干的苏达先生很快惨败，将余愤发泄在美国的报纸上，但结局不过是螳臂当车，无济于事。①

从辰野隆的文章可以知道，当时法国文坛上发生的事件几乎同时传递到了日本，成为东京帝大法国文学专业的教授们关注的对象。这期间正值穆木天写作毕业论文《阿尔贝·萨曼的诗歌》的时候，辰野隆作为导师，其对于"纯粹诗歌"的倾向和鲜明姿态，不能不对作为学生的穆木天产生一定的影响。文章中辰野隆称"法兰西学院"为"翰林院"，还特别提及曾经倾慕马拉美、倾倒于波德莱尔的雷尼埃、布尔热等在这场论争中虽然采取了沉默的姿态，但如果联系他们过去的主张，推测他们应该是赞成伯雷蒙的言论的。而且赞叹说，本来作为基督教神父，伯雷蒙的言说方式多少有点说教的味道，但就这点而言，伯雷蒙比雷尼埃他们更加忠于文学。辰野隆不仅表达了对于伯雷蒙的崇敬，而且将波特莱尔、马拉美、兰波、瓦雷里的诗歌推举为"纯诗"的代表，对于"纯诗"的内涵作了详细的介绍，并论述了自己对于"纯粹诗歌"的理解，这对于穆木天不能不说富于启发和导向的意义。

可以说，围绕穆木天的《谭诗》，在"纯粹诗歌"概念上，先后有瓦雷里、伯雷蒙和辰野隆三位的理论进入穆木天的视野，并可能对穆木天产生影响。那

---

① ［日］辰野隆：「純粹詩歌に関する論争」（辰野隆『佛蘭西文學（下）』東京白水社昭和二十一年，第322頁）。

么《谭诗》究竟与谁的"纯诗"理念更接近一些，或者说，穆木天的"纯粹诗歌"融进了上述理论家的哪些内涵呢？

首先考察瓦雷里对于纯诗是怎么认识的。瓦雷里理解的"纯诗"是："我说的'纯'，与物理学家说的纯水的'纯'是一个意思。"瓦雷里理想中的"纯诗"是旋律毫不间断地贯穿始终，语意关系始终符合于和声关系，思想的相互过渡好像比任何思想都更为重要，主体完全融化在巧妙的辞采之中。但是瓦雷里同时也指出"我过去一直认为并且现在也仍然认为这个目标是达不到的，任何诗歌只是一种企图接近这一纯理想境界的尝试"①。可见，瓦雷里的"纯诗"不但是立足于诗歌本体的一种思考，而且是一个无法实现的诗歌理想。

那么，穆木天的"纯粹诗歌"又是什么意味呢？从《谭诗》看，穆木天舶来这一概念并非想继续法国象征主义的理论探讨，而是为了解决当时诗坛上艺术粗糙的问题，有着强烈的现实针对性。所以如果说，瓦雷里倡导"纯诗"更多的是基于诗歌超然自足本质的探讨，那么穆木天的"纯粹诗歌"应该属于一种方法论。而且在瓦雷里那里"纯诗"是一个诗歌理想，而在穆木天眼中，它却是一个可以实践的作诗术。《谭诗》对"纯粹诗歌"的"律动"、"暗示能"、"思维术"等问题的论述是非常具有可操作性的。也就是说，《谭诗》中提出的"纯粹诗歌"与瓦雷里所倡导的"纯诗"在概念内涵上是有相当大的差异的。

《谭诗》分别从诗的形式要求、诗的音乐性、诗的暗示性、诗的思维术等方面论述了对于"纯粹诗歌"的具体构想，其中"律动"是《谭诗》涉及的主要问题之一。"律动"是《谭诗》首先涉及的问题之一。穆木天认定诗歌是"一个有统一性有持续性的时空间的律动"，"诗是数学的而又是音乐的东西"，"纯粹诗歌"要成为"立体的，运动的，在空间的音乐的曲线"。为说明其现实

---

① ［法］瓦雷里：《纯诗》，载张秉真、杨恒达主编《象征主义：意象派》，黄晋凯、王忠琪译，中国人民大学出版社 1989 年版，第 65 页。

可能性，他举出杜牧的《泊秦淮》，称其是"象征的印象的彩色的名诗"，因为在这首诗中"一切的音色律动都是成一种持续的曲线"。为了让诗更好地体现出流动的"律"，他主张"句读在诗上废止"，而且用韵越复杂越好。他同时强调诗歌的"律"要与内容相统一："雄壮的内容得用雄壮的形式——律——去表。清淡的内容得用清淡的形式——律——去表。思想与表思想的音声不一致是绝对的失败。"对于散文诗，穆木天也从"旋律"出发提出了一种鉴别的视角：散文诗"不是用散文表诗的内容，是诗的内容得用那种旋律才能表的"。"因为旋律不容一句一句分开，因旋律的关系，只得写作散文的形式。但是他是诗的旋律是不能灭杀的"。"散文诗是旋律形式的一种，是合乎一种内容的诗的表现形式"。① 穆木天反复强调"律动"问题，他的论述的核心和出发点均在于此。这既反映了他对诗歌本身的音律形式与万物的持续性的律动之间内在契合的思考，也是对西方象征主义关于诗的音乐性问题的某种呼应。穆木天所言的"律"其实就是诗歌的音乐性的问题。不过象征主义诗歌理论中的"音乐"既是形式命题，而更多的则属于本体论的范畴。瓦雷里向往音乐奇妙的力量，认为音乐的纯粹性和感染力能使人达到艺术最高享受，诗歌之纯粹在于自觉和特意地创造一种像音乐那样自足的存在，达到绝对的澄明。而穆木天所说的诗歌音乐性，则主要是形式论范畴。

尽管穆木天的"纯粹诗歌"并不完全等同于瓦雷里的"纯诗"，但瓦雷里摒弃的"散文成分"是一个与"诗歌"所对应的世界相对立的现实世界，这一点与穆木天强调"纯诗"是内生命的反射有一定的相通之处。或者说，穆木天吸收了瓦雷里关于"纯诗"的这一特质。当然，将诗与散文对举来论述"纯诗"的不仅是瓦雷里。伯雷蒙也提出"散文与诗求的是不同的'礼仪'（rites）"。穆木天在《谭诗》中曾提到："近读了 *Bernard Fay Panorama de*

---

① 穆木天：《谭诗》，载蔡清富、穆立立《穆木天诗文集》，时代文艺出版社 1985 年版，第 260—266 页。

La Litterature Contemporaine 是一部很好的概观的现代法文学的书，得暗示不少"。贝尔纳·法伊的《当代文学概观》在《法国诗歌1900—1914，或净化》一章中也写道："当散文忠实于其社会的作用，沉浸于身体物质生活及人之交往所能带来的全部感觉之中时，诗歌，受着自兰波以来那种支配诗歌的欲望的驱使，似乎在从人群、物及现在时间里消隐。""因为它是一种对内在世界，一最自由最纯粹的世界的精神狩猎，它要求诗人的孤独、寂然、个人的心态。"① 显然这一系列论述都指向诗的自足性。他们比较诗歌和散文的区别，并不是针对具体的诗歌创作，而是立足诗歌本质和诗歌理想追求。但他们在论述中不约而同地将诗歌与散文对举的思维模式无疑给穆木天丰富的启示和有力的理论支撑。接受法国象征主义的"纯诗"主张，认同辰野隆的富于东方色彩的阐释，并结合新诗自身的历史发展进行演绎，成为穆木天的必然选择。《谭诗》也将"粹纯诗歌"作为"散文化"的对立面提出，以求为诗坛重树规范。尽管这里的"纯粹诗歌"与瓦雷里们高举的"纯诗"大旗，在出发点、论述角度以及概念的内涵等都不完全一致，但这却是穆木天为追求和保持诗歌美学特质而采取的策略，是对胡适"给散文的思想穿上韵文的衣裳"的创作观的反思和批判，是要改变当时诗坛散乱、枯燥的局面的一种努力。因此穆木天在《谭诗》中针对中国当时新诗创作中的流弊，将西方象征主义作为诗歌本题的问题之一的"纯诗"概念所涉及的形式技巧当做"纯粹诗歌"的本体来处理，将西方象征主义在倡导"纯诗"时所强调的形式感、音乐性等问题，放大成为诗歌文体意义上的一种举足轻重的艺术方式。这就使穆木天的"纯粹诗歌"具有了可操作性。

倡导"纯诗"的另一位重要的理论家伯雷蒙的文章主要发表于法国《新文学周报》，而与此同时，另一位诗学家罗伯特·德·索萨也配合着在另一份杂志上发表就相同问题的详细解说的文章和对伯雷蒙的感谢。辰野隆认为，伯雷

---

① 金丝燕：《文学接受与文化过滤》，中国人民大学出版社1994年版，第288页。

蒙与索萨这两位的论文应该放在一起阅读，并评价说"无论怎么说，这也称得上诗歌方面最近发表的优秀论文"。苏萨曾与伯雷蒙合作出版著作，并把伯雷蒙的教义归纳为六个主要观点，如"每首诗中主要的诗的特质，是由于一种神秘而又一致的实体，显现于诗中"，"诗是一种咒语，它把灵魂的状态不自觉的表现出来"，"诗是一种神秘的幻术，与祈祷是联合的"等。① 身为神父的伯雷蒙对于"纯诗"的表述充满了神秘色彩。但对伯雷蒙，辰野隆是这样评价的："关于伯雷蒙，他是不容忽略的人物，无论学识，文艺鉴赏力，都是我所佩服的。"② 作为导师，辰野隆对于伯雷蒙的推崇对他的学生产生了一定的影响效力。

据金丝燕博士考证，伯雷蒙的"纯诗"理论与穆木天的"纯粹诗歌"观之间存在一些有趣的关联。《谭诗》中的核心概念"纯粹诗歌"（La Poésie Pure）与伯雷蒙出版的《纯诗》一书使用的（La Poésie Pure）一词相同（虽然穆木天写作《谭诗》的 1926 年 1 月伯雷蒙的《纯诗》一书还未出版，但引起论争的伯雷蒙的相关论文当时已经连载于 1925 年 10 月 31 日至 1926 年 1 月 16 日的法国《新文学周报》上）。穆木天在《谭诗》中提出诗歌是对先验世界的描述，应该具备先验世界的"统一性"和"连续性"。《谭诗》的论述重点正是"诗的统一性"和"诗的持续性"。穆木天说："中国现在的新诗，真是东鳞西爪；好像中国人，不知道诗文有统一性之必要，而无 unité 为诗之大忌。"而这里强调的诗的统一性所用的法语"unité"与伯雷蒙强调诗是一致的所用的法语"Unifiante"为同一词源，穆木天关于"统一性"和"持续性"的论述正是伯雷蒙的"一致性"一词的展开。另外在"纯粹诗歌"音韵论述方面，也有来自伯雷蒙强调"韵、迭韵，同一词的重复，回旋迭句，给读者造成相似的宁

---

① 曹葆华编译：《现代诗论》，上海商务印书馆 1937 年版，第 169—170 页。
② ［日］辰野隆：「純粋詩歌に関する論争」（辰野隆『佛蘭西文學（下）』東京白水社昭和二十一年，第 325 頁）。

静、净化"的艺术启示。① 而且《谭诗》有不少表述也带上了神秘色彩，如"诗是在先验的世界里"、"一首诗是一个先验世界状态的持续的律动"等，他对诗美描绘也如此："在人们神经上振动的可见而不可见，可感而不可感的旋律的波，浓雾中若听见若听不见的远远的声音，夕暮里若飘动若不飘动的淡淡光线，若讲出若讲不出的情肠才是诗的世界。"② 不过，穆木天并没有追寻伯雷蒙的足迹，将"纯粹诗歌"与祈祷或者宗教紧密联系起来，而是在将"先验"作为一个逻辑起点之后，便在具体的论述中滤去了其神秘色彩，把"诗"与"散文"的不同归于"内生命"与"外生命"的根本区别上，提出"诗是要暗示出人的内生命的深秘"。穆木天还将潜意识引入象征主义诗学理论中，提出"诗的世界是潜在意识的世界"，"我要深汲到最纤纤的潜在意识，听最深邃的最远的不死的而永远死的音乐"。这虽来自伯雷蒙等人神秘诗学的启示，但同时也显示了他对伯雷蒙神秘诗学的过滤，因为虽然潜意识也有几分玄妙，但它是经验的而不是天国的神谕；是表现现实生活的艺术，不是通往上帝的阶梯。它确认了诗的世界藏在"平常生活的深处"。

对"纯诗"神秘色彩的过滤，其实在辰野隆这里已经开始了。辰野隆对伯雷蒙和索萨的观点是这样概括的：

想用简短的文字来叙述这两位文学家的主要观点非常困难，但姑且简言之，可以这样说："凡是诗歌里都存在着某种超越理性的，不能用言语来说明的东西。把这个称为神秘也好，称为秘密的魅力也好，总之，它是诉之于人的内心的潜藏着的愉悦。诗歌的本质就是存在于这愉悦中。在这样的意味上的神秘不仅仅是诗的专属，广泛地说，不用说各种艺术里也存在，即使宗教、科学，在其根基上也不会没有上述意义上的诗。无论如何

---

① 金丝燕：《文学接受与文化过滤》，中国人民大学出版社 1994 年版，第 284—290 页。
② 穆木天：《谭诗》，载蔡清富、穆立立《穆木天诗文集》，时代文艺出版社 1985 年版，第 258 页。

的正确科学没有不以这种潜在的愉悦为出发点。如果说有，一个也好，我想看看。"①

为了进一步强化自己的观点，辰野隆举证说，索萨在他的论文中引用了许多哲学家、科学家的著作，说明他们的思考和研究的起源。但作为易懂的例子，他希望读者去读一下山本修译普安卡雷的《科学和方法》中的以《数学上的发现》为题的非常有趣的文章。从这里可知，在辰野隆这里，"纯诗"的超验色彩几乎荡然无存了。辰野隆之所以自觉不自觉地剥去伯雷蒙"纯诗"的宗教色彩，与日本文化有关。日本近现代文学的起点离不开基督教的冲击，作家们所具有的怀疑精神、忏悔意识等都是基督教刺激下的产物。但由于基督教信仰的超越物我的"上帝"与日本皇权至上的专制一体化信仰相抵触等原因，在日本的影响力是有限的，纲岛梁川曾提倡"见神实验"，但并不为文坛所接受。甚至于在日本"许多有价值的教堂建筑很残酷地成为了废墟"②。志贺直哉曾这样写道：

> 在接触基督教以前我是一个精神上肉体上都很健全发育的孩子。喜欢运动、棒球、网球、划船、机械体操、长曲棍球（Lacrosse），样样都做。……但接触到了基督教之后，这一切都发生了变化。……我停止了一切体育运动。……在一段时间里我感到这样的生活很不错，可是不久之后起了苦闷，这便是性欲的压抑。③

这些都说明基督教与日本文化的不相容性，也许正因为如此，辰野隆在论述中

---

① ［日］辰野隆：「純粋詩歌に関する論争」（辰野隆『佛蘭西文學（下）』東京白水社昭和二十一年，第323—324頁）。
② ［日］龟田博和：《教会的残存风景》，日本东京经济2000年版。
③ ［日］志贺直哉：《混浊的头脑》，载［日］柄谷行人《日本现代文学的起源》，赵京华译，生活·读书·新知三联书店2003年版，第84页。

能轻松的，甚至比穆木天更彻底的剥落其神秘的宗教衣钵。

不但在过滤其宗教色彩方面师生表现出一致性，而且辰野隆将"纯诗"与内心的愉悦联系起来，这点与穆木天强调的"纯粹诗歌"的本质在于"交响"也是相通的。换句话说，穆木天的"纯粹诗歌"与他的老师辰野隆最为接近。辰野隆对"纯诗"的归纳是，所谓纯粹诗歌，一言以蔽之，就是主张"诗只为了诗而存在，理性不是诗"。而穆木天也是从这个角度来理解"纯粹诗歌"的。他强调一首真正的诗，只能让人感受到情绪律动的形状，而并非是讲什么道理："在我的思想，把纯粹的表现的世界给了诗歌领域，人的生活则让散文担任。"① 散文是表现现实生活和世俗琐事的工具，而诗歌则代表着纯粹的精神境域。

对伯雷蒙的"纯诗"论，辰野隆在剥去宗教色彩之后，还提出了质疑："在读伯雷蒙的文章的过程中，我心中暗暗产生了一个疑问，他所谓的纯粹诗歌与我理解的纯粹诗歌之间，有很大的差别。"他对于伯雷蒙推为"纯粹诗歌"的例子的拉马丁的诗和魏尔伦的诗持有异议，认为他们诗歌里的不好的一半不能归为纯粹诗的范畴；说伯雷蒙这样做的结果是，把声称不经过艺术雕琢只流露诗人的感性的诗也称为纯粹诗了。辰野隆的观点是要从纯粹诗的概念里排斥只有流露感的诗歌，认为拉马丁也好，魏尔伦也好，那一半不好的诗歌只能称为自然诗或天然诗，不能称为纯粹诗。他说：

> 我认为纯粹诗应该是极度地精雕细琢的东西，因此它意味着是跟自然相对立的艺术领域里彻底地施加人工修饰的诗歌。我认为，大凡处于自然状态中的东西无论如何不能说是纯粹的。说婴儿的微笑是纯粹的，山间的清泉是纯粹的之类，其实是词汇的误用。这些虽然可以说非常自然，但是决不能说是纯粹的。纯粹的事物无论什么都一定要经过人为加工。纯粹诗

---

① 穆木天：《谭诗》，载蔡富清、穆立立《穆木天诗文集》，时代文艺出版社 1985 年版，第 264 页。

当然是以自然为基础，但必须在艺术的砧板上锅中烹调过的东西。极言之，正如液体空气那样以自然为基础，但必须经过在自然的状态中不能存在的那样的人为加工之后才能成立。①

辰野隆还举《万叶集》，认为说《万叶集》歌风朴素、感情流露自然，其实我们并不是仅仅因为这个因素而被它吸引。在这样的意味上的好的自然诗，一定不限于《万叶集》里才有。但唯独《万叶集》能独步古今，这是由于被这个歌集收集的有名的、无名的歌人的优秀诗歌中，从心灵深处而来的味道十足的、千锤百炼的纯粹诗比其他歌集要多得多的原因。

由此可知，穆木天引进"纯诗"来匡正新诗坛艺术粗糙的弊病的想法，直接得益于辰野隆的"自然的并非纯粹的"观念。穆木天说："中国人现在作诗，非常粗糙，这也是我痛恨的一点。我喜欢 Délicatesse。我喜欢用烟丝，用铜丝织的诗。"② 可以说，艺术上的精益求精正是穆木天提倡"纯粹诗歌"的最根本的出发点，也是他《旅心》创作所遵循的艺术原则。王独清也是从这个角度出发，与穆木天一起高举"纯粹诗歌"大旗的。他说："中国人近来做诗，也同中国人作社会事业一样，都不肯认真去做，都不肯下最苦的功夫"，所以"要治中国现在文坛审美薄弱和创作粗糙的弊病，我觉得有倡 Poesi pure 的必要"③。穆木天提出的"诗要兼造形与音乐之美"，实际上反映了他们希望借鉴西方象征主义诗歌的艺术优势，结合中国传统诗词的空间流动的经验，开发中国文字的审美潜力，在新诗的音与视觉效果间寻找造型美的意图。这正是辰野隆所说的"彻底地施加人工修饰的诗歌"。与闻一多移植西方十四行诗的艺术经验，提倡艺术技巧上的"做"，实践格

---

① ［日］辰野隆：「純粹詩歌に関する論争」（辰野隆『佛蘭西文學（下）』東京白水社昭和二十一年，第323—324頁）。

② 穆木天：《谭诗》，载蔡富清、穆立立《穆木天诗文集》，时代文艺出版社1985年版，第261页。

③ 王独清：《再谭诗——寄给木天、伯奇》，《创造月刊》第1卷第1期，1926年3月16日。

律诗，追求诗歌音乐美、绘画美和建筑美是殊途同归的，也是非常具有建设意义的。

总之，穆木天的"纯粹诗歌"直接来源于伯雷蒙的"纯诗"提法和关于诗歌"统一性"的主张，同时秉承了瓦雷里们对于诗歌艺术的执著精神，借鉴了象征主义理论家关于"诗歌世界"和"散文世界"相区别的理论探讨的诸多成果，尤其是他们共同指向的对于诗歌的意义之外的表现形式如音乐性问题的关注。而这之中辰野隆的作用是不能忽视的，作为导师他不仅将法国象征主义诗坛信息及时传递到了学生中间，而且他的"纯粹诗歌"的观念给予穆木天更为直接的启示和导向。他将"纯粹诗歌"与心灵的愉悦相联系，强调"自然的并非是纯粹的"这样的让诗回到心灵、回到艺术殿堂的观念对于穆木天来说无疑是救世法宝，成为穆木天选择"纯粹诗歌"来匡正诗坛弊病的原动力，也是穆木天所倡导的"纯粹诗歌"的最本质的含义。

当然，师生之间也有不相同的地方。比起老师辰野隆来，穆木天对待"纯诗"更宽容。辰野隆认为，"纯粹诗歌"不意味着是拉马丁他们的诗歌，而是指波德莱尔、马拉美、兰波、瓦雷里的诗，或者魏尔伦的一部分好的诗。虽然拉马丁或者代博尔特·瓦尔莫夫人的自然诗里也有优秀的诗篇，但是要从他们的诗篇中寻出纯粹诗是非常困难的。而穆木天在《阿尔贝·萨曼的诗歌》中赞赏萨曼诗作中"仁慈的大自然有着阿尔丰斯·德·拉马丁的某些痕迹"，并且赞赏萨曼和魏尔伦"在趣味和本性上"的对应。在《谭诗》中又将浪漫主义诗人维尼作为"诗的统一性"的"适例"，把拉马丁看做"诗的持续性"的典范。不过，穆木天与辰野隆最大的区别是作为中国知识分子特有的现实情怀。辰野隆强调的是诗味来自心灵，而在西方象征主义那里，"纯诗"不仅是无法实现的理想，而且"一种欲升华至上的诗歌是无法与众多的民众对话的"。① 总之西方象征主义在本质上是唯美的，以个人心灵

---

① 金丝燕：《文学接受与文化过滤》，中国人民大学出版社 1994 年版，第 288 页。

体验为中心，缺乏与现实生活结合的本能冲动。在他们眼中，对于现实而言，诗歌是超然自足的艺术。而穆木天一方面沿袭贝尔纳·法伊的说法，声称"我们要把诗歌引到最高的领域里去"；一方面却强调"国民诗歌"与"纯粹诗歌"并不矛盾，而且认为"国民文学的诗，是最诗的诗也未可知"，表现出对于诗歌现实价值的肯定。可以说，穆木天虽然执意于诗歌艺术美的追求，与新诗从产生以来就偏重社会功能的趋向相异趣，但同时也接受中国文学的传统观念，强调内容对于形式的更为重要的意义，形式要受内容的制约："记得在京都时同伯奇由石川顺濑田川奔南乡时，大家以为当地的景致用绝句表为最妙。"①从而表现出浓厚的中国诗学特色。

穆木天非常赞赏萨曼吸收一切又融合一切的文学态度，说："如果说颓废诗人是意味着吸收一切又融合一切的话，阿尔贝·萨曼是与这个动人的名字非常相称的。"② 他自己的"纯粹诗歌"理论也表现出一种广泛的融会贯通的特色。是现代的，也与中国传统文化相接通，是中国的，也带有西方象征主义色彩和日本因子。

第二节 《旅心》与《红纱灯》

《旅心》和《红纱灯》是"纯粹诗歌"理论的实践。穆木天 1926 年 3 月从东京帝国大学法兰西文学科毕业，结束了近八年的留学生涯。1927 年 4 月他的旅日诗集《旅心》由创造社出版部出版发行，收诗作 32 首。阿英在《中国新文学大系·史料索引》中辑录了《旅心》诗集目录，还在编者按语中特意加

---

① 穆木天：《谭诗》，载蔡富清、穆立立《穆木天诗文集》，时代文艺出版社 1985 年版，第 262 页。
② 穆木天：《阿尔贝·萨曼的诗歌（续）》，吴岳添译，《吉林师范学院学报》1994 年第 4 期。

了几句："在新诗集中，此为别创一格者。"① 冯乃超在日本前后生活了24年之久，他的学生生活全部是在日本度过的。1928年4月，冯乃超将他在日本读书期间创作的诗歌汇编成诗集《红纱灯》，也由上海创造社出版部出版，全书分八辑，共收诗歌43首，这"一片羽毛，一个蝉蜕"代表了冯乃超诗歌创作的最高成就，奠定了他在诗坛的地位。

一　穆木天人生体验与诗情迸发

穆木天留学日本之时，不仅国运衰弱，而且家道中落。1920年，他"遭了父丧，家境渐趋凌乱"，家国之变使其心灵上感到极大的忧郁。穆木天的曾祖父穆广德执家时，农耕之余，贩卖粮谷、鱼虾和经营纺织，家业大振。方圆一二十里，占荒置地千余垧，修筑房屋数十间，成了当地有名的"占山户"。但是，由于子孙不思守业，懒散成性，生活堕落，大家族很快没落、解体了。穆木天的祖父不善理财，且体弱多病，迁到靠山屯，不久病逝，留下年幼的独子，即穆木天的父亲穆锡九，孤儿寡母靠微薄的祖业维持生计。穆锡九长大成人后重操先人之业，牟取暴利。油坊、杂货铺生意红火，穆家又兴盛起来了。但1920年精于生计的父亲去世，家境骤衰，寡母抚育四个年少的弟弟，寄希望于穆木天能早日学业有成，回来扶持家道。因此他到日本以后转向文学，不但受到家庭方面的强烈反对，而且被本省的一些留学生讥笑和嘲骂。所有这些给他的心灵蒙上了抑郁的阴影。

而另一边，1912年至1926年的日本大正时期却是一个相对而言，国家和平、繁荣、自由和民权的时期，特别是1923年的关东大地震之前这段时期被称为"是跨近代和现代的、漫长而阴冷的雨季中短暂的晴朗天气"。② 用穆木

---

① 赵家璧：《中国新文学大系：史料索引》，上海良友图书印刷公司1936年版，第314页。
② ［日］中野久夫：「大正の日本人」，日本鹈鹕出版社，昭和五十六年，第11页。

天的话说是"日本资本主义在欧战后已到熟烂期"。作为弱国子民，又身处异国他乡，年轻的穆木天"从阳气变成忧郁"。这在他的诗歌中多有表现。他站在东瀛，遥望故乡："几时能看见九曲黄河/盘旋天际/滚滚白浪/几时能看见万里浮沙/无边荒凉/满目苍茫//啊 广大的故国/……啊 几时能看见你流露春光/啊 几时能看见你杂花怒放/神州 禹城 朦胧的故乡/几时人能认识你的灿烂的黄金的荣光/啊 人格的庙堂/我为什么对你作异国的情肠"（《心响》）。这时的穆木天一方面回顾着崩溃的农村，思念远方的故乡，一方面为麻醉自己，追求着刹那的感官的享乐，蔷薇美酒的陶醉，他说，"京都的三年生活，只是看到伽蓝"。"但自己究竟不甘，并且也不能，在浪漫主义里讨生活。[①]

穆木天1923年考入东京帝国大学，入学时赶上东京大地震，他于是在零乱的废墟中，埋头耽读西方象征派、颓废派诗人的作品，沉浸在瓦雷里、波德莱尔等人的唯美的氛围里，同时开始孤寂地在稿纸上倾吐情感，创造自己的象征主义作品。在回顾接近和沉溺法国象征派诗歌的历程时，穆木天说：

> 我记得那时候，我耽读古尔孟（Remy de Gourmont）、莎曼（Samain）、鲁丹巴哈（Rodenbach）、万·列尔贝尔克（Charles Van Lerberghe）、魏尔林（Paul Verlaine）、莫里亚斯（Moreas）、梅特林（M. Maeterlinck）、魏尔哈林（Verhaeren）、路易（Pierre Louys）、波多莱尔（Baudelaire）诸家的诗作。我热烈地爱好着那些象征派、颓废派的诗人。当时最不喜欢布尔乔亚的革命诗人雨果（Hugo）的诗歌。特别地令我喜欢的则是莎曼和鲁丹巴哈了。从这里也可以看出来我那种颓废的情绪吧。我寻找着我的表现的形式。[②]

---

① 穆木天：《我的文艺生活》，载蔡清富、穆立立《穆木天诗文集》，时代文艺出版社1985年版，第199页。

② 穆木天：《我的诗歌创作之回顾》，载蔡清富、穆立立《穆木天诗文集》，时代文艺出版社1985年版，第219—220页。

以至于大地震后只剩下一片灰烬的残垣破瓦的东京和触目凄凄的大地，在当时的穆木天眼里，却成了千载不遇的美景。周良沛曾这样描绘穆木天的这种生活状态："他在地震颓废破烂的遗骸上来去，沉浸在印象的、唯美的诗的空气中，寂寞地、孤独地在稿笺上倾吐自己的情感，从内到外，在诗行里找到他自己的世界。"① 这样的状态，这样的心理必然会推动着穆木天在象征主义的道路上越走越远。穆木天自己也说："就是在象征派诗歌的氛围气中，我作了我那本《旅心》。"

穆木天诗歌创作热情的激发大约在 1924 年冬。穆木天第二次回故乡探亲，在返归东京的途中，特意去北平到语丝社拜访周作人，并送上不久前作的《我愿作一点小小的微光》、《泪滴》两首小诗。一个月后，诗发表于《语丝》第13 期上，穆木天大受鼓舞，诗情绽开，一发而不可收。1925 年可以说是穆木天诗的爆发期，直接诱因是与冯乃超遇合。不过穆木天叙述："其中的诗感则是一九二四年暑假期间在伊东的那两个月的生活所培养成了的。"②

伊东当时是一个近于原始的农村，它的海湾、山、水、人家，特别是一个叫静江的日本少女，给了穆木天深刻的印象，让他难以释怀。穆木天说："我追求她，她不理我。以后到了我发现我的旅伴 S 君和那位少女成为知己，天天出去漫步的时候，我真是忍无可忍了。我没有别的，我只有沉痛地吟唱我的哀歌。那一次失恋，使我认真地感到自己是没落和身世凄凉了。"③ 在散文《秋日风景画》中，穆木天更是生动地讲述了他的这段情感经历："伊东的初秋，是一个深可怀恋的追忆哟。肥胖而有肉感的少女静江，她是给了如何地深刻的印象啊！日本的少女，点缀在初秋的田园风景中，是如何地优美呀！"④ 据穆

---

①　周良沛：《中国新诗库第一辑·穆木天卷》，长江文艺出版社 1988 年版，第 2 页。

②　穆木天：《我的诗歌创作之回顾》，载蔡清富、穆立立《穆木天诗文集》，时代文艺出版社 1985 年版，第 219—220 页。

③　同上书，第 215 页。

④　穆木天：《秋日风景画》，载蔡清富、穆立立《穆木天诗文集》，时代文艺出版社 1985 年版，第 205 页。

木天回忆，那位肥胖的少女特别的具有着一种清脆的声音。在朦胧的暮色中，她常常轻快地，断断续续地唱着她的歌曲。她那种歌声成为穆木天憧憬的对象。多情的穆木天当时最快乐的事情是一个人不即不离地追逐她的歌声。穆木天说："有时，就是她没有在唱歌，我也觉得象在什么地方有她的声音在荡动着似的。那里寄托着我的悲哀。同时，那种追逐成了我的每日的享乐了。"① 这位少女的歌声多次出现在穆木天的诗歌中。《伊东的川上》从开篇的"我听见伊人的歌声/振荡在薄冥的川上"到"啊，是哪里送来伊人的歌声呀"，从"啊，伊人的歌声越发的清楚了"到结尾的"我仿佛听清楚了 啊 却又听不见了/啊，是谁送来伊人的歌声在这夕暮狂狂的荡摇"，可以说通篇都弥漫着"伊人的歌声"。在恋爱失败的"百分的不安"中，穆木天还在夜里出门奔海滨，第二天到热海后才返回伊东，让房东太太、静江误以为他自杀了。而在穆木天回忆起来，"那一天，是我最可怀念的。那种恋爱的幻灭，是最可宝贵的，那种放浪的旅途是可宝贵的"。② 所以对穆木天来说，"那两月间，好象是决定了我的作诗人的命运了似的"。"《我愿……》那首诗，就是那天海滨上所得到的印象。"③ 这首诗写道："我愿奔着远远的点点的星散的蜿蜒的灯光/独独的 寂寂的 慢走在海滨的灰白的道上/我愿饱尝着淡淡消散的一口一口的芳狸的稻香/我愿静静的听着刷在金沙的岸上一声一声的轻轻的打浪。"穆木天正如这位黄昏中的失恋人，孤独寂寞，带着淡淡的哀愁，走在朦朦胧胧的景色中，述说着自己"若讲出若不讲出的情肠"。穆木天在日本读书时十分喜爱维尼，在论文《Alfred de Vigny 与其诗歌》中，穆木天认为维尼的爱情生活的不幸，"他同 Madame Dorval 的热火般的恋爱，亦只换得了一首沉痛的苦的歌。一切的

---

① 穆木天：《我的诗歌创作之回顾》，载蔡清富、穆立立《穆木天诗文集》，时代文艺出版社 1985 年版，第 216 页。

② 穆木天：《秋日风景画》，载蔡清富、穆立立《穆木天诗文集》，时代文艺出版社 1985 年版，第 207 页。

③ 穆木天：《我的诗歌创作之回顾》，载蔡清富、穆立立《穆木天诗文集》，时代文艺出版社 1985 年版，第 216 页。

幻灭，一切的失败，越发使他作了内面的人了。沉思，默想，直引他入了象牙之塔"。① 字里行间多少流露出一丝同病相怜的意味。

在日本与冯乃超的遇合也是穆木天文学生涯的一大幸事。1925 年穆木天在神田区中国基督教青年会认识了学友冯乃超，从此过从颇密。冯乃超回忆说：

　　一九二五年下半年我认识木天于东京神田区中国基督教青年会。这年我从京都帝国大学转学到东京帝大，木天已在该校修完了法国文学专业的课程，正在准备毕业论文了。没有课程的负担，他心情显得轻松自在，尽情遨游于诗歌境界中。我们往来时间约有大半年光景。他是从郊区中野町迁居到大学附近的本乡区，而我却刚刚从郊区（东中野）搬到神田区。……木天到青年会只是为看我来的。他淳朴的人品很快就使我们变成知交。我那时喜爱新诗歌，对新诗歌很想闯出一条新路子。木天对此有很丰富的知识，使我获益不少。我们交谈的多半是这方面的问题，这种交谈成为我们当时生活上的乐趣。②

穆木天的《谭诗》的诞生其实正与他的同学冯乃超有关。穆木天在《谭诗》中说："我同乃超谈到诗论的上边，谈到国内的诗坛的上边，谈些个我们主张的民族彩色，谈些个我深吸的异国薰香，谈些个腐水朽城，Decadent 的情调，我们的意见大略相同。"③ 而且《谭诗》的诞生也是受到"乃超让我把我的诗的意见写出"的鼓励。冯乃超与穆木天一见如故还有一个重要原因是共同的飘零身世，在《忆木天》中冯乃超说：

---

① 穆木天：《Alfred de Vigny 与其诗歌》，《创造月刊》第 1 卷第 5 期，1926 年 7 月 1 日。
② 冯乃超：《忆木天》，载《冯乃超文集》上卷，中山大学出版社 1986 年版，第 400 页。
③ 穆木天：《谭诗》，载蔡清富、穆立立《穆木天诗文集》，时代文艺出版社 1985 年版，第 256 页。

这个曾经立志要当工程师希望工业救国而且又具备学习理科课程素质的青年，经历过封建大家庭的解体，又经历了中兴的资产阶级家庭的没落。他备尝这种由富变穷的痛苦，感到身世的飘零，不得不抛弃工业救国的理想。彷徨歧路中，选择了搞文学的道路。在大学时选择了法国文学专业，一下子便沉湎在印象派象征派所追求的世界中。诗歌变成他寄托个人忧思、失恋的悲哀和身世凄凉的工具。《旅心》集里留下诗人不尽的乡愁，故国的思念。[①]

其实把这段话用在冯乃超自己身上也是恰当的。正是相同的命运遭遇和爱好，把他们紧紧联系在了一起。他们约会在中国基督教青年会，一起去咖啡店欣赏西洋音乐，在青年会饭堂吃"中华料理"，逛神田区的旧书铺和夜市，话题自然是诗歌，他们谈到深吸的异国薰香，谈到腐水朽城、颓废的情调。这样的生活不仅由对"五四"以来中国新诗运动的反思，对自我诗歌观念的建构而诞生了《谭诗》，而且使穆木天"关于创作的兴趣也一点一点地浓厚起来"[②]。

二 关东大地震：冯乃超走向文学

冯乃超 1901 年 10 月 12 日生于日本国横滨一个侨商家庭，祖籍广东南海县盐步区秀水高村。祖父冯紫珊到日本创业，任横滨大同学校校董，并在横滨、神户和中国的香港、广州等地开办了印刷所，还与人合资经营了一家贸易行，是个颇有声望的侨领。冯乃超在《三十七年前的今天在香港——辛亥年回忆断片》等文章中曾提到祖父，自豪地夸耀其祖父是横滨侨领之一，帮过孙中

---

① 冯乃超：《忆木天》，载《冯乃超文集》上卷，中山大学出版社 1986 年版，第 402 页。
② 穆木天：《我的诗歌创作之回顾》，载蔡清富、穆立立《穆木天诗文集》，时代文艺出版社 1985 年版，第 215 页。

山先生的忙，也帮过康梁的忙，是一位热心国事的商人。

冯乃超的家庭给了他很好的文学启蒙。冯乃超说：

> 我家里侨居日本三十多年，又到过许多政治的亡命客。他们为求中国从帝制解放出来，非常感到新知识的需要，同时他们也以其余力涉猎文艺。所以，我家给他们保存着许多诗词文集义选的古书及法制，政治，历史的日文书籍，这大约是明治三十多年出版的。这给我一个接近中国古典文学的机会，又给我养成我读书的习惯。[①]

李江在《冯乃超传略》中叙述他："小学时代开始翻阅家中收藏的《新民丛报》、《新小说》等报刊，浏览《三国演义》、《石头记》、《迦茵小传》、《花间集》、《词志》等古典小说和诗词，培养了对文学的兴趣。开始练习写诗，绘画，在商务印书馆出版的《少年杂志》上发表过风景画。"[②] 这些说明冯乃超对于文学从小就十分喜爱。幼年的绘画天赋和以后的美术学习，还使他的诗歌创作在色彩、意象营造方面表现出独特的个性。那么，他为什么后来选择了理工科呢？这与冯乃超的身世有关。冯乃超的祖父冯紫珊在日本打下了偌大的家业，但儿子冯瑞华却是个委靡不振的人，不善经营，只抽大烟。冯乃超兄弟姐妹六人，他行老二，但是长子。从冯乃超的叙述中可以看出冯紫珊由于儿子不争气而对这个长孙的喜爱和期望。冯乃超小时常被祖父带着去游温泉风景区或看电影。当因国内时局混乱，祖父决定带家人回日本时，他是由祖父亲自带着上了开往日本的轮船。也许正因为如此，他的肩上担负着继承家业的希望。所以在祖父在世的日子里冯乃超选择的专业是理工科。1920 年 3 月，他投考东京藏前高等工业学校未被录取。同年 9 月，考入东京第一高等学校预科，与朱

---

① 冯乃超：《我的文艺生活》，载《冯乃超文集》上卷，中山大学出版社 1986 年版，第 305 页。
② 李江：《冯乃超年谱》，载李伟江《冯乃超研究资料》，陕西人民出版社 1992 年版，第 89 页。

镜我、李初梨、彭康同学。次年9月，预科毕业，考入名古屋第八高等学校本科理科甲类，准备将来学习采矿、冶金或地质。而日本关东发生大地震，对于冯乃超来说，是人生的一大转折。

关东地区是日本中部毗临东京湾和相模湾的广大地区，这一带风景优美，经济繁荣。1923年9月1日，这里发生了8.2级大地震。地震的震源是在东京湾西南部的相模湾之下。沿此海岸一带除了东京、横滨两大城市之外，还有镰仓、丹泽山、小田原、热海等许多小城市。这些城市的房屋50％—80％在这次地震中完全倒塌。伤亡最严重的是东京、横滨两个城市。据统计，地震死亡人数共达14.3万人。这次地震的震级之大、破坏之烈、次生灾害灾种之多，都堪称日本自然灾害之最，在世界现代史上称得上是一次少见的综合性大灾难。对于冯乃超的家庭来说，这无疑是一场巨大的不幸，祖父辛辛苦苦挣下的偌大家业在地震中全部被摧毁，他一下子由富家大少爷变成贫民，但这次灾难却成为他转向文学的一个契机。

因为祖业破产，冯乃超所有学习理工科的动机完全消失，他不再肩负振兴家业的担子，可以凭自己的爱好选择专业了，而且他的心灵上的打击也需要安抚。于是他把精力转向文学、哲学，耽读《小说月报》、《创造季刊》等文学研究会和创造社的书刊，以及福楼拜的《包法利夫人》等外国文学名著，并沉醉于西田几多郎所著的《善的研究》之中。1924年3月，在第八高等学校理科毕业后，为追随西田几多郎，他考入京都帝国大学文学部哲学科，听西田博士的课，同时广泛阅读文学、哲学书籍，喜欢高踏派、象征派的作品，如日译法国诗人魏尔伦的诗集，比利时作家梅特林克的剧本《青鸟》，日本三木露风、北原白秋的诗集等。当时他住在京都法善寺山下，附近有座清水寺，在晨钟暮鼓的陶冶下曾萌发了出世思想，向往三木在北海道修道院所过的"沉默、祈祷、劳动"的生活。1920年，三木露风到修道院做讲师，至1924年结束，创作了《信仰的黎明》（1922）等宗教诗。三木露风曾说，"诗歌是通往宗教的旅程"。在冯乃超内心深处也响起过出世的声音，在诗集《红纱灯》中，常能看到修道院的身影，听到寺庙的钟声。如《红纱灯》一诗描写的便是尼庵的森严、黑暗、深奥的殿堂中，点燃一盏红纱的古灯。灯光明灭地惆晃着，黑衣的尼姑愁寂地静静地从长廊走过，明显带有阴森而神秘的宗教色彩。与阴郁的心境相呼应，冯乃超把"死亡"作为最美最安宁的"幽栖"。在《死》和《死的摇篮曲》中，诗人以纤细的感情礼赞死亡，借以寻找灵魂的安息。在《冬》和《冬夜》中，诗人一方面描绘"浓冬的凄艳团成美人的死像"，一方面歌咏"昨日的情人/帔覆着雪白的死衣横陈"。甚至许多美丽的意念都被他用"死亡"的意象所替代，表现出神秘、颓废、绝望的象征主义和唯美主义倾向。这时期他曾与李初梨、李亚依等编辑《涟漪》诗集手抄本一册，还结交了郑伯奇、李铁声等人，并创作了大量的诗歌。冯乃超在《〈红纱灯〉序》中说："此集中，尽是一九二六年间的作品。"里面确实有不少作品是在 1926 年发表于《创造月刊》，后稍加修改或改换题目收入诗集《红纱灯》。但是据陆文倩考证，冯乃超从 1911 年在大同小学读书时就开始练习写诗。后到一高和八高时读到《创造季刊》，于是在课余时间写作诗歌和剧本，进入东京帝国大学以后，写诗成为有意识的创作行为。她认为："冯乃超在 1926 年以前就写下了许多诗稿，而它们大体于 1926 年间被再创新，或修缮、完成，或定稿、组合、编排、发表，才是可信的'1926 年间的作品'之语的原意。"[1]

如果说，穆木天就读的东京帝大法文专业能够为其接触法国象征主义文学提供便利的条件，那么冯乃超的象征因素应该说更多的来源于日本翻译界的法国文学译介热潮，以及以北原白秋、三木露风等为代表的象征主义诗歌。

1905 年，上田敏的译诗集《海潮音》把法国的象征派诗歌引进日本诗坛，

---

① 陆文倩：《围绕冯乃超〈红纱灯〉生成的考查》，载朱寿桐、武继平《创造社作家研究》，日本福冈中国书店 1999 年版，第 102 页。

由于其与日本文化中的"物哀"（物の哀れ）传统有着很大的一致性，所以很快被日本文学青年接受。蒲原有明受此影响开始创作象征诗，被称为日本象征诗歌第一人。他发表了象征诗集《春鸟集》（1905）、《有明集》（1908），后者被誉为日本象征诗的顶峰和纪念碑。《海潮音》还刺激了日本青年对于"异国情调"的向往，催生了被评为日本文艺史上唯一的沐浴"近代"光辉的新浪漫主义运动的阵地——"牧羊神会"。木下杢太郎在回顾"牧羊神会"时说："在上田敏活动的时代，由于受到他的翻译等影响，幻想巴黎的美术家和诗人们的生活，很想仿效那样的生活"[1]，于是 1908 年木下杢太郎、北原白秋等策划成立"牧羊神会"。他们模仿欧罗巴艺术家，在东京隅田河畔的西餐馆举办文学聚会，以象征主义和唯美主义为标榜，并提倡文学家与美术家之间的交流。木下杢太郎还据此发明了"异国情调"这个词来概括当时的文学青年的追求目标。木下杢太郎说："'牧羊神会'虽然多少有些放肆，但毕竟是一场运动，是一场反对因循守旧的封建残余的欧化运动。印象派的理论、高蹈派、象征主义的诗作和欧洲的文艺评论都助其声威……当时大家都抱着艺术至上主义的信念，为此才打起炉灶，组织了'牧羊神会'。"[2]

　　1909 年 3 月，留学归来的永井荷风出版了表达他对于法国的生活、艺术以及大自然倾心赞美和陶醉之情的《法国物语》，虽被当局以败坏风俗而查禁，但由于迎合了当时神往欧洲的青年的心理，所以备受追捧，尤其得到"牧羊神会"同人的共鸣，他们将永井荷风视为伟大的先哲。永井荷风对法国文学的介绍偏重于象征主义和颓废主义。1913 年 4 月，永井荷风又翻译出版了诗集《珊瑚集》，收录了波德莱尔、兰波、魏尔伦等 13 位诗人共 38 首诗，其中魏尔伦的诗就有 7 篇，魏尔伦以近代忧愁见长的象征诗风极大地影响了日本诗坛。由于这些文章自 1909 年 3 月到 1911 年 1 月已经分别刊登

　　[1]　［日］木下杢太郎：「パンの会の回想」『木下杢太郎全集』第一三卷，岩波書店 1982（昭和五十七）年七月］。
　　[2]　［日］高田瑞穂：《唯美派文学》，中国人民大学出版社 1998 年版。

在《昴星》、《三田文学》、《女子文坛》、《读卖新闻》上，所以其对于诗坛的影响从 1909 年便开始发生。《珊瑚集》给了北原白秋、三木露风等诗人丰富的艺术启示。三木露风对于译介者永井荷风十分敬佩。他的诗集《废园》重版时就付有荷风书简，在《寂寞的黎明》前面也题上了"此书敬献给永井荷风先生"的字样。

1909 年北原白秋和三木露风同时出版了各自的处女诗集《邪教门》和《废园》。虽然他们的诗歌风格并不相同，但是其鲜明的象征主义诗风却吸引了一大批崇拜者和模仿者。在《珊瑚集》出版的第二年，三木露风受此启发，与川路柳虹共同发起，聚集柳泽健、西条八十、山宫允等，创立"未来社"，并于 1914 年 2 月发行机关杂志《未来》，号召反对自然主义文学。这群诗人大都是从象征主义出发，经过自然主义文学运动、口语自由诗运动的洗礼之后，又再次重返象征主义。接着北原白秋的"巡礼诗社"的机关杂志《地上巡礼》于 1914 年 9 月创刊。从这里涌现出了室生犀星、萩原朔太郎、山村暮鸟、大手拓次等先锋诗人。诗坛出现了以北原白秋和三木露风为领航者的"白露并立的时代"。有论者认为，"20 世纪前 10 年，象征诗成为日本诗坛的主流"。① 其实在这以后的很长一段时间中，象征诗歌仍然风靡诗坛。

冯乃超说："我年纪愈长，愈喜欢高蹈的东西。梅德林——象征主义——三木露风——加梭力教——北海道的修道院。未进大学以前，以至大学一二年，我大体的倾向是这样。"② 据日本学者岩佐昌暲考证，冯乃超诗歌的朦胧美主要来源于三木露风。而且，冯乃超自叙的读过日译本《魏尔伦诗集》，其实可能是的《海潮音》那样的摘译本，他推测多半是永井荷风译的《珊瑚集》里选的魏尔伦的诗歌。因为冯乃超旅居日本时，日本还没有魏尔伦的诗集的全

① 吕元明：《日本文学史》，吉林人民出版社 1987 年版，第 117 页。
② 冯乃超：《我的文艺生活》，载《冯乃超文集》上卷，中山大学出版社 1986 年版，第 306 页。

译本。^①当时日本翻译界的情况是，从《海潮音》、《珊瑚集》以及堀口大学的《昨日的花》(1918)、《丢失的宝石》(1920)、《月下的一群》(1925)等对于法国象征主义诗歌的译介，以及1921年为纪念波特莱尔而掀起的"波特莱尔热"，再到随雨果、莫泊桑、罗曼·罗兰、勒纳尔的全集或选集相继在日本出版，逐渐形成了一股法国文学译介热潮。可以说，在冯乃超开始诗歌创作的很长一段时间内，日本文坛都弥漫着浓厚的象征主义氛围，这为冯乃超倾心于象征主义的世界创造了条件。

1924年夏季，冯乃超赴东京与堂叔冯子章往千叶县度假，开始厌恶虚无的"西田哲学"，力图摆脱这种苦闷孤寂的心境。1925年3月，他接受朱镜我的建议，离开了死水般的京都，转学到东京帝国大学文学部社会学科，但对所学课程仍缺乏兴趣。与穆木天相遇后的1926年1月，他改学美学与美术史专业，选修英国文学、德国文学和考古学。这期间在探索新诗艺术中写成的象征主义诗歌在《创造月刊》、《洪水》半月刊上陆续发表，从此与创造社发生关系，继穆木天之后成为创造社出版部日本东京分部的联络人。

三 "交响"中的"物哀"因子

"纯粹诗歌"的基础是"交响"。穆木天在《旅心·献诗》中写道："我心里永远飘着不住的沧桑我心里永远流着不住的交响"。《旅心》和《红纱灯》正是这种"交响"的结晶。穆木天在《什么是象征主义》一文中开宗明义："象征主义诗学的第一个特征，就是'交响'(Correspondance)的追求。"《谭诗》一开篇即提出诗歌要表现月光的波动与心灵的交响：

---

① ［日］岩佐昌暲：《浅说"苍白"——冯乃超诗中日本象征主义诗歌的影响》，《文学前沿》2002年第1期。

　　我忽的想作一个月光曲，用一种印象的写法，表现月光的运动与心灵的交响乐。我想表现漫漫射在空间的月光波的振动，与草原林木水沟农田房屋的浮动的称和，及水声风声的响动的振漾和在轻轻的纱云中的月的运动的律的幻影。

　　我们很想作表现败墟的诗歌——那是异国的薰香，同时又是自我的反映——要给中国人启示无限的世界。腐水废船，我们爱它；看不见的死了的先年（Antan Mort），我们要化成了活的过去（Passé vivant）。①

　　在阐释提倡"纯粹诗歌"与主张"国民文学"并不矛盾这一问题时，穆木天认为，统一的关键点在于"交响"："故园的荒丘我们要表现它，因为它是美的，因为它与我们作了交响（Correspondance），故才是美的。因为故园的荒丘的振律，振振的在我们的神经上，启示我们新的世界；但灵魂不与它交响的人们感不出它的美来。"② 可以说，"交响"是穆木天"诗的思维术"中沟通主客体的媒介和桥梁。"纯粹诗歌"正是生成于这种物我之间彼此契合的相互关系之中。穆木天的《北山坡上》一诗描写打水的响动、晚钟的徐鸣、月亮的光芒的流荡，这些明快景物的律动同人的悠闲心情的律动相"交响"。在《烟雨中》，醉乳般的蒙蒙，雾腾腾的杨柳，灰色的天空，呜咽的汽笛，这些黯淡的景物的律动则与人的低沉、压抑的心情的律动相"交响"。《雨后》一诗用新颖的意象描写了雨后湿润的田里的景色，抒发了爱情的欢乐与幸福，诗中对雨后草叶、露珠、云纱、细雨等的描绘，正是诗人所说的自然的声音颜色光度的波动与内心感受的"交响乐"。

　　"交响"一词源于穆木天对波德莱尔的 Correspondances 一诗的标题的翻译。在西方象征主义那里，人的各种感官之间是互通的，人的精神与万物是相

---

① 穆木天：《谭诗》，载蔡富清、穆立立《穆木天诗文集》，时代文艺出版社 1985 年版，第 257 页。
② 同上书，第 265 页。

互感应的，人的内心世界与超验世界之间存在着契合的关系。波德莱尔的
"Correspondances"包括两个层面的意思，即法国批评家让·波米耶在《波德
莱尔的神秘主义》一书中指出的"水平交响"与"垂直交响"。所谓"水平交
响"是指一种实在的感知和另一种实在的感知在同一层面上的感应，这种感应
关系强调事物与事物之间的隐喻性关联，强调人的感官与感官之间的相互沟
通。所谓"垂直交响"是指物质客体与观念主体、外在形式与内在本质等在不
同层面上的垂直感应关系，这种感应关系强调具体之物与抽象之物、有形之物
与无形之物、自然之物与精神状态、现实世界与超验世界之间的象征关系。
1857年波德莱尔在《再论埃德加·爱伦·坡》中说："正是由于诗，同时也通
过诗，由于音乐，同时也通过音乐，灵魂窥见了坟墓后面的光辉。"这"坟墓
后面"，即超验世界。由于《谭诗》的核心概念均横移西方象征主义而来，因
此穆木天在论述"纯粹诗歌"时也套用西方象征主义的观点，说"诗是在先验
的世界里"，"一首诗是一个先验状态的持续的律动"等等。据冯乃超回忆说，
穆木天常常徘徊在美丽的松花江畔，听来自教堂的苍白的钟声，有时甚至跑进
教堂中观看宗教仪式的既庄严又是骗局似的儿戏。可见穆木天的确也接触过一
些宗教的东西，在心灵深处多多少少留下了宿命的阴影。但是，也许是受到宗
教意识淡薄的文化传统的制约，无论在诗歌创作中还是在文艺理论上，穆木天
的关注重心显然不是与上帝的"交响"，而是心灵与自然的撞击，诗人的审美
情感与外部世界间的契合。所以《谭诗》中，"我"与"故国的荒丘"的交响，
绝非来自天堂神谕，而是从故国乡土传来的"地籁"，是由于对故乡和家国命
运忧虑而产生的情绪悸动："一边追求印象的唯美的陶醉，而他方，则在心中
对于祖国的过去有了深切的怀恋。同伯奇论过'国民文学'，想要复活起来祖
国的过去。"[1] 其实，早在1925年穆木天就在《告青年》一诗中表达了对"超

---

[1] 穆木天:《我的诗歌创作之回顾》，载蔡清富、穆立立《穆木天诗文集》，时代文艺出版社1985
年版，第220页。

验世界"的质疑："诗歌不是在九霄天外，诗歌就在人间的国里。"因此他更多的是吸收波德莱尔的"Correspondances"中注重感官效果，打通五官感受等与传统诗学相契合的地方，其实也就是选择其"感性"追求的特点，主要从技巧与审美原则的层面上来接受的，而过滤掉了作为 Correspondances 核心的超验本题追求。因此穆木天尤其注重人的心灵感官与"故园荒丘"、"北国的雪的平原"、"南国的光的情调"的"交响"。如在《薄光》中诗人写道："黄光弥溢了莽莽的平原 禹域的茫茫/黄光唤起了无限的白亮 希望的忧伤/澹淡的消散 酸酸的 涌起了冷得油煎得心肠//啊 愿不愿永远捉不住的 澹淡的黄光/来 走到那衰凉得原上 看那不住散灭的无限的永久的黄光/捉住 捉住 捉住 捉住 无限的黄光//啊我们共他一同消灭吧 永久的黄光。"诗中印象与情感交错，以情感的起伏串起"薄光"似的纤细的感觉与印象，反复渲染这种浓郁的情绪气氛，这是对法国象征主义艺术特点的展现，也是与传统文化中"神与物游"的美学传统的某种契合。

不过，纵观《旅心》、《红纱灯》中的"交响"，与其说接近于中国传统诗学的"神与物游"，不如说更多地吸收了日本的"物哀"因子。

"物哀"一词最早是由日本国学家本居宣长在评论《源氏物语》时提出的。他把日本平安时代的美学理论概括为"物哀"，认为："在人的种种感情中，只有苦闷、忧愁、悲哀—— 也就是一切不能如意的事才是使人感动最深的。"不过，本居宣长同时也强调，"悲哀只是'哀'中的一种情绪，它不仅限于悲哀的精神"，"凡高兴、有趣、愉快、可笑等这一切都可以称为'哀'"①。叶渭渠在《日本文学思潮史》中认为："'物哀'是将现实中最受感动、最让人动心的东西（物）记录下来，写触'物'的感动之心、感动之情，写感情世界。而且其感动的形态，有悲哀的、感伤的、可怜的，也有怜悯的、同情的、壮美的。

---

① 叶渭渠：《川端康成评传》，中国社会科学出版社 1989 年版，第 213 页。

也就是说，对'物'引起感动而产生的喜怒哀乐诸相。"① 不过，"物哀"在多样性和丰富性的同时，突出悲哀之情，其中更以恋情、哀思见长。一位日本诗人曾说："万物都是悲伤的"。日本人往往把悲伤看做一种美。比如"爱"字，在古日语中也有"悲伤"的含义，也就是说，日本人在理解爱的同时便潜藏着一种悲伤。这种多愁善感的天性使他们总是想到随"盛"而至的"衰"，文学作品常借自然景物的变化来表现生命的短暂与无常。今道友信说："江户时代，有这样一段俳句：牵牛花啊，你的生命那么短暂，可又那么美。日本传统，是把短暂、渺茫看做美的。"② 纪友则就这样叹息："春光正和煦/樱花纷纷谢不已/凋落不知惜/瞩目落英心不宁/缘何去意这般急。"这就是日本文学独特的审美趣味，被称为日本式的悲伤。萩原朔太郎说："18 世纪的浪漫主义来到日本后，其辩证主义与唯心主义结合的哲学被阉割，从而成了传统的泪汪汪的感伤主义变种。"③ 其实，何止是浪漫主义，象征主义同样如此，象征主义登陆日本后即与"物哀"传统相融合，带上了浓厚的唯美和颓废的色彩。日本的象征主义诗歌，多渲染悲伤，甚至是颓废的情绪，其精神实质却与充满批判精神的法国象征主义相去甚远。日本的一些先锋派艺术家"一旦意识到现实的厚壁，往往就逃进美和享乐的世界，创造一个美的世界，自己陶醉其中，是一群拜倒在艺术之神脚下的'艺术至上主义者'；他们最重视官能的快感；他们虽然有时也从自己的角度出发，采取一些反俗的、反社会的言行，但这种批判往往是凭感觉进行的，没有什么成效就消失了"④。三木露风的诗歌大多是表现暗淡的心境，歌唱颓废的情调，以及性生活的颓废和乖戾，歌咏病态的美。北原白秋在《邪教门》诗集的序言中也说："我的诗，尚神秘，喜梦幻，慕残腐中的

① 叶渭渠：《日本文学思潮史》，经济日报出版社 1997 年版，第 136 页。
② ［日］今道友信：《关于爱和美的哲学思考》，王永丽、周浙平译，生活·读书·新知三联书店 1997 年版，第 291 页。
③ ［日］萩原朔太郎：《诗性的哲学散步》，于君译，群言出版社 2002 年版，第 90 页。
④ ［日］中村新太郎：《日本近代文学史话》，卞立强、俊子译，北京大学出版社 1986 年版，第 132 页。

颓唐之红。"

中国传统诗学也有"遵四时以叹逝，瞻万物而思纷；悲落叶于劲秋，喜柔条于芳春"（陆机《文赋》）。"春秋代序，阴阳惨舒，物色之动，心亦摇焉"（刘勰《文心雕龙·物色》）。不过与日本的"物哀"相区别的是，中国传统诗学中的心灵与宇宙融合，追求的是心灵不为大自然所局限，在情景交融中，达到对宇宙与人生真谛以及两者一体相通的某种顿悟。强调"情"的主体，不仅是被外在物象激发起来的情，且往往是出于主体的道德、学问、礼仪修养的意志、情志。《毛诗序》云："诗者，志之所之也。在心为志，发言为诗。情动于中而形于言。"这里的"志"主要指向以国家、社会、家族和个人为关注重心的广泛的社会生活，强调抒发怀抱，表达志向，即侧重于诗歌的思想性的表达。与"言志"相对的是"诗缘情"，其实所谓"诗缘情而绮靡"（陆机《文赋》），只不过更看重诗歌的抒情性和艺术性，与"言志"并不是从根本上矛盾的。在中国，只表达情绪或写景状物而不抒发意志的文学，不能被视为优秀的文学；但在日本，作者的意志表现与否并不重要，唯有"物哀"之心才最为重要，所以如果作品不能深刻而准确地写出内心的感受和哀伤，具体而细腻地描写物象，就不能成为好的文学作品。在审美趣味上对于"风骨"的偏爱和对于"物哀"的偏爱，充分显示出了"登山则情满于山，观海则意溢于海"的中国文学与"物哀"的日本文学的显著差异。

以此来观照《旅心》和《红纱灯》会发现，其中更多"物哀"情调。他们同日本诗人一样，与象征主义中的感伤、颓废情绪产生强烈的共鸣，诗作主要表达爱情的失意和生命中的惆怅之情，细腻悲哀而意志缺席。打开《红纱灯》目录，满眼是《哀唱》、《阴影之花》、《悲哀》、《残烛》、《绝望》和《死》等诗题，冯乃超喜欢选用"苍白"、"病弱"之类的字眼，黑夜、残冬、残烛等意象。一开篇诗人就《哀唱》青春易逝、爱情凋零、幸福失落、人生的苦恼和痛楚："青春是瓶里的残花/爱情是黄昏的云霞/幸福是沉醉的春风/苦恼是人生的栖家//苦恼是人生的栖家/墓石是身后的代价/不用镌我庄严的碑文/要是常常供奉蔷薇花。"诗人在《夜》里感叹"暗淡的'现在'剥落了过去的粉饰的黄金/……/——当荣华的噩梦破了/你看吧 庄严的历史的光彩/映照倒塌的寂寥的楼台"。即使在春天,诗人体味到的也是"打盹的蔷薇展着苍白的微笑 颓然入梦/黄色的蛱蝶疲倦地翻展着轻纱的舞衣/徘徊在幽暗的阴影下 氤氲的情绪沉淀地深浓"(《蛱蝶的乱影》)。对春天的蔷薇花,诗人哀叹"凋残的蔷薇恼病了我/对着梦幻的往昔缠绵地吟哦"(《凋残的蔷薇恼病了我》)。"榴火"在诗人看来,是"浓绿的忧愁吐着如火的愁寞"(《榴火》)。在《冬》中,"华丽的记忆有若退色的夕阳"。在《月光下》诗人对爱人的表白是,"纺你的忧郁 我为你织成缥致的霓裳/摘你的泪珠 我为你串成精致的胸饰/永远地 你为我作舞在沉寂的睡眠之上/不绝地 我为你展开飘渺的梦幻仙乡"。总之,对冯乃超来说,昔日繁华不再,"泪零零的幸福升华尽了/剩下焦燥的粉末满积胸怀"(《泪零零的幸福升华尽了》)。所以他只愿"青色的酒/青色的愁/盈我的心胸/浇我的旧梦"(《酒歌》)。朱寿桐认为冯乃超"善于在幻灭沦亡的颤栗与惊悚中将消极的情绪推波助澜地表现出来"[①]。《旅心》虽不如《红纱灯》那样低迷、颓废,但也同样充满着惆怅与感伤。千里冰封、万里雪飘的北国在诗人看来是"鹅绒般的雪 霏霏/鸡林的原头昂昂地披上了一身经衰,/放射出沉寂的呜咽般的悲哀。// 啊!肃慎的古城/这是不是你的福音的荒冢垒垒"(《江雪》)。诗人"吮不尽了/猩红境中/干泪的酒杯/尝不出了/灰黯里/无言的哀悲"(《猩红的灰黯里》)。《弦上》一诗感叹道:"忘尽了吧 青春的徘徊/忘尽了吧 猩红的悲哀/啊 无限的追忆呀/那都是梦里的尘埃//青蛙声声 唤不起你的故乡/暗里的灯光 燃不出你的愁肠/啊 朦胧中的幻影啊/那都是朦胧的故乡"。

---

① 朱寿桐:《中国现代主义文学史》,江苏教育出版社1998年版,第148页。

四　"纯粹诗歌"的艺术探索

《旅心》与《红纱灯》诞生于日本，不仅其"交响"更多地带上了日本"物哀"色彩，而且在诸多艺术探索方面，如取景纤细，追求朦胧幽玄的情调，对于自然界声色的高度敏感，对诗歌音乐美的执著以及其象征主义中带着浓厚的唯美色彩等都清晰地表现出对于日本文化的广泛吸收与交融。

戴季陶说："日本人对于自然美的玩赏，是很有一种微妙的情趣的。"① 日本尤其崇尚"一叶知秋"，关注于樱花色褪香消等大自然的细微变化。小林一茶从摆放不整的木屐感受到了春天的气息："陡见木屐乱，心头一动呼恍然，春已到眼前。"会津八一从佛像的手指尖上体会到了初夏的气息："春日寒气凝，田野未吹夏季风，拜观佛尊容/指尖泻出一丝绿，告我春在咫尺中。"这种审美趣味上的微观取向与中国文学表现的宏观性特征形成了鲜明的对比。而《旅心》与《红纱灯》的"交响"不但染上了浓浓的"物哀"色彩，而且对于自然界物象的选择也倾向于微观化。与穆木天心灵共振的多为"纤纤的小桥"、"灰紫的小花"、"一缕一缕的烟丝"、"纤纤的轻光"，连海岸线也是"若直若曲的海岸线 纤纤的"。他咏道："我不愿作炫耀的太阳/我不愿作银白的月亮/我愿作照在伊人的头上/一点小小的微光"（《我愿作一点小小的微光》），"我听见有深谷的杜鹃细啭/我听见湖中的芦苇低语/我听见有草虫鸣唧唧/当他们都是为你这几点泪滴"（《泪滴》）。穆木天曾说："我的诗是声色的纤动。"② 他以异常敏锐的感觉捕捉自然界纤若毫发的颤动，让自己的心弦也和这种颤动共振。他在《雨丝》一诗中，要将自己的"一缕一缕的心思"织进大大小小，远远近近，可见不可见，可感觉不可感觉的一切之

① 戴季陶：《日本论》，海南出版社 1994 年版，第 173 页。
② 穆木天：《平凡》，《幻洲》第 1 期，1926 年 6 月 12 日。

中。于是，条条的雨丝，线线的烟丝，远远的林梢，参差的屋梢，一条一条的电弦，渺渺的音乐，烟雾笼着的池塘，渺茫的先年的故事，山巅，林间，河湾，朦胧的心弦，点点的黄昏……都与诗人的心灵"交响"了。其中所表现出来的细腻、阴柔的审美取向，正是日本文化潜移默化的结果。冯乃超也同样写有："我看得在幻影之中／苍白的微光颤动／一朵枯凋无力的蔷薇／深深吻着过去的残梦"（《现在》），"微雨丝丝／云烟迷弥／一幅东洋的古画／一节东洋的古诗"（《微雨》）之类纤细的诗句。这种细腻、阴柔的审美取向与他们归国以后阳刚粗犷的诗风形成了鲜明的对比，我们从中不难看出日本文化潜移默化的浸染。

日本学者铃木修次说："日本的诗歌气氛浓郁，但背景场面的说明却很模糊，并大多缺乏思想性。"① 这与日本文化对文学本质的认识以及喜欢月朦胧，歌朦胧，追求缥缈幽远之境，崇尚"幽玄"的审美倾向有关。藤原定家在《三五记》中指出："幽玄之歌，以薄云掩月之势、风飘飞雪之情景为心地，心、词之外，并以影浮眼前见胜。"北原白秋的《城岛之雨》就是这样，写得哀婉朦胧，如泣如诉、如梦如幻。穆木天的诗歌风格也常常带有《城岛之雨》一般的朦胧美。他写淅沥的雨丝，表现迷蒙的心思（《雨后》）；写烟雾的飘浮，表现彷徨的心绪（《朝之埠头》）；写夕暮光波的振动，表现愁绪缠绵的情肠（《薄光》）；写古钟声音波的扩散，表现内心不尽的惆怅（《苍白的钟声》）……总之，穆木天不但取景纤细，而且笔下的意象常常是"月色朦胧"、"濛濛的细雨"、"灰纱的浮云"、"浮动的村庄"等，模糊而略带着颓废情调。冯乃超曾评价穆木天《旅心》笔下的景色："诗篇中反复出现乡村的景色，富有牧歌情调，象是印象派的风景画，但画面中总不免有些荒凉的山丘、乱冢，老年的翁姬等等点缀其中；山村常常笼罩在渺渺的冥濛中，是朦胧的，梦幻般的，寂寞而恬

① ［日］铃木修次：《政治性与抒情性》，宋红译，载周发祥《中外比较文学译文集》，中国文联出版社 1988 年版，第 99 页。

静的。"① 郁达夫在选载这些诗的"编后记"中赞其"颇具一种特别的风韵"。这固然有法国象征主义诗人的影响，但其中无疑烙印着浓厚的日本文化特质，尤其在抒情背景朦胧方面，更是深得日本"幽玄"诗歌的真传。《旅心》中的不少诗篇取材于日本东京，在《我的诗歌创作之回顾》中穆木天写道："在飞鸟公园里，暮色迷茫之下，俯瞰着王子驿，不由地，我想起来两首诗，一首是：《我愿作一点小小的微光》，一首是《泪滴》"，"不忍池畔，上野驿前，神田的夜市中，赤门的并木道上，井头公园中，武藏野的道上，都是时时有我的彷徨的脚印。而在那种封建色彩的空气中，我默默地低吟出我那些诗歌"。② 另外他也有部分诗歌取材于他的故乡，如歌咏吉林雪花的《落花》，描绘北山的《北山坡上》，回忆天主教堂的《苍白的钟声》等，但在诗中很难区分出他的故乡景致与域外风情在外在表现和内在意蕴上有什么不同，因为都呈现出经他主观变形过滤后的朦胧的景象。而《红纱灯》在背景朦胧之外，还多一种宗教的神秘感，或者说更显"幽玄"特征。

法国艺术史家艾黎·福尔曾指出："日本人始终具有很强的感受力和敏锐性。"③ 日本人细腻的情感使他们对大自然中转瞬即逝的一切形式与色彩都十分敏感。而日本象征诗人对于官能快感的追求，更是强化了这种对于声色的敏感性。也许正因为如此，日本诗歌特别喜欢使用色彩语。正冈子规说："美丽现象之要素是颜色。"（《赤》）他由于对"红色"情有独钟，在所作的两千多首短歌中，有61首使用了色彩语"红"和"赤"。色彩语在他诗中成为一种独特的表情达意的方式："亲手摘下白牡丹和红牡丹，/而我却只将红牡丹赠于你。"（《我幼时的美感》）。在日本，自古以来色彩的运用便没有停留在单纯的视觉现象上，而是被赋予感情化的一面。在许多诗句中，诗人的用意不在于精心描绘

---

①　冯乃超：《忆木天》，载《冯乃超文集》上卷，中山大学出版社1986年版，第400页。
②　穆木天：《我的诗歌创作之回顾》，载蔡清富、穆立立《穆木天诗文集》，时代文艺出版社1985年版，第220页。
③　［法］艾黎·福尔：《世界艺术史（上）》，长江文艺出版社1995年版，第256页。

花草的色彩，而是潜心于假借花草的色彩来讲述自己的悲喜之情。甚至久保田万太郎望着豆腐锅的白雾，也会联想到了生命的终末："烧起豆腐锅，/雾气腾腾一团白，/命尽的颜色。"朱自清在论及冯乃超的诗歌时说："他诗中的色彩是丰富的。"自然，在冯乃超色彩丰富的诗歌中有他攻读美术专业的艺术功底，也有来自法国象征主义诗人的启迪，但是更多的还在于日本诗歌的直接示范。据日本学者岩佐昌暲考察，《红纱灯》43 首诗中有 14 首使用了"苍白"一词。他认为冯乃超从三木露风（也许是萩原朔太郎）的诗歌语言中学习了"苍白"一词的用法，将该词作为构成自己诗歌世界的重要因素而吸收过来，并通过"苍白"这个词将"近代"的感性、感觉移入中国。①

　　日语具有长于直观的而非概念性的表达的特性。而最具代表性的首推拟声词和拟态词的发达了。"日语是拟声词、拟态词的宝库，其数目之多，应用范围之广，使用频率之高，创造手段之灵活，在世界众多的语言中是少见的。一般认为，现代日语目前使用的拟声词在 2000—3000 之间。"②所以日本诗人在表达外界事物与心灵碰撞时，很善于使用拟声词、拟态词来表达独特的心灵体验，而且萩原朔太郎、北原白秋等还在作品中自创拟声词、拟态词。萩原朔太郎在名作《鸡》中就创造了"とをてくう、とをるもう、とをるもう"的鸡叫声，其读音为"totekuu torumou torumou"，与鸡的实际叫声比，诗中的叫声可能并不像，因为诗中的鸡叫声来自诗人的心灵，是诗人与"鸡"的一种心灵的交流。在诗人的心目中，预报夜间与白昼、黑暗与光明交替的鸡鸣声，同时也是预报生与死交替的声音。这声音既使他"灵魂振翅欲翔"，又使他的"床第间悄悄地潜入一股忧伤"，以致使"心徘徊在墓场"，所以诗中的鸡鸣声给人以一种幽远、低沉、忧伤的感觉。北原白秋的《暮春》写黄昏时节慵懒、倦怠、滞涩、混沌的景色，抒发烦恼、郁闷的心情。在 40 行的诗中，作者七次

---

① ［日］岩佐昌暲：《浅说"苍白"——冯乃超诗中日本象征主义诗歌的影响》，《文学前沿》2002年第 1 期。

② 陈岩：《拟声词、拟态词与日本诗歌》，《日语知识》2006 年第 7 期。

使用了模拟小汽船汽笛及喷气声的"ひりあ。ひりあ。しゅっ、しゅっ……"，总共占了 14 行。而"ひりあ。ひりあ"并非是日语中表示汽笛的拟声词，而是作者自造的词。这些拟声词的反复使用无疑是为了表现烦上更烦、闷上加闷的心境。也许因为受法国象征派诗人和日本文化的共同影响，穆木天也喜欢用声音来象征、暗示某种内生命的奥秘，尤其执著于大自然里各种各样的声音来制造一种情绪氛围。在《不忍池上》一诗中，他将感情融化在声音中，使声音也有了呼吸和感触，能聚能散，可疾可徐，或微或重，不但有频率、振幅的变化，还有颜色的显现，香味的呈示。在《薄暮的乡村》中，穆木天用牧童的低吟声，老妪虚虚的吸烟声，群鸡吃谷的嗒嗒声，蝙蝠急急飞过的回波声，群虫叫浪的卿卿声，从村后送过来的打桨声，夜晚行人的歌唱声，水沟流水的潺潺声，配上村中草舍那白土的院墙，以及旋摇在天空与淡淡的平原之间的，在闪闪的灰白的纤纤的线上缓缓滑过的白帆，衬托出了薄暮中的悠悠的故乡和它那云纱般的苍茫。

对西方象征主义的选择呈现出两个特征，一是追求富于音乐感的象征，二是与唯美主义相融合。而这正是日本象征主义的突出特征。朱自清把穆木天的诗选入他编的《中国新文学大系·诗集》，并在"导言"中说："穆木天氏托情于幽微远渺之中，音节也颇求整齐。"① 穆木天诗歌的音乐美被很多批评家反复品味："《苍白的钟声》那断而续的句式，平缓沉重的节奏，一节更换一节的韵脚和古钟的声浪与诗人单调、倦怠的情思十分合拍。"② 朱自清在论及冯乃超的诗歌时也有一段著名的论断："冯乃超氏利用铿锵的音节，得到催眠一般的力量，歌咏的是颓废，阴影，梦幻，仙乡。"③ 追求音乐样纯粹的诗歌语言是西方纯诗论的要义之一。有评论家称："在波德莱尔的作品里，诗成了纯音

---

① 朱自清：《〈中国新文学大系〉诗集导言》，载《朱自清全集》第 4 卷，江苏教育出版社 1990 年版，第 375 页。
② 龙泉明：《二十年代象征诗歌论》，《文学评论》1996 年第 1 期。
③ 朱自清：《〈中国新文学大系〉诗集导言》，载《朱自清全集》第 4 卷，江苏教育出版社 1990 年版，第 375 页。

乐。"爱伦·坡把诗歌定义为："语言的诗是美的有韵律的创造"，音乐被其置于诗歌创造的首要位置加以推崇。魏尔伦曾主张要"变诗歌为音乐"。马拉美也提出，"按照那种'纯诗'的意识，纯粹的诗人是在完全不顾题目，只是自觉地和特意地创造一种文字的音乐的调了"，"'纯诗'不过是文词的音乐而已"。[①] 瓦雷里更是十分重视音乐的作用，认为"那被命名为象征主义的东西，可以很简单总结在好几族诗人想从音乐收回他们的财产的那个共同的意向中"[②]。他甚至认为，象征主义诗歌的本质特征就在于使诗歌这种语言艺术"音乐化"。穆木天们对于诗歌音乐美的追求借鉴和承继了西方象征诗人对诗歌音乐美探索的成果。如在《谭诗》中，穆木天说想作一首月光的诗，而给他这种暗示的是拉佛格（Jules Laforgue）。穆木天对拉佛格的《冬天来了》*L'hiver qui vient*，"如获重宝"。拉佛格在诗中用叠词强化节奏的沉缓回旋，托出冬天狩猎场面，"号角，号角，号角"和象声词"咚咚，咚咚"在诗中反复出现，形成主旋律。穆木天十分称颂拉佛格的这种表现手法，在许多诗作中都有意识地运用这种手法来营造一种奇特的音乐氛围。如《雨丝》："一缕一缕的心思／织进了纤纤的条条的雨丝／织进了淅淅的朦胧／织进了微动微动微动线线的烟丝。"全诗接下去共用了十八个"织进了"。又如《夏夜的伊东町里》，"我爱"和"我爱看"就用了二十四个，几乎每行都以此开头。《落花》写道："啊 不要惊醒了她 不要惊醒了落花／任她孤独的飘荡 飘荡 飘荡 飘荡在／我们的心头眼里 歌唱着 到处是人生的故家／啊 到底哪里是人生的故家 啊 寂寂的听着落花。"穆木天还将这种手法与中国传统的排比句式联系起来。《水声》这样写道："妹妹，水声是否歌唱在你的眼尖？／妹妹，水声是否歌唱在你的胸膛？／妹妹，水声是否歌唱在你的发梢？／妹妹，水声是否歌唱在你的鬓旁？"

但是这里不能忽视的是，穆木天和冯乃超对于音乐美的理解与日本象征主

---

① ［英］墨雷：《现代诗论》，商务印书馆1937年版。
② ［法］瓦雷里：《波德莱尔的位置》，载《戴望舒诗全编》，浙江文艺出版社1989年版，第178页。

义诗人的观念和创作的切近性。北原白秋在诗集《邪教》小序中认为："所谓象征，即在一种不可名状的情绪震颤中，去寻觅心灵的歆歔，去憧憬缥缈的音乐的欢愉，去表现自我思想的悲哀。我的象征诗旨在追求情绪上的和谐和捕捉感觉印象，尤其追求富有音乐感的象征。"① 这种"富有音乐感的象征"在三木露风的创作中也有体现。三木露风的《尘世》是这样写的："春，已在天宇的景致中显露。/迷离缥缈的淡云里，/映着一只悒郁而死的蛾影。//希冀什么？夕阳已远去，/花儿微吐芳馨。/柔和的光晕里，灵魂/似袅袅烟雾，如诉如泣。"冯乃超十分喜爱三木露风的诗，永井荷风曾高度评价三木露风的诗歌创作："说他最好地体现了魏尔伦的风貌也不过分。"② 冯乃超的诗歌音乐美在许多方面直接得益于三木露风的艺术启示。

在穆木天和冯乃超留学日本时期，日本象征主义诗歌盛行。但是，日本的象征主义诗歌却带着比西方象征主义更浓厚的唯美色彩。北原白秋既是开一代诗风的象征主义诗人，也是唯美主义的领军人物。穆木天和冯乃超也同样在倾心于象征主义的同时，对与象征主义多有瓜葛的唯美主义一并接受，诗学观和创作中杂糅了浓厚的唯美因子。冯乃超曾说他当年，"对于中国作家，我也只晓得佩服陶晶孙"。其实这里指的就是陶晶孙的创作中的唯美主义倾向。于是，王尔德在他们的心目中和波德莱尔、拉马丁、兰波等有着同等重要的地位。由此也形成他们对于诗歌艺术探索的急迫姿态，开拓了新诗形式主义的端倪。从《谭诗》的理论倡导到《旅心》、《红纱灯》的创作实践，穆木天和冯乃超对诗歌形式技巧作了多方面有益的实践。最具先锋性的是关于句读问题的探索。在《红纱灯》中冯乃超作了许多废除句读的尝试。而穆木天在《谭诗》中更是明确主张把句读废了，他说："我主张句读在诗上废止。句读究竟是人工的东西。对于旋律上句读却有害，句读把诗的律，诗的思想限狭小了。诗是流动的律的

① 陈岩：《日本历代著名诗人评介》，上海外语教育出版社1999年版，第466页。
② 《日本近代文学大事典》，昭和五十九年版。

先验的东西，决不容别个东西打搅。把句读废了，诗的朦胧性愈大，而暗示性因越大。"① 穆木天有的诗最初在《创造日》或《创造月刊》上发表时有句读，收入《旅心》时，诗人把散文诗《复活日》以外所有的句读都去掉了。如《苍白的钟声》：

苍白的　钟声　衰腐的　朦胧
疏散　玲珑　荒凉的　濛濛的　谷中
——　衰草　千重　万重——
听　永远的　荒唐的　古钟
听　千声　万声

诗人用精心选择的词语和调动重复、叠声、对称、押韵等艺术手段，创造一种声音播散和萦绕的效果，同时用"空白"取代句读，其空白相间的排列，似乎回响着间隔有致的钟声的节奏，形成缥缈幽远的声波。在这首诗里，穆木天将"苍白"、"衰腐"，"濛濛"等视觉、触觉触入古钟声中，暗示出古钟声回响于苍茫宇宙，也激荡于生命旅途，时光交替，人生沧桑，而古钟永恒的意念。不过在技巧探索方面，他们有时也因叠字叠句过多，排比句过滥，雕琢过分，造成形式上的呆板，相反降低了艺术表现力；有的诗歌因生硬的词语组合和韵脚而滑入了文字游戏，令人难以领略其"音乐之美"，表现出片面追求形式的弊端。但是不可否认，他们对于诗体形式问题的关注和探索，对纠正从"诗界革命"到"五四"以来诗坛忽略诗歌文体意义的倾向，无疑具有先锋性和进步意义。

---

① 穆木天：《谭诗》，载蔡富清、穆立立《穆木天诗文集》，时代文艺出版社 1985 年版，第 265—266 页。

第四章　参照与共振:红色风暴

偏重社会功利、民族利益，参与历史变革、推动社会进步，这是中国现代诗坛从"诗界革命"以来就形成的基本品格。因此穆木天们以强调诗歌与内心世界"交响"和形式创造为要旨的"纯粹诗歌"探索注定要受到来自传统文化和现实世界多方面的阻力。事实上，清醒的历史使命感与强烈的社会责任感让他们自己也很快地改弦更张，擎起了左翼文学的大旗。

第一节　波澜壮阔的左翼诗潮

左翼文学萌芽于 1921 年。1923 年以后，一批早期共产党人，如邓中夏、萧楚女、恽代英、李求实、沈泽民、瞿秋白等进一步提出了较为系统的普罗文学主张。如邓中夏发表了《贡献于新诗人之前》一文，提出："文学是最有效应的工具。诗歌的声调抑扬，辞意生动，更能挑拨人们的心弦，激发人们的情绪，鼓励人们的兴趣，紧张人们的精神，所以我们不特不反对新诗人，而且有厚望于新诗人呢。"① 这一主张得到了郭沫若、蒋光慈等诗人的热烈响应。蒋光慈在《创造月刊》上连续发表了长篇论文《十月革命与俄罗斯文学》，系统地介绍十月革命后的俄罗斯著名作家及其作品。其间还出现了工农群众的集体创作，如记述安源煤矿工人大罢工的长篇叙事性民歌《劳工记》，"二七"铁路工人罢工的民歌《颈上血》等等，成为左翼诗歌勃兴的前奏曲。

一　从普罗派到中国诗歌会

1924 年诗坛出现了明确以提倡普罗文学为标榜的社团，最有名的是蒋光慈、沈泽民等以上海《民国日报》副刊《觉悟》为阵地的"春雷社"。1924 年11 月 15 日春雷文学社刊登启事曰："光慈、秋心、泽民……组织了这个文学社，宗旨是想尽一切力量，挽一挽现代文学界'靡靡之音'的潮流。"第二日，《春雷文学》专号正式创刊。为了表明刊物的方向和态度，蒋光慈写了《我是一个无产者》一诗，代"发刊宣言"："朋友们啊，我是一个无产者；/有钱的既然羞与我们为伍，/穷人们当然要与我交悦，/我的笔龙要为穷人们吐气，/我的怒呼能为穷人们壮色。/啊，我是无产者！"这是"普罗诗派"的第一声枪声。1925 年 1 月蒋光慈出版诗集《新梦》，成为第一本为十月革命和社会主义新生活放声歌唱的诗集。《新梦》的出版正值"五卅运动"爆发的前夕，钱杏邨将其推崇为："简直可以说是中国革命文学著作的开山祖"，并认为"（新梦）的产生不啻是一颗爆裂弹！"②

1925 年"五卅惨案"刺激了民族意识和阶级意识的觉醒，很多作家和诗人在人生选择和文学选择上开始了一次大的转换。如湖畔诗人中，应修人、潘漠华、冯雪峰先后参加了实际革命工作，汪静之也不再歌咏爱情，而写出了

---

① 邓中夏：《贡献于新诗人之前》，《中国青年》（周刊）第 10 期，1923 年 12 月 22 日。
② 钱杏邨：《中国新兴文学论》，载《文艺讲座：第一册》，上海神州国光出版社 1930 年版。

《劳工歌》那样充满阶级意识的诗歌。创造社也逐渐转变为提倡普罗文学的社团。郭沫若、成仿吾、蒋光慈等成为普罗文学的热情鼓吹者。郭沫若接连发表了《革命与文学》和《文艺家的觉悟》等论文,提出创建"站在第四阶级说话的文艺",认为"真正的文学是只有革命文学的一种",它是"表同情无产阶级的写实主义的文学",只有"赞成革命的人"才能创作普罗文学。这种文学"在形式上是写实主义的,在内容上是社会主义的"。他号召文学家"到民间去,兵间去,工厂间去,革命的旋涡中去"。成仿吾也发表《革命文学与它的永久性》、《完成我们的文学革命》等论文响应和支持普罗文学的倡导。他们在大革命高潮时期提倡普罗文学,是为了适应正在蓬勃高涨的工农运动的需要。由于他们的引导和推动,以及"革命文学"论争,使普罗文学创作成为文艺界的紧迫任务。

如果说 1927 年"四一二"前只有郭沫若、蒋光慈等人自觉创作普罗诗歌的话,那么这以后的作者队伍则大大扩展了。"四一二"事变后国共合作关系彻底破裂,政治形势暂时转入低潮。上海聚集了一批参加过实际革命工作的作家,加上被成仿吾劝说而从日本回国的李初梨、冯乃超、彭康、李铁声和朱镜我等一批激进青年,这两部分人共同投入普罗文学运动,使左翼诗歌形成了一股空前壮阔的潮流。1928 年初以蒋光慈为首的"太阳社"成立,出版《太阳月刊》。1928 年 5 月洪灵菲、林伯修、戴平万等成立了与日本普罗派同名的"我们社",出版《我们》月刊。1930 年"左联"成立。同年 4 月"普罗诗社"在上海诞生,专事普罗诗歌运动。其《成立宣言》写道:"我们更要把这些实际的斗争和我们阶级的意识反映到艺术上去。"《简章》规定:"本社以发扬普罗诗歌,造成普罗者的文艺天才为宗旨。""社员不限于普罗者,凡参加普罗斗争,或同情普罗斗争,而富于文艺兴趣者,均可加入。"① 这样,后期创造社、

---

① 《普罗诗社底成立》,载《中国新文学大系（1927—1937）》第 19 集,上海文艺出版社 1989 年版,第 179 页。

太阳社、普罗诗社和"左联"等团体成为普罗诗歌运动最重要的推动力量。

最初显示左翼诗歌实绩的是郭沫若的《前茅》和《恢复》。《前茅》共收诗23首,1928年2月由创造社作为创造社丛书出版。郭沫若辞别了《星空》中那种"沉深的苦闷"和"低徊的情趣",以粗犷的声调歌唱革命。诗人重新正视坎坷的现实,预感到"静安寺路的马路中央,终会有剧烈的火山爆喷",中国假使不像"俄罗斯无产专政一样,把一切的陈根旧蒂和盘推翻,另外在人类史上吐放一片新光",就"永远没有翻身的希望"。诗人要同"世上一切的工农"一起,"把人们救出苦境","使新的世界诞生"。《恢复》收诗24首,写于大革命失败后的1928年1月5日至16日,同年3月作为创造社丛书出版,以"狂暴的音乐"、"鞺鞳的鼙鼓"歌颂了工农的觉醒与力量。《前茅》和《恢复》作为左翼诗歌初期的实践成果,较之《女神》,视线从大自然和神话故事转向了社会和人生 ——尤其是"水平线下"的民众生活,并从较为笼统的毁旧创新转向了具体而明确的打倒新军阀、建立新中国的无产阶级革命。这时期蒋光慈继《新梦》之后,于1927年1月出版了第二本诗集《哀中国》,愤怒地谴责帝国主义、封建军阀迫害、奴役人民的罪恶行径,热烈地赞颂人民不屈不挠的战斗精神。其中《哀中国》、《在黑夜里》等诗作情真意切,激动人心,当列早期优秀的普罗诗歌之列。1929年6月和1930年2月蒋光慈先后在北新书局出版诗集《战鼓》和《乡情集》,永远守着"革命诗人的誓语",为席卷狂飙的农民暴动高歌。后期创造社诗人冯乃超、段可情、黄药眠、龚冰庐、周灵均,太阳社诗人冯宪章、钱杏邨、森堡(任钧)、洪灵菲、殷夫、迅雷以及菀尔、杜力夫、罗澜、浪白等都写了不少富于鼓动性的诗歌。

为推进左翼诗歌的发展,一些左翼团体纷纷刊行诗集。汽笛诗社出版《火焰》,前哨社编选《我们的诗》,普罗诗社印行《擎旗手》。仅就1928—1930年左翼文艺刊物《创造月刊》、《文化批判》、《流沙》、《畸形》、《思想月刊》、《太阳月刊》、《我们月刊》、《海风周报》、《引擎》、《拓荒者》等进行初步统计,刊在上面的普罗诗歌就有110首之多,诗人们用如火如荼的战斗诗篇回答国民党的白色恐怖,热情地歌颂叱咤风云的工农革命运动。不过,这时期左翼诗歌有相当多的作品以直接呼唤与鼓荡无产阶级革命斗争情绪为主,并不包含多少实际生活体验,它只不过是作者把自己能够感受到的时代召唤、大地风雷明确地传达出来,形成革命的情绪氛围和鼓动力量,激励人民的反抗斗争。这种表达方式,对于并没有多少政治斗争生活体验,而具有强烈的阶级意识的普罗诗人来说,当然是最方便的了。如果青的《给诗人》写道:"——反抗!反抗!反抗——/新时代新诗中最高的节奏,/新时代新诗中最妙的音响"。可以说,对于"战斗"的呼唤,对于"反抗"的讴歌,是普罗诗作的基本内容。冯宪章的《战歌》是在当时颇受推崇的一首诗,他写道:"烧,烧,烧,心火烧,/号!号!号!热血号。/喝罢兴宁老酒长乐烧,/坚持锐利斧头和镰刀/冲破敌人的营巢,/一切取消!/一切打倒!/不论军阀和官僚;/不论劣绅和土豪;/不论英美日法奥;/不论地主和富豪!"显然这是一种被燃烧的政治热情所驱遣而狂呼出来的鼓动性口号。他们以鼓动社会反抗情绪为主要目标,在狂热式的冲动性的呐喊中夹杂议论和标语口号,激进的思想包容在粗犷而简陋的艺术形式中,汇成一股强大的诗潮。大革命失败后,政治形势转入低潮,而社会反抗情绪普遍高涨,马克思主义的传播和蒋介石的法西斯专政使更多青年追求理想,向往革命,普罗派诗歌投合了他们激进的心理,所以即使带有浓重的理念,也体现了特定的时代的审美要求,这就是革命激变时代,标语口号诗歌也能风行一时的原因。

普罗诗歌席卷文坛时,正是苏联"拉普"和日本"纳普"思潮泛滥时期,"拉普"和"纳普"从纯粹政治价值出发,简单机械理解文学与阶级和政治的关系,无限夸大文学的政治宣传鼓动作用,别兹敏斯基等人都是以诗歌配合政治斗争,而博得高度评价。而他们的创作对普罗诗派有着深远的影响,蒋光慈称赞他们"把诗作为红军的大炮,应时势需求",并不在意他们作品中充斥的标语口号与形式上的粗糙简陋。任钧十分欣赏他们的诗作"具有强大的政治紧张味"。钱杏邨认为:"这些喊口号的新诗,不但是时代的产物,并且确为十月

革命后的新文学奠基石。"① 与此同时，在普罗风暴兴起之时，也正是党内
"左"倾盲动主义路线占统治地位的时期，加上政治上的白色恐怖，不久创造
社被封，太阳社、我们社、引擎社、前哨社、汽笛社等大批普罗派诗社相继解
散，左联五烈士遇害，蒋光慈病逝，至 1931 年普罗诗歌运动的第一次高潮沉
寂下去。

在左翼诗坛沉寂之时，后期新月派和新兴的现代诗派以其强大的艺术感染
力而风行文坛。但他们所坚持的"纯诗"立场和弥漫于诗坛的低沉情绪为左翼
诗人所不能容忍。左翼诗人认为，作为一个中国的知识分子、一个诗人，在民
族危亡之时，是决不应该专门抒写个人的喜怒哀乐和表现"小我"的某种灰
暗、感伤的消极情绪。左转后成为中国诗歌会主力的穆木天就斥责自己早年
"不要脸地在那里高蹈"，认为"诗人，须是传达全民族的感情的一个洪亮的喇
叭"、"诗人是必须有担负起全民族的十字架的野心"。② 穆木天在《创造月刊》
第一卷第 5 期发表《旅心》组诗时将以前的"纯粹诗歌"创作称作"灰色的世
界"，说："雨后的井之头，是我的最初的音节的尝试，伊东的川上，是我作线
描的第一首诗，朝之埠头，是我的灰色世界破坏的一个大纪念：都是我一生不
能忘的足迹。其余的诗，虽然没什么特别可纪念的地方，但亦足表我的灰色世
界破坏后的心情，抑或是我的新的世界的萌芽。"③

于是蒲风、穆木天、任钧等人揭竿而起，成立了"中国诗歌会"。中国诗
歌会是 20 世纪 30 年代人数最多、影响最大的左翼诗歌团体，对当时流行的新
月派、现代派产生了较大的冲击力，几乎左右了当时的诗坛，成为左翼诗歌的
中兴。中国诗歌会是经任钧倡议，穆木天领头发起，"左联"批准而成立的，
是"左联"领导下的诗歌组织。于 1932 年 9 月在上海麦家圈教堂召开成立大

---

① 钱杏邨：《幻灭动摇的时代推动论》，《海风周报汇刊》1930 年第 14—15 期合刊。
② 穆木天：《目前新诗运动的展开问题》，载蔡清富、穆立立《穆木天诗文集》，时代文艺出版社
1985 年版，第 357 页。
③ 穆木天：《旅心》，《创造月刊》1927 年第 1 卷第 5 期。

会。刚成立时主要成员是"左联"诗歌组的穆木天、杨骚、蒲风、任钧、白曙、杜谈（窦隐夫）、健尼、风斯等，接着参加的有关露、柳倩、溅波、石灵、辛劳、洪遒、流冰、林木光、宋寒衣、俯拾等人。1932 年 11 月出版的"左联"机关杂志《文学月报》第一卷第 4 期，关于中国诗歌会的成立有如下报道："健尼、风斯、森堡、林穆光、车曾训、黄浦芳、穆木天、杨骚等，感中国新诗歌运动自一二年来即无发展，深有大家共同研究协力制作之必要，于是组织了一个中国诗歌会，以期完成这种任务。他的目的是研究诗歌理论，制作诗歌作品，介绍和努力于诗歌的大众化。"① 蒲风和穆木天成为该团体最热心、最活跃的领导者。

中国诗歌会继承和发扬郭沫若、蒋光慈、殷夫所开创的文学传统，以诗歌为武器，从事反帝反封建斗争。他们订立会章，提出"本会以推进新诗歌运动，致力中国民族解放，保障诗歌权利为宗旨"，诗人的工作任务是"研究诗歌理论，创造大众化诗歌，以及介绍世界各国的新诗歌"。② 其创作纲领集中地体现在《新诗歌》第一卷第 1 期发表的《发刊诗》和《关于写作新诗歌的一点意见》等诗文中。由穆木天执笔的代表其同人共同理念的《发刊诗》写道：

> 我们不凭吊历史的残骸，
> 因为那已成为过去。
> 我们要捉住现实，
> 歌唱新世纪的意识。

> ……

---

① 《文学月报》第 1 卷第 4 期，1932 年 11 月。
② 王亚平、柳倩：《中国诗歌会》，《新文学史料》1979 年第 2 期。

压迫剥削，帝国主义的屠杀，

反帝，抗日，那一切民众的高涨的情绪，

我们要歌唱这种矛盾和它的意义，

从这种矛盾中去创造伟大的世纪。

由于马克思主义的广泛传播和受到来自苏联和日本普罗学说的影响，左翼作家普遍将中国社会现代化的希望寄托到通过工农革命创立的新的体制和新的社会上，具有较清醒的阶级意识。这种阶级意识的觉醒也就是中国诗歌会所说的"新世纪的意识"。以"同人"署名的《关于写作新诗歌的一点意见》提出，新诗歌应该"站在被压迫的立场，反对帝国主义的第二次世界大战，反对帝国主义侵略中国，反对不合理的压迫，同时导大众以正确的出路"。中国诗歌会的理论主张实际上是"左联"一系列纲领、政策在诗歌领域的具体体现。

中国诗歌会的活动可分为前后两期。前期1932—1934年，以上海总会为中心，《新诗歌》为主要阵地；后期1935—1937年，呈燎原之势，各分会前仆后继，主要围绕"国防诗歌"运动开展活动。

1933年2月上海总会机关刊物《新诗歌》创刊，分为旬刊、半月刊、月刊三种。第一卷第1—4期为旬刊。《小歌金陵》（杨骚）、《新谱小放牛》（奇玉）、《谦让的邻人》（任钧）等诗均发表于此。第一卷第5—7期为半月刊，共出三期两本（第6、7期为合刊）。《新诗歌》月刊两次共出五期，第一次是在旬刊改半月刊期间，第二次是在半月刊停刊后，署第二卷。第二卷第1期为"歌谣专号"，创作阵容比前更壮大了。发表"歌"、"谣"各22首，"时调"2首，选辑四川、广东、广西、湖南、云南等省民歌几十首，并刊登了歌谣创作方面的理论文章《关于歌谣之制作》（木天）和《略谈歌谣小调》（叶流）两篇。第二卷第2期是"创作专号"。由于资金周转等原因，第二卷第3期一直拖到1934年10月20日才出版，成了不定期刊。《新诗歌》第二卷第4期同年12月1日出版，发表了著名的鲁迅谈诗的信。由于经济困难和组织遭到破坏，部分人员被捕,蒲风等人也去了东京,组织、联络、编辑等工作都缺专人负责,第 4 期成了终刊号。

《新诗歌》对于推进普罗诗歌运动起了积极的组织作用。它不仅发表中国诗歌会总会和分会诗人的作品,也发表未加入该会的进步诗人的作品,如艾青、力扬等都在《新诗歌》上发表过作品。显示出希望从同人刊物走向全国范围有影响的诗歌刊物的努力。所以《新诗歌》虽然存在时间不长,但在诗坛上产生了较大的影响,造成了左翼诗歌的强大声势。

中国诗歌会除上海总会外,在北平、广州、青岛、湖州、厦门、河北等地设有分会。各个分会按照总会的精神,商订章程,规定任务,创办刊物,并对新诗歌的创作和理论问题进行讨论和探索,形成了以上海为中心向大江南北辐射的左翼诗歌运动格局。中国诗歌会总会最活跃的时期是 1932—1934 年。1934 年《新诗歌》停刊后,散在各地的诗歌会成员开拓了新阵地,没有因总会一时沉默而停顿,相反,它遍地开花、生机勃勃,各分会非常活跃。河北分会的王亚平、袁勃 1934 年在青岛办大型《诗歌季刊》,篇幅多至 100 页,是当时最大型的诗歌刊物。自 1934 年 12 月发刊至 1935 年 3 月共出两期,可以说是总会会刊《新诗歌》的续刊。1935 年春,蒲风与林林、雷石榆等于东京成立诗歌社,7 月创办《诗歌生活》杂志。蒲风回国后又于 1936 年 7 月在青岛与王亚平、袁勃创办《青岛诗歌》,并在《青岛时报》上开辟《诗歌周刊》副刊。1936 年秋,广州艺术工作者协会诗歌组成立,由原广州分会的温流负责,成员有黄宁婴、陈残云、芦荻等,他们出版的《今日诗歌》停刊后,又于 1937 年创刊《诗场》和《广州诗坛》。1935 年冬,当"国防诗歌"被当做"国防文学"的一部门提出来的时候,中国诗歌会及时调谐内容"国防性"和形式大众化两者的关系,积极响应,满腔热情地投身到这一抗日救亡运动中。他们在上海《大晚报》副刊、《光明》半月刊等发表理论文章和诗作,出国防诗歌专刊,如蒲风写了《怎样写"国防诗歌"》,杨骚写了《文学的国防动员》、《历史的呼声》等文章,对"国防诗歌"的性质、内容形式的具体要求进行了理论上的界定和探讨。为了多出宣传抗日的作品，蒲风与李篁在《青岛时报》上创刊了《诗歌月刊》倡导中国新诗的"斯达哈诺夫运动"，号召诗人们像苏联的劳动模范斯达哈诺夫一样勉力工作，"在五六年内完成十册诗集以上"。蒲风率先垂范，在 1936 年至 1939 年先后出版了十余部诗集和两部诗歌理论著作。在蒲风的带动下，这期间中国诗歌会以抗日救亡为主要内容的有王亚平的《都市的冬》、柳倩的《生命底微痕》和《自己的歌》、关露的《太平洋上的歌声》、温流的《我们的堡》、任钧的《战歌》和《冷热集》、宋寒衣的《渔家》、白特的《还乡集》、袁勃的《真理的船》、董晴岚的《南中国的歌》、杨骚的《记忆之都》等 20 多部诗集和长篇叙事诗出版。

1936 年"左联"自动解散，作为其创作委员会诗歌组的中国诗歌会活动范围受到限制。不久中国诗歌会成员分别加入了 1936 年秋成立于北平的由全国 14 个诗歌社团组成的中国诗歌作者协会和 1937 年 4 月 23 日成立于上海的由 9 个诗歌团体、70 多位诗人发起的中国诗人协会，并成为中国诗人协会的中坚力量，由穆木天起草的协会会章的宗旨与中国诗歌会大略相同。中国诗歌作者协会主要发起人是王亚平、田间、林林、舒群和蒲风，他们于 1936 年 10 月 1 日在北京创刊《诗歌杂志》，1937 年 2 月和 5 月分别出版两期，共出版了三期。由于战事，中国诗人协会仅出了一册《拓荒者》，会员即先后离开上海奔赴武汉等地，协会活动无形中终止了。1937 年 7、8 月中国诗歌会同人相继在乐华图书公司出版了"国防诗歌丛书"，即杨骚的《乡曲》，穆木天的《流亡者之歌》、任钧的《战歌》和柳倩的《自己的歌》，郭沫若为之写了《国防诗歌丛书序诗》："我们要鼓动起民族解放的怒潮，/我们要吹奏起诛锄汉奸的军号，/我们要把全民众召唤到国防前线上把帝国主义打倒"，这实际上概括了中国诗歌会"国防诗歌"的基本思想。也因"八一三"沪战爆发，这套丛书只出了四本诗集。至此中国诗歌会这一团体才真正解散了。不过中国诗歌会的新诗歌运动并未中断，他们带着"国防诗歌"走向了抗战第一线，而从日本归国的雷石榆、胡风等的加盟也为左翼诗歌在抗日战争时期再度勃兴增添了新生力量。左翼诗人辗转武汉、桂林、广州、香港、重庆和昆明等城市,先后创办了由蒲风和雷石榆先后担任主编的《中国诗坛》、胡风主编的《七月》和《希望》以及雷石榆和罗铁鹰主编的《战歌》等刊物,继续反战爱国的怒吼。

二 对日本的关注与学习

诗坛红色风暴的兴起、发展和深化与日本有着密切的联系,它首先是对于日本文坛自觉学习与借鉴的结果。左翼诗歌运动的倡导者和骨干人物几乎都是在日本完成思想上的"转向"或者获得马克思主义思想的。1924 年春夏之交,郭沫若在日本翻译河上肇的《社会组织与社会革命》一书,由此对马克思主义理论有了较为系统的了解,思想"初步转向马克思主义方面来了",并宣称自己"对于文艺的见解也完全变了"。蒋光慈东渡日本养病期间,发起成立太阳社东京支部,吸收一些留日学生参加会议与活动。在东京居住的近半年时间中,他会晤了藏原惟人、藤枝丈夫、藤森成吉等左翼作家,尤其与藏原惟人交往甚密,从藏原惟人处借阅了很多俄文版的马克思主义理论书籍,使自己的政治理论水平得到很大的提高。任钧留日期间以极大的热情访问了不少日本的左翼作家,如秋田雨雀、小林多喜二、德永直、森山启等,这些文学活动使他进一步坚定了左翼文学方向,成为中国诗歌会的中坚。后起之秀胡风也是在寓居日本期间,参加东京"艺术学研究会"的活动,成为左翼战士。冯乃超更具有代表性。曾一心创造"纯粹诗歌"的他在东京帝国大学学习时,开始对普罗文艺运动产生兴趣,跟青野季吉主持的《文艺战线》和中野重治主持的《普罗列塔利亚艺术》杂志社都有联系,与藏原惟人也有交往。1926 年他加入日本共产青年同盟外围组织"马克思主义读书会"和"艺术研究会",从日文、德文中阅读了一些马列著作。1927 年从日本弃学回国,接编《创造月刊》,对内容进行革新,使这本文艺杂志成为左翼文学的大本营。冯乃超在《创造月刊》上刊登《凋残的蔷薇》组诗，包括《凋残的蔷薇恼病了我》、《绝望》、《残烛》、《涌上来的小波》、《短音阶的秋情》、《苍黄的古月》、《没有睡眠的夜》、《十二月》、《阑夜曲》九首，后面特别附上了一段话：

> 这篇诗稿是去年十一月以前的旧作。现在我的心境和从前的是两样，对于旧日的遗物除了怀古的情绪外，再没有别的兴趣。不过这是我过去的足迹，青春的古渡头；譬如我现在身在黑暗的荒海中，这是我偷闲的时刻望将天空去，那时的幽寂的远星。这是我旧稿的结束，也是一种可以微笑的墓碑。①

这时期冯乃超发表《上海》、《与街上人》，标志着诗风的转变。所以，诗集《红纱灯》的出版是一个句号，也是一个冒号。它是冯乃超以前诗作的一个总结，也是对新诗作的一个呼唤。诗人在其《序》中说诗集是一次"蝉蜕"的纪念，标志着象征主义诗人冯乃超转变成一个普罗文学理论家。1928 年以后，冯乃超诗的抒情主人公不再用个体的方式去体味人生，面对人生的悲凉，而是站在与他一样痛苦的大众面前，发出反抗的号召。冯乃超把"纯粹诗歌"时期的作品称作"畸形的小生命"（《红纱灯·序》）或"不健康的小生命"（《傀儡美人·作者的话》），说它们是"过去及现在的错综，梦幻和现实的交叉"。其转弯的角度之大，态度之陡似乎有点让人难以置信。王向远认为："其（左翼文学——引者注）思想上的狂热偏激，风格上的浮躁凌厉，行为上的浪漫不羁，对既成文坛的恣意挑战，向往革命而又忘情于性爱，都与唯美主义的标新立异、愤世嫉俗、狂放不羁、爱情至上有很大程度的相通和相似。"② 这大概能为冯乃超的转向提供一个理解的角度。

---

① 冯乃超：《凋残的蔷薇》，《创造月刊》1928 年第 2 卷第 7—12 期。
② 王向远：《中日现代文学比较论》，湖南教育出版社 1998 年版，第 76 页。

　　也许因为左翼诗歌运动的主将如郭沫若、成仿吾、冯乃超、穆木天、任钧、雷石榆、胡风等人都是日本留学生,左翼诗歌的首倡者们一开始便表现出借鉴模仿日本普罗列塔利亚艺术运动经验的意识与倾向。成仿吾1927年赴日说服冯乃超等人回国,就是希望他们把日本的经验带回来,在中国也掀起与日本同样的文艺运动。这批文学青年在日留学后期,正值日本社会主义思潮广泛传播,马列主义盛行之时。日本社会主义运动曾在"大逆事件"后进入短暂的严冬时期,但第一次世界大战后,随着经济的膨胀和工人队伍的急剧扩大,社会主义运动开始了新的复苏。尤其是十月革命的胜利,使日本社会主义者看到了光明,看到了希望,也看到了自己的出路,因此"一战"后日本群众运动空前高涨,到1918年终于汇集成了一股全国性的反对资本家和地主的残酷剥削和压迫、争取基本生存权利的群众性斗争——"米骚动"。与此同时,大量的马克思主义原著和宣传马克思主义的著作被翻译出版。1920年至1924年高富素之相继翻译出版了《资本论》全集。同时期,大橙阁也开始出版《马克思全集(附恩格斯全集)》。而且列宁关于俄国社会主义革命的论著也相继译成了日文。同时,具有初步马克思主义思想的学者还撰写了不少结合日本自身实际、揭露阶级剥削和压迫的著作。其中有代表性的如河上肇的《贫困物语》和《社会问题管见》、山川均的《时评,风暴前》等著作。此外,宣传马克思主义的刊物也风起云涌,界利彦1915年9月和高富素之一起改头换面出版了社会主义者的机关刊物《新社会》,不久又与山川均一起创办《社会主义研究》。日本各地还相继组织了马克思主义思想团体。当时东京有以界利彦为首的"马列会",以山川均为首的"水曜会"和以市川正一为首的"无产社"等。1920年以山川均为发起人,日本成立了"社会主义同盟"。1922年7月,界利彦、德田球一等正式创立日本共产党。1925年11月,"全日本无产青年同盟"也宣告成立。在文艺界,1916年至1922年日本分散地、自发地出现了一批工人作家,发表了大量的作品,反映日本工人阶级的思想、感情,提出了工人阶级的部分政治经济要求。不久诞生了儿玉花外的社会主义诗歌、木下尚江等的社会主义小说，到二十年代后半期本间久雄提出了"民众艺术论"、中野秀人主张"第四阶级艺术论"，开展了"民众艺术"和"阶级艺术"的大讨论，并且创造了民众诗。以后《播种人》杂志创刊，平林初之辅第一次引进苏联的"普罗文学"概念，青野季吉也发表了一系列文章，将马克思主义的阶级学说运用于文学之中。冯乃超们回国之际日本的情况是：1923 年日本当局趁关东大地震之机，以维持治安为借口，对日本共产党等进步党派进行残酷镇压。日共领导人山川均认为建党时机不成熟，于 1924 年自动解散了共产党。党内以福本和夫为首，批判山川均的取消主义，却又强调"统一前的分离之必要"，即具有纯粹的革命意识的分子把"不纯"分子"分离"之后，再参加实际运动。也就是说，这时期正是福本和夫主义风行日本的时候，与之相呼应此时的日本左翼文坛也是历经联合分裂，文艺论争此起彼伏。日本左翼论争局面给冯乃超们留下了深刻的印象，各派的主张，尤其是福本的政治主张和青野季吉等人的文艺理论成为了他们回国后倡导普罗文学和进行文学论争的理论依据。

创造社转向之时，正是福本主义风卷日本，而文学阵营内部内耗不断之际。这群留日学生不仅感受到日本文学界的精神气氛，而且大多参加过日本革命学生读书会等活动。福本主义通过文学运动影响和渗透到他们的思想便成为不可避免的事实。

冯乃超们从日本回国，便有意识地把日本当做一个现成的模本，在当时的文坛展开轰轰烈烈的大批判运动。他们在中国展开马克思主义启蒙和普罗诗歌倡导时，对中国革命形势的发展和阶级分野的判断，对中国新文学的批判和扬弃都源自对日本的模仿，而且运用的批判武器便是他们由日本带回的对日本普罗文学运动冲击最大的福本主义。福本和夫提出："我国无产者阶级运动的'方向转换'，是在世界资本主义的没落时期逐渐进行的。"李初梨据此认为："中国革命的顶重要的特点，除了它内在特殊性以外，是在它抬头于国际资本主义急遽没落的今日；它的目的，不仅是社会的一部分的改良，而是全社会构成的变革。"① 成仿吾发表于《创造月刊》第一卷第 10 期的《全部批判之必要——如何才能转换方向的考察》，不仅在命题上，甚至在论证方法上都模仿福本和夫。1928 年 10 月被称为日本普罗骁将的前田河广一郎游历上海，与鲁迅等结识。在一次聚会时，他点名批评鲁迅是一个落后于时代的文人，这与冯乃超们高呼阿 Q 时代已经死去，鲁迅是"封建余孽"、"二重反革命"、"法西斯蒂"等对鲁迅的攻击口吻完全一致，从中也可以看到他们的做法与日本"左"倾思潮的密切联系，也说明他们这一系列做法实际上是由于他们久居日本，对国内情况不甚了解，而又囫囵照搬日本左翼思想的结果。正如冯乃超后来所说的："国际上，'左'倾教条主义之风盛行，在这个影响下，日本的青年学生中流行着'左'倾的'福本主义'。高等学校教授福本和夫的著作成为风靡一时的读物，它的全盛期是在 1926 年左右。""当时日本左翼文坛主张'既成作家'都一定要'转变方向'，这一点，后来竟成为我回国以后批评鲁迅的张本。"冯乃超的这个说法为太阳社、创造社回国后的一系列行动作了注脚。

不仅是左翼诗歌兴起初期对日本亦步亦趋，整个诗歌运动期间，左翼作家对于日本普罗运动的动向都表现出了格外的关注。在运动高涨时期国内报刊尤其是左翼刊物登载的关于日本文坛的文章情况如下：

作者、文章	发表刊物
西川免著，勺水译《现代世界诗坛：日本的无产诗坛》	《乐群》第 1 卷第 1 期，1928 年 1 月 1 日
上野壮夫著，勺水译《论无产诗》	《乐群》第 1 卷第 2 期，1928 年 2 月 1 日
沈起予《日本的普罗列塔利亚艺术怎样经过了它的运动过程》	《日出》旬刊 1928 年 3 至 5 期
谢六逸《一九二八年的日本文学界》	《文学周报》(351)，1929 年 1 月 1 日
钱杏邨《现代日本文艺印象记》	《泰东》第 2 卷第 5 期，1929 年 1 月 1 日
侍桁《现代日本文学杂志》	《春潮》第 1 卷第 3 期，1929 年 1 月 15 日
杨忧天《一九二八年的日本文艺界》	《北新》第 3 卷第 5 期，1929 年 3 月 1 日
山田清三郎著，陈勺水译《现代的世界左派文坛（二）四、最近的日本作家》	《乐群》月刊第 1 卷第 3 期，1929 年 3 月 1 日

---

① 李初梨：《请看我们中国的 Don Quixote 的乱舞》，《文化批判》第 4 号，1928 年 4 月 15 日。

作者、文章	发表刊物
田口宪著，林伯修译《日本艺术运动的指导理论底发展》	《我们》月刊 1929 年 8 月 20 日
本间久雄著，勺水译《由日本文坛看来的欧美文坛的优点》	《乐群》月刊第 2 卷第 9 期，1929 年 9 月 1 日
青野季吉著，勺水译《论日本无产阶级理论的展开》	《乐群》月刊第 2 卷第 9 期，1929 年 9 月 1 日
胡秋原《日本无产阶级文学过去与现在》	《语丝》第 5 卷第 34 期，1929 年 11 月 4 日
《拓荒者》记者《日本文坛近况》	《拓荒者》第 2 期，1930 年 1 月 10 日
人岚《一九二九年的日本文艺界》	《语丝》第 5 卷第 46 期，1930 年 1 月 27 日
沈端先《一九二九年的日本文坛》	《大众文艺》第 2 卷第 3 期，1930 年 3 月 1 日
佚名《日本的文战派作家平林泰子等与警察相打》	《文艺新闻》第 2 期，1931 年 3 月 23 日
钱杏邨《关于日本新兴文学》	《现代小说》1931 年第 3 卷第 4 期
佚名《日本左翼文坛最近之崩拆与集合：耐普已占绝对优势》	《文艺新闻》第 11 期，1931 年 5 月 25 日
佚名《日本文学狱中的出演者：左翼文坛之活动》	《文艺新闻》第 13 期，1931 年 6 月 8 日
杨昌溪《日本文艺家协会的发展》	《青年界》第 1 卷第 4 期，1931 年 6 月 10 日
林易的《日本文战派的溃灭》	《读书月刊》第 2 卷第 3 期，1931 年 6 月
佚名《日本新筑地剧团加入演剧同盟》	《文艺新闻》第 17 期，1931 年 7 月 6 日
佚名《日本新兴文学向国际之跃进》	《文艺新闻》第 24 期，1931 年 10 月 24 日
佚名《伪满洲事变日本左翼艺术界总动员》	《文艺新闻》第 32 期，1931 年 10 月 19 日
《文艺新闻》东京通讯处《日本文艺家访问多以中国事件为题材的村山知义》	《文艺新闻》第 35 期，1931 年 11 月 9 日
华蒂《村山知义评传》	《文艺新闻》第 39 期，1931 年 12 月 17 日
佚名《日本左翼作家同盟最近之组合与活动》	《文艺新闻》第 44 期，1932 年 1 月 11 日
华蒂《一九三一年日本文坛》	《北斗》第 2 卷第 1 期，1932 年 1 月 20 日

续表

作者、文章	发表刊物
《拓荒者》记者《日本文坛近况》	《拓荒者》第 2 期，1930 年 1 月 10 日
森堡《日本普罗列塔利亚诗人会的发展概观》	《榴花诗刊》1932 年第 2 期
佚名《革命作家下狱——统治阶级必然崩溃注反证》	《文艺新闻》第 51 期，1932 年 4 月 18 日
佚名《白色风暴吹遍了日本文化界，1932 年大批著名艺术家被捕》	《文艺新闻》第 52 期，1932 年 4 月 25 日
华蒂《日本新兴文化之划期的发展》	《读书月刊》第 3 卷第 1、2 期，1932 年 5 月 30 日
山田房古著，钱芝君译《日本无产阶级文学史的概况》	南京《日本评论》月刊第 1 卷第 2 期，1932 年 8 月
佚名《日本作家出席革命作家同盟》	《现代》第 1 卷第 6 期，1932 年 10 月 1 日
沈端先《九一八战争后的日本文坛》	《文学月报》第 1 卷第 3 期，1932 年 10 月 15 日
方天白《最近日本文坛》	《青年界》第 2 卷第 3 期，1932 年 10 月 20 日
毛一波《林房雄的〈科学与艺术〉》	《新时代》第 5 卷第 6 期
佚名《小林多喜二之死》	《艺术新闻》第 3 期，1933 年 3 月 4 日
武达《小林三吾口中的小林多喜二》	《文学》第 1 卷第 1 期，1933 年 7 月 1 日

日本左翼文学运动兴起于 1921 年，而中国左翼诗坛风暴在 1928 年全面展开，晚于日本近七年时间，因此对日本文坛的学习、追踪与关注不但增强了中日文学的血肉联系，而且有利于中国吸取有益的经验，促进诗歌运动的蓬勃发展。但事实是，由于倡导者们对于日本存在盲目崇拜和模仿的心态，一味地效仿，未能从中国诗坛的实际情况出发，创造性地借鉴日本普罗运动的成果。他们不断地重复着日本的做法，沿着日本划定的航道行进，结果不但没有有效地清除日本左翼的种种弊端，反而较多地吸收了其极"左"因素和反文学因素。日本学者辛岛骁说：

到了 1928 年（民国 17 年）以后革命文学时代，泛滥在日本文坛的苏俄的文艺理论，差不多次月上海已有翻译，接近到那里。日本左翼评论家的议论，强烈的影响着中国的左翼文学运动。特别是平林初之辅、片上伸、冈泽秀虎、青野季吉、藏原惟人、川口浩等的文章，曾经和普列哈诺夫（Pleehanor）、卢那察尔斯基（Lunateharskii）的文章并列着，在中国评论家的论说中，像金科玉律的引用过。[①]

前田河广一郎 1929 年 4 月在日本左翼核心刊物之一的《文艺战线》上发表《创造社的解散》一文就指出创造社患有与日本《战旗》一样的幼稚病。也许正因为如此，苏联的"拉普"和日本的"纳普"的风云变幻直接影响和左右着中国普罗诗歌运动的命运。左翼诗人毫不迟疑地全盘接受了"拉普"和"纳普"从纯粹政治价值出发，简单机械理解文学与阶级和政治的关系的理念，无限夸大诗歌的政治工具作用，只求满足社会功利的要求而忽略审美创造的内在规律，从而对左翼诗歌运动造成了不可逆转的损伤。文学与政治的过度亲密，也使左翼诗人无法排除当时党内左倾盲动主义的干扰，自觉地把诗歌当做政治斗争的武器，如以诗歌的名义号召飞行集会，罢工游行、暴动巷战等，使诗歌最终沦为了政治斗争的祭品。而且左翼诗歌所开启的文学泛政治化之路，所留下的悲壮而曲折的脚印，长期或隐或显地影响着新诗的发展，值得我们深入地探讨和研究。

三 "在新的舞台上合奏"

1927 年 1 月，日本《文艺战线》杂志发表了里村欣三的《疥癣》一文，说"由中国革命唤起了年轻的热情"，要到中国去。他不久便与小牧近江为参加太平洋地区反帝会议而到达上海，郁达夫将《诉诸日本无产阶级文艺界同志》一文交给他们，并发表于同年 6 月《文艺战线》上，中日左翼文坛的亲密

---

① 梁若荣：《日本文学对于中国文学的影响》，载《中日文学交流史论》，商务印书馆 1985 年版。

联系由此拉开了序幕。这以后《文艺战线》开始刊发日本左翼诗人描写中国革命的诗歌，如上里春生的《在上海总罢工的日子里》、高畑信吉的《莫要蹂躏中国》、寺泽资朗的《碾碎了的街道——上海》等。以后创刊的《无产阶级艺术》、《前卫》、《战旗》等杂志也发表了不少声援中国的诗歌。"纳普"诗人会机关刊物《无产者的诗》一创刊就关注中国的"阶级兄弟"。创刊号上便发表了桥本正一的《把手伸给中国的同志》。值得注意的是，这些普罗诗人关注中国的方式与其他流派的日本作家有着很大的区别。他们不是从异国情调或文人趣味的角度来看待中国，更不是以殖民主义的偏见异化、丑化中国的现实。与此相反，他们直面中国的现实和无产阶级的动向，抒写受剥削受压迫的中国劳工阶层和正在风起云涌的中国民族民主革命运动。他们笔下的中国无产阶级不再是其他文学流派的日本作家笔下的"支那苦力"，而成为超越国界的"阶级兄弟"。在他们对中国无产阶级的书写中，阶级情谊取代了对殖民地国家人民的歧视和排斥，阶级意识在相当大的程度上超越了民族意识，占据了主导地位。

　　日本左翼作家对中国诗人也表现出了深厚的阶级情谊和兄弟之爱。秋田雨雀对在日留学的中国左翼诗人关怀备至，据雷石榆回忆，"他初次见到我这个用日语讲话和写作日文诗的中国青年，颇为惊异，交谈起来，一见如故，从此以后对我流露特别爱顾之情……凡是我寄信向他请教什么，他就速即回信解答，有时还加以图解"。① 秋田雨雀还欣然命笔为蒲风在日本出版的诗集《茫茫夜》题字，并介绍他找新井彻协助解决印刷方面的问题。日本左翼诗人远地辉武将自己的著作《近代日本诗的史的展望》送给雷石榆，并在自己以后的著作《现代日本诗史》中两次提到雷石榆，而雷石榆的《沙漠之歌》第一篇序言正是远地辉武写的。日本左翼诗人新井彻与雷石榆也建立了深厚的友谊。1935年冬雷石榆被日本当局拘禁，新井彻不避风险送去食物、用品，奔走营救。雷

---

① 雷石榆：《秋田雨雀先生与我们留日进步青年》，《日本文学》1982 年第 2 期。

石榆被逐回上海，新井彻在《诗人》1936年3月号上发表诗歌《给被放逐的雷石榆君》一诗，雷石榆看见后十分感动地说："仗义控诉，激情如熔岩喷焰。"新井彻还有一首诗名《记念——赠雷石榆诗兄》，诗是这样写的：

　　你精力充沛地啪啪地打着水面，/飞沫打湿了女诗人的连衣裙，/也溅湿了我的裤腿，/我们张开大嘴笑了，/你也从内心里迸出笑声，/直到我们的胸前也全都被湿透了，/由于你无拘无束的纯情——/湖面像我们的心一样摇荡，/或照映空中白金的光，或晃动黑黝黝的树影，/……/回忆这幅栩栩如生的摄影/放在你归国的皮箱底下，/成为永远的纪念吧！

"这幅栩栩如生的摄影"也是中日左翼诗人友谊的见证。

随着左翼诗歌运动的深入发展，两国诗人的交往更加频繁，而且从最初的学生与老师的关系逐渐走向相互交流、平等对话，"在新的舞台上合奏"。1931年春至5月前后，以叶以华、任钧为主干，加上谢冰莹、孟式钧、楼适夷、胡风、聂绀弩等留学生，成立了"左联"东京支盟。他们与"纳普"、"日本无产阶级科学研究会"、"中国问题研究会"等左翼团体成员秋田雨雀、小林多喜二、德永直、中野重治、村山知义、森山启、上野壮夫、洼川稻子等都有接触。不过此支盟在1931年9月便因成员陆续回国而陷于停顿。1933年9月林焕平背负重建使命抵达东京。他接受江口涣的建议，仿效日本左翼文化团体新策略，以散立的同人杂志形态发展组织与活动。1933年12月"左联"东京支盟重新被建立起来。从1934年8月到1936年11月先后发行了《东流》、《诗歌》、《杂文》（后改名《质文》）等三个同人刊物。日本左翼诗人、作家积极投稿，如俞竹舟翻译的森山启的诗歌《父亲之死》就发表于1936年6月15日《质文》第5、6号合刊。

盟刊《诗歌》的编辑委员为雷石榆、魏晋、林林、林蒂等人。中国文学研究会编辑的1935年6月出版的《中国文学月报》第4号专门报道说："《诗

歌》——雷石榆编辑,杉并区高园寺 3—239,岸方诗歌社发行,菊版(纵 23
公分,横 15 公分的版本——引者注),16 页,五分。"在 1935 年 5 月的《诗
歌》创刊号上,雷石榆发表《序诗》满腔热情地唱道:

> 时计的指针已低唱着,
>
> "就快凿穿黑暗的外膜了!"
>
> 诗人啊!夏天的辉闪的太阳,
>
> 不久便在东方的地平线跳起,
>
> 来坐镇这个新的早晨,
>
> 更调新的乐谱吧,
>
> 在新的舞台上合奏。
>
> 在新的舞台上合奏。

　　《诗歌》正是这样的中日左翼诗人"在新的舞台上合奏"出的时代之声。
雷石榆在该刊"编后记"中提到该刊一创刊就得到了日本诗人的大力支持:
"本刊的印刷交涉,蒙日本诗人新井彻几次的奔走,毕竟为我们寻到了它的摇
篮,我们应该感谢他的功劳。"①

　　雷石榆是 1933 年赴日本留学,翌年参加"左联"东京支盟的,是该盟文
学者中的活跃分子,先后主编盟刊《东流》、《诗歌》等,他用中日两种文字撰
写评论,分别向两国读者介绍中国左翼文化运动的历史和现状,以及日本左翼
诗人的创作。他不仅将中国的现代诗歌作品译成日文,介绍到日本,还用日文
进行诗歌创作,被日本的《诗精神》杂志社吸收为同人。《诗精神》创刊于
1934 年 2 月,是日本"纳普"解散后部分同人出版的诗歌刊物,以后还有姊
妹刊物《诗导标》、《诗人时代》等。《诗精神》主编兼发行人是内野健儿(新

---

① 张丽敏:《雷石榆人生之路》,河北大学出版社 2002 年版,第 19 页。

井彻）及其妻子后藤郁子。中心人物有小熊秀雄、大江满雄、雷石榆等。后由于新井彻被警方拘禁，远地辉武接编，改名为《诗人》。雷石榆作为"左联"东京支盟的成员参与了《诗精神》集团诸多活动，如"远地辉武出版记念会"（1934 年 10 月 3 日）、日本左翼诗人作品合集"《一九三四年诗集》出版纪念会"（1934 年 11 月 13 日）、雷石榆日文诗集"《沙漠之歌》刊行纪念会"（1935 年 4 月 7 日）等。其中的"《沙漠之歌》刊行纪念会"是专门为雷石榆的日文诗集出版而召开的会议。《沙漠之歌》的出版受到日本左翼文学界的一致好评，《文学评论》第二卷第 5 号（1935 年 5 月 1 日）的"新刊介绍"栏列出《沙漠之歌》，并附有短评。《诗人时代》第五卷第 5 号（1935 年 5 月 1 日）的"受赠诗书介绍"栏中的评语是："过去曾已有过中国人黄瀛，他的自由诗比日本人写得还优秀，现在《沙漠之歌》的作者却具有更急进的与这个时代进行斗争的气魄。"[①]《诗精神》为《沙漠之歌》举办的"刊行纪念会"由新井彻主持，远地辉武致开会辞。出席会议的有远地辉武、新井彻、岛田宗治、北川冬彦、植村谛、后藤郁子等 15 位日本作家和诗人，"左联"东京支盟诗人林林、陈子鹄、魏晋、蒲风、林焕平，以及台湾吴坤煌等人也参加了会议。关于这次会议，夏南谦一写了《〈沙漠之歌〉刊行纪念会纪事》一文刊载于《诗精神》第二卷第 5 号（1935 年 5 月），他满怀深情地写道：

　　四月七日夜，雷石榆氏的诗集《沙漠之歌》的刊行纪念会在新宿的白十字召开了。空气之中流动着嫩芽萌发的气息，这是一个正适合祝贺大陆青年第一部诗集的早春之夜。……像这样的集会，资产阶级诗人什么时候曾有过？而只有我们的诗歌是跨越国界的。那个夜晚我们好像才能够感到自负。《沙漠之歌》出版的意义实际上也在于这一点。[②]

---

① 张丽敏：《雷石榆人生之路》，河北大学出版社 2002 年版，第 42 页。

② 同上书，第 43 页。

他还借诗集的题目发挥说:

> 从中国到日本横跨着的荒茫的沙漠——身处于那种苦境之中,仍然表现出要追寻达到绿色的草原的那种欲望,给予同样在沙漠之中的我们所有人,不也是明确地指出绿色方向的么? ……那夜集会到一起的中国、台湾(日本统治下的台湾——笔者注)和日本的诗人们互相誓约要友好地共同推进工作。①

在《诗精神》召开的"《一九三四年诗集》出版纪念会"的会议记录中,也特别提到,"雷石榆、吴坤煌、朱永涉等中国及殖民地诸君的气势也使此会增色不少"。1936 年该团体继续推出《一九三五年诗集》(前奏社,1936 年 1 月出版),雷石榆的诗歌《离开故国》也被收录其中。1936 年 9 月《诗人》杂志推出"中国青年诗集"特集,刊载了雷石榆、任钧、胡明树、罗伦、艾青等人的诗作,并公开募集中国青年的诗稿,显示了对中国左翼诗歌运动的积极响应立场和对中国青年诗人提携和扶持的姿态。

雷石榆以支盟为中心同时参与中日左翼诗人团体的活动,接连不断地先后在日本的左翼刊物《文化集团》、《诗精神》、《文艺》、《文学评论》、《文学案内》、《日文研究》、《诗人》、《诗人时代》、《诗导论》、《诗人时报》等刊物上发表作品,至回国前累至 30 多篇,一时蜚声诗坛,被誉为中日现代诗歌交流史上的先驱者。雷石榆最初使用日文写作时运用日文的能力有限,而日本左翼诗人给予了异常热情的鼓励,甚至说从中寻找到了日文新的诗歌美学因子,给予了这位中国文学青年巨大的精神力量。如新井彻曾这样形象地描绘雷石榆的日文诗歌创作的进步:"最初在拘谨的语汇中挣扎的可怜的诗篇露出了想开了的微笑,而且冒烟的感情之火噼噼啪啪燃起了火焰。"远地辉武认为雷石榆"诗

---

① 张丽敏:《雷石榆人生之路》,河北大学出版社 2002 年版,第 44 页。

中尚有不纯熟的日本语的运用，反而赋予日本语以新的现实。"桧山久雄认为雷石榆的译诗《鬻儿谣》"作为日本语，不能不处处有破调之处、生硬之处，但它的破调、生硬反而取得了生动地传达原作痛切的控诉的效果"。①

1935 年初雷石榆在《诗精神》上发表《中国诗坛的近况》，向日本介绍中国左翼诗坛，促进了中日诗人的双向交流。文章对国内的新诗歌派（即普罗诗派）、现代派、新月派都有涉及，但重点介绍的是左翼诗人和诗作，其中特别介绍了蒲风：

> 蒲风诗的写法，像日本诗人田木繁。但不同的是，前者多以农村破产的现实为主题，后者多以工厂生活的现实为主题，但就技巧方面来比较，似乎蒲风逊色些。我看他的《茫茫夜》，感到有表达技巧不足和陷于主观的地方，但整体上来说是把握了现实主义的，特别他是一位熟悉农村生活的诗人，因而据说《茫茫夜》受到了大众的好评。②

这样的介绍让日本文坛了解了中国左翼诗坛超越以往个人英雄主义口号式的呐喊的新成果。另外雷石榆还写了长篇论文《日本诗歌近况》，把日本诗坛的情况介绍给中国读者。在这篇论文的结尾他这样写道："最后，希望故国的诗人们，也报告一下本国诗坛的近况，或尽可能提供给我一些材料，俾赖参考以写一篇给日本诗人们知道的报告。"③ 可见其致力于中日诗坛交流的热忱。后藤郁子 1935 年在《诗精神》第二卷 9 月号上发表《诗人和生活》一文，说："在中国资本主义的弹压下，普罗文学被封锁的今天，出现了像雷石榆这样的把中国和日本联系起来的诗人是可喜的。"④ 晚年的雷石榆也骄傲地说：

---

① 严绍璗、王晓平：《中国文学在日本》，花城出版社 1990 年版，第 400—401 页。
② 同上书，第 398 页。
③ 张丽敏：《雷石榆人生之路》，河北大学出版社 2002 年版，第 34—35 页。
④ 同上书，第 35 页。

参与"左联"东京支盟同时，我参加了日本左翼诗歌杂志《诗精神》，是同人中唯一的中国人。这样，我在中国的诗歌营垒，参加爱国反侵略的斗争，而在日本的诗歌营垒，参加国际主义的反法西斯的斗争。又通过我在这两方面的活动，既支持台湾进步青年的文艺活动（通过吴坤煌等编辑的《台湾文艺》杂志），又为中日文化交流，加深两国人民友谊尽了绵力。[1]

两国左翼诗人的深厚情谊最令人津津乐道的见证物是手稿已被东京日本近代文学馆收藏的《中日往复明信片诗》。雷石榆与小熊秀雄共同创作的"往复明信片诗"共37首，当时分别在东京"左联"支盟的《诗歌》杂志和上海的《立报》上发表，后被冠以《日中往复明信片诗集》的标题，于1976年发表在日本河出书房新社出版的《文艺》杂志新年特大号上，并收入《小熊秀雄全集》第五卷。小熊秀雄虽长雷石榆10岁，但他们有共同的热爱和平的思想、诗人的敏锐而犀利的气质和品性，最重要的是都具有热爱祖国，憎恶、反对战争的情感。两位诗人的国家一为侵略国，一为被侵略国，于是他们不约而同地采用了明信片传诗。1935年8月26日小熊秀雄先发出呼唤："噢，开始吧/我用日本/不纯正的/男低音/你用悠扬不迫的/广东音调/我们俩，尽量地/凑合心头/烹调用场的/材料吧。"（《中日往复明信片诗》小熊（一））

雷石榆即刻响应："好的！/那么，开始吧！/你来自北海道/乘上《飞橇》[2]，/我来自广东/穿过了《沙漠》/两人在东京/成了厨师。/把积满胸腔的/这个岛和/大陆的土产/用世界的/大锅来烹调吧！"（《中日往复明信片诗》雷（一））

他们不平则鸣，有感而发。不经意中，中日往复明信片诗这一新颖、别致

① 雷石榆：《我在"左联"时期的活动》，载中国左翼作家联盟成立大会会址纪念馆、上海鲁迅纪念馆，《左联纪念集1930—1990》，上海百家出版社1990年版，第243页。
② 《飞橇》是小熊秀雄的长篇叙事诗。

的文学形式诞生了。这是中日文化撞击、融合的结晶，它兼备中日两国文学的某些特点，被称为"传统的中国唱酬诗语日本连歌在现代获得的交点"①。当时中日关系恶化，左翼诗坛的活动也陷入了困难的境地，《诗精神》的出版常常被迫中止。两位诗人心里都感到非常压抑，雷石榆说："我敏感到/精神所受的压迫/比肉体所受的鞭挞/更加痛苦/但我不是/屈服的奴隶/如果我不至于客死异乡……"(《中日往复明信片诗》雷（三）)他们用明信片交流，互相鼓励，表达着共同的反抗侵略战争的心声："我们的种子交飞在/今天的暴风雨中/爆裂的胚子——自任为自由的播种手/往地上撒播去吧/两个民族/奔向/集体农庄/而我们住在这儿的/集体农场/不是拂晓，而是/黑漆漆的夜里/真像摸索着播种。"(《中日往复明信片诗》小熊（五）)"我们把拖拉机开进/飞砂走石的原野/要把时代最后的风暴迫向灭亡/把野兽的血肉和骸骨/当作肥料翻耕进土里/到黎明，我们/播下的胚子/好像在刹那间/勃勃地伸长到上空/而且每棵的末梢/璀璨的花瓣/都现出胜利的微笑/招手相迎吧。/那时候，地球到处/都清新地荡漾着/和平的空气"(《中日往复明信片诗》雷（六）)。

1935 年 9 月，因雷石榆被日本当局传讯继而被驱逐出日本，明信片传情被迫中断。但这些反战爱国的正气之歌，这种由两国左翼诗人以独特的创作方式所进行的文学合作，成为中日左翼诗歌交流史上的一段佳话。木岛始在《日本语中的日本关于中日往复明信片诗集》中认为这种往复明信片诗的形式，在近代日本文学史上是极为罕见的，而它的思想性尤为重要："这些作品的重要性，我认为只要考虑到以侵略中国为开端而扩大到亚洲各地区的那场侵略战争，就觉得这些诗篇几乎令人感到有必要重新改写昭和文学史。"桧山久雄在《日本语诗人雷石榆——关于日中近代文学交流史的一侧面》中认为《日中往复明信片诗集》"不仅是国度不同的两个诗人的友情的结晶，而且可以成为日

---

① 严绍璗、王晓平：《中国文学在日本》，花城出版社 1990 年版，第 401 页。

中文学交流史上的值得纪念的里程碑"[1]。

第二节　鲜明的泛政治色彩

1898 年，胡贻谷根据英国学者克卡林《社会主义史》翻译的《泰西民法志》出版，拉开了中国翻译接受马克思主义学说的序幕。而马克思主义文艺思想的传播则始于 1903 年赵必振翻译的日本学者福井准造的《近世社会主义》一书。书中"加陆马陆科斯"一章，介绍了马克思的生平及其学说，涉及马恩有关文艺问题的论述，包括文艺的倾向性、阶级性等问题。马克思主义文艺思想在文坛生根开花为中国现代文学注入了新的发展动力，催生了诗坛红色风暴。由于日本是当时马克思主义传播的主要途径，因此随马克思主义一起传入中国的还有日本左翼作家的阐释性文本，它们不仅在数量上多于创始人的经典文本，而且造成了强大的主导性影响。

一　强调"政治首位性"

虽然最早倡导普罗文学运动的是当时的苏联，但左翼诗歌兴起之际译介的马克思主义文艺理论著作，几乎全是从日文转译的。其原因之一如张大明在《西方文学思潮在现代中国的传播史》中所说：

> 当时中国文坛真正懂俄文的人，不过耿济人、瞿秋白、蒋光慈、萧三、韦素园、曹靖华等人而已。除瞿秋白外，其余的人都不搞理论批评，

---

[1]　雪生：《雷石榆与小熊秀雄的中日往复明信片诗》，《河北学刊》2000 年第 2 期。

也不能全面观照苏联文艺运动的发展变化；瞿秋白虽有这个能力，而在30年代初在中央被排挤之前，却主要忙于政治活动。因此，中国文坛对于苏联文学运动的了解，主要不是直接来自苏联。……可以说，中国文坛之言左翼种种，基本上都是从日本转运的。[①]

当然，就诗坛而言，还有一个更为重要的原因是普罗诗歌的骨干分子大部分是日本留学生，在日本完成了思想转向，并有意识把日本作为一个现成的摹本。

通过日文版本转译马克思主义文论，介绍苏俄左翼文学运动情况，这方面最努力的是画室（冯雪峰）。他在 1927 年连续翻译出版了升曙梦编著的《新俄文学的曙光期》、《新俄的无产阶级文学》、《新俄的演剧运动与跳舞》等书籍，藏原惟人的《艺术学者莆理契之死》等论文。他还根据日文版转译了伏洛夫司基的《作家论》、普列汉诺夫的《艺术与社会生活》和列宁的《党的组织和党的文学》。1928 年 6 月至 1931 年 4 月，日本丛文阁出版《马克思主义理论丛书》，共十二册。1928 年至 1929 年，日本白杨社出版《马克思主义文艺理论丛书》共四册。在这两套书的推动下，1929 年夏至 1930 年夏，冯雪峰主编，鲁迅参加编辑的《科学的艺术论丛书》分别由上海水沫书店、昆仑书店和光华书店出版，原计划出版 14 册，实际只出版了 7 册。这套丛书分别据外村史郎、藏原惟人、川口浩、尾濑敬止、金田常三、茂森唯士、能势登罗等人的日文译本转译。在这样的译介过程中，左翼诗人和理论家们不仅通过日本舶来了"意德沃罗基"、"奥伏赫变"、"辩证唯物论"、"否定之否定"、"印贴利更追亚"、"普罗列塔利亚"、"艺术的武器"和"武器的艺术"等新名词，而且将藏原惟人、平林初之辅、青野季吉、川口浩等人的论著，也视为是运用马克思主义文艺思想的典范，大量翻译过来，强烈地影响了中国的左翼诗歌运动。其中以藏原惟人和平林初之辅的文章译介最多，有的著作甚至一版再版。

---

① 张大明：《西方文学思潮在现代中国的传播史》，四川教育出版社 2001 年版，第 478 页。

仅在二三十年代之交的四年时间中，中国就翻译了几十部日本左翼文学理论论文集和学术著作，日本文论成为同时期译介最多的外国文论，可以说是掀起了日本左翼文论的译介热潮。胡秋原在《日本无产文学过去及现在》一文中曾深有体会地说：

　　中国近年汹涌澎湃的革命文学的潮流，那源流不是从北方的俄罗斯来的，而是从同文的日本来的。……在中国突然勃兴的革命文艺，那模特儿完全是日本，所以实际说起来，可以看作是日本无产文学的一个支流。这固然是因为中国的革命文学大将完全是日本留学生（这恰和日本的士官学校创造了中国革命的军事领袖是一样的）。就是从普罗利特亚意德沃罗基的口号和理论，以及创作的形式和内容上，也可以看出的。①

太阳社正是以藏原惟人的理论为武器而与后期创造社一起倡导普罗诗歌的。翻译成中文的藏原惟人的文章大多数发表在太阳社出版的《太阳月刊》、《海风周报》、《新流周刊》、《拓荒者》和《时代文艺》等杂志上，太阳社将藏原惟人的理论捧为至宝，忠实的翻译和运用成为普罗诗歌运动初期的一道风景。鲁迅在1930年说过这样的话："钱杏邨先生近来又只在《拓荒者》上，搀着藏原惟人，一段又一段的，在和茅盾扭结。"② 这里指的就是钱杏邨引用许多藏原惟人的论点，写了《中国新兴文学中的几个具体问题》一文批评茅盾。同样的情况也发生在创造社。"自然生长性"与"目的意识性"本是列宁在《怎么办》一文中对工人运动的概括，青野季吉却将其机械地套用到文学理论中，文学运动被简单地等同于工人运动。而这些错误都被冯乃超、李初梨等当做正宗的马克思主义文艺理论原封不动地吸收了。1928年9月，李初梨在《思想月刊》

---

① 梁若荣：《日本文学对于中国文学的影响》，载《中日文学交流史论》，商务印书馆1985年版。
② 鲁迅：《我们要批评家》，载《鲁迅全集》第4卷，人民文学出版社1973年版，第245页。

第 2 期上发表了与青野季吉同题的论文《自然生长性与目的意识性》，认为"在中国革命的初期，因为它内含的要素的复杂，所以反映到意识方面来的，只是一个混合的文学"。而今天中国革命已经进入"无产阶级开始完成了其政治方向转变"的"第三阶段"，"目的的意识"的纯化便成了绝对的标准。他认为一个作家"假若他真是'为革命而文学的'一个，他就应该干干净净地把从来他所有的一切资产阶级意识形态完全地克服，牢牢地把握着无产阶级的世界观"。通过太阳社、转向后的创造社，日本左翼文论直接参与了中国左翼诗歌的构建过程，因此在一定程度上可以说，日本"纳普"的文艺价值观就是中国左翼诗歌运动的文艺价值观。

"纳普"曾围绕文学的政治价值与艺术价值的关系问题展开讨论。平林初之辅认为："政治价值与艺术价值终究是不能调和的，是不存在统一两者的艺术理论的。马克思主义文学不是两者的统一，而是让艺术价值从属于政治价值，将它置于政治指导权之下。"① 他还进一步指出文学的社会政治功能的明确目标和方向："普罗文学必须是遵循实现政党的任务的目的所写的武装了的文学"，其任务必须是"由马克思主义政党的最高方针所规定的"。② 虽然中野重治曾提出，"艺术就只有艺术的价值。因此艺术价值的标准就在于艺术价值，而不是在于其他的东西"。③ 但中野重治的观点不但无人喝彩，反而激起强烈的反对。宫本显治提出文学的"政治首位性"，不仅为全面政治化推波助澜，而且与平林初之辅一样，将文学的政治功能简单化地等同于现时政策并予以夸大，强调创作要从属于领导斗争的党所提出的任务。藏原惟人则从另一角度否定文学的自律性，认为不应将政治价值与艺术价值分开来理解，它们是统一的"社会价值"。在《理论上的三四个问题》一文中他进一步说明："艺术作品具

---

① ［日］平林初之辅：「政治的價值と藝術的價值」（『現代日本文學全集（78）』，東京筑摩書房昭和三十二年，第 63 頁）。

② 同上书，第 61 页。

③ ［日］中野重治：「芸術に政治的價値なんてものはない」（『現代日本文學全集（78）』，東京筑摩書房昭和三十二年，第 266 頁）。

有的价值，通常就是社会的价值，不可能有抽象的艺术价值。"可以说，在这里，文学的党性使命被空前强化和高扬，而审美要素、艺术价值却被忽视和放逐，文学演变为与国家权力抗争的一种武器。在这样的理论指导下的日本普罗文学，在 20 世纪初虽雄峙文坛一时，开掘了与国家权力对抗的崭新主题，表达了社会改革的真诚愿望，扩大了文学的表现领域。但由于这是一场带有强烈的政治倾向性和功利目的性的文学运动，鲜明的启蒙性和党派性盖过了文学性。藏原惟人引以为自豪的是小林多喜二"他在日本是第一个把同国家权力作斗争的问题写进了作品的人"[1]。加藤周一在《日本文学史论》中也说，"宫本和中野在选材的新颖和揭示尖锐的社会矛盾斗争方面为日本文学作出了贡献，这恰恰说明了，他们的生活与经验，作为日本的小说作家来说是新的，而并不是他们的写作技巧与方法有什么新的东西"[2]。探究其原因有多种视角，但有一个事实是不容否认的，那就是，这批人一边从事文学活动，一边却又有意无意地消解文学的独立意义，遮蔽文学的审美价值。文学运动自然奔出了自身轨道，被推向政治对垒的沙场。

而这样文艺价值观通过冯乃超等从日本传入中国左翼诗坛。什么是艺术？冯乃超说："艺术是人类意识的发达，社会构成的变革的手段。"（《艺术与社会生活》）由此他不仅完全放弃"纯粹诗歌"的主张，而且进一步提出："诗人们，制作你们的诗歌，一如写我们的口号！""一若写我们的 Placard（标语）！"（《诗人们》）成仿吾也采用这一说法："文艺决不能与社会的关系分离，也决不应止于是社会生活的反映，它应该积极地成为变革社会的手段。"[3] 李初梨不仅将青野季吉的目的意识论应用于中国，在《怎样地建设革命文学》等文章中提出："文学，与其说它是社会生活的表现，毋宁说它是反映阶级的实践的意欲。"而且还全盘接受并用大字刊出了美国工团主义者辛克莱在《拜金主义》

---

①　[日]藏原惟人：《小林多喜二文学作品的时代意义》，丁大译，《世界文化》1982 年第 2 期。

②　[日]加藤周一：《日本马克思主义文学》，董静茹译，《昭乌达蒙族师专学报》1985 年第 1 期。

③　成仿吾：《全部的批判的必要》，载《成仿吾文集》，山东大学出版社 1985 年版，第 254 页。

一书中所宣扬的观点："一切的文学、都是宣传。普遍地，而见不可逃避地是宣传；有时无意识地，然而常时故意地是宣传。"思想左转且持文艺宣传论和手段论的还有曾高呼"为艺术而艺术"的郭沫若。1925 年底他在《文艺论集》的"序言"中表示，论集已是埋葬他以前混沌见解的"坟墓"，并说"我从前是尊重个性、景仰自由的人，但在最近一两年间与水平线下的悲惨社会略略有所接触，觉得在大多数人完全不自主的失掉了自由，失掉了个性的时代，有少数的人要求主张个性、主张自由，未免出于僭妄"①。否定自我表现的个性主义而追寻"大我"的集体精神，这只不过是自我否定的开始。"转向"后他声称"革命时代的要求，革命的感情是最强烈，最普遍的一种团体感情"，"我对于今日的文艺，只在它能够促进社会革命之现实上承认它有存在的可能……现在是宣传的时期，文艺是宣传的利器"。

中国自古有"诗言志"的文化传统。五四时期虽然曾猛烈抨击"文以载道"等传统观念，但实际上改变的仅仅是文化观念的社会内涵，变幻了旧文学所载的封建礼教帝王之道，融入新的历史使命，而对文学价值及功能的认识方式仍然沿用传统模式，甚至进一步强化了文学的社会功能。从夏曾佑、谭嗣同、梁启超的"诗界革命"，到胡适的"白话诗"运动等都表现了对诗歌社会功能的高度重视。左翼诗歌运动时期，这样的文学观念在日本相关理论的推波助澜下，走向了极端。整个左翼诗歌重视的是政治意义而不是美学价值，诗歌首先是鼓荡反抗情绪的武器。因此诗歌的政治价值在左翼潮流中逐渐被放大和推向极致，演变成政治功利的实用主义价值观。诗人们不仅强调政治价值对艺术价值的支配权利，甚至提出真正的诗人要将自己的诗当做广告标语用，"诗歌的标语口号化是必然的事实"②。郭沫若也表示要当政治的"留声机器"，"充分地写出些为高雅文士所不喜欢的粗暴的口号和标语。我高兴做个'标语

---

① 郭沫若：《文学论集·序》，载《郭沫若全集》文学编第 15 卷，人民文学出版社 1990 年版，第146 页。

② 钱杏邨：《幻灭动摇的时代推动论》，《海风周报汇刊》1930 年第 14—15 合刊。

人''口号人',而不必一定要做'诗人'"。① 诗集《恢复》中的诗作,如《怀亡友》、《归来》、《传闻》、《外国兵》、《梦醒》、《电车复了工》等篇,都不同程度地存在着把诗当做"时代精神的单纯的传声筒"的现象。冯乃超也同样抛弃了《红纱灯》时期精益求精的"纯粹诗歌"艺术探索,代之而起的是大段议论式陈词和插入标语口号。钱杏邨在《论冯宪章的诗》中对冯宪章的口号诗《战歌》大加赞赏,可见唯宣传论的诗歌观念是如何深入人心。到中国诗歌会阶段,诗歌更加直接地和政治意识形态结合起来,政治立场和诗学立场在相当程度上是等同的。他们对诗歌功利性的强调较创造社和太阳社而言有过之而无不及,宣传效果几乎成为评判诗歌价值的唯一标准,甚至认为宣传煽动的效果越大,诗歌的艺术价值就越高。这种唯宣传论的诗歌观念,增强了诗的呐喊、呼啸和煽动性,使诗歌确实在政治斗争的急风暴雨中发挥了"广告标语"的时效。可是当诗人把激情意识化和社会化,一味追求宣传上的力度,政治的煽动性压倒了诗的真实性和审美感染力时,自然诗的形象性、情感性薄弱,艺术性较差。

尽管在理论上他们都没完全放弃诗歌艺术性要求,如蒲风一再强调质与量并重,还针对当时的"国防诗歌"创作提出批评,认为许多呼喊"怒吼吧,中国"的诗,少有不是架空的,不经过艺术手法,作品不会有长久的生命力。杨骚 1936 年至 1937 年在《光明》半月刊上发表了《从诗的特殊性谈起》、《情感的泛滥——〈在故乡〉读后感及其他》以及《历史的呼声》等诗歌理论和批评文章,提出诗要以"质"取胜,既批评脱离现实的玩弄技巧,又批评某些诗人"死死地被政治底意德沃罗基所捉住",而且"表现的技术太差"的弊病。但事实上诗歌的艺术规律在左翼诗人这里只是加强宣传鼓动效果的手段,而且常常被有意无意地忽略。一些作品偏重于传播新思想、宣传阶级意识和民族意识,

---

① 郭沫若:《我的作诗的经过》,载《郭沫若全集》文学编第 16 卷,人民文学出版社 1989 年版,第 221 页。

但并没有经过审美意识的过滤和艺术创作的醇化，带有浓厚的理性说教色彩，如蒲风后期的一些"国防诗歌"；一些作品急于表现重大的社会事件和典型的现实题材，但缺乏丰厚的生活积累和艺术锤炼，显得粗糙乏味，沦为标语口号诗。如蒲风的《告诉你》中的句子："反正剩下我们，/我们……/我们晓得和他/一样的敬待你。"毫无诗意可言。其名作《茫茫夜》也是在奔放的气势中洋溢着充沛的政治热情而艺术上比较粗糙。另外，反映工农暴动的叙事诗如《血与火》、《叛乱的幽灵》等等，情节也是梗概式的，缺乏生活实感，想象、意境也不足，主要是以强烈的革命激情煽动读者，一泻无余，根本谈不上"诗美"。在诗歌理论上他们几乎没有甚至排斥对诗歌艺术本质的深入探究，只出于功利性目的而对诗歌的精神、题材、形式、语言等作一些宏观的粗线条的梳理，不免流于空洞。而且其诗歌创作为了迅速、及时、敏锐地回应革命风暴，艺术的讲究恰恰为他们中的大多数人所不屑。为了适应政治斗争的需求，从宣传效应出发，左翼诗人不仅在诗体选择上趋向粗粝的自由体形式，重赋的铺陈，描绘重大事件多尽兴刻画，粗犷有余而细腻不足。而且，当年一些艺术上富有成就的诗人也有意降低自己的美学要求，片面追求粗暴和强烈。郭沫若在《恢复》中有意改变主情主义诗人的气质，鄙视"美"，主张一点也不"修饰"，不再考究把先前的光芒四射的热力凝聚在艺术形象的结晶体中。面对曾经与诗人情感共鸣的大自然，诗人的态度是："你厚颜无耻的自然哟，/你只是在谄媚富豪！/我从前对于你的赞美，/我如今要一笔勾销。"（《歌笑在富儿们的园里》）。诗人以《恢复》式的怒吼代替了《女神》中奇特的想象、夸张的手法和瑰丽的色彩。因此这些作品的艺术性更趋淡薄也就不可避免了。正如蒲风所批评的那样，诗集中绝大多数篇章都是粗糙无力之作，"除了多呐喊的个人主义的英雄主义的呼声外，没有充实的内容，也没有深刻的表现"。[1]

---

[1] 蒲风：《五四到现在的中国诗坛鸟瞰》，载黄安榕、陈松溪《蒲风选集》下册，海峡文艺出版社1985年版，第791页。

注重诗歌政治价值的艺术观,饱含着社会改革的热切愿望,强化了诗歌与外部世界的联系,在社会矛盾尖锐复杂的 20 世纪二三十年代有一定的适时顺势的意义和历史的进步性。左翼诗人自觉地以反映工农反抗斗争和民众的反帝爱国情绪为己任,这是对"五四"以来倡导做"平民诗人",文学"为人生"的优良传统的继承和发扬光大。他们的创作将邓中夏等早期马克思主义者的诗歌为工农革命服务的理念由理论提倡推向了实践。如果说五四时期的诗歌是启蒙浪潮的结晶,以呼唤个性解放,发现"人"的价值为主要内容,那么,左翼诗人则适应时代发展和政治斗争的需要,用阶级论的历史透镜,在铁与火的斗争中,以雄健笔力挖掘工人阶层的内在力量,展现工农大众质朴刚强的精神状态,表现人们在与专制暴政斗争中宁折不弯、刚烈骁勇的精神品格,鼓荡无产阶级反抗情绪。其诗歌不仅以代言人的姿势揭示下层民众的痛苦,而且注重对历史发展趋势的展示,对无产阶级的觉醒和从"自发"到"自觉"的反抗斗争的表现和歌颂,从而超越了刘大白、刘半农及文研会诗人对民生疾苦的单纯的同情。但是,过分夸大诗歌的宣传作用,必然以取消它的艺术价值为代价。他们以这些"标语口号"式的作品具有某种想当然的煽动性而自信与自豪,就必然自觉不自觉地放弃艺术的追求。这就使诗偏离了"诗"的轨道,甚至直接演绎图解政治,成为政治的传声筒。鲁迅在评价殷夫的诗时说:这"是对于前驱者的爱的大纛,也是对于摧残者的憎的丰碑,一切所谓圆熟简练、静穆幽远之作,都无须来作比方,因为这诗属于别一世界"[①]。所谓"别一世界",其实是指整个左翼诗坛。这一评说也隐指其诗不是以艺术取胜,这实际上是对左翼诗歌特征的准确概括。左翼红色风暴由于诗美缺席,其诗歌理论和创作总体上历史意义大于文学意义,认识价值大于艺术价值,留给诗坛的具有长久艺术生命力的篇章实在太少。

这样的情况在日本也是如此。日本著名学者安藤彦太郎 1980 年来华讲学

---

① 鲁迅:《白莽作〈孩儿塔〉序》,载《鲁迅全集》第 6 卷,人民文学出版社 1973 年版,第 495 页。

时曾经提到："许多无产阶级文学的作家在现今的日本几乎已没有什么影响。只有中野重治的作品现在还拥有很多读者，具有很大的影响。"① 其原因之一是中野重治的诗歌能在很大程度上将普罗主题、现实内容和抒情色彩完美地结合。但中国普罗诗歌运动时期却有一个有趣的现象，就是日本左翼理论家大多数论文都被译介到中国，而恰恰中野重治坚持艺术价值的那部分文章备受冷落，几乎没有翻译过来。可见注重诗歌的政治价值而放逐其艺术性既受了日本文论的推动，也是中国左翼诗人的一种主体性选择。

二　对政治抒情诗情有独钟

日本诗歌长期以来以远离政治、专事抒情为传统，但是到普罗文学时期，这一传统被彻底颠覆了。藏原惟人提出："如果你是一个共产主义者，第一，你不会选取与无产阶级及其政党的完全无关的题材；第二，你一定会把所有的问题，和那个时代的无产阶级课题连接起来，用先锋队的观点来处理题材。"② 普罗诗人与当时日本诗坛脱离社会现实、远离政治的抒情模式针锋相对，将清醒的阶级意识、社会变革的热望融入诗歌创作中，注重诗歌题材的政治性和时代感。中野重治的《歌》写道：

> 你不要歌唱，/你不要歌唱那红色的花朵，/不要歌唱蜻蜓的翅膀；/你不要歌唱那轻风的絮语，/不要歌唱女人的发香。/一切脆弱的东西，/一切缥缈的东西，/一切悒郁的东西，/你都要把它们抛在一旁。/你要摈弃一切风情，/一心歌唱那正直的心肠，/歌唱那能够果腹的东西，/歌唱那鼓舞斗志的热血胸膛！/你要歌唱那受到打击立刻就发出的/反响，/歌

---

① 安藤彦太郎：《日本研究的方法论》，卞立强译，吉林人民出版社 1982 年版，第 50 页。
② 藏原惟人：《纳普艺术家的新任务——向确立共产主义艺术迈进》，载刘柏青《日本无产阶级文艺运动简史 1931—1934》，时代文艺出版社 1985 年版，第 91 页。

唱从屈辱的心底涌起的英勇反抗。/你要放开喉咙，/用严肃的旋律来把这样的歌儿/高唱啊，/你要把这样的歌儿/送进无数行人的胸膛。

他的《帝国饭店》（一）不仅描述了西方资本主义全球扩张，把日本纳入世界市场的状况，更以辛辣的笔触剖析"饭店"、"英语"、"歌剧"等所谓"文明"表征背后所掩饰的现实，原来"是阴森森仿佛行将毁灭的监狱"。而《货币汇率》一诗，从马克思主义著作中获取灵感，从货币分析入手，揭示国际资本的运转机制，对一些御用学者掩饰资本主义世界市场现状的"日本特殊论"提出了尖锐质疑，可谓把理论转化为诗的智慧，把学术术语转化为诗的意象，具有鲜明的政治抒情诗特色。其他普罗诗人如木真村浩的长诗《间岛游击队之歌》以高昂的格调，歌颂朝鲜游击队为民族解放而进行的顽强的抗日战争。小熊秀雄的长篇叙事诗集《飞橇》赞扬了阿伊努的民族团结的勤劳勇敢，《长长秋夜》满腔热情地歌颂了朝鲜民族为解放而进行的艰苦卓绝的斗争。材田达夫的《给狱里过冬的同志》、川口明的《给被捕同志 Y 的母亲》、新井彻的《入营万岁》、松浦茂作的《在狱中》、白铁的《越国国界》、千田岩四郎的《前夜的动力》等都是著名的政治抒情诗。日本左翼诗人还创立了"桑乔俱乐部"，发行机关刊物《大鼓》，专门发表抵抗法西斯逆流的政治讽刺诗和漫画。壶井繁治一年内就在《大鼓》、《都新闻》等报纸杂志上发表了20首政治讽刺诗，棉里藏针，寓意深刻。他的《墨索里尼的忧郁》借墨索里尼来影射和抨击日本的法西斯独裁者，痛快淋漓。

在中国"四一二"政变一周年纪念之际，日本左翼诗人寺泽资朗在《文艺战线》上发表《碾碎了的街道——上海》一诗，写道："昨天——/街道上留下了滩滩鲜血……/小巷散落着赭色的肉片……/煤油弥漫在空中/到处都在被践踏、被蹂躏/被肢解了的人们的呻吟/啊，被碾碎了的上海街巷啊！"诗人感叹："支那是以彩色区分的世界地图/上海是冷酷的别国的街巷/是被榨了又榨困惫憔悴的苦力的墓场。"诗人表达了对于中国现实政治的高度关注。日本诗坛的现实榜样，加上中国左翼诗歌兴起之际正值"四一二"政变的严峻形势，中国左翼诗人一开始就十分注重在诗歌创作中强化政治表现的欲求。他们认定："诗并不是超越现实社会的东西；也并不是如一般住在象牙之塔的人们所说的什么表现人类的永远的情感的东西，或者什么天才的产物"，诗"是为着解决大众的基本问题而奋斗才有成长起来的可能"。① 左翼诗派自觉服从于政治斗争的需要，使诗体政治化，对政治抒情诗情有独钟。他们与日本普罗诗人一样，尤其关注当时发生的重大政治事件。"十二·十一"广州暴动的参加者冯宪章的《粗暴的幽静》描绘了壮烈的起义场景，以历史见证人的身份刻画了屠夫的暴戾与凶残，高扬烈士的英勇战斗精神。在当时文学创作领域里，他们的创作是对"震撼世界的三日间"的广州公社作出的最迅速的反应。藏人的《重来》抒写了"七一二"政变后重返武汉的观感：一年前"革命军攻下武汉三镇"，"这儿成了东方的 MOSCOW（莫斯科）"；如今"马路上哪一处不留着樱红的血迹？荒野里到处有腐朽的残骸暴露"。但他坚信鹦鹉洲"终有一天会被我们的热血染得通红"。愤怒控诉"五卅惨案"的有蒋光慈的《血花的爆裂》，殷夫的《血字》、《伟大的纪念日》，冯乃超的《流血的纪念日》，戴伯晖的《血腥的五卅》等；对"三一八"事件作历史记录的有菀尔的《三月十八日》；表现上海工人武装起义的有杜力夫的《血与火》；展现北伐革命战争的历史画面的有灵均的《渡河》；钱杏邨还以"七一五"汪精卫叛变后见闻为题材，创作长篇叙事诗《暴风雨的前夜》。纪念1886年5月1日美国工人要求八小时制罢工斗争的诗篇有丁锐爪的《1886》、君淦的《伟大的时代》；欢庆苏联社会主义十月革命的有少怀的《新时代的展望》、罗澜的《宝石》，等等。在这些表现重大政治事件的诗篇中，诗人们的侧重点是通过这些事件的描写，从悲壮的斗争历史中掘发革命的豪气，鼓荡反抗情绪。在"五卅惨案"周年纪念日，蒋光慈写出了充满愤怒情绪的《血祭》，号召以新的方式与敌人展开斗争。冯宪章的

---

① 任钧：《新诗创作讲座（一）：诗是什么东西》，《新诗歌》第1卷第4期。

《凭吊》等诗,以沉郁的深情描述着烈士们牺牲的壮烈场面,从他们悲壮的斗争中掘发革命的豪气,鼓励人们继承先烈遗志,奋勇向前。与激进的政治观念相契合,左翼诗歌大多有高亢激昂的调子,急促跃动的节奏,响亮有力的语言和乐观向上的情绪特征。在一片白色恐怖中,冯宪章如"夸父一般追逐太阳",坚信推翻旧世界后,"那时自有嘹亮又和谐的琴瑟,/那时自有樱花一般鲜艳的红色"(《梦后的宣言》)。郭沫若的《我们在赤光之中相见》用一连串富于象征性的诗句显示黑夜必将消逝和光明必将到来,革命最终胜利。总之,左翼诗粗犷刚健,不事雕琢锤炼,充满强悍的生命力量和英雄气概,同时也挟带着不屑于艺术技巧和观念先行的偏颇。

如果说,五四时期诗歌突出表现了反封建的精神,那么,左翼诗歌所鼓荡的反抗情绪则在抨击、谴责封建军阀的同时,具有更多的反帝色彩。冯乃超为"五三济南事件"而作的《民众哟,民众!》以及《夺回我们的武器》等,反映了民众日益高涨的反帝情绪。黄药眠的长诗《五月歌》,以五一、"五四"、"五卅"等历史事件为题材,唱出洪亮的反帝战歌。郭沫若的《我想起了陈涉吴广》由陈涉吴广的"斩木为兵、揭竿为旗"联想到现实中的农民的悲惨地位,揭示造成这种痛苦生活的根源是出现了"无数的始皇"——"外来的帝国主义者"和"他们豢养的走狗:军阀、买办、地主、官僚"。诗篇最后将"工人领导之下的农民暴动"誉为"我们的救星,改造全世界的力量"。殷夫的《血字》号召人民牢记和发扬"五卅"反帝爱国传统。当时直接记录大革命后的社会现实、表现工农革命和反帝斗争的小说、戏剧寥寥无几,所以左翼诗歌不仅开拓了诗歌领域中工农斗争和反帝爱国题材,而且使新诗在表现视角上发生了全新的变化,出现了新的气象。抗日烽火中,左翼诗人迅速集中火力走向"国防诗歌",出版《国防诗歌丛书》以反映抗敌反帝反汉奸和为民族解放而斗争的行动和热情,"来兴奋民众,刺激民众",表现了对民族命运和前途的高度关注。三十年代后期,民族反抗的呐喊成为诗坛的主旋律,主要是由左翼诗人引导的。取材于"九一八"、"一二·八"、"七七"、

"一二·九"等历史事变，叙写在上海、武汉保卫战和台儿庄战役中军民英雄业绩，表现反帝抗日主题的著名诗篇有柳倩的《震撼大地的一月间》和《突击》，蒲风的《游击队》和《一九三二年交响曲》，青鸟的《游击战颂》，何谷天的《义勇军打仗景》，焕平的《一二八周年祭曲》，林林的《八百勇士赞》，白曙的《台儿庄》，王亚平的长篇叙事诗《十二月的风》以及穆木天的诗集《流亡者之歌》等。

　　这种反对帝国主义的歌声还成为中日左翼诗人的合奏曲。1928 年 9 月号《文艺战线》刊发了东利根夫的《从战争中退却的我们》一诗，开篇就表达了对帝国主义侵略战争的厌恶："狂热的问候——在港口送我们的/同胞的喧嚣/帝国主义战争中昂愤的同胞的眼、眼、眼/告别了那蛇一样的眼/我们来到这里"，诗人向"支那兄弟"发出召唤："把在堑壕中/在铁丝网下青筋暴露的我们的手/硝烟气息的我们的手/支那兄弟啊/为了明天。把我们的手握在一起"。同时，诗人号召日本人民："把让我们盲目的/让我们勇敢的'爱国心'/摔在那些将军的猪脸上/我们退却吧。"高木进二的《支那》写于 1929 年 5 月，发表在同年 7 月号《战旗》上，又收入 1931 年 8 月战旗社刊行的《1931 年版日本普罗诗集》上。诗中写道：

　　　　支那/如果把地震之神称为鲶鱼/支那，你就是鲶鱼/如果说火山之国多地震/支那，你就是喷吐熔岩的活火山/鲶鱼支那/为制止你痛苦的滚翻/英国把你的头颅、美国把你的躯干/日本把你的尾巴揪住，急成一团/而你的长须/一根连结着工人农民的国家/一根连结着世界的工人/蹦跳着、摇撼着/把日本、英国、美国甩在一边//支那，活火山支那/红旗在广东、湖南、杭州翻扬/工人农民屹立如岩石中的英雄/舔吧！舔吧！/用熔岩的火舌/把它们一个个舔个净光。

中野重治的《登在报纸上的照片》、《朝鲜姑娘们》、《雨中的品川车站》等揭露了日本帝国主义的侵略暴行，对殖民地民众的反抗表达深切的关心和同情。雷石榆与小熊秀雄的往复明信片诗也是这方面的代表。

三　诗人团体政党化和宗派情绪

日本普罗诗歌先后掀起了二次高潮。第一次以 1930 年 9 月 "纳普" 领导下的全国性规模的诗人团体——普罗诗人会成立为标志。普罗诗人会会员约 90 人，1931 年 1 月发行机关刊物《无产者的诗》，有力地推动了普罗诗歌运动。代表诗人有中野重治、远地辉武、大江满雄、伊藤信吉、森山启、田木繁、小熊秀雄、木真村浩等。其中中野重治的作品被推为日本普罗诗歌运动的最高成就，日本普罗文学宝库中的瑰宝。中野重治的诗歌常常是见微知著地反映现实，以小见大地揭示生活本质。他在 1926 年 6 月号《驴马》杂志上发表著名诗论《诗艺拾零》认为："具有奔放的节奏和新鲜的感觉，植根于自觉的历史使命感的普罗意识的我们的诗歌，对微小事物的关心大概是必要的吧。"在《黎明前的告别》一诗中，诗人捕捉 "四铺半席子"、"电线上吊着的尿布"、"熏黑的没有灯罩的灯泡"、"赛璐珞的玩具"、"租来的被子"，以至于 "跳蚤" 等 "微小的事物"，真切地勾画出一幅二十年代日本工人的赤贫生活的图景，同时也从侧面表现了当时日本革命斗争的艰苦卓绝。这时期普罗诗人还出版了不少诗集和诗论集。诗集有《森山启诗集》、《中野重治诗集》、《纳普七人集》（中野重治、森山启、伊藤信吉、洼川鹤次郎、西泽隆二、一田秋、上野壮夫七人合集）、反战诗集《红色的火力》、《战斗的行列》等，诗论集有森山启的《为了无产阶级的诗歌》等。在短歌领域，1928 年 8 月成立了 "新兴歌人联盟"，但不久由于思想分歧而解散。渡边顺三、大冢金之助、坪野哲久等又于 1929 年 11 月组织了 "无产者歌人联盟"，创办了机关杂志《短歌战线》，力图站在马克思主义立场上，开展无产阶级的短歌运动。由于泛政治化观念的影响，他们将艺术形式等同于政治立场，将传统文学形式短歌、俳句和川柳等视为封建艺术形式，因此同人间便有取消短歌的议论，"无产者歌人联盟"于1932年解散，并入作家同盟。但矢代东村、渡边顺三等仍通过《短歌俱乐部》杂志，坚决捍卫短歌的形式，坚持出版，直至1940年被镇压而停刊。在俳句方面，河东碧梧桐曾是反对季语和格律的先锋，从这一派中产生的普罗俳人1931年创办了《普罗俳句》杂志，后改名为《俳句之友》，丰富和活跃了日本普罗诗坛。

日本普罗诗歌的第二次高峰在1934年2月"考普"解散之后的二三年间，由小熊秀雄、远地辉武、新井彻、大江满雄、田木繁、壶井繁治、中野重治等普罗诗人，先后创办的《诗精神》、《诗人》、《大鼓》等诗刊杂志，借其他非普罗诗人参与的掩护，继续从事普罗诗歌运动。1935年10月，他们还与漫画家加藤悦郎等创办"桑乔俱乐部"，其机关刊物《大鼓》集中发表讽刺诗和漫画。这些普罗诗人创作的特点一如既往的是具有清醒的阶级意识，强调文学作为阶级斗争的武器，为政治服务。普罗诗歌再次掀起高潮。

但是，这两次高潮持续的时间都不长，昙花一现并迅速从巅峰滑向低谷。这除了外界政治压力等因素之外，还有一个重要的原因是作为主导力量的诗人团体大都被赋予了政党的形态特征。因此他们所领导的诗歌运动，强调"政治首位性"，党性使命被空前强化，借创作宣泄政治情绪的愿望超过了对于诗歌艺术价值、审美价值的关注，诠释政策风云变幻，印证各派政治力量斗争轨迹成为显著的特征。表面轰轰烈烈的背后，自然不是诗歌独立精神的高扬，而是急功近利思想膨胀和宗派情绪激化所造成的内耗升级。

以日本普罗诗人会为例。这是一个有着较严密的组织原则的团体，是"纳普"领导下的一个诗人组织。它首先是党内以山川均为代表的取消主义和以福本和夫为代表的"在结合之前必须彻底分离"的"分离结合论"激烈交锋、殊死较量的产物。被称为普罗诗歌代表的中野重治早在东京帝国大学读书期间，就与林房雄、久板荣二郎、鹿地亘等人结成了社会文艺研究会，即"马克思主义艺术研究会"，简称"马艺"。1925年10月他以"马艺"成员的身份加入日本普罗列塔利亚文艺联盟，即"普罗联"，并成为该联盟的中央委员。"普罗联”的成立是日本普罗文学运动的第一次大联合。不久改组为日本普罗列塔利亚艺术联盟，简称“普罗艺”。中野重治与鹿地亘、谷一等成为“普罗艺”的主导力量。他们将福本主义运用到文学建设中，要把“普罗艺”建成马克思主义艺术团体，并套用政治上的敌我观念，抛弃大联合，以布尔什维克同无政府主义斗争的名义开除了部分作家，造成文学阵营的第一次大分裂。青野季吉发表《自然成长与目的意识》和《再论自然成长与目的意识》，为其提供理论依据，林房雄也以青野的理论为框架写了题为《社会主义文艺运动》的短评。但青野们始料未及的是，中野重治与鹿地亘分别发表《形成中的小市民》和《征服所谓的社会主义文艺》等文章，将他们划为山川均取消主义思想在文坛的代表，大加砍伐，同时以掌门人的身份开除了青野季吉、林房雄、藏原惟人、山田清三郎、叶山嘉树、黑岛传治和小牧近江等十六人。普罗文学阵营由此遭遇大分裂。而被“普罗艺”开除的人另建了日本劳农艺术家联盟，简称“劳艺”，带走《文艺战线》作为机关刊物。而中野重治们则另办《普罗列塔利亚艺术》。不久，又因政见不同，藏原惟人、山田清三郎、林房雄等与“劳艺”分道扬镳，另建前卫艺术家同盟，简称“前艺”，创办《前卫》为机关杂志。至此，文学联盟一分为三：“普罗艺”、“劳艺”和“前艺”。而这先后发生的聚散离合均来自政治立场，而非文学立场，更非作家们的个人恩怨，这点是非常清楚的。1928 年 3 月，由于政治形势需要，“普罗艺”和“前艺”合并成立全日本普罗列塔利亚艺术联盟，即“纳普”，以激进社会思潮代言人的姿态狂飙突进。为了保证在“纳普”领导下，诗人和诗歌创作的正确方向，于是他们成立了普罗诗人会。他们对诗人会提出的任务是：

因为纳普（具体底地意味着作家同盟）是指导体，所以，诗人班也是诗分野里的指导体。因此，诗人会，在那儿是各诗人将其意识技术马克思主义底地锻炼着的“练习场”，同时，又是指导体的贮水池。但是，贮水池绝不是固定化了的。那是不绝地质地底地发展着的。因此，应某社会底阶级底必要，就将能够适宜地作独自底活动和飞跃。由是，从那贮水池送出来了的诗人，应该时常监视，指导贮水池，质地地把它提高。[①]

诗人会一成立即制定了严格的纲领和行动规约，设立常任委员会，具体地执行诗人会的事务。常任委员会由委员长、书记长及组织、编辑、财政、图书、救应五位部长组成。诗人会以左翼诗歌盟主自居，在诗坛发起了一系列的批判，如对超现实主义诗歌的批判。登口义人在《无产者的诗》4月号上发表《超现实主义诗论批判》一文，认为这种倾向含有梦想的、鸦片的布尔乔亚性，应该彻底加以批判。平泽贞二郎撰文批判布尔乔亚诗坛的饶舌汉，阐述普罗诗歌的优越性，规劝他们转到普罗诗歌运动方向上来。如此等等表现出鲜明的唯我独尊的宗派情绪和艺术上的自我封闭倾向。而且，由于借助于文学活动传递某种理想观念或达到某种政治目的的期待超过了对于诗歌建设的期待，所以即使在普罗诗歌阵营内部，为表达和强制推行各自的政治主张，他们可以同室操戈；因政见不同他们可以对峙内耗，甚至党同伐异，极大地危害了普罗诗歌运动。

这种诗歌团体组织的政党化建设模式被中国左翼诗坛所承继。太阳社不仅模仿日本，在团体中确立明确的政治目标，建立严密的组织原则，而且对于藏原惟人和"纳普"的活动格外关心，用心地介绍日本普罗运动的理论和创作成果。在《拓荒者》上专门辟有介绍日本左翼文坛情况的文艺通讯。他们还十分关注日本左翼文坛的内部斗争，并态度鲜明地站在"纳普"的立场上。"纳普"和"劳艺"曾展开一场殊死斗争。"劳艺"为保持自己独立的政治立场而拒绝文学联盟，并在斗争的旋涡中挣扎、分裂。因政见和文学观念等不同，"劳艺"经历了三次分裂。先后三次退出的人员绝大多数都加入了"纳普"，有的另建文学组织。而"唯我独革"的"纳普"对"劳艺"采取的态度是党同伐异。如

---

① 森堡（任钧）：《日本普罗列塔利亚诗人会的发展概观》，《榴花诗刊》1932年第2期。

在 1930 年 11 月召开的有 "纳普" 作家藤森成吉、胜本清一郎参加的国际革命作家第二次大会上,把 "纳普" 定为日本普罗的正统和主流,将 "劳艺" 斥为机会主义,彻底斗争的对象,进而理直气壮地挤压 "劳艺" 的生存空间。这样的做派在中国左翼这里得到了响应。1934 年 4 月《拓荒者》上发表署名建南(即楼适夷)的文章《激流怒涛中的最近日本普罗艺运动》,旗帜鲜明地写道:

> 成为问题的,是在这广泛的行动中,还躲藏着似是而非的一批不隶属于 "纳普" 的所谓 "劳农艺术家联盟" 的旗帜下的文艺战线一派。他们同样背负着马克思主义和普罗艺术的招牌,而作品的行动上是反 "纳普" 的,政治的立场是社会主义民主主义的,他们唱着合法主义的革命论,一方面大言不惭的欺骗劳动者农民,一方面向统治阶级暗送秋波,如他们中的金子洋文,中西伊之助,这次都立候补想爬进议会去(结果碰了一鼻子灰),前田河广一郎,平林太子等都用左倾小儿病的美名嘲笑着战旗派的活动品。而他们却也鱼目混珠的混在普罗艺的营阵中,欺骗着群众。[1]

从这段文字可以看出太阳社受到日本左翼的宗派情绪影响之深。

早在普罗诗歌兴起之初,太阳社和后期创造社就带着浓厚的宗派情绪打了一场文字战。李初梨发表在 1928 年 2 月出版的《文化批判》第 2 号上的文章《怎样地建设革命文学》是双方的分歧公开化的标志。3 月 1 日出版的《太阳月刊》3 月号上,钱杏邨发表《关于现代中国文学》一文,以公开信的形式对李初梨的观点作出反应,并在《编后》中写下了这样一段话:"我们再郑重的声明:太阳社不是一个留学生包办的文学团体,不是为少数人所有的私产,也不是口头高喊着劳动阶级文艺,而行动上处处暴露着英雄主义思想的文艺组织。" 李初梨为此在《文化批判》3 月号上写了《一封公开信的回答》,对钱杏

---

① 建南:《激流怒涛中的最近日本普罗艺运动》,《拓荒者》第 4、5 期合刊,1934 年 4 月。

邨的指责作反驳。而在 4 月号的《太阳月刊》上，钱杏邨的《批评与抄书》和杨邨人的《读成仿吾的〈全部的批判之必要〉》又对成仿吾进行了批判，而且用语专断，态度已近于冷嘲。但后期创造社方面却没有再作反驳。双方的分歧从公共场合消失了。不过这并不意味着双方在争吵中达成了共识。不久《太阳月刊》5 月号的《编后》说太阳社邀集社内外从事革命文艺的同志开了两次批评大会，检举本刊过去已发行及在印刷中的丛书的错误，并决定以后改进的方针。其实背后的原因是太阳社的做法打乱了左翼作家建立"革命文学"统一战线的计划而受到了批评。不过，《编后》同时又表明，受到批评的太阳社成员并不认为自己错了，只是采取的态度不对而已。钱杏邨晚年回忆说："太阳社与创造社（主要是从日本回来的几位）文字上也交过锋，记得第三街道支部还为此将双方召集在一起开过会，解决了一些问题，但彼此思想意识上都有毛病，互不服气，所以增进团结的问题依然存在。"[1] 纵观太阳社与创造社的这场文字战，其实不过是日本普罗阵营各执己见而又"唯我独革"的论战的翻版，于普罗诗歌倡导本身实在看不出有什么积极的意义。

据《冯雪峰谈左联》一文回忆，创造社、太阳社是服从"党的决定"而解散的，因为当时拟联合各方力量成立"中国左翼作家联盟"。[2] 对于继之而起的"左联"，茅盾在《"左联"的解散和两个口号的论争》一文中是这样评价的："在'左联'内部的宗派主义，闹不团结，'唯我最正确'，'非我族类，群起而诛之'的现象，以及把'左联'办成个政党的做法，依旧存在。"[3] 同样，"左联"领导下的中国诗歌会也是一个边缘清晰、对会员有较严密的组织性要求的、有明确创作纲领的诗歌团体。他们在《中国诗歌会缘起》中说的："在次殖民地的中国，一切都沐浴在急风狂雨里，许许多多的诗歌材料，正赖我们

---

① 吴泰昌：《阿英忆"左联"》，载《艺文轶话》，安徽文艺出版社 1982 年版，第 299 页。
② 冯雪峰：《冯雪峰谈左联》，《新文学史料》1980 年第 1 期。
③ 茅盾：《"左联"的解散和两个口号的论争》，载《茅盾全集》第 35 卷，人民文学出版社 1997 年版，第 49 页。

去摄取，去表现。但是，中国的诗坛还是这么的沉寂;一般的人闹着洋化，一般人又还只是沉醉在风花雪月里。……把诗歌写得与大众十万八千里，是不能适应这伟大的时代的。"因为"诗歌是社会现实的反映，社会进化的推进机，应该具备时代意义"①。日本普罗诗人会和创造社、太阳社相同的做派，都被中国诗歌会继承。蒲风在鸟瞰当时诗坛时这样描述:

> 一方面，有闲诗人在这一时期业已登峰造极，形式上不仅格律逐渐要整齐，十四行（Sonnets）体居然时髦地中国化，真是所谓尽善尽美了。一方面，戴望舒式的不用韵脚的自诩为"它应该去了音乐的成分"的诗也逐渐展开。不过，就形式与内容上说来，他们都离开大众过远，而且日见其远了。大部分新诗人鉴于他们的错误，又深恶呐喊之空虚，到后来出现了中国诗歌会，倡现实主义的路，鼓吹诗歌大众化，这才挽救了各趋极端的诗坛。②

蒲风这番话明显带有自命不凡，而且以己之标准横砍其他流派的强烈的排他倾向，其封闭性、宗派性和泛政治性的烙印十分鲜明。

"纳普"理论家宫本显治在战后出版的《我的文学运动》一书中曾检讨说:"对于一个群众性文艺团体——'纳普'，提出布尔什维克化的口号，即使是当时也是犯了过激的错误。"对于当年"纳普"对"劳艺"的挤压和打击，藏原惟人在 1954 年发表的《普罗文学运动》一文中也承认:"今天看来，（纳普）作为群众性的文艺团体，当时那种做法无疑是错误的。"③ 这样的检讨对于中国左翼诗坛的太阳社、后期创造社、中国诗歌会等都是适合的。事实证明，在文学阵营内套用政治团体的组织方式，把本应属于作家的松散联

---

① 王亚平、柳倩:《中国诗歌会》,《新文学史料》1979 年第 2 期。
② 蒲风:《五四到现在中国诗坛鸟瞰》,载黄安榕、陈松溪《蒲风选集》下册,海峡文艺出版社 1985 年版,第 805—806 页。
③ 王凌:《论"纳普"和"劳艺"》,《辽宁大学学报》1986 年第 5 期。

盟当做政党来建设，只能带来宗派情绪激化，内耗升级，不利于诗歌运动的蓬勃发展。

四　政治代言人情结与"大我"抒情方式

与文学团体的泛政治化倾向相呼应，团体内部成员也以接受普罗文化价值体系和思想体系支配为天职。左翼诗人自觉地走着一条在思想和组织上自觉与政党保持密切联系的，界于政治家与诗人之间的作家之路。由于作家的政治倾向、文学审美趣味、艺术标准尺度基本趋同，于是诗歌创作成为有组织、有纲领、有规范的文字操作。与此同时，藏原惟人的新写实主义（或译为普罗列塔利亚写实主义、无产阶级写实主义等）的引进也在一定程度上对强化作家的政治代言人的意识起了重要的作用。1928 年 7 月，太阳社作家林伯修在《太阳月刊》上译介了藏原惟人的《到新写实主义之路》，这是其新写实主义理论的正式传入。接着，《再论新写实主义》、《普罗列塔利亚艺术底内容与形式》又相继在太阳社刊物上登载，由此形成一股追捧新写实主义的热潮，译介新写实主义的文章骤然增多。"新写实主义"成为中国左翼文艺运动中流行的术语。新写实主义强调作家的思想意识对于题材的渗透作用，要求作家用无产阶级眼光观察世界和描写世界，强调题材要有现实意义。1930 年 5 月《拓荒者》第4、5 期合刊发表了藏原惟人的《关于艺术作品的评价》，同时现代书局出版了藏原惟人的《新写实主义论文集》，该论文集较为完整地阐述了藏原惟人关于新写实主义的理论观点。从藏原惟人的系列文章来看，他提出的新写实主义其实并不完备，有的甚至自相矛盾，但是从总体上说，他的观点是，新写实主义与旧写实主义的主要区别是，后者只强调真实地反映现实，而前者除了要求艺术的真实性外，还强调描写正确性，甚至把正确性凌驾在真实性之上，即要求用无产者前卫的眼光看世界，主张艺术家要成为真正布尔什维克的共产主义艺术家，文学要成为党性文学。

于是，诗人们受强烈的历史使命感支配，做一个战士的热情甚于做一个诗人，正如蒲风所说："但愿诗人不要纯是诗人，同时更应是一个斗士。"[1] 诗人必须"以集团的情感为情感，以大众的生活为生活，以大众的行动为行动"（蒲风语）。穆木天在《目前新诗运动的展开问题》等论文中也表达了同样的观点："真正的伟大的诗人，必须是全民族的代言人，必须是全民族的感情代达者。"[2] 他们的共识是，诗人在与时代洪流的遇合和交流中，沉没自己，否定自己，改进自己，获得的是比"自己"更新更伟大的"大我"。这个"大我"有着同一律动的呼吸，同一的温度，同一颜色的血液。蒲风在《抗战诗歌讲话》中告诫诗人："现阶段已不是个人主义的时代"，诗人应该"经常置身于群众之中，建造起集体化的情感来"。当殷夫与他出身的阶级"告别"，投身于革命洪流，"自己也成为大众的一个"时，他就感到了"个人"融合在无产阶级"集体"中的喜悦与幸福。这在叙写"五一"罢工斗争的《1929年5月1日》里有着十分真切动人的描写：

　　我突入人群，高呼／"我们……我们……我们"／呵，响应，响应，／满街上是我们的呼声！／／我融入一个声音的洪流，／我们是伟大的一个心灵。／满街都是工人，同志，我们／满街都是粗暴的呼声。／／一个巡捕拿住我的衣领，／但我还狂叫，狂叫，狂叫，／我已不是我，／我的心合着大群燃烧！

诗中的"我"所代表的已经不是孤立的渺小的个人，而是一个对未来充满信心和洋溢着乐观主义精神的伟大阶级："我们的意志如烟囱般高挺，／我们的团结如皮带般坚韧，／我们转动着地球，／我们抚育着人类的运命！／我们是流着汗

---

[1]　蒲风：《序林风的〈向战斗歌唱〉》，载黄安榕、陈松溪《蒲风选集》下册，海峡文艺出版社1985年版，第651页。

[2]　穆木天：《目前新诗运动的展开问题》，载蔡清富、穆立立《穆木天诗文集》，时代文艺出版社1985年版，第356页。

血的，/却唱着高歌的一群。""我们是谁？/我们是十二万五千万的工人农民！"
(《我们》)

左翼诗歌强调诗人"自我"在"集体"中消融，"小我"在"大我"中的汇
合，成为政治的代言人，因此必须在诗歌创作中剔除"小我"而抒写"大我"情
怀。蒋光慈在《十月革命与俄罗斯文学》中列举无产阶级诗人的特质，其中一条
就是"他们都是集体主义者（Collectivists），在他们的作品里，我们只看见'我
们'而很少看见这个'我'来。……我们无论在哪一个无产阶级诗人的作品中，
都可以看见资产阶级诗人以'我'为中心，个人主义差不多是绝迹了。"他认为
抒写"自我"就是"资产阶级诗人以'我'为中心的个人主义"。[①]"革命文学应
当是反个人主义的文学，它的主人翁应当是群众，而不是个人；它的倾向应当
是集体主义，而不是个人主义。"[②] 穆木天在《我们的诗》中写道：

> 我们的诗，要颜色浓厚，
>
> 庞大的民族生活的图画，
>
> 我们的诗，要声音宏壮，
>
> 是民族的憎恨和民族的欢喜。

蒲风在《打起热情来》等文章中一再强调："诚然，诗人是感情的，而且
是灵敏的。但是，这个灵敏的感情不应是纯个人的无聊私事的反应，而最可珍
贵的是在其为铁的社会时代下的现实内容作反映上，时代的要求，是歌唱集体
的感情。"[③] 诗歌不应是个人情感的宣泄，而具有"愤恨现实，毁灭现实；或
鼓荡现实，推进现实"的思想力量，诗担负着庄严的职责，必须发挥"炸弹和

---

① 蒋光慈：《俄罗斯文学》，载《蒋光慈文集》第4卷，上海文艺出版社1988年版，第124页。
② 蒋光慈：《关于革命文学》，载《蒋光慈文集》第4卷，上海文艺出版社1988年版，第172页。
③ 蒲风：《打起热情来》，载黄安榕、陈松溪《蒲风选集》下册，海峡文艺出版社1985年版，第
719—720页。

旗帜"的社会功能。《时调》第 2 期"编辑后记"强调:"我们要尽量地发抒我们抗战的感情,但是,那种感情不应是狭隘的个人感情的复活,而应是伟大的民族集体的英勇的情绪。"不但在论文中他们几乎众口一词地认为诗歌应该奏出时代的强音和大众的狂喜,而且在创作中这群诗人自觉调整自我,将小我的个体情感完全消融在大我的公开情感之中,使自我抒情演变成时代脉搏的律动。杨骚抛弃《心曲》,走出《记忆之都》,完成了从抒写个人情怀到抒发大我之情的转变。这里发言的不再是一名个体诗人,而是一个阶级。抒情主体并非诗人自己,而是奉行战斗集体主义的群体。穆木天虽然"唱哀歌以吊故国的情绪"时时涌上心头,但时代要求"'流亡者'是不应当哭丧脸"的,应该用诗歌来痛诉民族苦难、民生疾苦,揭露侵略者的暴行,振奋民心民情,因此他抛弃了《旅心》式的感伤的消极情绪,以亲身经历或耳闻目睹的故乡人民生活和斗争为题材,在 1937 年出版了内蕴着东北大野雄浑、强悍之力,刚健、粗犷,应和时代的主旋律,表达全民族郁积的爱国主义情感的诗集《流亡者之歌》。怀着故乡父老的深情,力图"像杜甫反映唐代的社会生活似的,把东北这几年来的民间的艰难的情形,在诗里,高唱出来"[①]。

他们还进一步将在诗中剔除"小我"而抒写"大我"情怀作为一种写作圭臬,几乎是强制性地规范诗人的创作,并以此抗拒个人化情感流露,排斥个性化诗艺追求。中国诗歌会一登上诗坛就以一种外倾化的思维范式强化情感世界的时代色彩,并对漠视外部世界的内倾化抒情方式表示极大的愤慨:"没有能够激扬起伟大的时代的感情,而反把狭隘的、薄弱的自我的感情,游离的、浮动的心情,拿了出来,这就是过去一二年间的多数人的一个通病。"[②] 任钧引用森山启的术语"感觉的时代着色"来批评"现代派"诗歌内容贫乏,只在诗

---

① 穆木天:《我的诗歌创作之回顾》,载蔡清富、穆立立《穆木天诗文集》,时代文艺出版社 1985 年版,第 214 页。

② 穆木天:《目前新诗运动的展开问题》,载蔡清富、穆立立《穆木天诗文集》,时代文艺出版社 1985 年版,第 351—352 页。

人的神经末梢或感觉上稍微着一点时代的色彩。穆木天在《关于抗战诗歌运动》中说："现时代的诗歌，是民族解放斗争的呼声，并不是几个少数的人待在斗室中喷云吐雾的玄学的悲哀的抒情诗。那种没有现实性的个人抒情小诗，早已失掉他的存在理由，而只好同木乃伊为伍了。"① 他们一方面高歌："记着我们只有一颗伟大的红心，/记着我们只有一个光荣的目的，/我们只有一个具体的动员令，/我们只有一个为真正'人生'的激战，/我们的义务是无边的伟大的牺牲，/我们的报酬就是流下鲜红的血液，/我们只有欢唱我们前进的讴歌。"（李荣章《饮吧这杯红酒》）一方面把"集体"和"个人"对立起来，将"大我"与"自我"作为不相容的事物看待，进而阻挠和排斥诗人的个体言说。穆木天起草的该会的成立《缘起》和《新诗歌》的《发刊诗》所强调的诗歌要反映"急风狂雨"的社会现实，要大众化，实际上就是这个口号与行动相当一致的同人协会向诗坛展示的两面旗帜。他们常常据此以一系列要求几乎是强制性地规范着诗人的写作方式，用"多数人"的意志取消个人空间存在的可能；以"人民性"、"现实性"、"时代性"指责非左翼诗人"脱离群众"、"脱离生活"；以一种简单化的艺术规范阻挠诗人个性风格的形成。因此他们的诗作往往只是抒发群体情感，只具共同的时代风貌，看不出诗人的抒情气质和心潮起伏，留下的自然只有一个浮泛的时代外观。

诗贵情真，诗是主体情感与社会意识形态对抗、对话与融合的文本，也是一种个性化最强的艺术形式。朱自清曾说，"'表现自己'实是文学——及其他艺术——的第一义；所谓'表现人生'，只是从另一个方面说——表现人生，也只是表现自己所见的人生罢了"，"能显明这个千差万殊的个性的文艺，才是活泼的，真实的文艺。"② 左翼诗歌中一些具有艺术生命力的作品恰恰是那些独具个人情感体验的诗作，如蒋光慈悼念亡妻的《牯岭遗恨》，在对人生低吟哀叹

---

① 穆木天：《关于抗战诗歌运动》，载蔡清富、穆立立《穆木天诗文集》，时代文艺出版社 1985 年版，第 425 页。

② 朱自清：《文学的一个界说》，载《朱自清全集》第 4 卷，江苏教育出版社 1990 年版，第 168 页。

中交织着夫妻的情爱与对祖国人民的赤诚之情,一唱三叹,回肠荡气,感人至深。他写于日本的《我应当归去》以热烈情思和心灵倾诉着爱国之情:"纵然那里虎狼奔驰,/纵然那里黑暗得如同地狱,/我总是深深地相信着,/光明的神终于有降临的一日。"而同一时期的《乡情》,虽是新诗史上较早反映农村暴动的诗,但由于缺乏自己真切的感受,只是勾勒出一个故事梗概,给人粗糙直露的印象。洪灵菲的自叙传长诗《躺在黄浦滩头》抒写诗人抛妻别母,流亡海外执著追求革命的历程,既有浓烈的时代感,又展现了诗人精神的变化和情感流动的过程,委婉蕴藉,十分动人。而他的表现广州暴动的长诗《在货车上》虽激情澎湃,但由于缺乏独特的美感经验,感染力反不如前者。郭沫若的《恢复》写于1928年初,当时郭沫若经历了北伐战争和南昌起义以后的艰苦转战,正面临着国民党大屠杀的白色恐怖。他这时的生活应该说是充实的,感受是深切的,郁积是沉重的,但《恢复》的创作未取得理想的成绩,这与诗人放弃创作个性有关。郭沫若本是主观型诗人,重自我表现,爱驰骋想象,写作《恢复》时期,郭沫若世界观已由个人主义转向集体主义,不再坚持过去那种想象丰富、色彩瑰丽、不拘一格的创作风格,《恢复》自然不如《女神》那样具有艺术魅力了。这说明,艺术的生命恰恰存在于每个"个性"之中,绝对排斥"自我"无异于取消诗歌艺术。左翼诗人抹杀创作的主体性,放逐诗歌和诗人的抒情个性,其诗歌创作正如时人所批评的,粗眉大眼,千篇一律,不是像标语口号,就是像演讲词。

1957年12月7日,中国《译文》编辑部采访了藏原惟人。他在总结日本普罗文学经验教训时指出,从1928年开始,日本无产阶级文学运动开展过多次论争,最尖锐的是政治与文学的关系问题,在这个问题上,曾有过错误的认识,这主要是大多数无产阶级作家和批评家机械地理解"文学为政治服务"的观点,即文学的阶级性,而对古典以及当代资产阶级和小资产阶级的进步作家采取了一概否定的宗派主义态度。[①] 这是日本普罗文学运动的教训,同样也是

---

① 叶渭渠:《日本文学思潮史》,经济日报出版社1997年版,第445页。

中国普罗诗歌的教训，值得我们深思。

第三节　诗歌大众化

　　"大众化"是中日左翼诗人所认同的诗歌艺术发展之路，中国"大众化"论争在诗坛结出了硕果。左翼诗人努力将诗歌的时代性、阶级性与大众化融为一体，扩大了诗歌的表现领域，其较成功的诗作在艺术形式上注意到音韵和章句的自然活跃，不刻意雕琢，以高昂的旋律、粗粝的形式，给新诗坛注入了一股朴实清新的活力。

一　"大众"一词阶级意识的获得

　　中国左翼作家对于"大众化"问题的首次有规模较深入的讨论是以郁达夫创刊的《大众文艺》为阵地展开的。而郁达夫在《大众文艺》的"代发刊辞"中说了这样一句话："《大众文艺》这一个名字，取自日本日下正在流行的所谓'大众小说'。"日本的大众文学起源于明治维新前江户时代流行于民间传统的讲谈即话本。到明治初年，由于政治改革，西方近代的各种文学思潮大量涌入日本，其中自然主义文学对日本文学影响最大，出现了在日本的变种——私小说。以私小说为代表的西化文学，逐渐成为"纯文学"的代表。这种"纯文学"主要表现作家的身边琐事和个人独特的人生体验，读者范围主要局限于知识阶层内。明治维新后，随着教育制度的改革，初等教育的普及，读书人口飞速增加，连一般家庭主妇也读书识字。这一大批在普及教育中成长起来的读者虽不满足于旧式话本，大多数却也欣赏不了纯文学的"私小说"。他们感兴趣的是内容新奇有趣，文字浅近易懂的通俗性读物。于是满足这批读者需求的各种通俗期刊应运而生，如雨后春笋，而且其他各种报刊也纷纷由满足少数有较高文学修养的知识分子的需求，转向了普通的平民百姓，以适应更广泛的读者的需求，从而也催生了大众文学。大正中期，大众文学以时代小说为主要形式，以后又逐步摆脱只有时代小说的单一现象，有了侦探小说、推理小说、传奇小说和幽默小说等。大量生产、大量传播、大量消费的群众性是日本大众文学的基本特征。1925 年秋，由白井乔二发起，日本成立了大众文学作家组织——"21 日会"，同年创办会刊《大众文艺》，发刊词由白井执笔，提出大众文学同纯艺术"如同车子的两个轮子"。日本大众文学在昭和前期进入了黄金时代。

受到来自日本的启发，1928 年 9 月，郁达夫在上海也创刊了同名杂志《大众文艺》，但他说："日本的所谓'大众小说'是指那种低级的迎合一般社会心理的通俗恋爱或武侠小说等而言。"因此两国的"大众文艺"完全不同，"我们"的是严肃而抗争的，不是日本的那种迎合大众低级趣味的东西。接着，郁达夫进一步说明：

> 我们的意思，以为文艺应该是大众的东西，并不能如有些人之所说，应该将她局限隶属于一个阶级的。更不能创立出一个新名词来，向政府去登录，而将文艺作为一团体或几个诗人的专卖特许的商品的。……我们尤其不想以裁判官，天才者，或个人执政者 Dictator 自居，立在高高的一个地位，以坛下的大众作为群愚，而来发号施令，做那些总司令式的文章。我们只觉得文艺是大众的，文艺是为大众的，文艺也须是关于大众的。西洋人所说的 "By the people，for the people，of the people" 的这句话，我们现在也承认是真的。①

---

① 郁达夫：《〈大众文艺〉释名》，载《郁达夫文集》第 7 卷，花城出版社、三联书店香港分店 1983 年版，第 314 页。

郁达夫的"代发刊辞"相当清楚地表达了由他主编的这份刊物的思路和姿态,同时也透露了他的"大众文艺"观。郁达夫的"大众文艺"一词虽来源于日本,但他特别提到是为了剔除文艺的阶级属性而使用"大众"一词,因此郁达夫这里的"大众"既与五四时期周作人的"平民文学"观念非常接近,也与中国"大众"的古义相接通。

《汉语大词典简编》列出了"大众"一词的四种古义:古代对夫役、军卒等的总称;泛指民众、群众;犹言众人或大伙儿;佛教对信众的称呼。① 林纾曾说他翻译西洋小说"非巧于叙悲以博阅者无端之眼泪,特为奴之势逼及吾种,不能不为大众一号"②。这里的"大众"指大家,可用人们一词代替。五四时期,"大众"一词出现频率不高,知识者常用"平民"、"庶民"等词。

那么,日本人运用的"大众"一词又指什么呢?在日本,"大众"一词本指梵语的"僧迦"、"摩诃僧祇",意指三个以上的僧侣集中在一起。尾崎秀树在《大众文学》中说:"从佛教语言里将'大众'一词转用过来的功臣正是白井乔二,时间是大正末到昭和初期。"

> 本来,"大众"二字相当于梵语的"僧迦"、"摩诃僧祇",意指三个以上的僧侣集中在一起的场合,……中里介山、三田村鸢鱼等人对"大众文学"这一称呼曾表示异议:"大众一词过去……是指和尚,早先时候叫做'南都六方大众';即便是今天,禅宗仍然把僧堂僧人叫做大众。可见大众并没有'民众'、'庶民'这种意思。……"这种说法看来不无道理,但是"大众"一旦脱离了"僧侣"的意思之后,用作 people 也好,用作 popular、mass 也好,都无伤大雅,因为词汇本来就是活的。③

---

① 《汉语大词典简编》上册,上海汉语大词典出版社 2000 年版,第 1117 页。
② 林纾:《〈黑奴吁天录〉跋》,载陈平原、夏晓虹《二十世纪中国小说理论资料》第 1 卷,北京大学出版社 1997 年版,第 44 页。
③ 〔日〕尾崎秀树《大众文学》,徐萍飞等译,中国社会出版社 1994 年版,第 20—22 页。

也就是说，随着佛教的传入而进驻日本的"大众"一词，原本并没有中国古汉语中"民众、群众"的义项。而经由白井乔二等一批日本大众文学作家的创作及理论实践完成了其词义的转换。"大众"一词由此逐步脱离其原先的宗教色彩，更多地与西方"市民社会"之"市民"、"民众"等概念相提并论。

白井乔二于大正五、六年用"大众"指"民众"。而大山郁夫在大正九年使用了"无产者大众"一语。到《大众文艺》创刊前后，日本左翼文学界发生了艺术大众化的争论，卢那察尔斯基的文学理论被翻译到日本，林房雄把为大众的艺术解释成"普罗大众文学"，并对"大众"作出了新的解释："'大众'本来是政治性概念，是相对于'领导者'而言的。……大众指的是政治上没有自觉性的阶层。"[①] 总之，日本的"大众"一词的词义发生了如下的变化：首先指僧迦，后被借用来指一般民众，继而在左翼文学界与"无产者"、"政治上没有自觉性"等语连用，带上了阶级意识。

步日本之后，中国左翼文学界也发起了"文艺大众化"的讨论。《大众文艺》二卷特别组织的"新兴文学专号"上刊发了一组关于"大众文艺"的笔谈，参与者有沈端先、郭沫若、陶晶孙、冯乃超、郑伯奇、鲁迅和王独清。他们声口一致地力倡"文艺的大众化"。陶晶孙说，"大众听说是指佛教之僧侣团的。后来日本人把几种有闲通俗小说题名为大众小说，不过，我们用不着去把它清算，我们晓得大众乃无产阶级内的大多数人便好了"。[②] 郭沫若认为"大众文艺！你要认清楚你的大众是无产大众，是全中国的工农大众"。"大众是无产大众，是全中国的工农大众，是全世界的工农大众"。冯乃超的"大众"除了被压迫阶级外，还包括"从有意识的工人以至小市民"："'大众'或群众，究竟他（它）的内涵有什么意义呢？……我们现在所谈的大众当然要包括从有意识的工人以至小市民。"在郑伯奇看来，大众指"从事生产的大多数的民

---

① ［日］尾崎秀树《大众文学》，徐萍飞等译，中国社会出版社 1994 年版，第 115 页。
② 陶晶孙：《大众文学》，载丁景唐编选《陶晶孙文集》，人民文学出版社 1995 年版，第 320 页。

众"。王独清则明确地表示:"这儿所谓的'大众',并不是'全民'!所谓'大众',应该是我们底大众,——新兴阶级底大众。"① 不论讨论者的措辞如何不同,他们对"大众"的理解有如下共识:"大众"已不是全体概念,它的多重所指被单一的"阶级色彩"浓重地覆盖下去,"大众"专指无产阶级的大众。也就是说,左翼作家这里的"大众"是一种有阶级属性的词汇了。以后随着左翼文学的高涨,"大众"意识与"阶级"意识很快便成为一种整体化的、难以区分的思维方式,"大众"被简单而正式地等同于社会两大阶级之一的"无产阶级"全体。换句话说,随着左翼文艺运动的发生与发展,这个带上了阶级烙印的"大众",成为中日左翼文坛对于"大众"一词的共识。

二 中日"大众化"讨论及诗坛实践

既然"大众"是一个带上了阶级烙印的词汇,那么,左翼文坛的大众化讨论也就不可避免地带上了鲜明的政治色彩。日本文艺大众化论争起因是"文艺组织生活论"的实施困惑。"文艺组织生活论"是苏联波格丹诺夫提出的一套理论。他认为,任何艺术都是"阶级生活的组织形式",都是"组织阶级力量的最强大的武器"②。这一理论被"拉普"承袭。"拉普"在其"思想纲领及艺术纲领"中认定文学是特定的阶级意识形态的产物,"无产阶级文学仍然是具有深刻阶级性的文学","无产阶级文学是同资产阶级文学相对立的,是它的对立面"。因此,"无产阶级文学就是这样一种文学,它把工人阶级和广大劳动群众的心理和意识组织起来,使其实英语作为世界改造者和共产主义社会建设者的无产阶级的最终任务",并进而"摧毁资产阶级文学"③。这种把文学与阶级

---

① 文振庭:《文艺大众化问题讨论资料》,上海文艺出版社 1987 年版,第 11—18 页。
② 《苏联"无产阶级文化派"论争资料》,人民出版社 1980 年版,第 89 页。
③ 《无产阶级作家团体"十月"的思想纲领及艺术纲领》,载《"拉普"资料汇编》(上),中国社会科学出版社 1981 年版,第 3 页。

的关系简单化和片面化的观念成为日本普罗文学大众化论争的理论依据。

藏原惟人据此发表了《作为生活组织的艺术与无产阶级》一文,开篇便说:"艺术在某种程度上是生活的组织。无论是对于资产阶级艺术还是对于无产阶级艺术而言都是同样的。"然而,如何实现文艺的组织生活的功能,这却是摆在普罗作家面前的一道难题。因为在当时,正如林伯修在《1929年急待解决的几个关于文艺的问题》一文中提到的:

> 例如日本,根据某工厂在他的工厂(印刷业工厂)所调查的统计:"劳动者每百人底日常读物(除了报纸之外)有60%是属于讲谈社系的,属于任何意义的社会主义的杂志的,不过只占有1%而已"(见《战旗》1928年六月号中野的论文所引用)。藏原惟人也说过:"现在我们的艺术……仅有三四千的读者及观众——而且主要的部分还是属于知识阶级的。"①

这不能不引起普罗作家的思考,于是文艺大众化问题提到了议事日程。

1928年1月,藏原惟人发表《无产阶级艺术运动的新阶段——给艺术大众化和左翼艺术家统一战线》主张艺术大众化,提出:"艺术运动已经到了从有觉悟的少数分子向意识落后的大众推广的时候了。"② 这一观点的提出也与当时日本大众文学的繁荣有密切关系,他希望借鉴"大众文学"的方法让大众更多地阅读普罗文学作品。但是由于深受"拉普"文学阶级性的观念影响,并非所有普罗作家都赞成"大众化"的。中野重治发表《关于所谓艺术大众化的错误》,提出艺术大众化"只不过是想用所谓趣味上的取胜来吸引群众,取代资产阶级文艺",大众化是通俗化的代名词,是"大众的追随主义"、"趣味主义",并不是"真正的艺术"。他认为"人民大众所追求的是真正的艺术","是

---

① 林伯修:《1929年急待解决的几个关于文艺的问题》,《海风周报》第12号,1929年3月23日。

② [日]藏原惟人:「無產階級藝術運動の新段階」(『現代日本文學全集(78)』,東京筑摩書房昭和三十二年,第156頁)。

艺术中的艺术，诸王中之王"。为此他将普及到民众中"进行宣传鼓动的艺术"划归政治范畴。鹿地亘接着发表《抵抗小市民的猖狂》，从文学的阶级性立场出发，认为只有"破坏过去的社会"，"破坏过去的艺术形式"，才能确立普罗艺术。所以他反对把普罗艺术"卷进小市民的旋涡中"。同年 8 月，藏原惟人发表《艺术运动面临的紧急问题》，文章既批判中野重治的"最艺术的东西就是最大众的，最大众的东西就是最艺术的"观点，也批判鹿地亘过分夸大普罗艺术内部的所谓小市民性的谬误。但藏原惟人批判的重点是中野重治的艺术至上，而对于鹿地亘的说法则并未给予应有的警惕和修正，因为他们讨论的前提都是文学有无产阶级文学和资产阶级文学之分。不过藏原惟人采取了一个折中的处理办法，即提出普罗文学创作的分层次问题。他说，我们一方面要创立普罗艺术运动的真正的指导机关，另一方面也要尽一切努力创刊能够广泛地普及到工厂、车间、农村等地的具有大众性质的、有插图的杂志。前者刊载普罗艺术作品以及文艺批评、马克思主义艺术理论的研究（也包含对资产阶级艺术理论的批判研究）。后者主要刊载照片、漫画、宣传画、绘画故事、读物和大众小说等等。只有同时创立这样两种性质的杂志，普罗艺术运动才能迈出大众化的第一步。关于借鉴"大众文学"的问题，藏原惟人也提出一些积极的建议："我们从我们的立场出发，尽可能利用、也必须利用过去的各种艺术形式和样式。如果需要，还可以利用浪花曲、都都逸、或者封建的大众文学的形式。"①

在这样的折中下，文艺大众化问题得以进一步展开。林房雄在《战旗》上发表《无产阶级大众文学的问题》一文，提出为了能被大众所接受，大众文学必须"有趣"，必须包含很多游戏的成分，要富于情节变化、充满奔放的想象、幽默、讽刺、健康的情欲、痛快淋漓的英雄主义等等。② 林房雄也和藏原惟人

---

① ［日］藏原惟人：「藝術運動當面の緊急問題」（『現代日本文學全集（78）』，東京筑摩書房昭和三十二年，第 166—169 頁）。

② ［日］林房雄：《无产阶级大众文学的问题》，载《近代文学评论大系（6）》，角川书店 1973 年版，第 144—145 页。

一样采用读者分层的策略，认为要根据不同的受众提供不同类型的文学。但大宅壮一不同意林房雄把这个已经与先进的无产阶级画了等号的"大众"定位于除工作外就是"游戏、睡眠和营养"这样一种消极的生存状态上，批评他"把重心过于放在了大众的消极要素上"，抽掉了大众化过程中无产阶级文学的使命，其结果所提倡的"大众化"必然是文学的"娱乐化"。① 1928 年 11 月，中野重治发表总结性文章《解决了的问题和新的任务》，承认"以大众为目标的文学"是需要的。至此，1928 年的论争暂时落下帷幕。

1930 年再次围绕艺术的大众化问题，贵司山治和藏原惟人在"纳普"内部展开了一次论争。这次论争促使 1930 年 7 月日本无产阶级作家同盟中央委员会的《关于艺术大众化的决议》得出如下结论："把无产阶级艺术分为高级的艺术和大众的艺术是错误的。它们都仍然是无产阶级艺术。重要的是如何使艺术大众化的问题。"② 根据"纳普"决议，藏原惟人于 1931 年 6 月 8 日发表了《无产阶级艺术运动的组织问题》和《再论艺术运动的组织问题》两篇文章，进一步阐述了文艺大众化问题。他说："我国的艺术运动至今没有真正具有大众的、无产阶级的基础"，"'纳普'属下的作家同盟、剧场同盟、美术家同盟等……均在工厂内的工人中没有组织的基础"。因此，提议"'纳普'属下的各同盟，首先应该在青年同盟、左翼工会及其他团体保持密切联系的前提下（不可能时则独立地），在工厂内组织工人自身的文学小组、戏剧小组等"。藏原惟人的观点成为"纳普"和以后成立的"考普"的指导性理论，并对中国左翼文艺运动的发展产生了极大的影响。

在"左联"成立前夕，成仿吾写了《从文学革命到革命文学》涉及了大众化有关的几个问题。之后林伯修写了《1929 年急待解决的几个关于文艺的问

① ［日］大宅壮一：《文学的大众化与娱乐化》，载《大宅壮一全集》（第 1 卷），苍洋社 1981 年版，第 65 页。

② ［日］中村新太郎：《日本近代文学史话》，卞立强、俊子译，北京大学出版社 1986 年版，第 351 页。

题》一文，借鉴日本经验，在中国左翼文艺运动中第一次系统地提出了文艺大众化的问题。1931 年"左联"决议："为完成当前迫切的任务，中国无产阶级革命文学必须确定新的路线。首先第一个重大的问题，就是文学的大众化。""只有通过大众化的路线，即实现了运动与组织的大众化，作品，批评以及其他一切的大众化，才能完成我们当前的反帝反国民党的苏维埃革命的任务，才能创造出真正的中国无产阶级文学。"① 与"大众"名词的引入一样，左翼的大众化探索也深受日本的影响。"左联"筹备小组重要成员夏衍曾回忆："筹备会一般是每周开一次，有时隔两三天也开过。地点几乎固定在'公啡'咖啡馆二楼一间可容十二三人的小房间。筹备工作的难点是起草'左联'纲领。因为筹备会的成员，多半只懂日文而不懂其他外文，参考的主要是日本'纳普'的纲领。"② 在"左联"成立大会上，推定的七人执行委员中夏衍、冯乃超、鲁迅、田汉、郑伯奇等五人曾是日本留学生。帮助"左联"筹备成立，并专门向外国报导"左联"情况的三位外国人中的尾崎秀实和山上正义是日本普罗文学家。"左联"组织的重要成员、活动家的特定经历使"左联"特别容易接受日本无产阶级文学运动的影响。"左联"一成立就设立了"文艺大众化研究会"，在 1930 年、1931 年冬到 1932 年、1934 年分别进行了三次大规模文艺大众化问题讨论。但正如靳明全在《中国现代文学兴起发展中的日本影响因素》中指出的："作为中国左翼文艺运动中的重要一环——'左联的文艺大众化的讨论'，它的形成，得于革命文学倡导者成仿吾、林伯修等人对日本无产阶级文学的译介：它的发展，离不开左联文艺理论者对日本无产阶级文学的借鉴。两者讨论的内容有许多相似的地方，两者形成的有关决议大致相同。"③

---

① 《中国无产阶级革命文学的新任务》，《文学导报》第 1 卷第 8 期。
② 夏衍：《左联成立前后》，载《左联回忆录》（上），中国社会科学出版社 1982 年版，第 41 页。
③ 靳明全：《中国现代文学兴起发展中的日本影响因素》，中国社会科学出版社 2004 年版，第 157 页。

　　不过中国左翼作家在某些方面比日本走得更远离文学。如对藏原惟人提出的不以没有艺术性或艺术性较低,但在宣传、教化方面有价值的大众作品作为艺术大众化的问题这一主张,太阳社的华汉(阳翰笙)就明确表示了异议:"不管是在一般人的眼中看来有艺术性也吧,完全没有艺术性也吧,然而在我们以工农大众的彻底解放为前提的人看来,只要他这种作品能够教化千百万工农团结起来,那我们也要赞扬他是'天字第一号'的无产阶级文艺,'顶瓜瓜'的有艺术性和艺术价值的东西。"①

　　总之,"大众化"是中日左翼作家所认同的发展之路。在论争的推动下,两国先后出现了文艺大众化运动的高潮,为诗坛带来了繁荣的局面。两国左翼诗坛最大的收获是出现了大量表现工人农民生活的诗篇。早在"大众化"论争蓬勃展开之前,中野重治就十分注重在诗歌中塑造伟岸高大的工人形象。如在《火车头》一诗中,诗人用"火车头"来象征无产阶级勇往直前的威武英姿:"他是个彪形大汉,/黑魆魆有千钧重量。"机车的重量感和律动感则成为严密组织起来的无产阶级力量及其行动的象征。诗人表达了对无产阶级的无限崇敬之情:"望着这憨直大汉的背影,/我们高高举起滚热的手掌。"随着"大众化"论争的深入,中野重治创造了更多的反映工农生活的作品。《夜间抢收的回忆》一诗描写地主对农民残酷的压迫和剥削,《等着!恶霸地主们!》歌颂了农民群众的反抗精神。小熊秀雄的《马掌匠之歌》深情地写道:"我的朋友,/我的青年朋友啊!/让我的赤红火焰,/在你的四蹄开花。/以你的强劲铁蹄,/去把那险恶的石山踏跨!/叮当叮当钉铁掌,/被钉的是你,钉的是我啊,/我和你是兄弟俩!/你我都是同一现实中,/一条藤上的苦瓜!"

　　中国诗歌会的诗歌大众化主张,是左翼"文艺大众化"理论在诗歌领域的贯彻实施。穆木天起草而以同人的名义发表的《关于写作新诗歌的一点意见》,说新诗歌的任务是,"理解现制度下各阶级的人生,着重大众生活的描写";

---

　　① 华汉:《普罗文艺大众化的问题》,《拓荒者》1930 年 4 月合刊。

"有刺激性的,能够推动大众的";"有积极性的,表现斗争或组织群众的"。①
所以左翼诗人从大众的接受能力、欣赏水平出发,他们首先要求题材的现实性
和普遍性,以便让大众在诗歌中找到自己熟悉的生活,在情感上产生共鸣。于
是下层人民的生活状态成为了诗歌表现的重心之一。在他们诗中既有痛苦的童
工和纺织女工,以及生活在城市底层的盐民、船夫、城市流浪儿、洋车夫、乞
丐、妓女,更有兵、匪、灾、捐骚扰下的破产农民和逃荒者等。作品对城乡满
目疮痍、残破不堪的生活现实和劳苦大众贫困潦倒甚至走投无路的生活惨境的
大量展现,拓展了新诗题材,使新诗的"现实关怀"品格得到了极大的发展。
钱杏邨描写了他们"没有健康,没有愉快,没有悲哀"的麻木的《一生》:他
们鸡鸣时"走进工场","工作到天色昏暗",才"跄踉归来",在茅屋里"独
语哀怨",诗人痛苦地呼号他们这一生"便这样的毁坏"。关露创作了《童
工》、《哥哥》、《机声》、《马达响了》等一组反映纺织工人痛苦生活的作品。
穆木天的《她们的泪坠落在秋风里》、《你不用打了,我不是人啦!》等诗取
材于当时东北人民痛苦不堪的亡国奴生活。王亚平的《灯塔守者》、《黄浦
江》、《孩子的疑问》、《大沽口》、《农村的夏天》等诗篇,以自己的社会见闻
为题材,描写了农村的破产、城市的萧条,表现了劳动人民的悲惨命运,抒
发对日本侵略者的仇恨和抗日救亡的爱国热情。诗人笔下夏天的农村,由于
旱灾严重,"催粮吏"逼粮,迫使人们离乡背井,呈现出一片凄惨景象:"夏
天真没有夏天模样,/没有人耘田,也没有人插秧,/大道上奔涌着饥饿的
群,/为了活才撇下自己的家乡。"温流的《我们的堡》、《卖菜的孩子》等诗
生动地表现了帝国主义经济侵略下时景的萧索:"卖菜啊,卖新鲜的青菜!/
一束两个铜仙!瞧瞧四面:/一篮一篮的菜,一样的年纪,一样的脸,/生
意是一样的冷淡。"

他们通过这样的展示来激发民众反抗黑暗的情绪。蒲风把主要取材于华南

---

① 同人:《关于写作新诗歌的一点意见》,《新诗歌》1933 年第 1 期。

农村的第一部诗集定名为《茫茫夜》就是因为他认为当时中国社会正处在一个"从黑暗走向光明"的特殊历史时期,他要着重描绘被压迫、被剥削的农民的痛苦和他们的反抗斗争。杨骚的著名叙事长诗《乡曲》描写了在残酷阶级压迫下,走投无路的农民只好直接采取行动——开仓分粮。这次斗争虽然失败了,但在斗争中觉醒了的农民将会继续斗争,直到最后取得胜利:"这乌黑的天地不是我们的","我们得打碎这乌黑的天地!"这正是他们代大众发出的愤怒呼喊。流的《新十叹》、奇玉(石灵)的《现代民歌》、蕾嘉的《海风》、任钧的《车夫曲》等都表达了团结起来进行反抗斗争的鲜明主题。与之呼应,在他们的诗歌中帝国主义、封建主义重轭下呻吟、诅咒、反抗的工农大众的形象取代了"纯诗派"失意者、迷惘者、孤独的抒情主人公形象。蒲风在另一诗集《生活》中塑造了一系列被压迫、被剥削的正在觉醒的挣扎在社会最底层的普通劳动者形象,尤其是被侮辱、被损害的劳动妇女形象,表现了诗人对劳苦民众的同情、理解和殷切期望。

当然由于两国国情不同,日本普罗诗人会与中国诗歌会所走的诗歌大众化道路并不完全相同。日本普罗诗人会在诗歌大众化方面主要做了两方面的工作,其一是解决与"大众化"道路相适应的诗歌创作方法的问题。中野重治在《无产者的诗》1931年7月号上发表了《诗的工作的研究》提出对机械论者的斗争。10月号上又刊登了森山启等人的《关于艺术底方法的问题》、《唯物辩证法的理解和诗的创作》等文章,另外,《纳普》上的各本清的《关于艺术方法的感想》也受到诗人会的好评。总之他们情绪高涨地积极探索着如何解决大众化的创作方法的问题。其二是采取多种措施刺激工农诗人的创作。日本普罗诗人会提出的口号是:"建立诗运动的基础于工场农村中!""通过移动活动,把我们的诗送到工场农村中去!""提高对于劳农通信活动的诱发和对于农民诗的关心"。[①]《无产者的诗》在提出诗歌大众化口号之后,就十分注重刊发来自

---

① 森堡(任钧):《日本普罗列塔利亚诗人会的发展概观》,《榴花诗刊》1932年第2期。

工农诗人的作品。由于诗人会开辟了工场农村的通信，因此刺激了不少新的工农诗人的诞生。《无产者的诗》1931年9月号以后到决定解散止，总计发表诗歌54篇，其中海外诗作6篇，而直接由工场农村寄来的诗歌32篇，可见其倾斜力度。

这样的现象也与日本普罗诗歌发展情况有关。在日本普罗文学高涨之前，日本出现了工人文学和农民文学，诞生了一批有相当造诣的工人诗人和农民诗人。如根岸正吉和伊藤公敬。他们在1920年5月东京电车工人大罢工后，出版了自己的诗集《在底层歌唱》，被称为日本第一代工人诗人。他们有着自己鲜明的创作风格，根岸正吉豪放粗犷，伊藤公敬则朴素凄婉。根岸正吉的代表作《擦不掉的血迹》形象地描写了工人阶级的悲惨生活，对女工的惨死不仅表示了极大的愤怒，而且对死的意义作了深入的挖掘。他用到处都有血迹来揭示工人阶级必将团结起来，为争取解放而斗争的主题。根岸正吉反映工人斗争的诗歌还有《我是工人》、《工人大会》、《厂外》等，展现了工人阶级同资产阶级强权政治开展斗争的雄伟画面，甚至提出了"武装起来"的响亮口号。松本淳三和新岛荣治也是著名的工人诗人，他们分别出版了《能歌的二足兽》、《湿地之火》等诗集，从不同的角度反映工人生活的贫困，讴歌工人的反抗斗争。作为农民的儿子并参加农民运动的涩谷定辅在1926年也出版了诗集《田野的召唤》，描写农民的悲惨境遇，表现出强烈的阶级意识和反抗精神。这些工人农民诗人和优秀作品的涌现在日本，说明工人阶级和农民阶级已具有较好的文化修养和艺术能力。明治维新后的日本，在"文明开化、富国强兵"的国策下，为加速近代化进程，开始全力发展文化教育。同时，经济的高速成长也有力地促进了民族文化素质的提高。因此，日本左翼"大众化"探索几乎无须顾虑读者的识字和阅读问题，有可能向大众化的纵深发展。

而中国的情况大不相同。中国近代社会的特性使其失去了发展近代文化教育的可能。虽步入现代社会，但远未完成近代文化教育和科学技术发展的任务。因此在中国,左翼诗人一方面深入工农、体验工农,办夜校以提高工农的文化水平,设立工农通讯员以培养工农诗人,一方面则大力提倡"通俗化",解决工农大众"看得懂、能理解"的问题。

由此,"左联"把通俗化和最低水平的普及放在"大众化"的首位,并作为"大众化"理论的总纲。"左联"的三次"大众化"讨论都是围绕"通俗化"这个中心议题而展开的。郭沫若说,所谓文艺大众化,"就是无产阶级文艺的通俗化,通俗到不成文艺都可以"①。瞿秋白提出:"革命的大众文艺在开始的时候,必须利用旧的形式的优点——群众读惯的看惯的那种小说诗歌戏剧——逐渐的加入新的成分,养成群众的新习惯,同着群众一块儿去提高艺术的程度。"中国诗歌会一成立就打起了"诗歌大众化"这面鲜艳的旗帜。任钧在《关于中国诗歌会》一文中说:"就中,创造大众化诗歌,(诗歌大众化,)尤被认作最急切的使命。"② 而何谓诗歌大众化? 蒲风在《关于前线上的诗歌写作》中说:"所谓大众化,是指识字的人看得懂,不识字的人也听得懂,喜欢听,喜欢唱。"③ 1934 年,蒲风出版了他的处女作《茫茫夜》,由于对自己的创作道路还存在疑惑,他向郭沫若求教。郭沫若充分肯定了这部诗集,并对其诗歌大众化道路加以肯定,说:"所言之三条路很对。"④ 这"三条路"就是蒲风阐述的,"一、旧瓶装新酒模仿旧形式,用歌谣时调教育大众,锻炼自己。二、批判采用旧形式,接受一切长处,踢弃一切赘述及呆滞强凑而不近真实的成分。三、创造新形式——以容易使人了解,听得懂为主要目标,只求其能现实,无拘于表现或歌唱,抑或叙述。而这三项工作是同时展开来做的,但,其中又以

---

① 郭沫若:《新兴大众文艺的认识》,《大众文艺》1930 年第 2 卷第 3 期。

② 任钧:《关于中国诗歌会》,载杨匡汉、刘福春《中国现代诗论》上册,花城出版社 1985 年版,第 462 页。

③ 蒲风:《关于前线上的诗歌写作》,载黄安榕、陈松溪《蒲风选集》下册,海峡文艺出版社 1985 年版,第 922 页。

④ 蒲风:《诗人印象记:郭沫若》,载黄安榕、陈松溪《蒲风选集》下册,海峡文艺出版社 1985 年版,第 962 页。

最后一项为最主要。"①《新诗歌》一创刊就特色鲜明："我们的诗歌，希求成为大多数人的读物。我们便大胆地撕去它的神秘的外衣，超现实的尸衣，亟使醒目易懂。""藉着普遍的歌谣、时调诸类的形态，接受他们普及、通俗、朗读、讽诵的长处，引渡到未来的诗歌"。② 在《新诗歌发刊词》中他们明确表示：

> 我们要用俗言俚语，
>
> 把这种矛盾写成民谣小调鼓词儿歌，
>
> 我们要使我们的诗歌成为大众歌调，
>
> 我们自己也成为大众的一个。

通俗中心论的大众化理论，其现实指导意义在于为诗人提供了实现大众化的方法指南。左翼诗人要求把诗歌的形式与人民大众接受能力和艺术爱好习惯联系起来，他们继承了五四新诗"歌谣化"的传统，在更大规模上做出诗歌"歌谣化"的努力，使新诗更加坚定地走向大众。"在中国新诗发展史上，是中国诗歌会最早把诗歌大众化的口号提得如此鲜明，并在实践上身体力行，且取得了一定的成绩。"③ 他们主张采用民歌、民谣、鼓词等形式，创作人民喜闻乐见的新诗作品。《关于写作新诗歌的一点意见》中提出，新诗歌的形式是，"创造新格式"，"采用大众化的形式"，"采用歌谣的形式"，"要创造新的形式，如大众合唱诗等"，并特别强调，"要紧的是要使人听得懂，最好能够歌唱"。④

中国诗歌会关于诗歌大众化的主张与实践，得到了鲁迅的赞同与支持。鲁

---

① 蒲风：《九一八后的中国诗坛》，载黄安榕、陈松溪《蒲风选集》下册，海峡文艺出版社 1985 年版，第 820 页。

② 《我们底话》，《新诗歌》1934 年第 1 期。

③ 龙泉明：《中国新诗流变论》，人民文学出版社 1999 年版，第 208—209 页。

④ 同人：《关于写作新诗歌的一点意见》，《新诗歌》1933 年第 1 期。

迅说:

> 我只有一个私见,以为剧本虽有放在桌上的和演在舞台上的两种,但
> 究以后一种为好;诗歌虽有眼看的和嘴唱的两种,也究以后一种为好;可
> 惜中国的新诗大概是前一种。没有节调,没有韵,它唱不来;唱不来,就
> 记不住,记不住,就不能在人们的脑子里将旧诗挤出,占了它的地位……
> 我以为内容且不说,新诗先要有节调,押大致相近的韵,给大家容易记,
> 又顺口,唱得来。[①]

鲁迅这番话实际上概括了左翼诗人的诗歌创作的基本走向,即押大致相近的韵
脚,造成一种可诵可读、流畅顺口的效果。

《新诗歌》一创刊就在《关于写作新诗歌的一点意见》中提出:"至若韵,
我们应当如歌谣、时调所用的一样,采用通俗的自然韵,不应是韵本上的业已
失掉时效的东西。"1935年郭沫若在《关于诗的问题》一文中也说:"诗歌还
是应该让它和音乐结合起来;更加上'大众朗诵'的限制","要有韵才能诵。
要简而短,才能接近大众","诗之不高兴被人看,我看怕就是因为离开了音乐
的缘故吧? 诗本来不是供人看的东西,落到供人看的现状,它是赶不上绘画和
小说的"。"的确的,凡诗必有韵。但韵有广义的韵律和狭义的韵脚之不同,虽
然后者是可以包括在前者里面的。好诗大抵有韵脚,但也不必一定有韵脚"。[②]
中国诗歌会实践了这样的主张,充分利用民间艺术形式进行创作。《新诗歌》
创刊号几乎都是利用民歌、时调、儿歌等民间通俗形式创作的作品,如《现代
民歌》、《四季村歌》、《儿歌》、《新莲花》、《田家新调》等。以后的各期也发表
了许多类似的作品,甚至在1934年6月还专门出版了一期"歌谣专号"。

---

① 鲁迅:《致窦隐夫》,载《鲁迅全集》第13卷,人民文学出版社2005年版,第249页。
② 郭沫若:《关于诗的问题》,载《郭沫若全集》文学编第16卷,人民文学出版社1989年版,第
174—175页。

而在日本"大众化"讨论中，日本作家普遍强调普罗文学的阶级性和作品的政治价值而贬低"通俗化"的文学地位，中野重治就在《关于所谓艺术大众化的错误》一文中旗帜鲜明地反对认为"艺术必须从现在开始转向新的通俗的立场，明天是大众的，大众是喜欢通俗的"这样的倾向，他认为持这种观点的人"为了迎合大众，他们舍弃了艺术的一切。他们的特点是把那种无聊的骗人的戏法般的诡怪和舐脚底板的猥亵的东西塞给大众；另一方面又极端害怕这些作品的观念会违反现存的最卑俗的道德律"①。如果说日本的诗歌大众化着重解决的是诗人的阶级情感、话语立场、辩证唯物主义创作方法，以及如何为工农诗人、工农诗歌提供更广阔的舞台等问题，那么，中国左翼诗人则从现实需要出发，着重解决诗歌的表现形式如何与大众的欣赏趣味接通的问题，虽然中国的左翼诗人处于"通俗化"——大众化的初级阶段，但由于他们与现实密切联系，辛勤探索，在诗歌艺术形式方面取得了丰硕的成果。

三　左翼诗坛的通俗化探索

以"通俗化"为中心的"大众化"锁定的传播对象使左翼诗人探索新的传播方式和诗歌定位。他们把目光投向民间，充分借鉴、吸收和利用民间艺术形式，强化诗歌的"群体的听觉艺术"特征。他们的理念是，大众"他们不能谈剧本，但也可以听戏。他们不能谈小说，但可以听书。所以，我们就不以大众的文化教育的方法论出发，也应该把我们的诗从耳朵里灌注到大众中去"②。在现代派那里，"诗歌不能借重音乐，它应该去了音乐的成分"之类的说法十分流行。而左翼诗人则要把现代派的文人诗变成大众诗，因此蒲风反复强调"诗歌是武器，而歌唱是力量"。穆木天提出"诗歌应当同音乐结合在一起，而成为民众

---

① ［日］中野重治：「いわゆる芸術の大衆化論の誤りについて」（『現代日本文學全集（78）』，東京筑摩書房昭和三十二年，第 260 頁）。

② 任钧：《新诗创作讲座（一）》，《新诗歌》第 1 卷第 4 期，1933 年 4 月。

可歌唱的东西"①。任钧更进一步将之本质化:"从诗的本质上说来,诗并不是为了眼睛,而是为耳朵而创作的。"② "要使得诗重新成为'听觉艺术',至少是可以不全靠眼睛的艺术,而服从于抗战"③。他们认为诗歌只有成为"群体的听觉艺术",人们既看得懂,也听得懂,才能扩大诗的读者群,使诗发挥更大的战斗作用。他们义不容辞地致力于让诗回归群体的听觉艺术的构想与实践。

从创作实践看,他们强化诗歌听觉艺术特征,具体表现为三方面。其一是注重以押韵和民歌的复沓手法加强诗歌的外在韵律,造成一种强烈的节奏感。同人等《关于写作新诗歌的一点意见》中说:"实在,大家早就认为诗不一定要有韵了,一首极有力量的有节奏的诗,它的力量常能超于其他有韵脚的东西。不过,有韵脚的诗歌,终究便宜于传诵,常有种种便宜唱了。讲究严格的格律自然不必,虽然,对于节奏的铺排应有相当的注意。"④ 王亚平的《黄浦江》、任钧的《十二月的行列》、穆木天的《江村之夜》、关露的《九月的太阳》、温流的《青纱帐》等自由诗,在句式、词语、韵脚等方面都融入了较多的民歌技巧因子,增强了可读性和可诵性。蒲风的《茫茫夜》最后是这样的诗句:"黑暗!黑暗!黑暗!/雷鸣!雷鸣!雷鸣!/风雨声中/夹杂着晓鸡啼音!"《农夫阿三》写道:"七月里,/火般的太阳,/田间早稻黄。/阿三,匆匆赶路忙,/流着汗,/汗珠闪闪露金光。"通俗明快,偶句押韵,朗朗上口,他在诗中还有意识让某些诗句隔离反复,既强化情绪内节奏,又增加外在韵律,完善诗篇结构,首尾圆合,收转自如。《六月流火》创造性地采用自己家乡流行的客家山歌的表现形式,广泛采集来自父老乡亲的口语,以"对唱"、"轮唱"、"会唱"等民间歌谣的传统手法,支撑整首唱诗。杨骚的《福建三唱》吸取民

---

① 穆木天:《关于歌谣之创作》,载蔡清富、穆立立《穆木天诗文集》,时代文艺出版社1985年版,第290页。
② 任钧:《新诗创作讲座(一)》,《新诗歌》第1卷第4期,1933年4月。
③ 任钧:《新诗话·略论诗歌工作者当前的工作和任务》,载龙泉明等《现代诗学》,湖南人民出版社2000年版,第156页。
④ 同人:《关于写作新诗歌的一点意见》,《新诗歌》1933年第1期。

歌民谣的长处，采用复唱迭咏的手法，节奏明快。

其二是直接将诗与音乐结合。左翼诗人对民间形式借鉴学习，文体方面最成功的是歌谣创作。蒲风在《新诗与旧诗》、《九一八以后的中国诗坛》、《几个诗人的研究》等诗论中，指出新诗应汲取旧诗中所存在的合理部分，不能将旧诗所带有的封建糟粕连同它特有的民族形式都一起扔掉。从《新诗歌》创刊号到其后各期，都以相当多的篇幅发表利用歌谣、小调、鼓词、儿歌等民间通俗形式来写作的作品，如《现代民歌》、《义勇军打仗景（新无锡景调）》、《新莲花（田家新调）》、《四季村歌（附谱）》、《雪飞花（儿歌）》、《小歌金陵》、《五更叹》、《孟姜女寻夫》等。1934 年 6 月还出版了一期"歌谣专号"。《高射炮》第 3 期为"通俗诗歌特辑"。《时调》广泛收集民歌和民谣。《战歌》第 6 期为"通俗诗歌专号"。《中国诗坛》开辟"民歌研究"等通俗诗歌探讨栏目。

将民间文学作为新诗建设的重要资源，从五四文学革命就开始，胡适、周作人、刘半农等先驱十分注重从民间文学和文化中寻求精神资源和生命质感，构建民族新文学的现代品格。1918 年 2 月刘半农和钱玄同、沈尹默等在北大成立"歌谣征集处"面向全国征集歌谣，希望以此创造"民族的诗"。刘半农不仅以语言学家的身份对中国各地的方言土语、歌谣时调进行搜集、整理、研究，还用歌谣体的形式创作了一部诗集《瓦釜集》，可惜未形成较大声势和影响。1920 年 12 月，北京大学在刘半农、沈尹默和蔡元培的倡导和支持下成立歌谣研究会。当然，五四时期的这个"民间"不但是中国的，也包括外国的。1920 年前后曾出现了译介外国民歌民谣的热潮。中国诗歌会和后中国诗歌会诗人群①对民间歌谣的重新发掘，是对"五四"取法"歌谣"一脉的延续和回

---

① "后中国诗歌会诗人群"这一流派的发现和定名，见刘静、龙泉明发表于《福建论坛》2004 年第 3 期的《论后中国诗歌会诗人群》，指抗战时期辗转于广州、云南、香港等地，以《高射炮》、《中国诗坛》、《战歌》等刊物为阵地，其理论主张与原中国诗歌会一脉相承的一群诗人，其主将和骨干大都为原中国诗歌会成员。

复，也是在特殊的社会环境和文化背景中，借用这种方式作新诗民族化、大众化的尝试。所以他们置歌谣于新诗中的地位已明显地不同于五四时期。穆木天在《关于歌谣之创作》中说："新诗之歌谣化，总可以说是新诗运动的目标之一。"

《舟子谣》（柳倩）、《思母谣》（杜谈）、《塘沽盐歌》（王亚平）等借通俗易懂的"旧瓶"，装进阶级剥削阶级压迫的新内容。《新十叹》（流）、《小宝宝的歌》（白曙）将正泰橡胶厂惨案编成歌谣，起到了很好的宣传教育作用。奇玉的《新谱小放牛》在传统"小放牛"的形式里注入贫富对立的新内容："大军阀天上笑嘻嘻，/小百姓地下苦凄凄，/庄稼汉种稻没得米，/采桑娘子养蚕没得衣。"温流的《打砖歌》干净利落，顺口易记，曾被传唱一时：

　　小的锤，方的砖，

　　咱们的世界在前面，

　　不要怜悯不怕死，

　　打呵，打呵，干呵干！

穆木天曾指出："新的诗歌应当是大众的娱乐，应当是大众的糕粮。诗歌应当同音乐结合在一起，而成为民众所歌唱的东西。是应当使民众，在歌着新的歌曲之际，不知不觉地，得到新的情感的熏陶。这样，才得以完成它的教育意义。"[1] 选择以音乐为媒介，以"歌"、"曲"为题的诗作在中国诗歌会和后中国诗歌会诗人群中一时蔚然成风。蒲风为此欣喜："这一个时代，新歌词的大批传播，下至牧童也晓得略哼几句，总给予新诗的大众化一个臂助。"[2] 蒲

---

[1]　穆木天：《关于歌谣之创作》，载蔡清富、穆立立《穆木天诗文集》，时代文艺出版社 1985 年版，第 290 页。

[2]　蒲风：《抗战以来的新诗歌运动观》，载黄安榕、陈松溪《蒲风选集》下册，海峡文艺出版社 1985 年版，第 750 页。

风 1937 年出版的《摇篮歌》，是他有意识写作歌诗的开始。在《摇篮歌·写在后面的话》中他说："我是希望着我自己能够多产生一些可作歌曲的歌词，也希望着大家来一致为此努力。"《摇篮歌》中有不少都被谱成歌曲。如《码头工人歌》、《打桩歌》、《打砖歌》等由聂耳配曲，收入《聂耳歌曲集》；《摇篮歌》由孙慎谱曲，发表在 1936 年 7 月 16 日《妇女生活》第 3 卷第 1 期；《厦门自唱》由李焕之配曲，刊于 1937 年 9 月《游击队》第 3 期；《战斗救亡曲》由李焕之配曲，发表于 1938 年《延安鲁艺音乐讲义》。左翼诗人与音乐家携手，创造了一批脍炙人口的歌诗，如聂耳为石灵的《新谱小放牛》、《卖菜的孩子》等谱曲，贺绿汀为关露的《春天里》谱曲，任光为任钧的《妇女进行曲》谱曲，沙梅为任钧的《车夫曲》谱曲，这些歌诗广为流传，有的甚至传唱了半个世纪，发挥了很好的宣传作用。

其三是大力创作朗诵诗和大众合唱诗，以实现诗歌"听觉化"。同人在《关于写作新诗歌的一点意见》中说："写完一篇诗歌以后，最好能够注意到：找个机会朗读出来，看别人能否听懂。基于此点，将来可以扩大成为新诗歌的朗读运动。有价值的诗歌，应该拿到大众里头朗读起来。朗读一方面可以助长新诗歌的发展，一方面也可以加速完成新诗歌的任务。"同时提出："要创造新的形式，如大众合唱诗。"[1] 群众性的诗歌朗诵运动无疑是使诗歌接近大众，从而扩大诗歌宣传力度和广度的有效手段。任钧在《关于诗的朗读问题》中说："在朗读的场合里，纵然也要受到听觉的限制，但在同一的时间内，却可以对着几十几百几千甚至几万的大集团朗读。"左翼诗人多次发起、组织诗歌朗读（朗诵）活动，并在理论上加以探讨，任钧将诗歌朗诵的优势归结为"直接的感动性"、"大众的普及性"和"集团的鼓动性"三点，希望"使诗歌的朗读运动能够一日千里地发展下去！"[2] 蒲风的诗集《钢铁的歌唱》、《在我们的

---

① 同人：《关于写作新诗歌的一点意见》，《新诗歌》第 1 期，1933 年 2 月。
② 森堡：《关于诗的朗读问题》，《新诗歌》第 1 卷第 2 期，1933 年 2 月。

旗帜下》、《街头诗选》中许多诗歌都写得斩钉截铁，很适合朗诵。大众合唱诗也是中国诗歌会有意识创作的一种诗歌形式，是他们期待与大众共鸣的一种尝试。《新诗歌》一创刊就旗帜鲜明："要创造新的形式，如大众合唱诗。"他们认为这种形式便于表现大众的集体力量和紧张气氛，"它是想解放过去新诗歌的叙事性和抒情性的狭隘，主要的是采用集团底力学的，私演剧的要素而歌唱，用集团的朗读、合唱、音乐、照明、肉体运动等把诗的节奏表现出来"[①]。蒲风在《六月流火》中穿插"大众合唱诗"《祖墓赞歌》、《土田赞歌》、《要拿起我们的家伙》，用这一旨在抒发"大众心声"的形式，气势磅礴地反映共产党所领导的农民暴动对当时黑暗窒息的社会氛围所造成的巨大冲击。穆木天的长篇"大众合唱诗"《江村之夜》，采用面对读者大声呐喊的方式，表达一种沸腾的时代情绪。他们的这些努力使诗歌直接面向公众，促成了抗战时期"朗诵诗"、"街头诗"运动的形成。

抗战初期，伴随着全民重振民族精神的渴望与理想，中国诗歌会倡导的"诗朗读"，逐渐发展成为一个全国性的最具有时代特征的诗歌运动。"朗诵诗"这一名词经常出现在报纸杂志上，一些诗人甚至在诗作前直接冠以"朗诵诗"的名字。还由此引发了一场关于"朗诵诗"存在意义问题的大讨论。朗诵诗将个体对社会的构想通过诗歌在公共领域内加以强化，成为抗战初期诗歌的一种最佳的存活状态。王冰洋欣喜地欢呼："朗诵诗是抗战中诗坛上新兴的一种诗体，它现在已很盛行。"[②] 但基于中国诗歌会和后中国诗歌会诗人群认同的诗歌在其本质上，应该是为"耳朵而创作"的观点，穆木天甚至反对把"朗诵诗"独立为诗的一种体裁。他说："并不是诗中有朗读诗和非朗读诗之分，而是一切的诗——不管是讽刺诗，还是叙事诗——都应该是朗读的。……朗读诗并不是诗的体裁，我们要做出各种体裁的诗，

---

① 戴何勿:《关于大众合唱诗》，载王训昭《一代诗风》，华东师范大学出版社 1996 年版，第386 页。

② 王冰洋:《朗诵诗论》，重庆《时事新报·学灯》，1939 年 1 月 15 日。

去拿着朗读。"① 在他们看来，强调诗的听觉艺术特征和开展诗的朗诵运动，是诗的本质的一种回归，更是在现阶段中实现大众化的一条基本路线。蒲风说："而目今歌咏会之深深得到民众欢迎，便证明了我们的诗歌的大众化。"② 为开拓朗诵诗的言说空间和方式，他们展开了较广泛的讨论。仅《战歌》就发表了有关诗歌大众化和诗歌朗诵问题的评论文章六万字。穆木天提出，"并不是一切的诗，都可以无条件地朗读出来的。朗读诗，是应当有他的特质。在朗读诗里，作者必须用丰富的形象，明朗的语句，而且，主要地，要切合听众的要求。在音响和节奏上，都要追求容易朗读的条件。"③ 锡金认为，适合朗诵的诗的格律应该具有起伏奔落之势，如果节奏太迟缓，则"显得感情散漫没有凝聚的焦点或高潮，结果也不能十分地感动人了"④。朗诵诗以其反馈的及时、传播的快捷，得以迅速发展。彭慧的《怀念被敌船载去的孩子们》、王亚平的《在沦亡的国土上》和《冲锋歌》、蒋锡金的《胡阿毛》、雷石榆的《华南，我们保卫你!》、穆木天的《去打游击战》等都曾是电台或群众集会时的朗诵名篇。锡金的朗诵诗《老家》全篇以短剧的方式来结构，由于对这种形式没有把握，他特意在诗后作了说明："朗诵诗在实验途中，这不过是一种试验的形式，并不能算是固定的形式。……到实践朗诵的路上去，朗诵诗才会得着好的发展。"表现出一种有意识的探索姿态。

遗憾的是，与"大众化"一词所特有的阶级意识相呼应，左翼诗歌在大众化努力的同时又表现出强烈的排他倾向，或者说日本普罗诗人会将艺术形式政治化的做法在他们身上荡起了回响。日本普罗诗人会曾提出"和以诗为中心的一切反动底韵文艺术彻底斗争! 使封建底韵文艺术（短歌、俳句、川柳）解消

---

① 穆木天：《诗歌朗读与诗歌大众化》，载蔡清富、穆立立《穆木天诗文集》，时代文艺出版社1985年版，第362页。

② 蒲风：《现阶段的诗人任务》，载黄安榕、陈松溪《蒲风选集》下册，海峡文艺出版社1985年版，第905页。

③ 穆木天：《诗歌创作上的表现形式的问题》，载蔡清富、穆立立《穆木天诗文集》，时代文艺出版社1985年版，第409页。

④ 锡金：《朗诵的诗和诗的朗诵》，《战地》1938年1月。

于普罗列塔利亚自由诗运动之中!"的口号,进而在诗坛上抵制短歌和俳句等传统艺术形式。而这一做法由任钧介绍给了中国诗坛。[①] 与日本普罗诗人会批判布尔乔亚诗歌一样,中国诗歌会也把艺术风格与政治立场等同起来,对新月派、现代派的自我表现和心灵探索的诗歌一概否定。一登上诗坛就以势不两立的姿态,以自己理解的"大众化"、"通俗化"抨击其他流派诗人为"洋化"和"晦涩",把含蓄、暗示、象征等原本属于诗歌美学范畴的东西一概抛弃。如杨骚提出"我们无条件地反对听不懂甚至看百遍都不懂的所谓'含蓄'的诗;'含蓄',这是封建时代乃至神权时代的遗毒;是'狡猾'或'没有把握'的别名!"甚至说"与其是看不懂的'含蓄'之类的诗,我们宁要明白的口号标语的诗"。[②] 在中国诗歌会打出借民间形式创造"大众歌调"的旗号时,便试图用一种诗歌经验去代替或者涵盖诗歌所有的可能性,以民间歌谣是可歌可诵的听觉艺术为标准非议并行于三十年代的新月派、现代派的诗只是"看的艺术",是"让有闲的人坐在洋房子里读"的,并排斥与"看的艺术"相应的表现手法。甚至于在诗歌音乐性探索方面也切断与其他艺术流派,乃至古典诗歌和外国诗歌的链接。穆木天在《关于歌谣之创作》一文中曾说过这样一段话:

> 我们的过去的诗歌,是不是同音乐相结合着呢?自然,不是绝对的没有。沫若的《湘累》中的歌不是被一般青年所歌唱着么?可是,那是被限制于小的范围的。他的势力范围是比《毛毛雨》的还要小些。在我们的象征诗人之中,也曾实验过诗歌之音乐化,可是,他们所希图的,是自己陶醉的旋律,而离开民众有十万八千里。那种旋律的音乐,是与民众无缘的。[③]

---

① 森堡(任钧):《日本普罗列塔利亚诗人会的发展概观》,《榴花诗刊》1932年第2期。
② 杨骚:《历史的呼声》,载杨西北《杨骚选集》下卷,作家出版社2006年版,第786页。
③ 穆木天:《关于歌谣之创作》,载蔡清富、穆立立《穆木天诗文集》,时代文艺出版社1985年版,第290页。

这种十分武断和褊狭的做法实际上否定了多种艺术形式和风格的探讨与借鉴、共存与互补的意义，从而极易使诗歌生态失衡，损害多元并生的格局和秩序，最终造成诗的言说方式和风格特征趋于一元化，诗作平淡浅俗和枯燥乏味。艺术上的自我封闭使左翼诗作呈现出多直抒胸臆和直接描摹，语意明晰，意象单纯，描述性意象多，象征性意象少，直白明朗的整体风貌，甚至有的诗"通俗"到了粗俗："滚他妈！/收稻的东家：/皮袍，/马褂。/吃得像人哪/穿得像人哪！/狗东西，坏傻瓜，/只顾自己老婆，/不顾人家妈。"（田间《坏傻瓜》）

左翼诗人一方面不屑与新月派、现代派为伍和沾边，一方面把目光专一地投向了民歌民谣，甚至将之捧为创造新诗形式的最主要的途径之一。但从实际创作情况看，他们对歌谣体以及音韵的讨论也只停留在一般的倡导上，缺乏具体深入的研究和具有实际指导意义的理论建构。对民间形式多为套用性质的"填调"，缺乏选择与提炼的功夫。而且由于存有过多"利用"旧形式的功利之心，他们对民间文化形态的价值体系和审美特征认识不足，当然更谈不上进行深入的研究和消化、吸收。他们以这样表面化的学习而拒绝其他流派艺术经验的吸取，同时对于古典诗歌也采取偏激的态度，认为旧诗词的形式已经成了镣铐和桎梏，而且，对于外国文学除比较注意吸收海涅、马雅可夫斯基、别德内依和别兹敏斯基等诗歌的战斗性和通俗性之外，对于其他名家的诗歌技巧则缺乏研究和借鉴，这不能不严重地自我封闭了艺术视野。穆木天和杨骚的创作前后期艺术价值迥异，从一方面可以说明这种自我封闭对艺术的阻碍。实际上在创作中他们也出现了民歌民谣的定型句式和简易的手法与现代生活的丰富性和现代人感情的复杂性之间的矛盾，如蒲风发现民间曲调"不能借来装用《义勇军进行曲》一类的慷慨激昂热情勃发的东西"[①]。他们中的个别诗人偶尔尝试着吸取多种艺术营养，取得了较好的效果。遗憾的是他们并未因此而反省，仍

---

① 蒲风：《目前的诗歌大众化诸问题》，载黄安榕、陈松溪《蒲风选集》下册，海峡文艺出版社1985年版，第929页。

然我行我素。所以手法单一、诗意浅露，缺乏回味是他们诗作的通病。在创造新的民族化、大众化的诗歌形式方面，留给文学史的只有几个理论家和诗人空洞的提议，而真正经得起时间考验的诗篇极少。因而以中国诗歌会和后中国诗歌会诗人群为代表的单纯"利用"旧形式用作某种宣传的诗歌创作方式，虽然喧腾一时，但昙花一现地很快退出了文坛主流位置。

概念化、公式化作品流行一时还有一个原因是他们对于大众化的片面理解。他们的"大众化"的主要目的不是为了让大众享受新诗的艺术美，而是为了"教养、训导大众"。以政治宣传为目的的诗歌大众化运动必定要顾及大众的文化水平和接受能力，在受诗的大众化必然是粗放、浅白的认识褊狭左右和大众的文化素质普遍较低的情形下，要求诗歌被"识字的人看得懂，不识字的人也听得懂，喜欢听，喜欢唱"，就不得不让诗歌从深层内涵到语言形式去俯就。正如蒲风在《摇篮歌·写在后面的话》中所说的"最能抓住大众心情的，又必是最适合于大众生活，大众口味的歌唱"。这也从客观上阻止了他们对诗歌艺术的深入探索。与此相联系还有新诗的功利性，所谓"大众化"实际上就是宣传化。诗是一种有审美目的的创造活动，而左翼诗人热心诗歌通俗化的终极目标不在文学层面，而是定位于思想、政治层面，甚至宣传效果成为评判诗歌价值的唯一标准。在这种唯宣传论的诗歌观念的笼罩下，诗人把激情意识化和社会化，只是追求宣传上的力度，许多作品并没有经过审美意识的过滤和艺术创作的醇化就急于转化为政治鼓动标语，所容纳的诗意信息自然十分贫乏和单调，从而减弱了诗的兴发与感动的功能。诗歌功利观的强化，渗透着特定历史条件下中国知识分子传统文化心态。当然我们不能脱离当时的现实来评论这一观念的得失。但由于诗人对于诗歌宣传功能的期待超过了对于美感的期待，对现实的政治评价、道德评价未经审美中介直接表现出来，读者只能达到一种短暂迅速的阅读快感，而无法获取丰富久远的美感享受。

可以这样说，特殊的写作生态为中国左翼诗人的通俗化诗歌提供了生长空间。而朗诵诗、大众合唱诗和歌词诗等新的艺术形式的勃兴刷新了静悄悄的阅读方式，是他们为时代、为新诗形式建设提供的值得珍视和研究的艺术景观。他们重新点燃了民间歌谣的艺术智慧，激活了诗歌的歌咏性特征，在一定程度上推进了新诗现代化。但是，不可否认，他们的诗作在呈现新的艺术风貌的同时，也留下了值得深思的创作矛盾，特别是与之相伴而生的"非诗化"倾向的蔓延和其急功近利的创作动机成为后遗症，长期固执地占据在许多诗人心中，形成一种创作意识和心理定势，给新诗的发展带来了消极的影响。

第五章　铁蹄下的呐喊

20 世纪 30 年代，日本进入帝国主义时期，政治经济领域发生了巨大转变，文学也随之发生畸变，整体上失去了为中国新诗现代化提供助力的能力。在抗日救亡的时代呼声中，"日本鬼子"形象凸现于诗坛，少数民族地区出现了慷慨激昂的抗日大合唱。在东北沦陷区和台湾地区，日本作为入侵者所施加的强权意志，不仅严重干扰和阻碍了新诗现代化，而且使诗坛染上了特殊的殖民色彩。

从 1931 年"九一八事变"至 1945 年，日本对东北进行了长达 14 年的伪满洲统治。台湾则从 1895 年清政府签署《马关条约》开始至日本战败投降，近半个世纪陷于殖民统治之下。经济掠夺、政治黑暗、文化侵略，中国人民生活痛苦不堪。尽管如此，铁蹄下的人们仍用赢弱却坚韧的声音，在逼仄的文学世界里，用诗歌进行英勇的抗争，或表达隐忍的愤懑。

在殖民地诗歌微弱的潮流中，大致可看出几种倾向。一是抗争色彩浓郁的左翼和乡土诗歌。左翼诗歌具有鲜明的反殖民、反封建主题。殖民与封建保守势力大多有某种程度的媾和，所以反殖民也意味着反封建。乡土诗歌则是通过抒写乡土情绪，固守文化之根，彰显民族精神。二是以隐忍、含蓄方式表达反殖民情绪的现代派诗歌。这些诗人有的是留日学生，因而受到日本诗坛的现代主义氛围影响，更多的则是为规避殖民当局的压迫。而在伪满洲国，还出现了日本左翼诗人隐晦地表达反战情绪的现代主义诗歌。三是迫于淫威的奉命之作或主动迎合谄媚的附逆之作。这是诗歌潮流、诗人主体性选择与殖民暴力等在特殊时空与场域多种复杂因素交融所导致。

第一节　伪满诗坛的民族界域与乡土观照

伪满洲诗坛格局的形成在很大程度上与当时的媒介活动息息相关。日伪统治者对媒介的强权控制，严重挤压了诗歌的生存空间，而且让诗坛蒙上了一层厚厚的殖民色彩。

一　被扼制的咽喉

日本一直相当重视媒体的舆论导向、传播作用及相应的意识形态控制。早在 1901 年，日本人就创办了汉文报纸《顺天时报》，进行淆乱视听、欺骗民众的文化宣传。"七七事变"后，日本通信社更是大举入侵，遍布中国各大城市，计有八十多家。

日本在策划伪满洲国时，首先就采取强权手段，颁布各种法令，严格控制传媒。早在 1932 年，伪满洲当局就颁布了《出版法》，1937 年战事变化后，日伪政权又通过立法压缩民间传媒的生存空间。其重要措施如下：一是通过满洲弘报协会整顿伪满洲报刊业，以合并或收买方式将二十几种中文报纸纳入大新闻社的统辖。1941 年 1 月，满洲"新闻协会"又取代弘报协会，进一步直接操纵新闻舆论。1941 年 3 月，日伪统治当局发布《艺文指导要纲》，对文学创作也进行严格限制。日本统治者在这方面的控制步步加强，1941 年 8 月

《满洲国通信社法》、《新闻法》、《记者法》同时出台，以法令形式控制了重要的新闻机构与大众传播；其二，将出版机构缩减为两家。据《伪满洲国的真相》一书所言，"满洲国"统治出版业的机构有两家：一是 1939 年根据敕令成立的满洲书籍配给株式会社，简称"满配"，对日本等国外输入的出版物、"满洲国"的出版物进行统制和配给；一是 1941 年设立的，以"振兴国策"出版为目的的满洲出版协会。该协会由总务厅弘报处指导，主要业务是对出版纸张统治和配给，对出版物的内容进行预先审查，对"优秀"出版物予以评奖。"满配"更重要的工作是同官方协作，进行思想统制，对输入出版物进行检查和禁入，将从中国关内输入的出版物完全置于监视之下。① 配合这种控制措施的，还有对文人组织的重新布局。1941 年，民间文人组织被解散，作家们的活动基本被统制在"满洲文艺家协会"、"满洲艺文联盟"之下。除这种以殖民主义文艺和行政手段进行的控制外，伪满还出动军警进行直接的法西斯镇压，思想控制最终由媒体扼制演变成为直接的暴力镇压。

其次，创建日媒、官方传媒，将其推为主控媒体，如《满洲评论》、《大同报》等。《满洲评论》创刊于 1931 年，终刊于 1945 年，共发行 675 期。它由日本南满洲铁道株式会社一批所谓"中国通"创办，总部设于大连，在中国南京、上海、北平、天津、广州、沈阳、哈尔滨以及东京、大阪、纽约等地都设有分部或通讯员。从其办刊方针及具体措施来看，其本质就是对中国进行文化侵略。《大同报》则是伪满洲国政府机关报，它主要是为日伪作舆论宣传。伪满时期有五份重要的中文报纸，长春《大同报》、沈阳《盛京时报》、大连《泰东日报》、哈尔滨《大北新报》和《滨江日报》。《大同报》是日伪统治者重点扶持的"第一大报"，其政治地位最高，超过了其他老牌日资报纸。1943 年 7 月《大同报》改名为《康德新闻》，还乘机吞并其他多家报纸。在这种主控政策以及配给制的推导下，报纸杂志的空间急剧萎缩，民办报纸更

---

① 《伪满洲国的真相——中日学者共同研究》，社会科学文献出版社 2010 年版，第 184—185 页。

是举步维艰，如张复生私人投资创办的民办报纸代表《国际协报》，创刊于1918 年，1919 年由长春迁至哈尔滨，1937 年被迫终刊。该报前后历经 20年，共出版 5821 期。

在日伪的统治与控制下，诗歌发展只能走两条路：其一是利用副刊与正刊的分裂状态，觅得东北诗歌及文艺发展的方寸之地，如《大同报》、《国际协报》等的诗歌版面；其二是利用与日本报人的某种特殊关系来创办文艺期刊，以纯文学形式来规避当局的高压，如《艺文志》、《新满洲》等。

《大同报》的文学副刊，在政治身份与文化身份之间存在某种相异状态，经常有两种不同的力量和声音出现：一种来自《大同报》统治阶层的政治势力，它常常就是日本侵略者本身；另一种即是坚持民族文学立场，采取曲折方式表达对伪满洲国的否定。《大同报》办过二十余种副刊，《大同俱乐部》、《夜哨》、《满洲新文坛》等就是其中代表。1933 年创办的《夜哨》尤其有名，东北作家群的萧红、萧军、罗烽等都曾以之为战斗阵地。[①]《大同俱乐部》、《夜哨》、《满洲新文坛》等副刊，也都发表过具有鲜明反抗精神的作品。东北沦陷区作家、评论家季守仁，由此曾称《大同报》副刊是"满洲文坛发祥圣地"。《夜哨》后来被取缔，继之而起的是哈尔滨《国际协报》的"文艺"周刊和《黑龙江民报》副刊"芜田"。"九一八事变"后，《国际协报》副刊由主编赵惜梦负责，刊载了大量的爱国诗词、散文、小说、杂文等，成为了抗日救亡的一块阵地。1931 年 11 月《国际协报》不得不暂时休刊，但在中共地下党员金剑啸、舒群、罗烽，反日同盟会会员白朗，爱国青年萧军、萧红等人利用敌伪和民办报刊，建立文艺宣传阵地之后，它又再次行动起来，发表了大量反映现实、暴露黑暗统治、歌颂反抗斗争的文艺作品。《国际协报》副刊因此被誉为"东北作家群的摇篮"。

---

① 参见蒋蕾《精神抵抗——东北沦陷区报纸文学副刊的政治身份与文化身份》，吉林大学 2008 年博士研究生论文。

伪满时期的重要文艺杂志《艺文志》创刊于 1939 年，发行 3 辑后于 1940 年 6 月休刊，1943 年 11 月又作为"满洲文艺家协会"中文机关杂志在长春复刊，发行人为宫川靖五郎，发行所为艺文书房。在刊行 12 期后，新月刊《艺文志》于 1944 年 10 月再次停刊。复刊后的《艺文志》和前期已有较大差别，发行人和编辑都发生了大调整。前期《艺文志》的代发刊辞《艺文志序》，曾表明办刊宗旨："望国内识者，以其大戟长枪之笔，来拓展这块荒芜的文苑。则艺文可兴，民风可敦，国光可彰也。"借着彰显"国光"的名义，这时还可以发展抗战文艺，如 1939 年百灵的长篇史诗《成吉思汗》等。复刊后的《艺文志》，其宗旨由当时伪弘报处处长士川敏鼓动性的《〈艺文志〉发刊祝词》所阐明，是为"大东亚战争"服务，让艺文家"协力圣战"并"创造新东亚艺文"。如 1944 年第 1 卷第 7 期一百多页的诗歌专号，封面题字就为"奏凯歌而后已"，内有"（决战）必胜吟"等诗歌特辑。

《新满洲》杂志也是伪满洲国时期重要的大型文化综合期刊，1939 年 1 月在新京（长春）创刊，历时 7 年，共刊出 74 期，终刊于 1945 年 4 月。该刊由"满洲图书株式会社"主办，创刊时编辑人是"满洲图书株式会社"编纂室主笔王光烈，从第 4 卷 11 月号开始编辑人变为季守仁（吴郎），发行人是"满洲图书株式会社"常务理事日本人驹越五贞。随着日本的控制加强，《新满洲》能够独立安排的文艺性栏目空间越来越小，甚至刊发了一部分伪满诗歌中最耻辱的"献纳诗"。

以上种种情形，最终造成了诗坛的特殊形态：其一，抗日诗歌创作的间断性、含蓄性。殖民暴力统治注定了抗日文艺只会不断遭受镇压和破坏，即使相对自由的"日系"诗人也不例外。文艺副刊的反抗意图一旦被发觉，就只会被扼杀，这使得伪满时期的抗日诗歌呈现出相对的隐晦性。其二，报纸的文学副刊担当了重要角色。伪满诗歌主要有报纸、文学期刊副刊，以及单行本三种主要载体，而报纸文学副刊作用尤为重要。1937 年至 1939 年一度出现的文艺单行本，成为了艺文志派、文选文丛派的形成基础，自由主义诗人、乡土的现实主义诗人由此带给了东北文学昙花一现的繁荣。1941 年 7 月，因纸张匮乏报纸减版、杂志减页，诗歌的生存地又重新回到了报纸副刊，在逼仄夹缝里的诗歌由此迅速萎谢。四十年代，除了少数隐忍、委婉的诗歌之外，只有一度气器焰盛的附逆谄媚之诗。与短暂的期刊和难得的单行本相比，报纸显示出了时间延续长、覆盖区域广等明显优势。其三，日本文人、报人在诗坛传媒中的状态复杂。除绝大多数站在侵略者与殖民立场上的文人、报人外，该时期也出现了相对独立的人士，如安西冬卫、野川隆等现实主义诗人，在日本殖民的同声狂欢中发出了别样的声音，城岛舟礼等报人积极促进了东北自由主义诗歌的发展。

二 反抗与乡土中的民族之根

"九一八事变"后东北原有文艺组织大多星散，但随着时局的暂时稳定，殖民者实施的高压也有所松动。"1933 年开始，作家们再次以报纸的文艺栏目为阵地，由若干人组成社团发表作品，如冷雾社（奉天的《民报·冷雾》）、飘零社（抚顺的《抚顺民报·飘零》）、新社（奉天的《民报·梦丝》），还有白光社，以诗和散文为中心，刊物《白光》杂志"①，这就是最先出现于沈阳、抚顺一带的"四大社团"。为显示"祥和"，当时伪满政策有所松动，报刊逐步得以复刊，沦陷区的文学活动也随之缓慢复苏，因此 1933 年又被称为东北沦陷区的"文学社团年"。之后，寒寂社、白眼社、凋叶社、孤雾社、寒光社、凄风社等也先后建立。它们大多寄附于报纸副刊，有的有名无实或昙花一现，有的进行了巧妙的诗歌抗争。从社团名称就不难想象当时文学界的凄苦，不过，社团复苏及报刊副刊零散出现，伪满的诗歌创作也有所生发。

总体上，在日本施行的奴化教育以及对文学的严格控制下，被钳制的媒体

---

① 《伪满洲国的真相——中日学者共同研究》，社会科学文献出版社 2010 年版，第 172 页。

能提供刊载的阵地极为有限，沦陷区的人们不可能自由表达思想情感。在有限面世的诗歌中，一部分抒写着国仇家恨，激发了爱国热情，具有了明显的左翼色彩，也直接遭到了日伪当局的镇压。另外一部分则以隐忍的方式，婉转表达着抗争与爱国思想，它们以乡土诗歌为重要代表。日伪对东北地区的高压、严控和封锁，使得东北新诗整体笼罩在冷郁沉重的阴霾之中。

左翼诗歌具有明显的现实主义倾向，展示出一种鲜明的粗放、悲凉的地域特色和审美风范。"夜哨"作家群以"原野的呼喊"奠定了东北沦陷区左翼诗歌创作的基调，其中最为突出的是金剑啸。1935 年，金剑啸在《黑龙江民报》副刊"荒田"上发表长篇叙事诗《兴安岭的风雪》。诗歌真实描摹出东北抗日武装可歌可泣的斗争画面，是东北新诗史上辉煌的篇章。继而 1933 年 7 月，萧军、萧红、舒群、白朗等以哈尔滨为舞台，积极开展抗日文艺活动，成立了半公开的抗日组织"星星剧团"。剧团从 1934 年开始就受到严密监视，是年秋成员被捕，萧红、萧军被迫辗转上海，剧团被迫解散。1936 年 6 月 13 日日本宪兵制造黑龙江民报社事件，以左翼文化人为血腥镇压对象，金剑啸不幸牺牲。继续左翼活动的陈隄、关沐南、王光狄等，也在 1941 年的"哈尔滨左翼文学事件"中被捕。在殖民统治下的这些半公开的抗争，都付出了沉重的代价。

左翼诗人以鲜明的民族立场，激昂的自由姿态，在诗歌里向日寇发出了控诉与抗争。虽然不断遭受摧残，但依然有无数血性诗人不屈不挠、勇往直前。这种创作精神，远远大于艺术表现，谱写了民族抗争的不朽诗篇。

在左翼诗歌屡屡受到镇压之时，另一股贴近泥土的现实主义诗歌，以含蓄隐讳的方式，在委婉的抒写中悄然发展起来，这就是乡土诗歌。乡土创作一方面是为了规避当局镇压，因为乡土题材与出发点避开了日寇敏感的政治神经；另一方面，这也是作家更真挚更深沉的爱国热情的表现。他们借助乡土题材，表达着对东北土地、东北人民的热爱，间接控诉了带来黑暗的日本侵略者。

伪满时期的"文选"与"文丛"派，早在三十年代就呈现出了一种乡土色彩，其作品虽然有着文野、雅俗之别，但都以乡土情结为联结点。更为明显的"乡土文学"，渐成气象于1937年的文艺论争。是时，山丁在《明明》第3期发表《乡土文艺与〈山丁花〉》一文，高度评价被视为明明派作家疑迟的短篇小说《山丁花》，称这篇描写伐木工人生活的作品是"乡土文学"的代表。古丁则在《偶感偶记并余谈》中针锋相对地提出"没有方向的方向"，反对这种乡土文艺主张。他认为这种乡土文艺实质是只写大豆高粱的"农民文艺"，过于褊狭，不利于文艺创作的繁荣发展。山丁等以《大同报·文艺专页》为阵地，古丁等以《明明》为营垒，双方各执己见，由此拉开了"乡土文学"论争。这场论争断断续续，一直持续到20世纪40年代初。

"乡土文学"论争，对于如何发展文艺、繁荣创作起了重要的启迪作用，许多作家由此把"乡土文学"作为代表东北人民特性、彰显民族特色的潜在方式。在诗歌方面，"乡土文学"也成为了一些诗人自觉的选择，山丁尤其是亲躬力行。他不仅以小说实践其文学主张，而且在诗歌中也注重了乡土文学的特性，如《鱼肆》一诗带着乡土的写实性、带着伪满时的风俗画进入创作。诗里的鱼肆、鱼、屠者构成一系列联结的意象。而诗中他者（我）的参与又使短短的风俗画形成一种对立的复调。在风俗画之中，隐喻的殖民统治黑暗也是不言而明。描写在黑暗中拼命挣扎的夜行者，揭露日本侵略者的罪行，叙述人民的苦难，这几乎成了东北沦陷时期所有爱国作家的共同主题。

这样的乡土诗歌，在写实中满蕴着诗人抑郁的怒火，只有运用含蓄隐晦的手法，它们才能顺利面世。乡土文学的取向也是当时台湾同胞的选择，奴隶之苦的灼痛使乡土文学成为两地文学的自觉选择。虽然台湾乡土文学在不同的历史条件下，它的涵指并不完全相同，但这种乡土情结已经远远超越地域、村社文化习俗的范畴，深深潜隐着国土民情的内蕴。1930年，台湾黄石辉在《怎样不提倡乡土文学》中说，"我们一大部分人的实际生活"是"我们这块乡土"，与山丁在《乡土文学与〈山丁花〉》等文中所说的"满洲需要乡土文学，乡土文学是现实的"，虽然语码符号不尽相同，但内涵却是一致。殖民统治使两地作家将乡土作为了彰显情思、沉潜民族性的旨归。

三　民族界域内外的诗歌

相对于高举现实主义大旗的左翼诗人与乡土诗人，自由主义作家因在伪满政府供职的身份或与日本报人的密切关系，在新中国成立后一度备受严苛。不是战士就是汉奸的二元思维，使得少年时获得过伪满征文奖的梅娘都难以立足，更何况在伪满政府供职过的古丁等人。虽然古丁等人从未真正充当过为伪满摇旗呐喊的吹鼓手，但后来的认识一度将他们与汉奸文人混为一体。实际上，自由主义作家并未超过民族界域的底线。

日伪在一段时期内为粉饰太平，对文艺性尤其是纯文艺性刊物的控制有所放松。古丁等作家，以及相对自由的"日系"文人，由此使这个期间的文艺活动相对活跃起来。除前述现实主义乡土诗歌之外，自由主义作家也创作了不少诗歌。1937—1939 年，东北地区有较多的文艺杂志创刊和单行本发行，为殖民下的诗歌留下了难能可贵的文学记忆。当然，除自由主义诗人的创作外，还有越过民族立场底限的"献纳诗"出现。

（一）日本报人与文艺流派

20 世纪 30 年代中期至 40 年代初，伪满诗歌的成就、文艺流派的形成与日本报人的间接参与有着密切关系。首先，艺文志派的形成就离不开城岛舟礼的参与。1937 年 3 月，在伪满洲国总务厅任职的文学爱好者古丁、外文、疑迟，三个同事及友人小松等，创刊了中文综合性杂志《明明》，并从第 6 期开始改成纯文艺杂志。《明明》的创刊便是在"月刊满洲社"社长日本人城岛舟礼的资助下实现的，并由城岛发行，古丁的老师稻川任主编。此后城岛舟礼又赞助古丁多起文艺活动，以古丁为核心的作家群得以形成。《明明》刊行 18 期后，因经济原因于 1938 年 9 月停刊。1939 年 6 月，古丁等人又组织"艺文志事务会"，在长春发行大型纯文学刊物《艺文志》，发行人为城岛舟礼，发行所是月刊满洲社。在目前已知的东北伪满时期文艺性期刊中，《艺文志》最为重要，它的刊载时间最长，而且装帧考究、作者成熟、内容相当丰富。据当时的"日系"文人北村谦次郎回忆，《艺文志》出场很隆重，"像《满洲浪漫》时一样，《艺文志》诞生时也召开了创刊披露会（记得是满日文化协会主办），日满系作家聚集一堂进行了畅谈"①。《满洲浪漫》的办刊资金是从政府获取的，而缺乏政治礼金的《明明》、《艺文志》，更是离不开城岛舟礼等的日本人身份。这个身份带来的不仅是一定的资金基础，更多的是办刊的相对自由。

其次是与艺文志派长期进行文艺争鸣的文丛派。与《艺文志》同时期出现的还有沈阳《文选》、长春《文丛》，它们在与艺文志派的几次文艺论争中，形成了明朗化的派别格局。这些刊物的活跃，以及依附于报纸副刊的零散文艺批评，使得伪满地区也产生了规模较大、社会影响持久、参加人数较多的两次文艺论争，一是如前所述的"乡土文学"论争，另一则仍是艺文志派与文丛文选派之间的"写印主义"论争。

1938 年，在城岛资助下、题为"城岛文库"的百灵诗集《火花》、外文诗集《诗七首》等作品，由月刊满洲社相继出版。在这些成就的影响下，古丁等人认为多写多印是产生大作家、繁荣发展文艺的首要条件。事实上，他们也是这样实践的。在《明明》停刊后，古丁等人还创办了小型文艺杂志《读书人连丛》，8 月又成立了《诗歌刊行会》，刊印了古丁《浮沉》、小松《木筏》、百灵《未名集》、成弦《青色诗钞》等诗集。

而山丁等人则认为文坛的振兴不是几个人的努力，而在于全体新文学作者的共同劳动，这场论争同时也促成文艺派别的明朗化。以古丁、小松、疑迟、爵青、外文等人为主的创作团体，被称为艺文志派。山丁、吴郎等人因在长春组成文丛刊行会，出刊《文丛》，被称为文丛派。同期的陈因、秋萤等人在沈阳组织了文选刊行会，出刊综合性杂志《文选》，人称文选派。因为后两个团

---

① 刘晓丽：《〈艺文志〉杂志与伪满洲国时期的文学》，《求是学刊》2005 年第 6 期。

体侧重于文艺的现实内容,艺术主张大致相同,一般并称为文选文丛派。

论争双方都有一些重要的日本朋友,艺文志派与城岛舟礼等关系良好,山丁、吴郎等则与《健康满洲》的日本主编氏森孛雄等交好。双方与日本报人的关系,都从《明明》、《文艺专页》延续到了《艺文志》、《文艺丛刊》时期。但是,资助艺文志派的城岛舟礼极可能只是一位热爱文化的日本友人。证据有二:之一是在《明明》杂志颇受欢迎的情况下,却因营销不善在一年半后于1938年9月关门;之二是与有政治资金的日刊《满洲浪漫》不同,《艺文志》维持不久便遭撤帅易将。可见在满洲的日人身份也较为复杂,不可一概以殖民势力而论。

而《大同报》的《文艺》副刊主编以及主要作者,与日本统治者的关系就复杂得多。在1938年9月"满人记者协会"的七个干事中,季守仁、柳龙光、梁世铮三人是《文艺专页》的主将,在文化出版领域真正烙上了"官方人士"的印记。古丁不过是一介统计厅事务员,在文学创作方面只属于"民间人士"。由此不难理解参与"写印主义"论争的文丛派王秋萤多年后仍对古丁推崇有加,认为古丁对推动东北文坛复兴起了重要作用。总之,中国文人与日本文人交好的历史真实状况值得正视。实际上,无论是单纯的友谊,抑或伪善的伎俩,自由主义作家与其他明显媚日的文人还是有根本区别的。日本报人在报刊形成与发展、资金支持到媒介运作等方面,对自由主义作家流派产生了重要影响。

(二)自由主义诗人"与狼共舞"

从20世纪30年代初开始,艺文志派的诗人们大多选择了纯文学倾向,在诗歌艺术上也倾向于晦涩朦胧的现代主义诗风,以避免和殖民当局的直接交锋。而且,艺文志派的一些诗人本身对时局比较平和,在殖民统治中多是默默忍受或隐忍不发。以古丁、小松等为首的自由主义诗人,在30年代的诗风就具有代表性。

小松是东北沦陷时期多产而知名的作家之一。最初,他和文友发起白光社,在《奉天公报》创办《白光周刊》,开始尝试创作和发表新诗。后来他在沈阳《民声晚报》任文艺版编辑,正式走上文学之路。小松的文学创作从诗歌开始,受19世纪英国抒情诗的影响较深,常常出现种种朦胧的意象,幻化而耐人琢磨。在内容上,小松从不讳言他的诗作是"痛苦的歌讴",是面对黑暗现实而放飞的"心灵最深处的声音",沉重与真挚并在。在艺术形式上,他的诗歌"清淡中含有快乐",对想象、节奏、辞藻等作了协调配置,从而构筑了一种雅致轻灵的风格。

小松的诗中也有不少篇章意象鲜明,譬如在《皇姑屯印象》中,诗人就用"病魔"、"呻吟"、"凭吊"等词语,把"九一八事变"后的皇姑屯描绘得非常形象。他的诗歌创作不大讲究韵律和节奏,是以心灵的呼唤感染读者,所以很受青年读者喜欢。小松后期的诗歌受诗坛影响而有所转变。王秋萤说:"小松的作品,无论对风景和人物的描写,更喜欢追求华丽浓艳的辞藻,加强艺术的渲染。即使是穷街陋巷,败瓦颓垣,从作者笔下所呈现的景物,也成为彩色斑斓的画卷。"① 这种艺术特点,在小松明朗型诗歌中也有体现。但整体而言,他采取的是"为艺术而艺术"的创作宗旨,因此作品缺乏那种对现实的逼视和对人们普遍关心的社会重大问题的揭示。

20世纪30年代东北地区现代主义诗人晦涩朦胧的诗风,还与古丁等诗人的促进有关。古丁的散文诗集《浮沉》,摹写作者种种矛盾的心态,阴郁悲苦的意象、焦虑苦闷的情绪形成了明显的晦涩风格。冷雾社的成弦也颇引人注目,他的诗作总是弥漫着无法消散的寒寂的"冷雾"。在《青色诗钞》和《焚桐集》中,他通过焦灼的叩问表达了对诗艺的痴迷,以及对现实的幻灭感。这些诗作虽不失真诚,却有偏向个人心灵一隅、诗风晦涩朦胧之嫌。

20世纪40年代,在伪满文艺相对的萧瑟中,诗坛因多种流派、诗社的促动,也呈现出了靠近明朗化、现实主义的诗风。从艺文志派来看,《艺文志》

---

① 转引自李春燕《论小松的文学创作》,《社会科学辑刊》1995年第5期。

刊出的比较重要的作品，除了前期百灵的长篇史诗《成吉思汗》，还有后期的金音《吉林诗草》、冷歌《宴会》和《游园》等。《宴会》描摹了伪满洲国文人某刻的窘迫，直接呈现了他们的生存之境：

> 看看表正指五点钟
>
> 该是宴会时候了
>
> 推开厅堂华丽门
>
> 见一屋冷寂挤个满
>
> 却是来早了
>
> 啜混黄的茶水嚼着无聊
>
> 心暗忖——最怕第一人
>
> 如今偏这末巧
>
> 倘使有人来
>
> 我准备一句"昆邦哇"
>
> 然后只剩一掬窘迫的笑

这首诗采用了明显的现实主义手法，但对于殖民生存的反思与沉虑，还是保持着隐而不发、闪烁其词的态度。随着20世纪40年代初诗季社的出现，东北诗坛明朗清新之作渐多，主题更贴近于现实生活，艺术手法与形式也由前一段的晦涩朦胧转向了明白晓畅，整体上呈现出更为成熟的走向。小说等文体集中体现的"乡土文学"思潮，也影响了新诗的这种现实取向。是时，诗坛普遍摆脱了歧曲幽晦的表述形态，转以清朗甚至强悍粗犷的诗句来抒写乡土情怀。山丁、冷歌、金音、徐放等人的诗风也渐趋成熟，尤其是山丁，他的诗作激情充沛又不乏深刻的透视。他对拓荒者似乎情有独钟，先后创作了《拓荒者之歌》和《拓荒者》，将颇具区域特色的人文现象和当下社会现实融为一体，显露出了东北生民强健不屈的磅礴之气。这种明朗激昂的乡土抒写，也易被当时派遣众多拓荒团进入东北的日本当局一相情愿地误为颂歌而放任发展。

从表现伪满洲国现实的角度来看，在东北生活多年的"日系"作家则相对拥有更多的写作自由。总体上，当时能够存活的报纸杂志都与日本人有着千丝万缕的联系。或许是当局一时松懈，或许是源于自由主义诗人"与狼共舞"的经验，20世纪30年代到40年代的试探才有了比较明晰的诗风变化。

（三）日伪炮烙下的"献纳诗"

在日伪的高压政策与笼络策略下，伪满洲国的东北文坛还是产生了畸形的"献纳诗"。献纳诗，即向伪满洲国统治者献纳的"诗歌"，其中又包括"国策诗"和"击灭英美诗"等。这些献纳诗充斥着报纸杂志，从所谓纯文学的《艺文志》、大众文化的《新满洲》到小学生读物《满洲学童》等，都刊登有此类诗作。有些还设立有特辑专栏，譬如《艺文志》就刊登了《决战诗特辑》14首、《必胜吟》多首。这种"诗"的作者广泛，连伪满洲国的一流作家古丁、山丁、小松、金音、外文、冷歌、石军等也不例外。另有守旧文人、"日系"文人、名不见经传的新人以及难以计数的中小学生参与，伪满洲国的文人及民众一时间集体"争写""献纳诗"。毋庸讳言，这种现象正折射出沦陷区文艺境况的极端扭曲。

报刊《新满洲》所刊登的"献纳诗"，就是这方面的明显例子。诗歌在《新满洲》原本处于可有可无的状态，但从第5卷的文艺类栏目开始受到了重视。这一年的《新满洲》连续刊出"康德十年度满洲诗作者介绍"，篇幅虽然不多，但还是很惹人注目。方砂、魔女、胡沙、戈音、支援、小枫等十几位诗人及作品都得到了介绍。这些诗作虽然不是十分优秀，但至少还是《新满洲》的正常发刊。但同年8月号刊出的"献纳诗"中的一种"击灭英美诗"就属于诗歌的怪胎了，这也成为东北文坛的耻辱。由"满洲文艺家协会"提供的"击灭英美诗"包含《站在渤海湾头》（坂井艳司）、《民族的大河》（古屋重芳）、《世纪的母亲》（井上麟二）等。这种被称为"诗"的文体，泛滥着豪言壮语，内容空洞雷同，在1943年至1945年被组织生产，充斥文坛。

"献纳诗"是在太平洋战争爆发以及伪满洲国十周年之际出现的，当时满洲文艺家协会专门编辑诗集，由艺文社在 1943 年 6 月出版了《建国十周年祝诗歌集》（日本人 38 首，中国人 9 首）。这种献纳诗的出现，不排除是许多失节文人的趋炎附势，但同时也是时局的特殊性对沦陷区作者及人民的压迫控制。连日本学者都认为，"在 1942 年迎接'建国十周年'时，作家们被强烈要求服从'国家'的需要。当然，由于思想统制的强化，出现了想写而不能写的情况，不仅是'想写而不能写'，而是陷入'不想写也必须写'的境况之中"。[1] 从一流作家到普通民众，从日本军人到伪满儿童都卷涉其中。由政治、军事强权扭曲而成的"献纳诗"，与实行奴化教育与文化控制下台湾的"皇民文学"一样，都是一种极端的变态表现。在殖民者严密的统治下，作家们如山丁、梅娘、袁犀，像早期的萧红、萧军一样纷纷逃往北平或上海，甚至与殖民当局一直虚与委蛇的古丁都一度想逃亡。

四　倒置与反观中的"日系"诗歌

日本学界对日本人在伪满洲国的文学创作十分重视，尤其是 20 世纪 90 年代以来，相关研究更是增多。这些日文著述主要是以伪满洲国的"日系"作家为研究对象，对中国作家少有涉及。也许是受到日本研究的带动，中国学界也渐渐注意到这个特殊领域。目前，国内研究的对象主要为东北地区或东北籍文人，不过也逐渐关注到"日系"作家。

"日系"作家，是对伪满洲国时期东北的日本文人的称谓。1905 年日俄战争后，日本租借中国辽东半岛，设立"关东洲"，不少日本文人由此涌入，自办刊物进行文学创作。伪满洲国被炮制出台后，更多日本文人来到中国东北，创办报纸杂志，组织起短歌、俳句、汉诗、现代诗等诗社团体，直接参与伪满

---

① 《伪满洲国的真相——中日学者共同研究》，社会科学文献出版社 2010 年版，第 175 页。

洲国文学问题的争论与批判，同时发表了大量的日文或中文作品。"日系"诗人是伪满时期诗坛的重要一脉，他们的身份比较复杂：有以统治者身份出现，以怀柔手段与中国文人唱和的；有以"笔部队"成员出现，为政治、军事使命创作的；有以文学爱好相同、国际友人面目呈现的；还有以民间人士、普通诗人身份出现的。

在"九一八事变"前的东北文学界，日本的俳句、短歌和川柳等就有一定发展。事变之后，日本人在文学活动中新人辈出，组建了多个文学社团。如短歌团体，就有大连的"亚细亚"、"合萌"、长春（新京）的"满洲歌人"、哈尔滨的"北满歌"，川柳团体有长春（新京）的"吟社"等等。[1] 在伪满诗歌发展中，日系诗人的现代主义诗歌有着重要影响。"日系"的现代主义诗歌，比日本本土的现代主义诗歌诞生还要早。西胁顺三郎一直被当成日本现代主义诗歌的肇始人，实际上在他归国开始日语诗歌活动之前，安西冬卫和北川冬彦等就于 1924 年在大连创办刊物《亚》，明确宣称日本现代主义诗歌从这里发端。安西冬卫的《春》非常有名，引起了日本诗坛的广泛注意，全诗只有一行："一只蝴蝶飞过鞑靼海峡去。"安西冬卫早在 1919 年发表俳句时就有一定的名气，但在当时日本文坛闭塞和僵硬的秩序中，年轻人很难获得真正的话语权。离开日本到大连创刊《亚》，这意味着摆脱了日本文坛的压制，获得了精神空间的解放。1934 年前，安西冬卫还出版有三部诗集：《军舰茉莉》、《亚细亚的盐湖》、《干渴之神》。他的诗歌带着一种异域色彩，暗合了当时殖民思想中的时尚元素，但这种潜在立场无疑也束缚了他的发展潜力。

与安西冬卫一起创办《亚》的北川冬彦，对殖民主义进行了尖锐的批判，走上一条从诗歌革命到革命诗歌的道路。1931 年，他加入了日本无产阶级作家同盟。无论从现代主义诗歌谱系还是左翼诗歌谱系来看，在以思潮或流派特征分类的文学史上，北川冬彦都处于边缘化地位，但他的这种变化与在殖民地

---

① 解学诗：《伪满洲国史新编》，人民出版社 1995 年版，第 363—368 页。

的经历不无关系。比如《溃烂的月亮》的风景暗淡阴郁，"地平线上毛细血管般的抓痕"一句明显暗喻了殖民者暴力侵害对中国国土留下的伤痕。

当然安西冬卫倾向的不仅是现代主义思潮，"满洲国"成立之前，日本国内出现了普罗文学思潮，对在满洲的日本年轻一代都或多或少产生过影响。安西冬卫、北川冬彦、泷口武士等人利用诗刊《亚》展开一些与普罗有关的文学活动，这种大胆冒险和世界主义的倾向，甚至给日本国内的文坛以强烈的冲击。接受现实主义文学思潮的高桥顺四郎和古川贤一郎也在诗刊《燕人街》发表作品，对处在贫困、受欺压的中日民众予以深切的同情。可是，他们的活动在"九一八事变"后就被制止了。

从"关东洲"至"满洲"，日本人或以统治者的观念遏制本地文艺正常发展，或如夏目漱石《满韩处处》、芥川龙之介《支那游记》等以大日本帝国国民的优越俯视中国民众，只有少数"日系"文人的文艺活动显得较为平常。不过，他们也是将"关东洲"或"满洲"作为日本体系，以一种颠倒的民族观来反映东北民众的生活。虽然有殖民地这种特殊因素，影响到"日系"文人观念的主客体错位，但如北川冬彦等部分良知未泯的普通日本文人，仍然以人道主义的视角观照了这片土地，他们在立场上与军国主义殖民者相对立，在观念上与当局相反，其境地也是岌岌可危。诗人野川隆便是如此。在满洲的耳闻目睹、亲身体验，使他对统治当局产生了异议。他写出《老头的诗》这类充满人道主义的诗歌。该诗刻画了一位在寒冷的早春迈着蹒跚步履、寻找工作的老雇农的形象，暴露了当时满洲中国普通民众生活的悲苦。

在日本本土一片"圣战"、"圣歌"的形势下，从早期对安西冬卫等现代诗人的遮蔽，到晚期对野川隆等现实主义诗歌的压制，"日系"诗人尤其是不媚于当局的"日系"诗人，总是在一种错位中被日本文坛或中国文坛倒置与反观。现在回到诗歌本身，那些特立独行，保有了诗人固有的文格与人格的作者，应得到属于其本身价值的认识。

日本殖民者对"日系"文人有不同于东北文人的政策与措施。而在日本强权统治下的伪满洲文坛则形成了特殊的文学实践经验和生产机制，许多文人或被动或主动地写过和"国策"和"时局"同步的附逆作品。审视这些附逆作品，可以看到日伪统治下现代诗歌的难堪，也可以感受到文化人心灵的分裂与扭曲。

与之相应，伪满报刊的文学活动也常常是妥协和抗争相交织，既是无奈的妥协，也是积极的抗争。在顺从妥协的同时却走着不同于规范之路，在羁绊和挣脱同时运作下，呈现出特殊的文学实践经验。当然这些报纸杂志中附逆作品的存在也不容忽视。

日本推行的奴化教育，对中国的教育破坏也极其严重。1949 年 8 月中旬，穆木天在东北师范大学中文系担任本科一年级"文章讲读和习作"课，不少学生认为他讲课不如其助教丁耶。丁耶在回答穆木天的疑问时说道："你能教我，可是教不了这些学生，你动不动就举《冰岛渔夫》、《欧也妮·葛朗台》的例子，伪满学生谁知道这些？他们发懵……"[①] 文化教育、文学艺术的影响和作用具有一定的延拓性，由此也可见出日本奴化教育的破坏深度。这种破坏性的另一种表现是，上述满洲现代诗歌所蒙上的殖民与奴化色彩。

第二节　台湾诗坛的失语与变革

1895 年台湾被日本占领后开始了近半个世纪的殖民时期。日本施行的系列殖民政策其中就有文化控制及奴化教育。部分措施及手段，日本后来直接移植于伪满洲。从被殖民统治开始，台湾正常的文学进程就出现了严重扭曲。"九一八"之后至 1937 年抗战全面爆发，这种殖民统治程度愈来愈严酷。当时

---

① 陈方竞：《文学史上的失踪者：穆木天》，北京大学出版社 2007 年版，第 350 页。

以"皇民化"运动为幌子的殖民文化教育使得1939年前,所谓"国语"——日语的普及率将近五成。"皇民化"目的是使台湾人忘掉自己的根,而将自己当成"天皇子民",从而导致部分人从思想深处被奴化教育所同化或征服。

此种境况下,台湾诗歌只能在高压的缝隙中艰难生长。从文言到白话、从汉语到日语、日语至汉语,这种失语与转型成为台湾诗坛特殊的文化现象。台湾诗歌的第一次转型是从文言旧体诗到白话新诗,除部分因循守旧、墨守成规的老诗人外,许多诗人由于意识到白话文大众化的重要性、大众化新诗对启蒙与抵抗殖民的重要性,因而自觉地选择了白话诗创作。伴随这一次转型还有郭水潭这样的诗人们,用日文创作新诗的现象。在日治时期,日语诗歌创作曾经空前强盛,风行一时。这种强盛与风靡是伴随着殖民的铁血非常手段,因而台湾光复后,异族文化征服的烙印使它不仅受到官方取缔,而且受到民众的本能排斥。曾经用日语创作诗歌的诗人,其日文诗歌与诗集在国内无人问津也鲜人乐见,备受冷落。这也预示着台湾诗坛必然走向第二次转型,即从日文创作回归母语。光复后台湾废除了日文,而长期被剥夺民族文字的诗人却很受伤,无法继续创作,只有少数诗人成为"跨越语言"的骄子。可以说,台湾诗歌的痛苦与变革,正表现于这一系列的失语与转型中,尤其是殖民统治烙下的伤痕。

殖民统治让台湾诗坛经历了中国其他地区少有的苦难与流变,也让台湾诗歌呈现独特的艺术风貌。日治时期,当局对台湾青年赴日留学持积极鼓励的态度。与沦陷区的伪满和华北相似、欧美等国被日本视为敌对国,因此日本成为台湾青年当时出国留学几乎唯一的选择。于是,日本作为当时世界文化的中转地、欧美文化的积极推崇者,让留日文艺青年除了受到日本文学的影响外,还获取了多种文化观照。与大陆许多留日文艺青年一样,台湾留日文艺青年的日本体验,一方面使他们对殖民统治产生了更强烈的痛恨。另一方面,开阔的文学视野也使他们返台成为诗歌运动的积极倡领者和实践者,在台湾诗坛掀起了模仿日本而又融合西方因子的现实主义和现代主义两大诗歌潮流。

一 旧体诗的延续与转型

台湾新诗诞生前的文艺情况颇为复杂，日治初期，汉语及中华文化主要依靠私塾赖以延续。在当时的"汉学运动"中最多曾达两万多家私塾。后来私塾相继被取缔，中华文化只能依附于诗社得以弘扬。因此，从日本占领台湾到20世纪20年代，台湾诗歌主要以诗社的形式展开，而旧体诗则成为当时汉学运动的主流。

（一）殖民与旧体诗的畸形繁荣

台湾旧体诗持续时间较长，也曾强劲一时，其首要因素来自抵制日本奴化教育的汉学运动与诗社热潮。据廖雪兰《台湾诗史》载：

> 日据初期，据台湾通志稿之统计，台湾私塾全省计有一千七百零七所。汉文赖此以存。台湾教育令公布后，地方政府遂积极从事私塾教育之监督与取缔，私塾次弟关闭。民国二十八年，全省仅存十七所。民国三十年，台湾总督府颁布废止私塾令，私塾遂成绝响。诗所之所以普及于日治时期，且鼎盛于民国八九年之后，时势使然也。[①]

这说明，汉学运动中，中文以私塾为传播中心。而按私塾的教育传统，旧体诗的传授自然是其重要项目。而在台湾教育令公布后，中华文化薪火相传的私塾成为取缔对象，于是，诗社逐渐壮大起来。也就是说，为抵制日本的奴化统治，旧体诗从依附私塾到依附诗社，成为弘扬中华文化的重要形式。

诗社极盛时，多达二百多个。据连雅堂《台湾诗社记》所录，1924年全省诗社有66个，最大的是台中的"栎社"、台南的"南社"、台北的"瀛社"，

---

① 廖雪兰：《台湾诗史》，台湾武陵出版社1989年版，第21页。

社员都逾百人。据李瑞腾考证，在日治时期，彰化有 29 个诗社，嘉义有 27 个诗社，台南有 26 个诗社，台北有 29 个诗社。其中，台北的瀛社建社之初就有会员 150 多人，成为当时最大的诗社。① 而这些诗社创办的相应刊物，成为了旧体诗的重要载体。除了社刊，许多诗社还不定期举办联吟大会之类的大型活动。"台湾同胞借日本人并不排挤'诗'，以表达其对祖国之怀念、传统文化之崇拜、伦理精神之信仰。"②

旧体诗繁荣的第二重要原因来自殖民者的有意招揽与笼络。台湾诗社具有强大的影响力，而文化渗透也不是武力可一蹴而就的，再加上汉诗在日本的多年浸染，殖民者便采用"怀柔"政策。在这种拉拢下，也出现了不少诗社积极献媚的情况。台北滚社的核心人物就是如此。他们接受官方飨老典、扬文会的封赏，并将获赏的欣喜之情抒写于字里行间，被称为"御用文人"。另有瀛社部分诗人气节风骨也因日本人的腐蚀而委顿。因此，台湾诗社的昌盛和旧体诗的繁荣绝非仅是有识之士发起的"汉学维护运动"的力量，也有当时总督府为笼络文人而采取的所谓"怀柔"政策的推动作用。殖民者采取如此宽容与放纵政策来规避中华文化在台湾出现如大陆一样的大众化传播模式与启蒙风潮。诗钟（击钵吟）曾风靡全岛，就是源于其刻意鼓励与提倡。"日政府要利用旧诗人，来愚化本省青年，将旧诗人的活动，采用宽大的政策"③。旧诗社及其诗报在日本取缔所有中文报刊版后，仍能延续到台湾光复前；台湾文坛新旧文学之论，守旧派的文章几乎都发表在日人报纸上，这些都显示着殖民者与封建文化某种的结盟。

旧体诗寄附诗社而繁荣的第三个重要原因是爱国诗人的抵抗活动。既然日本殖民当局想笼络诗社及诗人们，许多爱国诗人也就利用这种宽松政策，以诗社为组织，以创作旧体诗等形式进行抵抗活动。当时栎社的许多成员都投入了

---

① 李瑞腾：《台北：一个文化中心的形成》，《台湾文化观察杂志》1993 年第 8 期。
② 廖雪兰：《台湾诗史》，台湾武陵出版社 1989 年版，第 322—323 页。
③ 廖汉臣：《新旧文学之争——台湾文坛一笔流水账》，《台北文物》1954 年第 3 卷第 2 期。

政治抗日和文化启蒙的民族解放运动中，如林献堂、蔡惠如等成为运动的领袖和中坚。

总之，在这种复杂情况下，新旧文学并存成为日治时期台湾诗坛的特有格局。而台湾诗歌的现代化进程也与旧体诗的转型相随相伴。

（二）中国大陆与日本影响下的新诗破茧

自古以来台湾与大陆就有着频繁的文化交流。台湾新诗诞生之初，大陆五四运动给予台湾诗坛反殖民反封建诉求以重要精神启迪。台湾新文化运动肇始的社团与刊物、旗帜与活动，似乎都昭示着对大陆新文化运动的效仿。台湾新文化运动中有名的《台湾青年》的创刊就明显受到《新青年》的启发。而推动运动走向高潮的张我军曾两度在大陆求学，直接受到大陆新文化运动的洗礼。张我军以《台湾民报》为阵地，从《致台湾青年的一封信》开始，连珠炮式地发表了《糟糕的台湾文学界》等系列文章，把旧文学批判得千疮百孔，起到重要的除旧布新作用。

日本殖民严重阻碍了台湾本土的大众启蒙，但日本几乎是台湾青年出国深造的唯一途径，因此作为世界文化的集散地，日本又间接提供了台湾新诗破茧而出的种种条件。可以说，在迂回曲折中，日本成为台湾新诗诞生的另一个外在因素。正如李瑞腾指出的："'五四'以后，主导台湾文学发展的有两大系统，一个是留学中国大陆的，一个是留学日本的。后者因受到世界性思潮影响，在日本酝酿发动台湾文化运动，扮演火车头角色的《台湾青年》即是在日本创办的。留学大陆的人受到'五四运动'的冲击很大……"①

在日本，留学生们组织社团、创办刊物，积累了宝贵经验。1920 年，归台青年创办"新民会"，发行《台湾青年》、《台湾》杂志。1921 年台湾文化协会成立，是当时规模最大、影响最广的文化组织。会报《台湾民报》也创立于

---

① 李瑞腾：《文学中国：以台湾为中心的思考》，载 1993 年香港中文大学《文化中国展望：理论与实际学术研究会论文集》。

东京，1927 年才移入台湾。该报全部采用白话文，并于 1924 年 2 月在台南市设立 "白话文研究会"，推动白话文的普及，对台湾新文学起到了重要的催化作用。在反殖民反封建运动中成为急先锋的黄呈聪和黄朝琴早年是早稻田大学的学生。1923 年《台湾》杂志发表了黄呈聪的《论普及白话文的新使命》，黄朝琴的《汉文改革论》，被认为台湾文学革命的先声。此外，曾留学日本的虚谷、巫永福等成为台湾新诗创作的中坚力量。

在新文化运动的破旧迎新中，台湾新诗迈出了艰难的第一步。《台湾》、《台湾民报》等为其提供阵地。相对于大陆诗坛，台湾新诗在艰难的环境中姗姗来迟，正如黄梁所言："台湾新诗的奠基有两项主要难题，一是统治者高压在台籍作者精神与思想上的监视；二是语言工具上有新兴白话的实验探索和民族尊严对日文语言殖民的排挤，艰难而彷徨。"[①] 虽然大陆和日本直接或间接地为其提供了滋生的土壤，但台湾新诗作为对旧体诗的否定，作为反殖民反封建的精神武器，注定必然要经历漫长而曲折的成长历程。

（三）新旧交替中的三足鼎立

在台湾新诗破旧立新的探索中，日治导致了复杂的语言运用状况。李瑞腾指出："语文的变异，可以根本改变文化传统，在台湾一般上流社会，使用的语文是日文，民间讲的是闽粤方言，私塾中还有汉文教育。日据时代的古典文学时期，是以汉诗为中心的文学传统，日本人并不加以排挤，所以这部分的发展没有受到限制，可是普及是办不到的。"[②] 当时台湾的现实是，日文已经占据一定统治地位；民间以方言或汉文相对峙，而汉文中，文言文占据主导的局面中，白话文蹒跚起步。

因此，母语的白话诗歌写作作为新生事物，艺术上不免颇为稚嫩。同时，因为处于殖民统治下，许多中文白话诗主要表现抗争精神，表达对殖民者的抵

---

① 黄梁：《想象的对话》，台湾唐山出版社 1997 年版，第 3 页。

② 李瑞腾：《文学中国：以台湾为中心的思考》，载 1993 年香港中文大学《文化中国展望：理论与实际学术研究会论文集》。

抗。在艺术上有直接的呼吁与呐喊的，也有含蓄抵抗的。只有极少数是与时局无关的个人情感抒写。张我军的《乱都之恋》作为台湾第一部新诗集，在抒写真挚的爱情外，也间接反映了日治下台湾人民的苦难。而被誉为"台湾的鲁迅"的赖和作为台湾新文学的开拓者，以新语言、新诗体、新艺术创作了不少爱国诗歌，具有强烈抗争精神。如《南国哀歌》虽然从韵律、节奏、用语等方面来看，这首诗略显粗糙，但是在那长短句的错行中，一种强烈的爱国热情、一种急切的召唤喷薄而出，具有极强的感染力。以感情激烈直率著称的还有杨华在狱中所创的《黑潮集》。除了这样刚直铿锵的作品，杨华也创作不少"隐忍"精神的新诗。他那由三五行小诗连缀而成的组曲式诗作，最能扣动读者的心弦，是诗歌主旋律那种哀婉凄绝的深沉悲吟。

在早期新诗坛上，像赖和这样直白彰显反抗殖民的诗并不多，大部分诗人都是像杨华一样采取委婉、隐忍的方式，迂回曲折地进行表达。在1926《台湾民报》举办的白话诗征文活动中，入选第一名的短诗《误认》（崇五）便是隐晦曲折地表达反殖民意识："公园里的踯躅花，/不论看了谁都是笑。/狂蝶儿误认了，/——误认做对他有深长的意思。/每日只在她的头上飞绕，/踯躅花更是笑，/狂蝶儿呵！我说给你吧——/她的笑是冷笑——嘲笑。"

在新诗坛的抗争与探索中，以日文进行创作是另外一脉。日本施行的语言控制和将日本认定为出国留学的唯一途径，使日本诗歌艺术在台湾具有相当的影响力。陈奇云、郭水潭等就是用日文创作新诗的重要诗人。他们从日本和歌、俳句中汲取艺术滋养，同时将乡土、民情、民俗融入诗歌，以朴实的语言抒发对故乡的热爱，揭露殖民者给台湾带来无尽灾难。部分留日学生利用日本国内相对宽松的文化氛围，成立文学团体，创办文学刊物，推动文学运动。从1931年成立的南音社及其社刊《南音》，到1932年巫永福、王白渊等成立的台湾艺术研究会及其会刊《福尔摩沙》，以及1933年成立的台湾文艺作家协会及其会刊《台湾文学》，留日学生的文学活动有力地促进了台湾新诗的发展。而随着留日学生渐渐成为诗坛上的生力军，加上特殊的政治氛围使日文写作更少遇到阻力，日文新诗创作日渐兴盛。日本当时劲吹的象征主义诗风，深深地影响了留日学生的诗歌观念，许多诗人写作日文诗便从象征主义起步，有的以此为契机发展到超现实主义。于是，在殖民统治下的台湾，在新诗萌芽的新旧交替时期，旧体诗、写实的新诗和富于象征色彩的日文诗三足鼎立，成为台湾诗坛的一种独特的格局。

二　日治与新诗流变

在台湾，无论是以中文创作的诗歌，还是日文写作的新诗，无论是赖和式的直率呐喊，还是杨华式的婉转低吟，都在表达个人情感的同时，揭露殖民统治的黑暗，呼吁民众的爱国热情，表达对殖民统治的抗诉。从新诗建设期至太平洋战争爆发，现实主义诗歌在反映民生、抒发意志、反抗殖民者方面有鲜明的特点。同时一些疏离政治的日本文人也参与了台湾诗坛的活动。受日本普罗文学运动影响，以及中国大陆左翼文学的感召，台湾也产生了左翼诗歌。虽然左翼诗歌因政治迫害而无法取得较大的成就。但乡土文学论争引发的文学思考，盐分地带诗人群的成绩却为台湾乡土的现实主义诗歌留下了成功的足迹。另一方面，由于殖民高压与迫害，风车诗社的诗歌以超现实主义来巧妙规避当局，同时也带来了诗歌艺术新气象。台湾光复至新中国成立期间，台湾诗坛出现了断层。只有银铃社以弱小而坚韧地生长着的《绿草》粘连了台湾新诗从现实主义到现代主义、从日文到中文的延续与发展。

（一）贴近现实的左翼与乡土

在殖民统治逐渐强化的 20 世纪 30 年代，与这种强权相左的是，台湾出现了大众化运动以及左翼诗歌。而它正来源于日本的普罗思潮和中国大陆的红色风暴。在日本军国主义势力还未能完全绞杀本国的民众文艺运动时，日本左翼文坛催生了台湾这场微弱但却意义非凡的诗歌潮流。

20 世纪 30 年代初，受当时日本文坛左翼影响酝酿而成的台湾左翼文艺运动，主要有由赖和、谢阿女等人组织的台湾战线社，由日本人井上薰、中村熊雄等中日人士组成的台湾文艺作家协会。前者发行《台湾战线》杂志，后者以日本人为主，发行中日文杂志《台湾文学》，其中一个重要宗旨就是倡导"文艺的大众化"。① 1932 年又有《台湾民报》改为日刊《台湾新民报》，它设立的诗歌专栏"曙光"一时成为新诗重镇。由于殖民当局意识到大众启蒙、大众文艺导致的民众力量对其殖民统治极为不利，这些团体与组织受到压制未能真正发展壮大起来，其刊物也时断时续，难以为继，大众化诗歌创作步履维艰。

大众化运动的诗歌具有鲜明的现实主义特征，但其抗日倾向还是比较隐晦。这时具有左翼倾向的台湾艺术研究会诗歌中的反殖民色彩就激进得多。其中王白渊作为台湾左翼文艺运动的重要创始者是少有的激进左翼诗人。他留学日本期间，1937 年在东京出版诗集《荆棘之道》，在日本左翼文坛引起大反响。他还组建过隶属日本左翼文化联盟的"台湾文化"，遭日本警察解散后，又另结"台湾艺术研究会"，创办《福尔摩沙》。1937 年，他因所谓盗取情报罪名被日本当局逮捕，于台北入狱 6 年。王白渊的遭遇是日治时左翼诗人的代表，他的诗歌也是左翼表达自由与反抗，控诉黑暗现实的代表。

由于左翼诗歌在批判揭露现实中稍有张显便触动殖民者敏感的神经，遭到残酷的镇压，因而乡土文学便采取一种迂回隐忍的方式。虽然乡土文学仍然是以现实主义的态度贴近大众、贴近生活、贴近民族之根，但其核心的乡土理念可稍避殖民高压。在 1930 年前后，台湾文坛发生了"台湾话文与乡土文学的论战"。当时黄石辉与郭秋生提出，要用台湾话做文、做诗、做小说、做歌谣，描写台湾的风物。而反对者认为台湾话粗杂，同时大陆人看不懂，不便在大陆流行，主张用中国白话，以沟通两岸，防止文学的狭隘地域观念。乡土文学之争，促进了台湾乡土文学与诗歌的发展。

---

① 刘登翰：《台湾文学史》（第二册），现代教育出版社 2007 年版。

　　这种论争同伪满发生的"乡土文学"论争类似，其号召与倡议者都是从爱国和民族立场出发。而反对者多是从纯文学角度指出其不足性。这种论争有利于作家探讨如何利用乡土表达民族的、地域的独有传统与文化，论争本身的对错与输赢，在共同反殖民的前提下，并没有多大意义。乡土文学的论争给文坛、给台湾新诗带来了思考。参与论争的作家与诗人们并没有产生特别的乡土作品。但是在台湾的盐分地带，一群诗人却悄然而生，虽然他们不是使用台湾话作语言工具，但其诗歌创作成就无不暗合了论争者们的精神要旨。

　　盐分地带是指日治时台南北门郡一带，这些地方多位于海滨，土壤盐分高，有些地方还以产盐出名。台湾新文学诞生后，盐分地带形成了一种有着鲜明地方色彩的文学现象。他们的作品描写盐村风物，有盐村情调，表现出强烈的抗击异族入侵的精神，展现了当地人民在这样的自然环境中形成的勤劳朴实、坚韧不拔的性格和美德。盐分地带文学形成以来，新诗一直占主导地位，日治时就被称为"诗人之乡"。

　　吴新荣是盐分地带诗人群的领衔人物，他在日读书期间便参与创办过多种文学刊物。归台后，目睹殖民者的暴行，吴新荣的创作道路也渐渐走向现实主义。与吴新荣比肩的是郭水潭，他步入诗坛，最初写日本短歌，后改作新诗。光复后，郭水潭因语言障碍而搁笔。他们的诗歌具有强烈的现实主义倾向，又兼含浓烈的乡土气息。这从有"盐村诗人"之称的王登山的代表作《海洋的村》，可明显见其特色。诗歌取材于盐村生活，反映出日帝奴役下的盐村风貌和人民的生活。当然，单独来看，盐分地带诗人的创作成就并不是特别高，但作为诗人群，在台湾 20 世纪 30 年代诗坛上就有了举足轻重的地位。这种乡土气息的现实主义诗风，成为当时诗歌的重要一脉。尽管有殖民者的扼制与镇压，直面现实、揭露黑暗的现实主义诗歌仍成为台湾诗人抒写的重要方式。盐分地带诗人群以诗歌创作体现了乡土的、民族的情结，也含蓄抗议了日本的殖民统治。而另一脉左翼诗歌直接与殖民者正面交锋，虽然受到摧毁，却展现了台湾诗人不屈不挠的铮铮铁骨。

（二）隐喻的超现实主义

在台湾新诗发展进程中的超现实主义的代表是水荫萍及其"风车"诗社。古继堂特别纠正人们将纪弦作为台湾现代派肇始的误解，他强调说：

> 现代派诗最早进入台湾的时间不是一九四九年，而是一九三五年；现代派诗在台湾的第一个倡导者是台湾省籍的杨炽昌，现代派在台湾的第一个社团不是纪弦的"现代诗社"，而是杨炽昌的"风车诗社"；现代派在台湾的第一个阵地不是纪弦的《现代诗》诗刊而是杨炽昌的《风车诗刊》。台湾从日本舶来的现代派和大陆李金发、戴望舒等从法国舶来的现代诗派是同一个来源，不过一个是直接从产地批发，一个是从日本转手引进罢了。[1]

水荫萍本名杨炽昌，在日留学期间已有多首诗歌发表于日本杂志。1935年水荫萍在台南正式创立了风车诗社，成员除了后述台湾诗人，还有户田房子、岸丽子、鸟元铁平等日人。

日治台湾以日语为"国语"，再加上水荫萍等人的留学背景，他们便选择日文创作来探索新诗的发展与创新。水荫萍及风车诗社在当时台湾诗坛有特别意义，"中文诗延续社会写实的路线，诗情上愈加悲愤精神苦闷，了无心力锤炼语言；反倒是日文诗的写作接受了从欧洲传抵日本的现代主义，超现实思潮及手法，语言与意象运用灵活，颇具现代感，透过隐喻象征方式透视现实人生，巧妙避开了日帝当局的言论取缔，语言形式颇为重视思考，精神内涵则被压抑到潜意识里，以'风车诗社'成员的作品为其典型"。[2]

---

① 古继堂：《台湾新诗发展史》，台北文史哲出版社 1990 年版，第 48 页。
② 黄梁：《想象的对话》，台湾唐山出版社 1997 年版，第 4 页。

　　风车诗社并不代表当时的艺术主流，但它比当时的大陆诗人更具有前卫性，是台湾现代诗的滥觞。风车诗社是受法国现代主义间接影响的产物，是呼应日本的超现实主义旋风以留学生为中介形成的台湾第一个现代诗创作群体。风车诗社的"超现实主义"，既有法国超现实主义表现潜意识、自由联想式无意识构思的创作特色，又有日本昭和年间现代派诗歌张扬知性的印记。如水荫萍的《燃烧的面颊》，超现实主义常用的象征、拟人、意象转换等手法得到了熟练运用。在这些外在艺术手法中，解读潜意识、拼贴意象的关键，则从诗人躲避日人文字狱的情况下可寻找线索。它内在的情绪流动是"落日"、"秋风"、"孤独"、"荒凉"等将怪诞与拼贴等连缀了起来。诗歌的内节奏与超现实主义的意识流水乳交融。水荫萍由日本作家推介入东京文化学院攻读日本文学期间，春山行夫等人创办的《诗与诗坛》正积极引入法国超现实主义。春山行夫、安西冬卫、西胁顺三郎等的作品对水荫萍影响颇深。水荫萍的这种艺术探索自是日本文人与诗坛影响的结果，另一方面却是躲避殖民当局迫害而不得不采取的隐晦表现形式。1983 年，水荫萍曾在《〈蓬莱文章台湾诗〉序》中说，"时值'普罗'文学大行其道，可是却触怒了日本当局，弄得台湾作家鸡飞狗跳……"[1] 正是躲避日本殖民当局的文字狱和日本诗坛的双重影响，形成了风车诗社超现实主义的诗潮。

　　风车诗社另一代表诗人李张瑞也曾留学东京，对西胁顺三郎的诗颇有兴趣。他的《这个家》将遭受异族统治的痛苦、对本民族传统的眷恋以隐喻的方式强烈地表达出来。诗歌里的"家"代表诗人的家庭之源、家族之根，更代表着广阔意义的国家，在梦幻般的叙述中，"传统叠积"、"追忆已死"控诉的正是殖民血腥。风车诗社中早年留学日本，以散文诗见长的是张良典。他的《乡愁之冬》不仅具有北川冬彦《溃烂的月亮》殖民地受戕害的同样隐喻，还进一步体现出受戕害中台湾人民的精神苦痛。

---

　　①　刘登翰：《台湾文学史》（第二册），现代教育出版社 2007 年版。

超现实主义在台湾新诗的出现与发展，主要催生剂正是殖民高压。水荫萍在 20 世纪 80 年代还说道："当时我的诗作多在日本诗志发表，进攻日本诗坛，为日本文坛所肯定，由于在殖民地写文章的困难，提笔小心，如能换另一个角度来描写，来透视现实的病态，分析人的行为、思维的所在，则能稍避日人的凶焰。"① 殖民高压的政治背景与诗人们留日的文学背景促生了台湾的超现实主义诗歌流派。它打破台湾诗坛中文诗歌的传统现实主义与日文诗歌象征主义的单纯格局，推进了现代主义诗歌的探索与创新。遗憾的是，由于风车诗社是采用日文进行创作，台湾光复后，随着日文被废除，他们中的很多诗人难以适应语言的转换而停止了诗歌创作和艺术探索。

（三）断层上的"绿草"

殖民统治不仅阻碍了台湾文学的发展，而且造成了诗歌的断层。1937年因战事变化，日本加强了对台湾的殖民高压，从而导致台湾新诗的重挫。而台湾光复后，废除日文又使台湾诗坛出现了断层。从重挫到断层，台湾新诗发生了艺术上的流变和语言转换。这种流变与转换，无情地扼杀了大批诗人的创作生命，这时只有银铃会成为发展诗歌、跨越文学鸿沟的一个重要接点。

1942 年，接受日文教育的高中生张彦勋等将日文写作原稿装订成册，取名《绿草》，在同学中传阅，这便有了银铃会最初的参加者。银铃会作品一直是以日文为主，到 1948 年才更名为《潮流》，出刊五期后，在 1949 年初结束。在光复后顺利跨越语言的诗人中，有银铃会的多位会员，如林亨泰、张彦勋、锦连等。

银铃会和稍早的风车诗社都相对偏向纯文艺创作，但日治时期的银铃会，其整体风格仍倾向于现实主义，只是因为对诗歌艺术的重视，在创作上较前期台湾现实主义诗歌有较大提高。因殖民统治的特殊性，他们的一些现实主义诗

① 古继堂：《台湾新诗发展史》，台北文史哲出版社 1990 年版，第 48 页。

歌中仍然隐约看出反殖民的色彩，如张彦勋《葬例》、萧金堆《山的诱惑》等。而一些诗人在光复前后渐渐倾向于现代主义，后期银铃会的现代主义特色更为明显。

詹冰就是这样一位偏向于现代主义的诗人。他从中学就开始和歌、俳句的写作，在日留学间诗艺大进，并于 1943 年开始投稿，受到日本诗坛的重视。日治时期他在日本的成名作是《五月》。詹冰的散文诗也带有明显的日文叙事的色彩，如《思慕》第一段："我俩那么渺小，伫立在庙中，神的呼吸抚摇着熏香的紫烟。神灯照红了神像的尊严。你粉红的旗袍的长影映在神桌上。恳挚的你合上手掌，如蝴蝶合上了彩翅。是为了我即将摇船过海。"

在台湾诗坛的断层期，文坛中 20 世纪 40 年代随国民党去台的大陆作家如纪弦等人扎下了根。而台湾本土诞生发展的新诗，只有银铃会成为唯一继承和传播者，油印的刊物《绿草》是这时期唯一的诗刊。《绿草》担负着台湾新诗过渡的任务，发行到 1947 年改名为《潮流》，直到 1964 年笠诗社的《笠》诗刊创刊，银铃会的同人也都转入"笠诗社"，才取代了"绿草"的活动。正如古继堂所说，"银铃会诗人的创作成就虽然不算很高，但是，它作为断层期一根独立的支柱，支撑着台湾诗的大厦。日据时期爱国主义的诗得以下传，后来的诗人能在吸收前人成就的基础上，立足新的起点再出发，银铃会的功劳是不可磨灭的。它的历史作用和历史意义比它的创作成就更重要"。[1]

三　跨越语言的诗人

日语以"国语"的身份在台湾强制推行，至 1937 年 4 月 1 日，日本总督府下令全面禁止使用汉字。除了日本《大阪每日新闻》台湾版的南岛文艺栏之外，旧体诗以外的中文写作已经丧失了合法的生存空间。日语成为殖民时台湾

---

① 古继堂：《台湾新诗发展史》，台北文史哲出版社 1990 年版，第 62 页。

诗人的抒写工具成为不争的事实。

在这十多年，台湾新文学在日本法西斯高压威胁下成长和发展。新文学除了以日文方式坚持外，其他创作活动基本转入地下。吴浊流《亚细亚的孤儿》是秘密撰写的，而巫永福此时的代表诗歌《祖国》也只能存在于笔记本上。在殖民统治者的压迫下，诗人们或被迫封笔，或更多地表现出"隐忍"或"隐逸"的精神特质，形成了隐晦的爱国作品或纯艺术的探索以及"小我"抒情。

在新诗的重挫期，诗人对殖民的控诉与抗争的精神或由此形成的诗歌艺术都逐渐解构于殖民语言——"日语"中。语言成为殖民地诗人光复前后不能承受之重。一批重要诗人因为坚强地承受了这个重担，克服这种困难，而被誉为"跨越语言的一代"。这些诗人有巫永福、陈秀喜，银铃会的林亨泰、詹冰、张彦勋、锦连等。跨越语言的诗人，以其坚强的精神勃勃生发地推动了台湾诗歌艺术，同时也间接地控诉了日本殖民的罪恶。

银铃会的锦连从中学开始创作到 1945 年，积累了三百多首日文诗作。为了跨越语言的鸿沟，他先把诗用日文写到纸上，再从报纸上剪下对应的汉字进行拼贴，最后才能转抄定稿。

被称为"姑妈诗人"的原"笠社"社长陈秀喜也是以刻苦学习来翻越语言的重障的。陈秀喜对日本短歌有较深的研究，而重学中文在她 36 岁时才开始，之后她顺利创作出中文诗歌。她的诗歌《我是中国人》写道，"在泪水湿过的稿子上/我写着//我是中国人/我是中国人/我们都是中国人"，满浸着爱国主义热血的诗歌。像这样的取材角度，也只有陈秀喜这样的女性诗人才会别出机杼。她善于把历史的沉重、殖民的痛灼巧妙融入日常生活题材中。从音节、音韵、内容无不符合流利汉语的抒情，而这其中同时又融合了日本短歌特有的简洁表达方式。

在这种跨越中，还有特别的艺术形式因之而成。林亨泰在"银铃会"的日文创作时期，其诗歌深受日本俳句和现代诗影响。台湾光复后，林亨泰用转换日本文法的独特方式来写中文新诗,这种跨越语言创作障碍的方法竟然"弄拙成巧",一时好评如潮,被认为是一种独特的抒情风格。如《虐待》便明显表现出这种"跨越语言"的创作理念。诗中"故意地熄灭了电灯"、"以那燃烧的火焰的照耀"这样的日语文法,类似于硬译手法的诗歌创作,带来了语言的陌生化效应;形成诗歌语言奇特的弹性与张力。

实际上,除巫永福等极少数诗人顺利越过了语言障碍外,大部分台湾诗人如盐分地带诗人群、风车诗社的许多诗人,都坠入文字鸿沟之中。这对台湾诗坛是个重创。其根源当然归咎于日本的殖民统治。是侵略者对殖民地人民民族语言的剥夺,对台湾的文化侵略和奴化教育,导致了台湾在重回祖国怀抱后,对母语运用的困难。这之后大约又经过十多年的积累和调整,台湾诗人才再一次掌握了诗坛的话语权。

日本殖民统治的结果,在文学上当然不只是台湾诗歌的失语与转型。在暴力高压、怀柔腐蚀和奴化教育下,在伪满出现"献纳诗"前后,台湾也出现过所谓的"皇民文学"。参与创作"皇民文学"的除了少数无节文人主动附逆外,一些受蒙蔽的作家在发现其真实目的之后,都果断退出并进行反抗。更令人感佩的是,在日本侵华的数十年里,伪满和日治台湾都有左翼诗歌如黑夜的明星,闪亮而微弱。而同样微弱却闪亮的,以浴血的抗争、愤懑的呐喊面貌出现的还有中国少数民族诗人抒写的抗日诗歌。

第三节 少数民族诗人的浴血合奏

20 世纪初期社会的巨大变革激发了中国各民族知识分子的创作热情。少数民族作家或者使用母语,或者使用汉语,以小说、诗歌、戏剧等多种文学创作形式积极参与了抗日救亡运动,反映了当时各族人民的革命生活情状。

一　以独特音符融入民族大合唱

少数民族人民大多生活在我国边疆地区，近现代以来不但受到日、俄、英、法等帝国主义的侵略，还受到汉族官僚和本民族土司、头人或部落首领的压迫，这种反帝反封建的历史使命使得少数民族文学具有和汉族文学相同的时代精神诉求，抗日战争期间表现得尤为突出。因此，就少数民族抗战诗歌而言，无论在题材、内容还是表现手法上都和同期的汉族诗歌有很多相同之处，不过还是有相当的作品在艺术风格和审美情趣上呈现出了各民族自己的特色。尤其在东北沦陷区、国统区和西北边疆地区，活跃着一大批以自己独特音符加入中华民族抗日救亡大合唱的少数民族诗人群。

（一）东北沦陷区的苦难哀歌

从 1931 年"九一八事变"到 1945 年"八一五"日本宣布投降，整整 14 年间，我国东北沦陷区人民背负民族屈辱在日本帝国主义统治之下过着水深火热的生活。这种生活激发了东北少数民族作家借助文学抒发情志的生命诉求，这一时期涌现出了满族的李辉英、端木蕻良、舒群、马加、关沫南、金剑啸，朝鲜族的金昌杰、李旭，蒙古族的纳·赛音朝克图等一大批作家和诗人，他们的文学创作真实地再现了"九一八事变"后东北人民的悲惨遭遇以及他们在英勇斗争中所显示出的精神力量。

因迫于日伪政府的压力，他们的诗作大多通过描写"暴风雪"、"暗夜"、"洪流"、"苦笆"等意象隐晦地揭露黑暗现实，抒发受难人民的心声。金剑啸的长诗《兴安岭的风雪》就是通过对漆黑的风雪之夜的描写反衬了抗日勇士的英勇不屈；纳·赛音朝克图的《压在苦笆下的小草》、《窗口》等诗作通过对压迫、阻碍小草生长的"苦笆"的诅咒和对光明之象征"窗口"的呼唤，表达了诗人反抗压迫、追求自由的决心。李旭通过《北斗星》隐喻地抒发了内心的苦闷和对光明前途的憧憬，"星星陪伴我熬过十年不眠的夜晚，/星星引导我走过千里崎岖的山岭。……银河耀映，大雁南飞的深夜，/我仰望着你唤醒新的黎明"。①

　　流亡关内的作家端木蕻良、舒群、马加结合自身经历，抒写了记忆中的故乡生活，其作品具有强烈的民族反抗意识和直抒胸臆的审美追求。舒群的长诗《在故乡》就直言不讳日本侵略者的凶残，"在路旁/在电线杆上/悬挂着小小的木笼/木笼里是完整的人头/是零碎的骨肉"。诗人的愤怒之情喷发而出，对他而言一切已无所畏惧，"我不怕仇敌，/我不怕世上的一切暴力！/我要唱出——/人类的不平！/我要写出——/世界的不公平！"② 马加的长诗《火祭》采用了随意移行的形式，以铿锵、激越的语言抒写了自己的觉醒和人民大众的抗日呐喊，"瞧吧，在群众里有着火流与闪/电，那摇天的霹雳声中饥寒的/呐喊！"③ 同时，这首诗对某些国民党政府官员的消极抗日态度表现出了极度的愤慨，是一首倾向鲜明的政治抒情诗。

　　东北沦陷区的少数民族诗人也是"东北作家群"的重要成员，其中端木蕻良、舒群、马加等人主要以小说创作为主，诗作并不算多。比之他们的小说创作实绩，其诗歌因为篇幅和形式的"限制"，虽然没有广阔的叙述和深入的探勘，但东北沦陷区诗人、作家们在国难家仇中的流亡体验使得他们的诗作饱含着隐痛但雄强的生命意识，他们对日本侵略者罪恶行径的控诉和黑暗现实的揭露，对东北人民生活的苦难哀歌，产生了一种感人至深的悲剧力量；同时，在他们的诗作中，人民的觉醒与视死如归的悲壮在冷峻的高山莽林和冰天雪地的映衬之下更加增强了人物的精神力度和诗作的质感。这种出自主体精神诉求的生命抒写与其写作中呈现出来的东北地域文化气韵使得东北沦陷区诗人的诗作在少数民族抗战诗歌中独具一格。

---

　　① 李旭：《北斗星》，载金学泉主编《中国朝鲜族文学作品精粹·诗歌卷》，延边人民出版社 2002 年版，第 22—23 页。

　　② 杨骚：《感情的泛滥——〈在故乡〉的读后感及其他》，载王建中《东北现代文学研究论文集》，辽宁大学出版社 1986 年版。

　　③ 白长青：《通向作家之路——马加的创作生涯》，辽宁民族出版社 1988 年版，第 24 页。

（二）国统区的救亡与启蒙

身处国统区的少数民族诗人如白族诗人马曜、纳西族诗人李寒谷、回族诗人沙蕾等人积极投身革命洪流，他们亲身经历的革命生活使其诗作具有强烈的时代精神和现实力量。沙蕾的《瞧着吧，到底谁使谁屈服》、《我们没有悲哀》、《火药味中我们诞生了》，老舍的长诗《剑北篇》等诗歌都是抗战诗歌中深具启蒙意义的诗作，在抗日宣传中起到了不可忽视的积极作用。

为了宣传抗战、开启民智，鼓动广大人民参与到抗日救亡运动中来，文学肩负起了战争启蒙的重任。也只有启蒙才能实现真正的救亡。国统区诗人的启蒙诗作基本分为正面歌颂和反面嘲讽两种表现手法，即热情讴歌广大人民的英勇抗战精神，同时，毫不留情地讽刺某些群众的麻木自私和某些国民党政府官员的消极应战行为。前者如老舍的《剑北篇》，后者如张子斋、端木蕻良和翦伯赞的诗作。1938 年武汉失守，白族诗人张子斋、满族作家端木蕻良以其诗作抒发了沉痛、悲愤之情，诗行间流露出的嘲讽饱含了对国家危难、民族危亡的极度关切。

> 旌旗飘拂向西行，危局已无一柱擎。
>
> 大将魂飞先弃甲，小民计拙各逃生。
>
> 辕门誓语空悲壮，租界风光独太平。
>
> 大陆将沉浑不觉，惯从壁上看刀兵。①

> 孤星耿耿夜何其，宵外磷青鬼唱诗。
>
> 不焚伯牙琴焦碎，能飞汉阳鹤坠披。
>
> 三山啼唤儿女血，二水呜咽父子骑。

---

① 杨毓才：《张子斋——白族革命实践家、诗人》，《今日民族》2005 年第 4 期。

　　长河未许消沉去，江干重整岳家师。①

　　张子斋的这首《哀武汉》通过"大将"和"小民"在战争中的表现将当时的"危局"描绘得淋漓尽致，诗人的关切就在这"浑不觉"的悲哀中了。这也充分说明了要想真正救亡就要进行启蒙，唤醒民众的民族国家意识，呼唤他们真正参与进抗战中来。端木蕻良这首《悼武汉》以深切的哀痛之情描绘了日军侵占武汉之后所造成的悲惨、恐怖场面。1944年日军围攻衡阳，我国著名历史学家，维吾尔族作家翦伯赞也作诗《日寇犯衡阳有感》表达了自己的忧国忧民之情。

　　无论是讴歌正面人物的抗日精神，还是批判反面人物的贪生怕死，国统区少数民族诗人的诗作最后都指向一个终极目标，即唤醒民众的民族意识，消灭日本侵略者，实现中华民族的独立自主。

　　（三）西北边疆的祖国颂

　　抗日战争时期，地处我国西北边疆的少数民族人民虽然避免了日本侵略者的掠杀之苦，但历史上这些地区常遭受沙俄等国的入侵，因而爱国主义是西北尤其是新疆少数民族诗歌长期以来的基本主题。卢沟桥事变之后，全国人民的抗日怒潮席卷全国，西北边疆地区各民族知识分子也通过创作话剧、诗文等形式积极参与了以抗日为中心的革命文艺活动，掀起了新一轮爱国主义赞歌抒写浪潮。20世纪三四十年代，在国家危难之际，穆塔里甫、尼米希依提、铁依甫江和唐加勒克等新疆少数民族诗人谱写了大量的爱国赞歌。

　　黎·穆塔里甫的诗作《中国》开篇首先表达了诗人对祖国的真挚感情，"中国！中国！你就是我的故乡！"接下来，诗人回顾了中国近代史上的种种苦难，情不自禁地发出了炽热的誓言："在你的土地上／我们要竖立起／永久飘扬的／始终不倒的／解放的旗帜！"② 为了响应抗战，穆塔里甫还创作了叙事长诗

---

　　① 端木蕻良：《端木蕻良文集8》上卷，北京出版社2009年版，第404页。
　　② 黎·穆塔里甫：《中国》，载张世荣《黎·穆塔里甫诗文选》，新疆人民出版社1981年版，第24—28页。

《爱与恨》，讲述了一个汉族家庭抗日的故事。诗人将生命、爱情、亲情等置于战争的考验之中，借主人公之口表达了国家危亡之际，人民对国家的爱应该超越一切个人情感这一爱国主义主题。"祖国就是我的命脉，/它比啥都亲，比啥都贵！"诗歌结尾时，穆塔里甫转而呼吁读者朋友也加入抗战的队伍，"瞧啊，在那遥远的天边，/已显露出黎明的曙光。//朋友，你也以战斗的步伐走向远方"①。这首长诗采用了民歌体式，穿插人物对话，语言朴素生动，使战斗性强的政治抒情诗充满了真挚的情感，具有很强的感染力，是对同类爱国主义诗歌的创新和拓展。

尼米希依提的代表作《伟大的中国》一诗开篇便充满了对祖国母亲的热爱和自豪，"伟大的中国，我的母亲！/山、林、花、海全在你的胸中，/黄金的土地，富庶的高原，/你雄伟的身姿毗连着天穹"，紧接着诗歌描写了在帝国主义侵略者铁蹄的蹂躏之下，祖国的悲惨遭遇："侵略者向你伸出豺狼的血爪，/用枪声震动你智慧的心灵，/他们用枷锁扣住你的手足，/日寇在卢沟桥向你发兵。"诗人最后发出了"反攻"的呐喊，"你挺立着身躯向人民挥手：/向敌人反攻！反攻！"②

爱国主义主题在当时年轻一代诗人诗作中也延续了下来，维吾尔族诗人铁依甫江十几岁时便发表诗歌《为了你，亲爱的祖国》，将满腔爱国情化作了爱的誓言，"爱的火焰炽热在我年轻的身体里，/如此焦渴，我愿把一切奉献给你！"③

哈萨克族著名诗人唐加勒克·卓勒德把对祖国和自己民族的热爱之情化作了饱含心血的批判，其作品无情地揭露了社会现实的黑暗和社会制度的不平

---

① 黎·穆塔里甫：《中国》，载张世荣《黎·穆塔里甫诗文选》，新疆人民出版社 1981 年版，第 76—96 页。
② 尼米希依提：《伟大的中国》，载丁子人《西部文学的风骨》，新疆大学出版社 1994 年版，第 13 页。
③ 铁依甫江：《为了你，亲爱的祖国》，载陆耀东《中国现代爱国诗歌精品》，武汉大学出版社 1994 年版，第 223 页。

等，同时还在长诗《浮想篇》中深刻地分析了哈萨克民族的劣根性，以开启民智，振奋民族精神。

西北边疆的维吾尔、哈萨克等族诗人虽然没有东北沦陷区诗人悲痛的战时生命体验，也缺少国统区抗日救亡的大氛围，但是他们不约而同的爱国主义诗歌抒写正是对主权国家的渴望与呼唤，也是身为民族大家庭中的一员对国家认同的体现。

少数民族诗人的抗战诗歌在当时产生的积极影响毋庸置疑，但因为大多数诗歌散发于各种小报，没有结集出版，而且在当时，诗人们并不会强调自己的民族身份，这给民族文学研究者梳理资料带来了困难。仅从有限的资料我们可以看出，少数民族诗人不但创作了大量抗战诗歌，而且还以革命者身份积极参加了抗日救亡运动。他们的诗作或者抒发人民的苦难心声，或者"以笔为旗"承担起战争启蒙的重任，或者以祖国颂表达他们的民族家国意识和国家认同。这些诗作既折射了国家危难之际各族人民的心理特征，也体现了中华民族各族人民的凝聚力与向心力。诗歌中的民俗意象与"鬼子"形象充分说明了少数民族诗人与其民族传统之间的血脉关系，同时诗歌的主体意识也体现了少数民族诗人主动融入 20 世纪三四十年代主流意识形态的努力。

二　"鬼"形象及其文化寓意

（一）"鬼"形象及其形成的时代因素

少数民族诗人的抗战诗歌主要是利用以虚写实的手法，通过营造阴森、黑暗、恐怖的氛围和环境来烘托日本侵略者凶残的魔性和驱之不去的鬼形，产生了独具特色的"鬼子"形象。

1. 魔性十足的"鬼"形象

满族作家老舍写于 1934 年的《鬼曲》以无边黑暗中的"鬼"及"鬼曲"映衬了"我"的恐惧、绝望与孤独：

一星铜绿的火光从远处闪来，

似梦前的眼花明隐不定。

头上无限的黑云，

面前万顷的夜色，

飘着一点鬼绿的流光，

还有，还有点笛声断续！

……

看清了！灯下的风中

惊疑的摆着一片惨碧，

是一面小小的白旗，

被灯光照得微绿。

一个长齿的头骨，那灯！

一双深孔吐出青火。

白骨的桅杆扯着白旗，

依桅而坐一架骷髅吹着细笛。

……①

老舍在这首诗的后记中说："在梦里，我见着很多鬼头鬼脑的人与事。我要描写他们，并且判断他们……我不能叫这些鬼头鬼脑的人与事就那么'人'似的，'事'似的，我判定，并且惩罚。"② 比起 20 世纪 30 年代老舍的其他诗歌，这首打破韵律限制的长诗是一部充满隐喻和象征，同时又洋溢着鲜明现实性的作品。"冷风"、"万顷的夜色"、明灭不定的"铜绿火光"、"头骨"、"骷髅"等意象所营造的鬼境，令人毛骨悚然，这是 20 世纪二三十年代那个群鬼乱舞时

---

① 老舍：《鬼曲》，载《老舍文集》第 13 卷，人民文学出版社 1988 年版，第 373—374 页。
② 老舍：《〈鬼曲〉后记》，载《老舍文集》第 13 卷，人民文学出版社 1988 年版，第 375 页。

代的缩影。"白旗"作为一种隐喻，指代日本侵略者。日本侵略者的残暴容易使人产生死亡的联想，在老舍的梦幻思维中日本侵略者和索命鬼的形象叠加在了一起。《鬼曲》就是抗战诗歌最具代表性的寓言之作。

老舍写于 1939 年的长篇叙事诗《剑北篇》以诗歌的绘画手法细致地描绘了重庆、成都等地人民在日本侵略者铁蹄之下的悲惨处境，这组长诗中多篇诗歌出现"鬼"或"鬼子"、"魔鬼"的意象，加之作家辅以环境的渲染，日本侵略者所到之处，便成了鬼影不散的地狱："微风吹布着屠杀的血腥，/焦树残垣倚着月明！"① 这首诗记叙了老舍"辞别了抗战心房的重庆"，"走向蓉城"的路途见闻。诗中"风"、"焦树"、"残垣"和"月"等意象合力营造了一个夜晚所看到的阴森、恐怖场景。这惨景如同地狱，更加烘托出了日本侵略者的魔鬼化形象。在《潼关》一篇中老舍干脆直接以魔鬼指称日本军人，"听，这隆隆的炮声，/以魔鬼的狂妄污辱着晴空，/呼啸，爆炸，地裂，山崩"②，日本军人肆无忌惮地轰炸，所到之处瓦砾纵横，这种泯灭人性的行径在作家眼里实与魔鬼无异。

在金剑啸写于 1935 年的《兴安岭风雪》中，东北抗联将士与日本军人的战斗犹如人间勇士与黑夜中鬼魅之间的搏斗，"地是亮的，/天是那样的黑暗"，他们"削着黑夜的网，用他们坚利的刀剑"。③ 诗人的另一首长诗《洪流》中写道，"黑夜覆盖着漆流/沉重的云压低在心头"，"那黑寂的死底恐惧"在黑夜、乌云、洪水的挟裹夹击中越发令人胆战心惊，这种无处攀援的黑色恐惧和身处地狱毫无二致，诗人没有正面描写日本军人，但所造成的恐怖场景足以表明其魔鬼特性。维吾尔族诗人穆塔里甫的长诗《爱与恨》不仅通过对"鬼境"的描写揭露了侵略者的罪行，而且通过外在的恐怖烘托了主人公内在的恐惧，

---

① 老舍：《剑北篇·蓉城——剑阁》，载《老舍文集》第 13 卷，人民文学出版社 1988 年版，第 162 页。

② 老舍：《剑北篇·潼关》，载《老舍文集》第 13 卷，人民文学出版社 1988 年版，第 204 页。

③ 金剑啸：《金剑啸诗文集》，黑龙江人民出版社 1981 年版，第 3—13 页。

使全诗的情感基调过渡自然，真挚感人。

> 不可胜数的尸体，
>
> 堆成了一座座山丘，
>
> 村里村外遍地是血，
>
> 汇成了一条条血的河流。
>
> 黑夜已经深透，
>
> 给大地披上了帷幔，
>
> 他好比脖子上套了绞索，
>
> 置身在绞架下面。
>
> ……①

总之，少数民族抗战诗歌中的"鬼"形象描写主要侧重以虚写实的烘托手法，突出"鬼"的魔性、残忍与恐怖，诗歌中并没有对其具体的形象描写，更多的时候，"鬼"是作为一种意象出现的。

那么，少数民族抗战诗歌中为什么会出现"鬼"形象呢？

2. "鬼"形象形成的时代因素

我国历史上曾经广泛使用"洋鬼子"一词指代西方乃至所有外国人，"我们甚至可以说'洋鬼子'一词浓缩了整整一部中国近现代史……中国人把对历史的记忆和想象都熔铸在这一套话中，它言说了'我'与'他者'在不同时段的不同关系"。② 抗战时期文学中的"鬼子"便是这一形象套话在新的历史阶

---

① 穆塔里甫：《爱与恨》，载张世荣《黎·穆塔里甫诗文选》，新疆人民出版社 1981 年版，第76—96 页。

② 孟华：《中国文学中一个套话化了的西方人形象——"洋鬼子"浅析》，载《多元之美》，北京大学出版社 2009 年版，第 150 页。

段和战时环境中的又一延续与衍变。"抗战时期最有号召力的歌曲是'大刀向鬼子们的头上砍去',所有的文学艺术作品表达的抗战精神和意志都可归结为'大刀向鬼子们的头上砍去'"①,也因此抗战文学中所塑造的日本军人形象基本都是凶残、恐怖的"鬼子"形象。"鬼子"成了抗战时期中国民众对日本军人形象的集体想象产物,也成为了那一时期广为流行的形象"套话"。少数民族抗战诗歌中的"鬼"形象作为"鬼子"这一形象"套话"在文学中的反映,折射了抗战诗歌中自我与他者的关系。

（1）作为镜像的他者

正如形象学家巴柔所说,"我'看'他者,但他者的形象也传递了我自己的某个形象"②。也就是说,对自我而言,他者犹如一种镜像,折射了自我的心理世界。抗战文学中的"鬼子"形象作为自我对日本侵略者的集体想象物,它反映了因为现实生存空间的变化所引起的文学创作主体心理世界的变化。随着日本侵略者的大举侵华和中国人生存空间的日益缩小,人们对日本侵略者的心态也由最初的愤怒进而转为恐惧,反映在文学中,日本侵略者的形象发生了从"人"到"兽"再到"鬼"的变异。这一形象变迁背后正隐含了中国人民对日本侵略者的本性越来越清醒的认识,也透露了日本侵略者越来越凶残的罪恶行径给中国人带来的心理阴影。少数民族抗战诗歌中那些不见其形却无处不在的犹如鬼魅一般的"鬼"形象,正是诗人恐惧心理的投射。

（2）被消解的他者

少数民族抗战诗歌中的"鬼子"形象作为一种负面形象,其中隐含了一种自我与他者之间的不对等关系和等级观念。一切形象都是想象的产物,其本质是文化的而非物质实在的。在自我想象他者,表达他者的时候,"他者形象不

---

① 陈晓明:《鬼影底下的历史虚空——对抗战文学及其历史态度的反思》,《南方文坛》2006年第1期。

② ［法］达尼埃尔·亨利·巴柔:《从文化形象到集体想象物》,孟华译,载孟华主编《比较文学形象学》,北京大学出版社2001年版,第124页。

可避免地同样要表现出对他者的否定，对我自身，对我自己所处空间的补充和外延"①。"鬼子"这一邪恶的负面形象正体现了中国人对日本侵略者的蔑视。尽管人和"鬼"的力量悬殊，但比起人来，"鬼"是非人道的，非正义的，它终究会被正义的一方所灭。少数民族抗战诗歌正是借助中国传统文化的语码和语义阐释系统以"鬼"这一形象消解了他者，获得了精神力量和必胜信念，起到了鼓舞民心的启蒙作用。在这一点上，"鬼"形象和抗战文学的启蒙意识形态是完全一致的。巴柔指出，"倘若在个人层面，书写他者能够进行自我定义的话，那么在集体层面，言说他者就能用来发泄、补偿，并对一个社会的一切幻想、幻觉给出解释"②。"鬼子"作为一种形象套话，成为中国人的集体想象物和言说对象，这其中除了消解、蔑视他者之外，还呈现出了一种集体情绪的发泄。正是在对日本侵略者形象的丑化、漫画化过程中，实现了自我心理的补偿，也正是在驱鬼、杀鬼的想象性惩罚中有效抚慰了现实的巨大创伤，获得了一种精神上的力量。

（二）"鬼子"与"蟒古斯"

1. "蟒古斯"形象对"鬼子"形象的潜在影响

相比同时期汉族诗人诗作，少数民族抗战诗歌中出现了大量的长篇叙事诗，不同于侧重抒发自我感情的短小抒情诗，这些诗作中侧重描写事件，具有故事情节，而且塑造了正反两方面的人物形象。其中反面形象日本军人被普遍描绘成"魔鬼"、"鬼"形象。这是一个值得深思的文学现象，以笔者之见，这正体现了少数民族诗人与其民族传统文化的关系。

曾有论者指出抗战时期文艺作品中的"鬼子"形象脱胎于中国民间"鬼故事"母题③。在笔者看来尽管这一论说不无道理，但具有"鬼故事"母题的民

---

① ［法］达尼埃尔·亨利·巴柔：《从文化形象到集体想象物》，孟华译，载孟华主编《比较文学形象学》，北京大学出版社 2001 年版，第 124 页。

② 同上书，第 141 页。

③ 陈晓明：《鬼影底下的历史虚空——对抗战文学及其历史态度的反思》，《南方文坛》2006 年第 1 期。

间故事多流传于汉族，对于少数民族来说，这一"鬼子"形象与少数民族尤其阿尔泰语系各民族民间文学中的"蟒古斯"形象更为相似。

> "蟒古斯"一词在阿尔泰语系蒙古语族和满—通古斯语族各民族中有相同的义音。蒙古族称"蟒古斯"，达斡尔族称满盖，布里亚特蒙古人称"蟒嘎特害"，鄂伦春族称"犸猰"。操阿尔泰语系突厥语族的各民族中虽没有确切的"蟒古斯"一词，但这些民族的民间文学中，同样存在和蟒古斯形象相似的巨魔形象，而且数量相当可观。①

从目前搜集到的资料看，我国阿尔泰语系中蒙古、达斡尔、鄂伦春、鄂温克、赫哲、裕固、维吾尔、哈萨克、克尔克孜、满等民族的民间文学中存在蟒古斯形象。② 这些恶魔"蟒古斯"起初代表不可战胜的自然力，然后开始兼具自然力和社会邪恶势力的双重性，进而完全成为与正面英雄形象相对的社会邪恶势力的代表。这说明"蟒古斯"不仅是一种"恶"的象征，还是一个具有历史属性和社会内涵的集体形象。

少数民族民间文学中的这种"蟒古斯"故事基本是靠讲唱史诗的民间艺人和民间故事讲述家口头传承下来的，按照美国社会学家希尔斯的说法，"传统只与那些尚未成为书面形式的表意作品的延传相关联"③。"蟒古斯"故事毫无疑问可以算作阿尔泰语系各少数民族传统的重要组成部分。作为民族这个"想象的共同体"中的个体，对传统的认同正是其民族身份和自我身份得以确立的基础。或者说，任何个体都不可避免地留有其传统文化的烙印，正如希尔斯所言，"从任何种类的行为和信仰来看，个人都拥有一个其组成成分属不同时代

---

① 钟进文：《试析我国北方阿尔泰语系各民族民间文学中的蟒古斯（巨魔）形象》，《甘肃民族研究》1989 年第 1 期。

② 同上。

③ 希尔斯：《论传统》，傅铿、吕乐译，上海人民出版社 1991 年版，第 23 页。

产物的文化"①。抗战时期活跃于诗坛的满族诗人（作家）金剑啸、舒群、马加、老舍，蒙古族诗人纳·赛音朝克图，维吾尔族诗人穆塔里甫等人都是在其民族传统文化中生活并成长起来的，其民族的民间口传文学传统仍然十分活跃。蒙古族的史诗演唱活动、维吾尔族的"麦西莱甫"（集歌唱、音乐、舞蹈和游戏于一身的民间娱乐活动）、哈萨克族的阿肯弹唱会、满族的"暇话儿"（冬闲时节讲故事）都是民间口传文学的传播平台。在这种传统文化活动的耳濡目染中，民间文学所传颂的精神、其中的人物形象塑造手法与叙事模式早已扎根在了少数民族作家的文化记忆之中。以老舍为例，"老舍不是一位诗作很多的作家，但是，他写出了《剑北篇》这样的长篇记述性诗作，而且写得相当俗白晓畅，这也跟他从小受到的民族文化习养分不开"②。然而就像学者关纪新所考察的那样，"我们今天已经难以找到老舍自述他读到过哪些满族古典与近代文学作品，又具有怎样的'学习心得'"。但作为一个满族学者对自我民族文化的敏感，他指出"一个像满族那样的民族，文学的魂灵几乎早已笼盖一切，后来者老舍对此一定是会体认到的。这就如同一个活在某一自然环境下面的人，你想叫他不去呼吸那里的空气，都是做不到的一样"③。由此可见，民族民间文学传统对于其作家文学和作家（诗人）是一种"润物细无声"的潜在滋养，不管作家（诗人）自觉还是不自觉，他们的文学创作中总有民族民间文学的气韵氤氲其间。少数民族抗战诗歌中频频出现的"魔鬼"、"鬼"形象与民族民间文学中的"蟒古斯"形象具有某些相似之处，可以说"蟒古斯"形象作为民族传统文化的一部分对抗战诗歌中的"鬼"形象塑造具有潜在的影响。

和抗战诗歌中的"鬼"形象一样，"蟒古斯"也曾指代异族侵略者，并且两者都具有本质的相似性。因为阿尔泰语系各民族居住在我国北部边疆，近现代时期常遭受沙俄等西方国家的侵略，"蟒古斯"这一形象身上折射出了外族

---

① 希尔斯：《论传统》，傅铿、吕乐译，上海人民出版社1991年版，第62页。
② 关纪新：《老舍评传》，重庆出版社2003年版，第327页。
③ 关纪新：《老舍与满族文化》，辽宁民族出版社2008年版，第156页。

侵略者的形影。在达斡尔族民间故事《昂格尔莫日根》中，"据说那群满盖，是打数千里外的西边来的。……脑袋上长着乱蓬蓬的红卷发，尖勾勾的鼻子又大又歪，深深的三楞眼窝里转动着跟灰狼一样的绿眼珠子；它的耳朵上，手背上，脖子上，全是黄不拉几的长毛"。赫哲族《金鹿的故事》、《绰凯莫日根》、《去杀满盖》中的魔鬼"满盖"形象基本上也都是红头发、绿眼睛、鹰钩鼻子、白脸。①

　　由此可见，"蟒古斯"形象和"鬼子"形象一样，都是自我对"他者"形象的想象性塑造，是一切威胁自我生存的外部力量的聚合象征物，是自我心理世界的投射。因为自我与这些他者形象的敌对、紧张关系，"蟒古斯"和"鬼子"形象在本质上都呈现出一种非人类、兼具兽性和魔性的邪恶。只不过，抗战文学的现实主义性质使得"鬼子"形象不像"蟒古斯"那样夸张、变形而已。

　　2. "鬼子"：言说方式的弊端

　　和"蟒古斯"一样，抗战诗歌中的"鬼子"同样也会被民族英雄人物所消灭。但在新的时代背景之下，解放个体、消除邪恶的重任已经不能寄托在某个英雄人物身上了。不过这种英雄情结在抗战时期转化成了一种新型革命话语，以共产党领导之下的中国人民被塑造成了一种超个体英雄形象，而日本侵略者也就被塑造成了"蟒古斯"的当代形象"鬼子"。这些少数民族抗战诗作采用英雄史诗般便于吟唱的民间歌谣体式，有着相对完整的情节，并通过敌我双方的冲突尤其是通过渲染敌方的恐怖与残忍以衬托我方及我方英雄人物的伟大，如金剑啸的长诗《兴安岭的风雪》、黎·穆塔里甫的长诗《爱与恨》等。

　　这种英雄史诗型的战争抒写模式本身作为时代特征的一部分，在当时有效激励了各族人民的反抗精神，成为战争宣传的有效手段，但"英雄史诗式的追

----

　　①　钟进文：《试析我国北方阿尔泰语系各民族民间文学中的蟒古斯（巨魔）形象》，《甘肃民族研究》1989年第1期。

求势必使文学作品中与正面崇高形象对应的人物形象被压缩……这样的发展使伟大者和卑琐者形象都模式化,最后形成写作中的二元对立模式"①。和少数民族英雄史诗的二元对立叙事模式一样,少数民族抗战诗歌表现为客体(战争中敌方)的抽象化、简单化甚至缺失。这种诗歌抒写模式与中国近现代以来的战争文化心理不无关系,但主要还是由当时的历史语境决定的。东北沦陷区的诗人如金剑啸等人在日伪统治之下,失去了人身自由与话语权。国统区和新疆的少数民族诗人如老舍、穆塔里甫等人主要在敌后进行革命文艺活动,并没有亲临抗战前线与敌作战的经历,因此他们对战争中的"他者"缺乏直观的认识和深入的了解,更别说对"他者"以及战争本身做思考分析了。加之日本侵略者在战争中越来越凶残的行为使诗人们在民族情感上除了将他们与文化记忆中的魔鬼形象等同之外,很难将其处理为另一种更为立体的艺术形象,于是"他者"的形象无一例外都被转化为恐怖的魔鬼形象,诗歌创作的旨归直抵"驱鬼"的终极目标。

三 民族情结淡化与国家认同

(一) 服务抗战的民族抒写

少数民族诗歌因为其创作主体所具有的少数民族身份、创作内容所涉及的少数民族生活等诸多原因,往往呈现出与汉族诗歌不同的审美特性与文化内涵。但抗战时期,少数民族诗歌自觉融入主流文学,其作品的民族性和作家的民族情结均有所淡化。这一时期少数民族诗人能够将家庭与族群的多重视野安置于社会、国家层面,其诗作体现出三四十年代普遍的政治关怀和国家认同的价值取向。个别作品如李寒谷的《丽江吟》、纳·赛音朝克图的《拣牛粪的姑

---

① 张志彪:《比较文学形象学理论与实践——以中国文学中的日本形象为例》,民族出版社 2007 年版,第 180 页。

娘》和《沙原，我的故乡》等诗作中所隐含的少数民族风情给抗战诗歌涂染了别样的风采，是民族性的自然流露。

蒙古族诗人纳·赛音朝克图的诗作《拣牛粪的姑娘》和《沙原，我的故乡》等诗作中流露出了自然的蒙古民族风情和审美心理：

> ……
>
> 她挑拣的每一块牛粪，
>
> 晒干得连一点水分都没留。
>
> 她背来的每一篓粪柴，
>
> 散发着它特有的美味儿。
>
> ……①

牛粪是蒙古族人家取暖做饭的主要燃料，诗人对勤劳、淳朴的拣牛粪姑娘的咏赞和对"散发着它特有的美味儿"的牛粪的喜爱，表达了草原游牧民族独特的审美心理。因为有了牛粪"蒙古包里四季温饱多客"，也因为有了牛粪"吐拉格里昼夜火光闪烁"，所以牛粪非但不臭，还散发着美味，这种审美心理和民族的生活、生产方式密切相关。蒙古族对女性的审美标准同样如此，一个拣牛粪的姑娘因为她的勤劳、"她那婉转而优美的歌声"会引来无数小伙子的爱慕。

相比纳·赛音朝克图，其他少数民族诗人诗作的民族性更为淡化。纳西族诗人李寒谷的代表作《丽江吟》②中较为详细地描绘了纳西族人的生活，但主要是为了更好地服务诗歌的主题，即通过今昔生活对比表现纳西族人民在日本侵略者入侵后的悲惨生活。《丽江吟》开篇便以恢弘的气势描绘了丽江的自然景观，玉龙雪山、象山、狮子山、蛇山、龟山以其绮丽巍峨映衬着古朴的丽

---

① 纳·赛音朝克图：《拣牛粪的姑娘》，载《纳·赛音朝克图诗选》，人民文学出版社 1981 年版，第 12—13 页。

② 李寒谷：《丽江吟》，载杨国清《李寒谷文集》，云南民族出版社 2009 年版。

江。这里的人们信仰虔诚，三多阁（北岳庙）、云寺、文峰寺、福国寺、普济寺、玉峰寺就是他们信仰和历史文化的象征。"在城里——/天刚亮/满街都是挑水的姑娘"，描绘了纳西族在生产生活中不同于汉族的男女分工方式。纳西族女人"披星戴月"，辛勤劳作，操持家庭里外事务，而纳西族男人则专心"琴棋书画"。"一黄昏/梧桐树卷起那疯狂的波浪/小孩的书声绕着屋梁"，正反映了纳西族重视教育、崇尚文化的民族传统。朗朗书声和着织布声，柴米油盐的日常生活便充满了诗情画意的田园风情。"一两声马帮的铃响，/一群群茶山的马队迈过了山坡。"此句依稀可见当年茶马古道的盛况。

但丽江的古朴田园生活受到了外来的侵扰，"土匪"、"帝国主义的山洪"、"法西斯侵略的炮火"正摧毁着美丽的古城，诗人在美好事物濒临毁灭的悲剧中发出了强烈呼声，唤醒人民团结起来抗战。这首诗歌具有较为浓郁的纳西族特色，但诗人对自己民族文化的抒写正是为了表达抗日的主题。

（二）国家认同的自觉表述

对日本军人的"鬼子"形象的模式化描写，使得抗战诗歌的主客体关系发生了变化。作为主要表现战争的抗战诗歌对战争中的"他者"表现很少，而主要集中表现我方，"在文学作品中，与鬼魂的战斗实际上变成自己表现的战斗"[1]。意即"我"、"我们"在这场战争中的感受如何、表现如何。就此而言，抗战诗歌的主客体关系发生了某种转变：从中华民族与日本侵略者的关系转变为"小我"与"大我"的关系或者"自我"与"时代生活"的关系。

1."我们"的言说

在国家危难之际，少数民族知识分子始终保持着高度的国家认同感和使命意识。对于少数民族抗战诗歌而言，关注诗人的这种主体意识具有重要意义。抗战时期少数民族诗歌中出现了大量的第一人称复数"我们"，笔者认为这种

---

[1] 陈晓明：《鬼影底下的历史虚空——对抗战文学及其历史态度的反思》，《南方文坛》2006 年第 1 期。

"我们"的言说正是少数民族人民投身抗日战争并融入主流话语的一种体现。

诗歌是主客体结合的产物，抗战诗歌坚持革命文学传统，没有"五四"诗歌中那种强烈的"我"的抒发，诗人以"自我"表现"时代"与"社会"，充当着时代精神和人民大众代言人的角色，常常转变为"我们"的言说，这种言说者的身份，以及指称范畴体现了抗战诗歌的主体意识。少数民族抗战诗歌作为中国大陆抗战文学的和声，文学形式的统一性、诗作中"我们"的言说，正体现了少数民族诗人所代表的各族人民救国于危难的强烈心声和融入时代主流话语的种种努力。

以老舍的《剑北篇》为例，这部长篇叙事诗中频频出现"我们"，比如，"我们死，我们牺牲，/我们不接受鬼子手里的'和平'"，"我们的血汗，/同等的要用战争与生产/……我们要烟筒，/林立在山脚河边"等等。但这些以"我们"来言说的诗歌，因为"我们"的流动性和指称范畴的模糊性，从某种程度来说，导致了其主体意识再现的冲突性。

一方面，"我们"再现或表达的是"我们"群体的集体意识和感情，如"不怕死，死亡就失败，/我们会用冲杀把活路打开！……也同样的神圣，这简单的民族独白……"，正如作者所表明的，"我们"发出的是"我们"这个集体的心声，是"民族独白"。

但另一方面，"我们"对集体意识的再现则意味着某种程度上对个体"我"的意识的压制。"我"的声音和感受几乎被"我们"的声音、意识所湮没，如"我们听见炸弹遥遥的投落"，"我们看见孟姜女的哭泉"等诗句中，诗人个体的听觉、视觉等主观的感受都被"我们"的意识所覆盖而滑入了集体叙事的套路。此时"我们"是无数个相同属性的"我"所构成的超个体，声音高亢，斗志昂扬，充满英雄主义气概。仅以老舍的《剑北篇》为例，作者句句押韵，而且多押 an、ang、ao、ong、un 等韵，诗歌中激昂的声音通过这些押韵，大声地吼叫了出来，加之诗人采用简短、重复的句式，字里行间流动的情感似乎要喷薄而出。

此外，抗战诗歌中"我们"这一复数人称作为一个集合了"你"、"我"、"他"，甚至包括"你们"、"我们"、"他们"的称谓，一种言说者身份的界定，因其广泛性，这种主体意识之间的冲突还不仅限于"我"与"我们"之间。同作为中华民族的"我们"中间就存在着"我"与"他"，"我们"与"他们"的冲突。老舍的《教授》一诗就讽刺了"我们"当中某些贪生怕死的知识分子置国难于不顾的自私自利行为。老舍的《日本撤兵了》、《长期抵抗》、《空城计》和白族诗人张子斋的《感时》、《哀武汉》等诗则讽刺了某些国民党官员对日本侵略者的妥协态度。

"我们"同时还是一个通过"认同"而组成的集体，千百万个"我"因为对某种价值观念的认同而汇集在了一起。当时因为某种原因不能加入"我们"群体的某些少数民族诗人在其诗歌中或抒发了热烈的憧憬、或表达了被囚禁的苦闷。

2. "我"的"囚禁"与憧憬

日伪统治时期的朝鲜族文学充满着被压抑、被囚禁的苦闷和无处栖息的乡愁。尹东柱是这一时期的主要诗人之一。他的诗作《自画像》中通过诗人"我"对古井中的倒影"我"的审视、反思，深刻地刻画出了一个"被囚禁者"的无奈处境和"我"无法挣脱出这种处境为民族独立而斗争的羞愧感。

......

对着一口孤井

我悄悄地往井底张望

......

井里啊

还有一个七尺昂藏

我很讨厌他

转身离开井旁

走着走着

我觉得他可怜兮兮

不由得踱回井边再端详

他竟然还在井底怅惘

……①

《自画像》作为一个隐喻，揭示了在日伪统治下的朝鲜族人民的囚徒生活。同处东北日伪统治之下的满族诗人金剑啸心中满是抗日的激情，但也只能"哑巴"一般强忍着内心的怒火，不能言说，这个被囚禁的失语的"我"在《哑巴》一诗中有着极其形象的表现：

虽然天给了一张嘴，

然而却给浊的空气封住了，

封得空气都要窒息，

于是你便遭受着哑巴的待遇……②

但中国人民的精神力量就像那压在苦笆下的小草，纵然被压迫，纵然没有话语权，但最终还是会碧草连天，欣欣向荣。蒙古族诗人纳·赛音朝克图《压在苦笆下的小草》一诗就表现了"囚禁"和"压迫"之下的那种即将喷薄而出的力量。

……

支离破碎的苦笆你身形虽然庞大，

---

① 尹东柱：《自画像》，载金学泉《中国朝鲜族文学作品精粹·诗歌卷》，延边人民出版社2002年版，第49页。

② 金剑啸：《金剑啸诗文集》，黑龙江人民出版社1981年版，第24页。

但在世界上你已失去了作用。

我虽然弱小却是新的生命，

看吧，我将怎样穿透你的胸膛！

……①

该诗以小草的口吻描述了"我"的处境，立意巧妙，在东北沦陷区人民普遍"失语"的环境下，抒发了诗人追求自由和光明的磐石之志。

1937 年抗日战争爆发后，蒙古族诗人牛汉随父流亡到陕西、甘肃一带。1942 年，年仅 18 岁的牛汉因奔赴延安的计划落空，便通过诗歌表达了自己的革命理想，但迫于当时的社会环境压力，诗人将对"延安"的向往之情内隐在了此诗当中，他想到了距离陕北不远的鄂尔多斯草原，那是他先祖生活过的地方。他家中留有的蒙古族祖先遗物成为他想象先祖故土的基础。民族情结和革命理想在诗人年轻的心胸里交融、奔腾，于是鄂尔多斯草原在诗人笔下便成了一个兼具故土家园和革命圣地二重性的"虚构"世界。诗人"我"的被囚禁和现实的失落，成为《鄂尔多斯草原》一诗的创作触发点。"如果没有投奔陕北的理想鼓舞我，潜藏在生命内部的童年少年的诗的情愫，也就不会引爆起来。"② 诗中的句子如"昨天/我还听见/鄂尔多斯草原上/牧民的血/在悲泣"，而"今天/我听见/我也看见/牧民的血/像解冻的热流/从冰冷的皮肤里/从冰冷的生活的牢狱里/喷出来了……"等，通过今昔的鲜明对比，将鄂尔多斯草原描绘为一个从压迫之下苏醒过来的理想世界。这正是"我"爆发的诗绪受到现实苦闷的刺激之后对理想世界的理想化表现。

综上所述，少数民族抗日诗歌是中国抗战文学的重要组成部分，是各少数民族人民在日本帝国主义铁蹄之下的浴血呐喊。在这些少数民族诗人的作品

---

① 纳·赛音朝克图：《压在苦笆下的小草》，载《纳·赛音朝克图诗选》，人民文学出版社 1981 年版，第 1—3 页。

② 牛汉：《我是怎样写〈鄂尔多斯草原〉的》，《鸭绿江》（上半月版）2007 年第 1 期。

中，日本侵略者的形象大多鬼气森森、血腥恐怖，很少具有人性的复杂性，这一"鬼子"形象与英雄史诗中的"蟒古斯"形象极为相似。这正体现了少数民族诗人与其民族传统文化的血脉相连，但因为抗战时期的历史背景，少数民族诗人并不刻意寻求民族的自我认同，而是自觉地将家庭与族群的多重视野安置于社会、国家层面，其诗作体现出三四十年代普遍的政治关怀和国家认同的价值取向。

结　　语

通过以上几章的梳理，可以看出，20 世纪上半叶中国诗坛与日本有着千丝万缕的联系。总体上说，日本元素对中国大陆诗坛的渗透以抗日战争爆发为分界大致分为两大阶段。战前主要是通过留学生或流亡侨居日本的诗人中介传递经日本过滤后的西方文化，同时也将日本文化的雨露洒向中国诗坛。如晚清诗界革命虽然是中国近代诗歌自然演进的结果，但却明显在"神"、"形"两方面受到了日本启蒙诗歌的影响。早期创造社诗观的形成得益于厨川白村的文艺理论的哺育，以及日本文坛对于"新浪漫主义"的追捧，与白桦派也是相联系的。而"五四"主情诗潮的代表《女神》审美范式的形成则与日本社会先后掀起的泰戈尔热和惠特曼热相关联。"纯粹诗歌"理论的确立与创作实践根植于日本社会的西学东渐风尚以及日本文化传统对于西方文化的选择与过滤。左翼诗坛红色风暴与日本普罗列塔利亚艺术运动更是具有清晰的互动关系。这时的日本是楷模，是榜样。

抗日战争爆发前，以黄遵宪、郭沫若、成仿吾、穆木天、冯乃超等为代表的留日诗人群的文学活动和大量的日本文学作品和文艺理论的译介，繁荣了现代诗坛，为实现新诗与世界文学的同步发展与平等对话作出了重要贡献。从对于新诗发展历程的考察可知，日本文化对西方文化的过滤、变形与误读使中国诗人接受的西方文化带着浓厚的日本色彩。如泰戈尔、惠特曼、雪莱、波德莱尔等首先是因为在日本备受推崇，而进入中国留日诗人的视野，进而对他们的创作产生深远的影响。正如伊藤虎丸在《鲁迅、创造社与日本文学》中指出的："他们的文学不是从中国农村土壤中生出来的，而是在日本留学中，从大学生课堂的周围生出来的，这事实是好也罢，是坏也罢，总之是规定了他们文学的特性。"① 我们甚至可以说留日诗人对某一西方作家或文学观念的接受与吸收，不是由其在西方的情况决定的，而主要是由在日本是否受追捧而决定的。创造社对于"新浪漫主义"的推崇便是如此。由此可见日本这一"中介"的强大的影响功能。

日本对于中国而言不只限于传递西方文学思潮与理论的"渠道"作用，它本身的文学成就与文化特色也为中国新诗的发展提供了许多有价值的美学因子和艺术启示。而且由于处于同一个东方文化圈和地理位置上的一衣带水的关系，日本自身的文学思潮和文学运动往往也成为中国诗坛可及可见的现实榜样。所以诗人们不仅借日本的开放窗口瞭望西方广阔的文学世界，而且直接汲取日本文学的营养，正因为如此，日本文化对新诗的构建与发展起了重要的参与作用。日本传统文化让穆木天们早期象征主义诗观和创作实践打上了深深的"物哀"烙印，而日本大正年间的现代文化对创造社诗人早期诗学观的形成也有着重要的作用。大正时期，"日本知识界更加重视感性的自然，特别礼赞个人的创造，极力崇尚天才，特别呼唤人性的自我本质在社会中得到充分伸张"②。正是身处这样的文化氛围中，感应"五四"个性解放的时代风雷，创造社才以排山倒海之势，在诗坛引领了一场反主智、重情绪，反描写、重主观的主情诗潮。不过日本的参与作用并非都是积极性的。以左翼诗歌为例，日本普罗列塔利亚艺术运动激活了中国左翼诗人的强国梦想、革命欲望和建构无产

---

① ［日］伊藤虎丸：《鲁迅、创造社与日本文学——中日近现代比较文学初探》，孙猛、徐江、李冬木译，北京大学出版社 2005 年版，第 157 页。

② 靳明全：《中国现代文学兴起发展中的日本影响因素》，中国社会科学出版社 2004 年版，第 33 页。

阶级文化的诉求，推动了中国诗坛的红色风暴。但是日本普罗运动所强调的"政治首位性"和所奉行的文学工具论，也给亦步亦趋的中国普罗诗坛带来巨大的负面影响。日本文学在推动中国诗歌现代化的同时，也为新诗的发展埋下了某些隐患。

当然，无论是积极性影响还是消极性作用，在这场文学选择中母体文化的力量都是强大的。因为诗人们无论如何标新立异，如何叛逆传统，"别求新声于异邦"，而民族文化早已内化在他的血液之中，或隐或显地影响着他的审美观和艺术价值观。创造社诗人是日本文化的传输者，更是传统文化基因的负载体，他们在后期自觉舍弃个性主义，走向集体主义，转变自己的文学观念，服膺于社会政治斗争，以追求文艺的实用、时效为目的，这既源于马克思主义文艺思想在中日文坛广泛传播，也有中国传统的"文以载道"观念的重要作用，中国诗人始终怀着"天下兴亡，匹夫有责"的责任感和积极进取的入世精神，因而他们才十分欣然地接过日本左翼的接力棒，并且比他们走得更远，更坚定。

留日诗人以日本为楷模和窗口来建设中国新诗，因此战前日本与诗歌相联系的文艺思潮几乎都在中国诗坛上匆匆重演了一遍，从"诗界革命"、"新浪漫主义"、象征主义到普罗红色风暴，中国诗坛俨然成为日本的一个镜像。其成败得失也显示了中日一些共同的值得珍视的经验和值得思考的问题。如在吸收欧风美雨进行诗歌文体更新与对待传统文化的问题上，中日都出现过程度不同的盲目西化和民族文化虚无的问题。不过这方面中国诗坛"纯诗"的成功移植却是值得肯定的。穆木天们致力于将中国古典诗歌的含蓄蕴藉与西方象征主义倡导的语言的亲切和暗示相沟通和融合，创造性地转化波德莱尔、魏尔伦的艺术经验，寻求汉语诗歌的独特的表现力和诗境建构方式，取得了丰硕的成果。在对待诗与政治的关系问题上，中日左翼诗人都不约而同地把诗歌作为政治斗争的武器，但是，作为一种精神产品，诗真的能成为与国家权力抗争的武器吗？其实，马克思早就回答过这个问题："批判的武器当然不能代替武器的批判，物质力量只能用物质力量来摧毁。"① 诗是由多种功能元素组成的整体系统，政治功能只是其中一个颇为活跃的重要元素。诗可以在精神层面上影响社会人心，但其作用是十分有限的，影响也是间接的，尤其无法对具体的方针政策产生立竿见影的功效。因此，高扬和倡导诗歌的政治使命，提升其参与意识无可厚非，但将诗锁定于特定的政治任务之上，并且无视其独立意义和审美价值的急功近利的做法，却必定给诗歌发展带来严重的危害。这是中日两国诗坛共同的教训。

可以说，战前日本文化的参与，一方面促成了新诗的诞生，促进了中国诗歌的现代化转型，同时，也让新诗经历了与日本相似的曲折历程，从中也显示出中日所共有的局限性。对其进行实证性考察和比较研究，不仅有利于新诗研究的深化，也有利于实现异文化、文学间的对话，从而加快中国文学走向世界的步伐。

但这种中日诗坛愉快的参照互动历程在日本武力入侵后戛然而止。抗战爆发后日本不仅以武力方式扰乱中国新诗的现代化进程，而且以直接干预与暴力控制的手段将日本元素植入中国诗坛，伪满洲和台湾等地被打上了殖民烙印。其中台湾诗歌更是 20 世纪初便开始了日本高压的缝隙下艰难的生长历程。

民族危机将诗人们集中在抗日的大旗之下，催生了一系列与日本相关的艺术形象。日本形象的生成离不开中国诗人的主观想象与艺术创造，是诗人自我言说的产物。因此，可以说，这些形象既是洞察中国社会现实的窗口，也是反思中华文化的情感符号。而其中，少数民族诗人的创作十分令人瞩目。日本军人在少数民族叙事诗中被塑造为"鬼"形象。对日本军人的这一模式化描写，使抗战诗歌的主客体关系发生了某种转变：从中华民族与日本侵略者的关系转变为"小我"与"大我"的关系或者"自我"与"时代生活"的关系。诗歌往往以"我们"的言说充当着时代精神和人民大众代言人的角色，但因为"我

---

① 马克思：《马克思恩格斯全集》（第 1 卷），人民出版社 1956 年版，第 460 页。

们"的流动性和指称范畴的模糊性，也导致了诗歌主体意识再现的冲突性。同时，"我们"还是一个通过"认同"而形成的集体，当时因为某种原因不能加入"我们"群体的某些少数民族诗人在其诗歌中或抒发了热烈的憧憬、或表达了"我"被囚禁的苦闷。

中国诗坛的日本因素研究是一个深广而厚重的课题，笔者虽然有所涉猎，有所收获，但留下的遗憾也不少。由于搜集原始材料，阅读翻译日文资料花费的时间太长，一些问题如"小诗运动"、"七月诗派"等与日本文化的关系，目前只能停留在思索阶段，来不及形成文字纳入论述的框架之中，希望在将来的相关研究中弥补这个缺憾吧。

本书各章撰写分工

总体策划及最后修改、统稿：刘静

导论：刘静

第一章第一节：颜青

第一章第二节：颜青、罗欣

第二章第一节：刘静

第二章第二节：王海涛

第二章第三节：刘静

第三章第一节：刘静

第三章第二节：刘静

第四章第一节：刘静

第四章第二节：刘静

第四章第三节：刘静

第五章第一节：肖显惠

第五章第二节：肖显惠

第五章第三节：韩春萍

结语：刘静

参考文献

［美］埃德温·奥·赖肖尔：《日本人——传统与变革》，商务印书馆 1992 年版。

［美］爱德华·W. 萨义德：《东方学》，生活·读书·新知三联书店 1999 年版。

北京大学日本文化研究所编：《中日比较文化论集》，吉林教育出版社 1990 年版。

曹顺庆：《中外文学跨文化比较》，北京师范大学出版社 2000 年版。

蔡清富、穆立立编：《穆木天诗文集》，时代文艺出版社 1985 年版。

蔡震：《文化越境的行旅——沫若在日本二十年》，文化艺术出版社 2005 年版。

《成仿吾文集》，山东大学出版社 1985 年版。

陈汉平编注：《抗战诗史》，团结出版社 1995 年版。

［日］厨川白村：《苦闷的象征》，鲁迅译，江苏文艺出版社 2008 年版。

［日］长谷川泉：《近代日本文学思潮史》，郑民钦译，译林出版社 1992 年版。

［日］大塚幸男：《比较文学原理》，陈秋峰、杨国华译，陕西人民出版社

1985 年版。

丁景唐编选：《陶晶孙文集》，人民文学出版社 1995 年版。

《冯乃超文集》（上下卷），中山大学出版社 1986 年版。

方长安：《选择·接受·转化——晚晴至 20 世纪 30 年代初中国文学流变与日本文学的关系》，武汉大学出版社 2003 年版。

［奥］弗洛伊德：《关于文明文化与现代人的问题》，上海译文出版社 1986 年版。

《郭沫若全集》文学编，人民文学出版社 1990—1992 年版。

干永昌编选：《比较文学研究译文集》，上海译文出版社 1985 年版。

［日］广田津子：《"鬼"之来路——中国的假面与祭礼》，中华书局 2005 年版。

［德］黑格尔：《美学》，朱光潜译，商务印书馆 2008 年版。

黄侯兴主编：《创造社》（创造社丛书七，理论研究卷），学苑出版社 1992 年版。

黄安榕、陈松溪编：《蒲风选集》（上下册），海峡文艺出版社 1985 年版。

黄淳浩：《创造社：别求新声于异邦》，社会科学文献出版社 1995 年版。

何德功：《中日启蒙文学论》，东方出版社 1995 年版。

胡德坤：《中日战争史（1931—1945）》，武汉大学出版社 2005 年版。

靳明全：《中国现代文学兴起发展中的日本影响因素》，中国社会科学出版社 2004 年版。

靳明全：《攻玉论——关于 20 世纪初期中国文人赴日留学的研究》，贵州人民出版社 1995 年版。

靳明全：《中国现代作家与日本》，山东文艺出版社 1993 年版。

［日］家永三郎：《日本文化史》，刘绩生译，商务印书馆 1992 年版。

［日］吉田精一：《现代日本文学史》，齐干译，上海人民出版社 1976 年版。

［日］井上清、铃木正四：《日本近代史》，商务印书馆 1959 年版。

［日］今井清一：《日本近现代史》第 2 卷，商务印书馆 1983 年版。

［意］克罗齐：《美学原理》，作家出版社 1958 年版。

雷石榆：《日本文学简史》，河北教育出版社 1992 年版。

李怡：《日本体验与中国现代文学的发生》，北京大学出版社 2006 年版。

李喜所：《近代中国的留学生》，人民出版社 1987 年版。

刘立善：《日本白桦派与中国作家》，辽宁大学出版社 1995 年版。

刘柏青：《日本无产阶级文艺运动简史 1931—1934》，时代文艺出版社 1985 年版。

龙泉明：《中国新诗流变论》，人民文学出版社 1999 年版。

龙泉明编选：《诗歌研究史料选》，四川教育出版社 1989 年版。

陆耀东：《二十年代中国各流派诗人论》，中国社会科学出版社 1985 年版。

楼宇烈主编：《东方文化大观》，安徽人民出版社 1996 年版。

［葡］路易斯·弗洛伊斯：《日欧比较文化》，商务印书馆 1992 年版。

［美］鲁思·本尼迪克特：《菊与刀》，吕万和、熊达云、王智新译，商务印书馆 2007 年版。

罗兴典：《日本诗史》，上海外语教育出版社 2009 年版。

吕进：《中国现代诗学》，重庆出版社 1991 年版。

吕万和：《简明日本近代史》，天津人民出版社 1984 年版。

［加］诺曼：《日本维新史》，商务印书馆 1992 年版。

［法］马·法·基亚：《比较文学》，颜保译，北京大学出版社 1983 年版。

孟华主编：《比较文学形象学》，北京大学出版社 2001 年版。

［日］木宫泰彦等：《日中文化交流史》，商务印书馆 1980 年版。

彭恩华：《日本和歌史》，学林出版社 1986 年版。

彭恩华：《日本俳句史》，学林出版社 1983 年版。

秦弓：《觉醒与挣扎——20 世纪初中日"人的文学"比较》，东方出版社

1995 年版。

　　饶鸿竞等编：《创造社资料》，福建人民出版社 1985 年版。

　　饶芃子编：《中日比较文学研究资料汇编》，中国美术学院出版社 2002 年版。

　　舒兰：《抗战时期的新诗作家和作品》，成文出版社 1980 年版。

　　宋彬玉、张傲卉等：《创造社 16 家评传》，重庆出版社 1998 年版。

　　孙玉石：《中国现代诗歌艺术》，人民文学出版社 1992 年版。

　　孙宜学：《中外浪漫主义文学导引》，同济大学出版社 2002 年版。

　　苏光文：《抗战诗歌史稿》，四川教育出版社 1991 年版。

　　〔美〕苏珊·朗格：《艺术问题》，滕守尧、朱疆源译，中国社会科学出版社 1983 年版。

　　〔美〕苏珊·朗格：《情感与形式》，刘大基、傅志强、周发祥译，中国社会科学出版社 1986 年版。

　　史若平编：《成仿吾研究资料》，湖南文艺出版社 1988 年版。

　　〔日〕实藤惠秀：《中国人留学日本史》，生活·读书·新知三联书店 1983 年版。

　　〔日〕石岛纪之：《中国抗日战争史》，吉林教育出版社 1990 年版。

　　谭晶华选编：《日本近代文学史》，上海外语教育出版社 1992 年版。

　　童庆炳：《文体与文体的创造》，云南人民出版社 1994 年版。

　　〔日〕藤原杉：《日本近现代史》第 3 卷，商务印书馆 1983 年版。

　　维道选注：《抗战诗文选》，中州古籍出版社 1996 年版。

　　王力：《汉语诗律学》，上海教育出版社 1997 年版。

　　王向远：《二十世纪中国的日本翻译文学史》，北京师范大学出版社 2001 年版。

　　王向远：《中日现代文学比较论》，湖南教育出版社 1998 年版。

　　王向远：《日本对中国的文化侵略：学者、文化人的侵华战争》，昆仑出版社 2005 年版。

王中忱：《越界与想象——20 世纪中国、日本文学比较研究论集》，中国社会科学出版社 2001 年版。

王文宏：《厨川白村文艺思想研究》，吉林人民出版社 2005 年版。

王训昭选编：《一代诗风》，华东师范大学出版社 1996 年版。

王柯：《百年新诗诗体建设研究》，上海三联书店 2004 年版。

王芸生编著：《六十年来中国与日本》第 1—8 卷，生活·读书·新知三联书店 1979—1982 年版。

武继平：《郭沫若留日十年》，重庆出版社 2001 年版。

吴俊编译：《东洋文论》，浙江人民出版社 1998 年版。

肖同庆：《世纪末思潮与中国现代文学》，安徽教育出版社 2000 年版。

谢六逸：《日本文学史》，上海书店 1991 年版。

［日］西乡信纲等：《日本文学史》，人民文学出版社 1978 年版。

［日］新渡户稻造：《武士道》，张俊彦译，商务印书馆 2006 年版。

严绍璗、王晓平：《中国文学在日本》，花城出版社 1990 年版。

杨孝臣主编：《中日关系史纲》，上海外语教育出版社 1987 年版。

杨匡汉、刘福春编：《中国现代诗论》（上册），花城出版社 1985 年版。

叶渭渠、唐月梅：《日本文学史》（近代卷），经济日报出版社 2000 年版。

叶渭渠、唐月梅：《日本文学思潮史》，经济日报出版社 2000 年版。

叶渭渠、唐月梅：《20 世纪日本文学史》，青岛出版社 1999 年版。

《郁达夫文集》，花城出版社、三联书店香港分店 1983 年版。

余飘、李洪程：《成仿吾传》，中共中央党校出版社 1988 年版。

［日］伊藤虎丸：《鲁迅、创造社与日本文学》，孙猛、徐江、李冬木译，北京大学出版社 1995 年版。

［日］伊藤虎丸、刘柏青：《日本学者研究中国现代文学论文选粹》，吉林大学出版社 1987 年版。

〔日〕远山茂树：《日本近现代史》第 1 卷，商务印书馆 1983 年版。

〔日〕有岛武郎：《生活与文学》，张我军译，北新书局 1929 年版。

臧克家编：《中国抗日战争时期大后方文学书系》，重庆出版社 1989 年版。

赵乐甡：《中日文学比较研究》，吉林大学出版社 1990 年版。

张福贵、靳丛林：《中日近现代文学关系比较》，吉林大学出版社 1999
年版。

张大明：《西方文学思潮在现代中国的传播史》，四川教育出版社 2001
年版。

张丽敏：《雷石榆的人生之路》，河北大学出版社 2002 年版。

张志彪：《比较文学形象学理论与实践：以中国文学中的日本形象为例》，
民族出版社 2007 年版。

曾逸主编：《走向世界文学——中国现代作家与外国文学》，湖南文艺出版
社 1986 年版。

周作人：《周作人论日本》，陕西师范大学出版社 2005 年版。

朱光潜：《诗论》，重庆国民图书出版社 1942 年版。

朱寿桐、武继平：《创造社作家研究》，〔日〕中国书店 1999 年版。

〔日〕中村新太郎：《日本近代文学史话》，卞立强、俊子译，北京大学出
版社 1986 年版。

中国社会科学院近代史研究所：《日本侵华七十年史》，中国社会科学出版
社 2005 年版。

〔日〕平野谦、小田切秀雄、山本键吉编：「現代日本文学論争史」（上、
中、下卷），未来社 1957 年版。

〔日〕山田清三郎：「プロレタリア文学史」，株式会社理論社 1996 年第
二刷。

〔日〕岩佐昌暲编：「中国現代文学と九州——異国・青春・戦争」，九州
大学出版会 2005 年版。

［日］小田切秀雄：「現代文学史」，集英社 1975 年版。

［日］三好行雄：「近代日本文学史」，有斐閣昭和五十年 12 月。

「小熊秀雄全集」（第 5 巻），創樹社 1978 年版。

「厨川白村全集」（第 1、2、3 巻），改造社昭和四年。

「現代日本文学全集」（第 21、38、77、78 巻），筑摩書房昭和三十二年。

「日本現代文学全集——北原白秋、三木露風、日夏耿之介集」（第 14 巻），講談社昭和五十六年。

「日本現代詩大系・全 13 巻」，河出書房新社 1976 年版。

「日本プロレタリア文学大系・全 9 巻」，三一書房昭和三十年。

日本历史学研究会：「太平洋战争史 1・満洲事変」，東京青木书店 1971 年版。

［日］松本一男：「中国人と日本人：中国を深く理解する」，東京株式会社サイマル出版会 1987 年版。

［日］中村光夫：「明治文学史」（九），筑摩書房昭和三十八年。

［日］畏谷川泉：「近代日本文学思潮史」，至文堂昭和三十六年。

［日］土方定一：「近代日本文学評論史」，法政大学出版局 1973 年版。

［日］色川大吉：「新編明治文学史」（第 1 巻），筑摩書房 1995 年版。

［日］吉田精一：「明治・大正文学史」，同興社 1948 年版。

［日］有島武郎：「有島武郎全集」，新潮社昭和四年。

［日］吉田精一：「浪漫主義研究」（吉田精一著作集 9），桜楓社昭和五十五年。

［日］日夏耿之介：「明治浪漫文学史」，中央公論社昭和二十六年版。

［日］阪口直樹：「中国現代文学の系譜——革命と通俗をめぐって」，東方書店 2004 年版。

［日］辰野隆：「佛蘭西文學」（上、下巻），東京白水社昭和二十一年。

［日］池沢実芳、内山加代：「もう一度春に生活できることを——抵抗の

浪漫主義詩人・雷石楡の半生」，潮流出版社 1995 年版。

〔日〕岩佐昌暲：「馮乃超における日本象徴詩の受容——「蒼白」という詩語を手がかりに」，『香坂順一先生追悼記念論文集』，光生館 2005 年版。

〔日〕小谷一郎：「创造社与少年版中国会・新人会」，『中国文化』第 38 号，1980 年版。

〔日〕桑島道夫：「〈天才主義〉の背景——成仿吾の写実主義と庸俗主義〉を中心として——」，『野草』第 56 号，1995 年 8 月。

〔日〕倉持貴文：「魯迅の〈苦悶の象徴〉購入と成仿吾〈吶喊〉の評論」，『早稲田大学大学院文学科紀要』別冊第 11 集，1984 年版。

〔日〕趙怡：「〈悪魔詩人〉と〈漂泊詩人〉——田漢の象徴詩人像と日本文壇の影響——」，『比較文学研究』1999 年第 73 期。

〔日〕蔡暁軍：「創造社文学の形成と日本」，『実践国文学』第 49 号、1996 年 3 月。

〔日〕齋藤敏康：「李初梨にぉける福本ィズムの影响」，『野草』第 17 号。

Wolfram Wilss, *The Science of Translation: Problems and Methods*, Shanghai Foreign Language Education Press, 2001.

Hans Robert Jauss, *Toward an Aesthetic of Reception*, Minneapolis: University of Minnesota Press, 1982.